Kristy Acevedo

CONSIDER

DER TRIBUT

Band 2

Aus dem amerikanischen Englisch
von Michael Koseler

Arena

Das Zitat von William Shakespeare aus dem Stück »Der Sturm« auf S. 149 in diesem Roman folgt der Übersetzung von Schlegel-Tieck.

FSC
www.fsc.org
MIX
Papier aus verantwortungsvollen Quellen
FSC® C110508

Die Originalausgabe erschien 2017 unter dem Titel „Contribute. The Holo Series, Book Two" bei Jolly Fish Press, einem Imprint von North Star Editions.

1. Auflage 2018
Für die deutsche Ausgabe:

Aus dem amerikanischen Englisch von Michael Koseler
Covergestaltung: Johannes Wiebel | punchdesign
Gesamtherstellung: Westermann Druck Zwickau GmbH
ISBN 978-3-401-60428-2

Besuche uns unter:
www.arena-verlag.de
www.twitter.com/arenaverlag
www.facebook.com/arenaverlagfans

TEIL I

»Wenn man die Geheimnisse des Universums aufdecken will, muss man in Begriffen wie Energie, Frequenz und Schwingung denken.«
Nikola Tesla

1

Tag 1

Die Hologramme hätten uns darauf hinweisen sollen, dass man vorher tief Luft holen und die Augen schließen muss. Aber die Hologramme hätten eine Menge tun sollen. Zum Beispiel uns die Wahrheit sagen.

Durch ein Portal zu reisen, ist, als werde man unter Wasser durch glitzerndes Eis gezogen. Binnen kurzer Zeit habe ich das Gefühl zu ersticken, doch dem Universum scheint es völlig egal zu sein, dass ich ein menschliches Wesen bin, das zum Überleben Sauerstoff und Wärme braucht.

Während ich durch eine Schicht aus erstarrtem Licht geschleust werde, habe ich nur einen einzigen Gedanken:

Das. Ist. Der. Tod.

Mein Körper kämpft mit meinem Verstand, meine Muskeln und Lungen verlangen: *Geh zurück. Bitte, bitte geh zurück.*

Doch ich kann nicht umkehren. Ich habe meine Wahl getroffen.

Ich habe mich für meine Freunde entschieden.

Ich habe mich für die Wahrheit entschieden.

Ich habe mich für den Tod entschieden.

Bevor meine Lungen explodieren, bevor meine Angst ihr Höchstmaß erreicht, werde ich vom Portal ausgespuckt und lande auf allen vieren. Von grellrotem Licht geblendet, ringe ich keuchend nach Atem, während meine Brust sich wie ein Blasebalg hebt und senkt.

Ich bin noch am Leben.

Ich bin noch am Leben.

Mein Herzschlag dröhnt in meinen Ohren und hallt in meinem Schädel wider, sodass alle anderen Geräusche übertönt werden. Obwohl ich völlig desorientiert bin und mir durch den Mangel an Sauerstoff schwindlig ist, blicke ich aufmerksam umher, um festzustellen, ob von irgendwo Gefahr droht, während das grellrote Licht um mich herum allmählich verblasst.

Ich befinde mich in einem riesigen fensterlosen Raum, der einer Lagerhalle aus Beton ähnelt und ungefähr so groß ist wie Dads Supermarkt, den die Plünderer niedergebrannt haben – damals, als die Welt im Chaos versank. Ein Stück weiter vorn stehen unzählige Menschen Schlange – Menschen, die es geschafft haben, die Erde zu verlassen, bevor der Komet sich in Luft aufgelöst hat – und warten darauf, durch einen von mehreren Durchgängen treten zu dürfen. Hologramme, die genauso aussehen wie diejenigen, die uns verraten haben, halten überall Wache. Das Ganze erinnert mich an den Sicherheitscheck auf einem Flughafen. Reiseziel unbekannt.

Ich werfe einen Blick hinter mich. Das metallisch blaue Portal, durch das ich von Massachusetts aus hergekommen bin, verschwindet zusammen mit dem grellroten Licht. Es gibt keinen Weg mehr zurück in meine Welt. *Zurück zu meinen Eltern.*

Ich schlucke schwer. Langsam begreife ich, was ich getan habe, was ich verloren habe. Während ich in Schweiß ausbreche, dreht sich alles um mich herum. *Nein, nein, denk jetzt bloß nicht darüber nach. Du darfst nicht zusammenbrechen. Bleib so wütend wie bisher. Denk an die anderen. Sie müssen die Wahrheit erfahren. Sie müssen erfahren, dass alles ein gewaltiger Schwindel – dass alles eine Falle war.*

Eines der androgynen Hologramme kommt auf mich zu und bleibt vor mir stehen. Ich kneife die Augen zusammen, als das Hintergrundlicht durch seine graue Uniform schimmert.

»Hallo. Bitte geben Sie Ihren vollständigen Namen und Ihr Alter an.«

Wenn die Hologramme Eier hätten, würde ich dem hier kräftig in seine reintreten. Nachdem ich mich vom Boden hochgerappelt habe, öffne ich den Mund, um zu sagen: *Alexandra Lucas, achtzehn Jahre alt.* Doch wenn ich es recht bedenke – ich kann genauso gut lügen wie die. Je weniger ich preisgebe, desto besser. Wissen ist schließlich Macht. Die ersten beiden Namen, die mir einfallen, stammen aus *Doctor Who* und *Star Trek*.

»River ... äh ... River Picard. Achtzehn.«

Das Hologramm macht eine einladende Armbewegung. »Willkommen am Kontrollpunkt 2359, River Picard. Bitte stellen Sie sich an, um in unsere Welt aufgenommen zu werden.« Das Hologramm verbeugt sich und fügt hinzu: »Möge Ihr Beitrag zur Freiheit führen.«

All diese Höflichkeit kaschiert lediglich die Absicht, die Welt zu beherrschen.

Nachdem ich mich ans Ende der Schlange gestellt habe, beobachte ich, wie Familien und Freunde einander voller Erleichterung umarmen. Sie alle sind nichts ahnende Opfer, deren Gesichter Dankbarkeit ausdrücken. Ich beiße mir auf die Zunge, um nicht in den Raum zu brüllen: *Wehrt euch! Leistet Widerstand! Das ist alles ein kolossaler Schwindel!* Doch ein Blick auf die wachhabenden Hologramme sagt mir, dass das jetzt völlig unangebracht wäre. Ich muss so tun, als wüsste ich nicht, dass der Komet ein Fake war, bis ich herausgefunden habe, warum Menschen aus der Zukunft Hologramme losgeschickt haben, um uns in diese Falle zu locken. Bevor ich etwas unternehme, muss ich ihre Motive kennen. Ich muss abwarten. Und zuallererst muss ich meine Freunde ausfindig machen.

Warten ist das Schlimmste, was einem passieren kann.

Während ich am Ende der Schlange stehe, überprüfe ich mein Äußeres, um festzustellen, ob meine Kleidung ruiniert, meine Haut verschrumpelt oder aufgerissen, mein Haar versengt ist. Alles wie gehabt: Meine mit Fleece gefütterte Kapuzenjacke, meine schwarzen Halbstiefel und meine Jeans haben ebenso wenig abbekommen wie meine langen, lockigen Haare. Das gilt auch für den silbernen Ring von Dominick und das Armband von Rita, die ich vor ein paar Monaten zu meinem achtzehnten Geburtstag von ihnen bekommen habe. Der Lack auf meinen Fingernägeln ist wie gewöhnlich hier und da abgepult. Dabei fällt mir ein, wie romantisch ich es mir vorgestellt habe, Dominick nach dem Weltuntergang auf einem fremden Planeten wiederzubegegnen. Wie krank ist das denn?

Mein Rucksack ist ebenfalls noch intakt, sodass ich die einzigen Überbleibsel meines Lebens auf der Erde auf dem Rücken trage. Alles, was mir vertraut war, ist wie ausgelöscht. Ich fühle mich wie eine Schnecke ohne Gehäuse, schutzlos den Elementen ausgesetzt.

Konzentrier dich auf deine Wut. Ich blinzle meine Tränen weg und wappne mich mit meinem Zorn, ein wichtiger Verbündeter. Wenn ich das Portal überlebt habe, dann trifft das wahrscheinlich auch auf die anderen zu. Auf Dominick. Rita. Meinen Bruder Benji und seinen Ehemann Marcus. Meine Großmutter Penelope. Und auf alle anderen, die unsere Erde vor mir verlassen haben. Ich muss sie finden. Sie wissen nicht, was wirklich geschehen ist, und ich muss sie warnen, bevor es zu spät ist.

Ein ungutes Gefühl tief in meinem Innern sagt mir, dass es das bereits ist.

Die Leute ganz vorn in der Schlange werden von den Hologrammen nacheinander in eine kastenförmige schwarze Kabine gewunken. Wenn der Betreffende die Kabine nach wenigen Sekunden wieder verlässt, wirkt er irgendwie benommen. Ich versenke die Hände in den Hosentaschen, wie Dominick es immer macht, wenn er nervös ist. *Ich könnte wetten, dass die Leute in dieser Kabine geklont werden.*

Eine weißhaarige Frau mit knallroter Brille und ein Teenager mit Aknenarben und Bartflaum am Kinn treten aus der Reihe und kommen auf mich zu.

»Entschuldigen Sie, junge Frau«, sagt die alte Dame. »Waren Sie die Letzte, die in Quincy, Massachusetts durch das Portal gegangen ist?«

Schlagartig verstummt der Lärm um uns herum. Alle drehen den Kopf in meine Richtung und warten auf meine Antwort, als könnte ich ihnen das letzte Weltgeheimnis offenbaren.

»Glaub schon«, presse ich hervor.

In den Gesichtern spiegeln sich die unterschiedlichsten Gefühle wider. Viele schlagen bestürzt die Hand vor den Mund, während ein kollektives »Nein« durch den Raum hallt.

»Vielleicht aber auch nicht«, verbessere ich mich.

»Wir suchen nämlich nach meiner Tochter«, erklärt die alte Dame mit zitternder Stimme. »Sie ist Polizistin und hat gesagt, sie würde uns gleich folgen.«

Der Junge dreht uns den Rücken zu, doch ich sehe, dass seine Schultern beben, weil er in Schluchzen ausgebrochen ist. Offenbar habe ich ihm gerade unabsichtlich mitgeteilt, dass seine Mutter tot ist, umgekommen bei der Kollision des Kometen mit der Erde. Der Kollision, die es nie gegeben hat.

Bevor ich noch etwas sagen kann, kommt eine Frau im Alter meiner Mutter mit einem Kleinkind auf dem Arm auf mich zu und starrt mich mit angstvoll aufgerissenen Augen an. »Haben Sie vielleicht meinen Mann gesehen? Er ist groß und füllig, hat dunkle Haare und auf seinen Hals ist eine große Eule tätowiert.«

Die Leute wollen Antworten von mir. Eigentlich müsste ich ihnen sagen, dass ihre Lieben alle gesund und munter sind. Dass die Erde völlig intakt ist. Und dass wir diejenigen sind, die in der Tinte sitzen. Doch ich weiß nicht, was hier wirklich abläuft, und wenn ich die Katze zu früh aus dem Sack lasse, könnten uns diese Menschen aus der Zukunft einen Strick daraus drehen. *Was, wenn sie uns alle auf der Stelle töten und der Rest der Leute weiterhin von alldem keinen blassen Schimmer hat?*

»Da bin ich mir nicht sicher«, antworte ich ausweichend, während in mir die Wahrheit brodelt wie Lava in einem Vulkan, der nicht ausbrechen darf.

»Danke«, sagt die Frau mit der knallroten Brille und dreht sich zu ihrem Enkel zurück. »Wir werden schon zurechtkommen, Nolan. Wir haben ja uns.«

Der Junge zieht sich seine Kapuze über den Kopf, damit man sein Gesicht nicht sieht.

Die Frau, die ihren tätowierten Mann sucht, drückt ihr Baby an sich und streichelt ihm den Kopf. Ihr Kinn zittert ohne Unterlass. Nachdem sie sich wieder in die Schlange eingereiht hat, blickt sie alle paar Sekunden zu der Stelle zurück, an der sich das Portal befunden hat. Wahrscheinlich hofft sie, dass ein Wunder geschieht und sich plötzlich ein neues Portal öffnet, aus dem ihr Mann herauskommt.

Mein Mund bleibt versiegelt, obwohl alles in mir danach verlangt, ihnen die Wahrheit zu sagen. Stillschweigen zu wahren, verwandelt die Wahrheit in etwas viel Schlimmeres – als hätte der Feind seine Geheimnisse in mich eingepflanzt und zur unfreiwilligen Geheimnisträgerin gemacht.

Die Menschen um mich herum überlassen sich ihrem Schmerz und betrauern den Verlust derjenigen ihrer Freunde und Verwandten, die es nicht mehr geschafft haben, die Erde zu verlassen. Und ich war die, die ihnen die Hiobsbotschaft überbracht hat. Ich erlebe mit, wie sie leiden. All das haben uns die Menschen aus der Zukunft angetan. *Das darf ich nicht vergessen. Nie und nimmer.*

Ein Hologramm winkt Nolan und seine Großmutter nacheinander in die schwarze Kabine. Ich beobachte, wie ihre Hände sich voneinander lösen. Sie schlägt die Hand vor den Mund und bricht in Tränen aus.

Einer nach dem anderen verschwindet in einem Nebenraum, sobald er die Kabine verlassen hat. Ich bin so geladen, dass ich mit der Energie, die durch meine Adern braust, wahrscheinlich ganz New York beleuchten könnte.

Nach einer Weile besteht die Schlange nur noch aus mir und einem kahlköpfigen, bärtigen, dunkelhäutigen Mann, der einen modischen Anzug trägt. Wir sind die beiden Letzten, die darauf warten, dass das Universum sie verschluckt und wieder ausspuckt.

Er blickt über die Schulter und sieht mich an. »Ganz schön hart, wenn man die Letzte ist, die sich retten konnte. Sie sind aber gut mit der Situation fertiggeworden.«

Das ist ja wohl das Absurdeste, was jemals jemand zu mir gesagt hat. *Ich werde mit überhaupt nichts gut fertig.*

»Ziemlich surreal, die ganze Sache, was?«, fährt er fort.

Ich nicke. Wenn man eine kolossale Lüge aufrechterhält, kann man keinen Small Talk machen. Ich komme mir vor wie Atlas aus der griechischen Mythologie, weil ich das Schicksal unzähliger Menschen auf meinen Schultern trage. Nur dass ich eine Sterbliche bin, die nicht unbegrenzt belastbar ist und irgendwann zusammenbricht.

Er streckt mir die rechte Hand hin, während er mit der linken seine Krawatte lockert. »Dr. Aiyegbeni vom Boston Children's Hospital. Meine Patienten nennen mich Doktor A.«

Ich schüttle ihm die Hand. »River Picard. Highschooloberstufe.«

»Sie haben auch bis zur letzten Minute gewartet, wie? Ein Glück, dass wir es noch geschafft haben. Was beweist, dass wir nicht so leicht aufgeben.«

Ich pule an meinem Nagellack herum und zucke die Achseln.

»Oder dass wir die Erde eigentlich nicht verlassen wollten.« Er streicht sich über seinen grau melierten Bart und lacht glucksend. »Werden Sie hier von Ihrer Familie erwartet?«

»Ja. Sie auch?«

»Nein. Ich habe mein ganzes Leben der Medizin gewidmet«, erwidert er in einem Ton, dem ein gewisses Bedauern anzuhören ist. »Was für ein Glück, dass wir es geschafft haben.«

Ich reiße mir am Daumen ein Stück Nagellack ab.

Das für unsere Schlange zuständige Hologramm winkt Doktor A. zu sich.

»Sagen Sie PSF ÖFFNEN«, befiehlt das Hologramm.

Doktor A. streicht seinen Anzug glatt. »War nett, Sie kennenzulernen, River. Alles Gute.«

»Gleichfalls.«

Er hebt seinen Campingbeutel vom Fußboden auf und marschiert an dem Hologramm vorbei, dem er höflich zunickt. *Oh, Doktor A., wie tief sind wir gesunken. Jetzt behandeln wir unsere Entführer schon mit Respekt. Das Stockholmsyndrom lässt grüßen.*

»PSF ÖFFNEN.«

Nachdem die Kabine sich geöffnet hat, tritt er ein. *Ich stelle mir vor, wie ihm ein außerirdisches Monster unter die Haut kriecht, um sich dort einzunisten, und sein Gesicht sich vor Schmerz verzerrt, wenn es sich in seine Wirbelsäule krallt.*

Nach einigen Sekunden kommt Doktor A. mit verblüfftem Gesichtsausdruck wieder heraus und schlurft in den Nebenraum, ohne mich eines Blicks zu würdigen.

Das Hologramm bedeutet mir, dass ich an der Reihe bin.

»Wozu ist dieses Ding gut?«, frage ich.

»Der PSF dient der Dekontamination. Sie müssen sterilisiert werden. Dekontamination, Evaluation, Integration.«

Dekontamination. Das Wort ruft unangenehme Erinnerungen in mir wach – an Leute in Schutzkleidung und eine Dusche mit nach Chemie riechender Seife. Ich schlinge schützend die Arme um mich.

»Brauchen Sie Hilfe?«

»Nein, alles in Ordnung. Ich muss mich nur kurz sammeln.«

Wieder spüre ich, wie mir die Seife in der Nase brennt, mit der wir uns nach dem Auftauchen der Portale im Krankenhaus waschen mussten. *Tief einatmen, Luft anhalten, ausatmen.* Ich nehme meinen Rucksack von den Schultern, um wie gewohnt meine Tabletten herauszuholen, doch da das Hologramm mich anstarrt, ziehe ich stattdessen meine Jacke aus, weil mir mittlerweile der Schweiß ausgebrochen ist. *Weiter tief ein- und ausatmen. Konzentrier dich.*

»Jetzt sind ungefähr achtzehn Komma sechs eins Sekunden vergangen. Brauchen Sie noch mehr Zeit?«

Mein Hass auf Hologramme nimmt zu, während meine Angst nachlässt. »Nein, alles in Ordnung.« Wenn ich das oft genug sage, glaube ich vielleicht selbst daran.

»Muss ich mich dekontaminieren lassen?«

»Ja. Sie können nicht in unsere Welt aufgenommen werden, solange sie noch Trägerin bösartiger Bakterien und schädlicher Viren aus der Vergangenheit sind. Der PSF wird Ihre Kleidung und alles, was Sie bei sich haben, durchchecken und alle bedenklichen Funde eliminieren.«

PSF. Eliminieren. Hört sich unangenehm an. Ich stoße den Atem aus. »Was bedeutet PSF? Wird das Ganze wehtun?«

»PSF bedeutet photosonischer Filter. Das geht völlig schmerzlos vor sich. Eventuell steigt Ihre Körpertemperatur leicht an, aber das geht schnell wieder vorüber. Die sonischen Vibrationen tragen auch zur Entspannung des somatischen Systems bei.«

Das Hologramm streckt seinen durchsichtigen Arm aus und deutet auf die schwarze Kabine.

Sonische Vibrationen. Somatisches System. Obwohl mir unzählige Fragen durch den Kopf schwirren, gehe ich auf das Ding zu, das mich irgendwie an die Telefonzelle bei *Doctor Who* erinnert. Das gefällt mir.

»Sagen Sie PSF ÖFFNEN.«

Mir bleibt nichts anderes übrig. Das ist der einzige Weg, die anderen ausfindig zu machen und ihnen die Wahrheit zu sagen. »PSF ÖFFNEN.«

Nachdem das Gehäuse sich geöffnet hat, trete ich mit meinem Rucksack auf den Schultern und meiner Jacke in der Hand ein. Als sich die Tür hinter mir schließt, krampft sich mir das Herz zusammen. Das erinnert in keiner Weise an die Telefonzelle bei *Doctor Who*, sondern an einen aufrecht stehenden Sarg. *Gibt es hier drin überhaupt genug Luft zum Atmen? Was, wenn das Teil eines finsteren Plans ist? In all meiner Blödheit bin ich in eine weitere Falle getappt. Das ist sicher eine futuristische Gaskammer. Vielleicht lassen sie die Kabine auch mit Wasser volllaufen, um mich zu ertränken. Oder was, wenn das eine überdimensionale Mikrowelle ist und ich das Dinner bin?*

Ich hämmere gegen die schwarze Wand und schreie: »Aufmachen! Lasst mich raus!«

Doch es ist zu spät. Ein leises Summen erfüllt die Kabine und unter meinen Stiefeln quillt weißes Licht hervor. Die Licht- und Schallwellen durchdringen meine Kleidung, wandern von meinen Fußsohlen über meine Knöchel und Waden bis zu meinen Knien, um dann ihren Weg bis zur Taille, den Armen, Schultern und dem Kopf fortzusetzen. Als sich der Prozess wiederholt, gebe ich allen Widerstand auf. Das gleichmäßige Summen und die sanften Vibrationen tun meiner Haut gut, das Licht hat eine beruhigende Wirkung auf mein Herz.

Viel zu schnell ist es zu Ende. Hier könnte ich ewig bleiben.

Die Tür öffnet sich.

»Sagen Sie PSF EXIT. Wenn Sie einen photosonischen Filter verlassen wollen, dürfen Sie nicht ÖFFNEN sagen.«

»Das werde ich mir merken«, erwidere ich. *Ich bin wirklich blöd. Der PSF war völlig harmlos. Warum habe ich das Ganze bloß für eine Falle gehalten?* Nur gut, dass ich als Letzte an der Reihe war, sodass niemand mitbekommen hat, wie ich ausgeflippt bin. Peinliche Situationen in der Öffentlichkeit führen bei mir immer ganz schnell zu einer Panikattacke.

Als ich in den Nebenraum gehe, um mich zu den anderen zu gesellen, bemerke ich, dass der Nagellack an meinen Fingernägeln verschwunden ist. *Dabei habe ich gar nicht mitbekommen, wie diese Reinigung vor sich gegangen ist.* Ganz geheuer ist mir das nicht.

Die Situation im Nebenraum schaukelt sich allmählich hoch, so als bringe man Wasser auf kleiner Flamme zum Kochen. In ein paar Minuten dürfte Panik ausbrechen. Die Körpersprache der Leute verändert sich. Viele machen lange Gesichter und geben ihre respektvolle Haltung auf, um stattdessen laut Fragen zu stellen und ihrer Empörung Ausdruck zu verleihen.

Doktor A. kommt auf mich zu. »Was geht denn da vor sich?«

Ich zucke die Achseln. »Kann nichts erkennen, dazu ist das Gewühl zu groß.«

Ich stelle mich auf die Zehenspitzen und recke mich hoch, um besser sehen zu können. Obwohl es gar keine Möglichkeit gibt, von hier zu verschwinden, fange ich an, mir Fluchtwege auszudenken. Von aufgebrachten Menschenmengen habe ich ein für alle Mal genug. An der hinteren Wand werden die Leute von Licht abgetastet, das aus der Wand, dem Fußboden und der Decke kommt und ständig seine Farbe wechselt. Sieht eigentlich ganz harmlos aus. Nachdem dies geschehen ist, werden sie nach rechts geführt, wo sie auf die anderen warten müssen.

Die Frau, die sich nach ihrem tätowierten Mann erkundigt hat, ist als Nächste dran, zusammen mit ihrem Baby. Gerade als ich glaube, dass sie die Prüfung bestanden hat, tritt eines der Hologramme vor und entreißt ihr das Baby.

Greifen die Einzelne von uns heraus, um mit ihnen Versu-

che zu machen? Sind wir für sie menschliche Versuchskaninchen? Bevor ich so etwas mit mir anstellen lasse, werde ich laut und deutlich die Wahrheit verkünden.

»Gebt mir mein Baby zurück!«, schreit die Mutter und schlägt mit der Faust auf das Hologramm ein, die jedoch durch dessen durchsichtige Brust hindurchgleitet. Das ist, als würde man versuchen, sich mit Sonnenstrahlen zu prügeln.

Ein zweites Hologramm hält die Mutter zurück, während die anderen ihr Baby wegtragen.

Sie können uns berühren – und wir greifen durch sie hindurch.

Wie ist das möglich? Und wie sollen wir uns gegen Leute, die im wahrsten Sinne des Wortes nicht zu fassen sind, auflehnen?

Ich renne zu einem der Hologramme hinüber.

»Was hat es mit diesem Licht auf sich? Und wo wird das Baby hingebracht?«

»Das nennt man HME, holografische medizinische Evaluation. Der Kleine braucht medizinische Hilfe. Er wird einer speziellen Behandlung unterzogen und in die Gesellschaft integriert, sobald er wieder gesund ist.«

»Dann nehmt ihr einer Mutter also einfach ihr Kind weg?«

»Familienangehörige stören im Rahmen einer Behandlung nur.«

Ich denke kurz nach. »Und was ist, wenn ich irgendeine ausgefallene Krankheit habe? Nehmt ihr mich dann nicht in eure Welt auf?« *Vielleicht verbrennen sie mich ja wie Müll. Oder werfen mich in ein Müllschluckerportal, das mich ins All befördert.*

»Bevor Sie in unsere Welt integriert werden, werden Sie einer angemessenen medizinischen Behandlung unterzogen.«

Wir werden unterzogen. Ob wir wollen oder nicht.

Ich beobachte, wie die Mutter schreit und um sich tritt und die Hologramme anfleht, die sich jedoch nicht erweichen lassen. Plötzlich schießen blaue elektrische Ströme aus dem Fußboden und klettern ihre Beine hoch, bis sie zusammenbricht und in Zuckungen verfällt.

»Die VMR ist automatisch aktiviert worden«, verkünden zwei Hologramme im Chor. »Bitte verhalten Sie sich ruhig, während wir uns mit diesem Vorfall befassen.«

Ein durchsichtiges Gehäuse umschließt den Körper der Mutter, sodass sie sich nicht mehr vom Boden erheben kann.

Alle weichen zurück. Reine Selbsterhaltung.

Das hier ist kein idyllisches Utopia. Und war es nie.

Die Hologramme weisen uns an weiterzumachen, als wäre nichts geschehen. Wir müssen an der erstarrt daliegenden Mutter vorbeigehen, um uns der medizinischen Evaluation zu unterziehen. Ich bewege mich mit gesenktem Blick vorwärts und rechne jede Sekunde damit, von einer elektrischen Entladung getroffen zu werden. Obwohl meine Hände zittern und ich am liebsten schreiend davonrennen würde, setze ich meinen Weg fort, weil ich muss.

Ich beobachte, wie weitere Leute von den Hologrammen ausgesondert werden, während ihre Familien und ihre Freunde besorgt zurückbleiben. *Mir fällt ein, wie ich Dad und Mom mitten auf einer verschneiten Straße zurückgelassen habe. Ich habe sie im Stich gelassen.* In meiner Brust fängt es an, zu hämmern und zu schmerzen. Das sind die vertrauten Pseudoherzinfarktsymptome, die sich immer dann einstellen, wenn es mir besonders schlecht geht. Mein Rücken scheint in Flammen zu stehen, alles um mich herum verschwimmt. Bevor ich zusammenbreche, muss ich schnellstens eine Tablette schlucken. Ich nehme meinen Rucksack von den Schultern, um die Flasche mit meinem Medikament herauszuholen.

Die Menge schiebt sich vorwärts, um die medizinische Untersuchung über sich ergehen zu lassen. Einige von denen, die den Test nicht bestehen, weigern sich, mit den Hologrammen mitzugehen, was nur dazu führt, dass sie bewusstlos davongetragen werden – *um behandelt, vielleicht aber auch um eingeäschert zu werden, wer weiß.*

Nur noch zwei Tabletten übrig. Obwohl nach den Unruhen mein Rezept für Ativan im Krankenhaus erneuert worden ist, habe ich in den Tagen unmittelbar vor dem angekündigten Aufschlag des Kometen eine Menge davon geschluckt. Ich nehme eine Tablette, die letzte bleibt einsam und verlassen in der Flasche zurück. Mein Atem wird von Sekunde zu Sekunde flacher. *Ich sitze auf einem fremden Planeten fest, ohne meine Eltern, bin hinterhältigen Hologrammen ausgeliefert und habe nur noch eine Tablette übrig? Das überlebe ich nicht.*

Drohend rückt die Licht-Evaluation näher. *Werde ich den Test bestehen? Oder wird man mich gegen meinen Willen fortschleppen?* Auf meinen Armen bildet sich Ausschlag, in meiner Brust rumort es. Ich darf nicht schlappmachen. Ich muss meine Freunde finden, allen die Wahrheit mitteilen und zur Erde zurückkehren.

Nacheinander treten die Leute in das Licht, um sich beurteilen zu lassen. Wir haben keine andere Wahl. *Dekontamination, Evaluation, Integration. Es gibt kein Entkommen.*

Ich sehe zu, wie die Großmutter mit der knallroten Brille und ihr Enkel Nolan sich dem Licht stellen. Beide bestehen den Test. Mit verblüfftem Gesichtsausdruck nimmt die Frau ihre Brille ab, während die Akne des Jungen augenblicklich verschwindet. *Ob Dominick nach Durchlaufen der Prozedur wohl auch keine Brille mehr braucht? Aber ich mochte seine Brille.*

Doktor A. tritt ins Licht und darf ohne Weiteres passieren.

Als ich an der erstarrt daliegenden Mutter vorbeikomme, sehe ich nach, ob sie noch am Leben ist. Ihr Atem beschlägt die Innenseite des durchsichtigen Gehäuses. Irgendwie erinnert sie mich an eine Actionfigur in Sichtverpackung. Offenbar kann sie weder sprechen noch sich bewegen. Nur ihre Augen huschen hin und her und starren mich entsetzt an. Es gibt keine Möglichkeit, um ihr zu helfen – und das macht mich fertig.

Ehe ich mich's versehe, bin ich an der Reihe. Mein Körper spürt die drohende Gefahr und aktiviert all seinen Kampfgeist, doch das ständig seine Farbe wechselnde Licht flutet über mich und nagelt mich förmlich fest. Mir schießt der Gedanke durch den Kopf, dass das Licht mich gleich vernichten wird und mir damit die Möglichkeit raubt, die Wahrheit zu verkünden.

»Hilfe! Die wollen mich umbringen! Die sind alle Lügner!«

Sofort werde ich von Hologrammen umzingelt. Eines von ihnen presst mir ein kleines Gerät gegen die Stirn, worauf alles um mich herum schwarz wird.

Als ich wieder zu mir komme, liege ich auf einem Tisch und kann mich nicht rühren. Eine klassische Situation: entführt von Außerirdischen, die mit ihren Opfern Versuche anstellen. Meine Kleidung hat man mir ausgezogen und mich stattdessen in eine zu große, in allen Regenbogenfarben schillernde Uniform und dazu passende Stiefel gesteckt. Meinen Ring und mein Armband hat man mir ebenfalls abgenommen. Es fühlt sich an, als hätte man mir das Herz aus der Brust gerissen.

Eine leise Stimme hallt durch den Raum. »HME aktiviert. Bitte geben Sie Ihren Namen und Ihr Alter an, sofern Sie dazu in der Lage sind.«

»River Picard. Achtzehn«, sage ich laut ins Leere. »Wo ist meine Kleidung? Mein Schmuck?«

»Ihre Kleidung und Ihr Schmuck sind anderen Zwecken zugeführt worden. Durch primitiven irdischen Schmuck könnte es zu Störungen in unserem Datentransfersystem kommen.«

Meine Kehle schnürt sich zusammen. »Aber die Schmuckstücke hatten einen emotionalen Wert für mich.«

»Emotional. Dieses Wort gibt es in unserer Datenbank nicht.«

Die eisige Kälte dieser Antwort schlägt allem Menschlichen ins Gesicht. Keiner von uns gehört hierher.

Kurz darauf gleitet ein ständig die Farbe wechselnder Lichtstrahl über meinen Körper. *Nicht das schon wieder.* Abgesehen von einem leichten, nicht unangenehmen Wärmegefühl, spüre ich nichts.

Die körperlose Stimme stellt fest: »Ihre erste Untersuchung hat folgenden Befund ergeben: beschleunigter Herzschlag und Tachypnoe, Überaktivität der Nebennieren, die zu hohen Epinephrin-, Norepinephrin- und Cortisolwerten führt, hyperaktive Amygdala mit geringer präfrontaler Aktivität, unter dem Durchschnitt liegendes Volumen des Hippokampus, niedriger Serotoninwert, hoher Dopaminwert. Wir haben Ihre Symptome provisorisch behandelt. Um alles zu stabilisieren, sollten Sie eine Woche lang täglich zur Behandlung kommen.«

Irgendetwas lockert sich, sodass ich imstande bin, mich aufzusetzen. Mein Kopf ist so klar, als hätte ich eine Woche lang geschlafen. »Dann bin ich also krank? Ich fühle mich aber nicht krank. Moment mal ...« Ich blicke umher und rede weiterhin ins Leere. »... hängt all das mit meinen Ängsten zusammen? Können Sie die beseitigen?«

»Datenbank wird abgefragt. Bei entsprechender Behandlung werden die Symptome im Laufe der Zeit nachlassen.«

»Worin besteht die Behandlung?«

»In speziellen auditiven und elektromagnetischen Prozessen. Dem Kortex werden Bilder übermittelt, die einen angenehmen Effekt haben und zur Rekonditionierung neuraler Leitungsbahnen beitragen.«

Ich stelle mir vor, wie die Menschen aus der Zukunft mich untersucht haben, als ich bewusstlos war. Was, wenn sie mich einer Gehirnwäsche unterziehen, um mich gefügig zu machen? Was, wenn sie mein Gehirn so konditionieren, dass ich aufhöre, Fragen zu stellen? Was, wenn ich zu einem glücklichen und zufriedenen Wesen werde und gar nicht mehr mitbekomme, was sie vorhaben? Was, wenn sie in der Lage sind, mittels dieser verdammten HME meine Gedanken zu lesen?

Darauf kann ich mich nicht einlassen. Doch da ich nur noch eine Tablette übrig habe, weiß ich nicht, wie ich das alles durchstehen soll.

Oh Gott, ich habe tatsächlich Angst davor, dass außerirdische Hologramme mir meine Ängste nehmen könnten. Wenn das nicht paradox ist!

»Die HME wird automatisch deaktiviert. Zur Integration begeben Sie sich bitte in den nächsten Raum.«

Ein Piepton zeigt an, dass die Ansage beendet ist. Mein Rucksack liegt auf dem Fußboden, meine Jacke hingegen fehlt. In der grässlich schillernden Uniform gehe ich in den nächsten Raum. In der Mitte steht ein leerer Glastisch, davor ein Stuhl. Nackte Wände. Das ist alles. Ich habe keine Ahnung, was ich jetzt tun soll. Der Stuhl aus Glas kommt mir nicht sonderlich stabil vor. Trotzdem setze ich mich.

»Bitte legen Sie eine Hand auf den Tisch und vermeiden Sie jede Bewegung«, fordert mich eine Stimme auf, die genauso monoton klingt wie die vorhin.

Ob sie mir zur Bestrafung wohl meine Hand abschneiden wollen? Ich entscheide mich für meine linke Hand, an der jetzt Ritas Armband und Dominicks Ring fehlen.

Einige Sekunden vergehen, bevor etwas passiert. Dann fällt ein violetter Lichtstrahl auf meine Hand. Ich zucke zusammen, denn plötzlich ergießt sich eine warme Flüssigkeit über mein Handgelenk und verfestigt sich zu einem durchsichtigen, etwa fünf Zentimeter breiten Armband. Als das Licht erlischt, nehme ich meine Hand vom Tisch und sehe nach, ob meine Haut irgendwie Schaden genommen hat. Der Armreif fühlt sich an, als sei er aus dickem Glas. Er sitzt so lose, dass er das Handgelenk nicht einschnürt, ist aber auch so eng, dass er sich nicht abstreifen lässt. Ein Verschluss ist nirgendwo zu entdecken, geschweige denn eine Naht. Das ist nichts anderes als eine dicke Handschelle aus Glas. *Ich will dieses Ding nicht am Handgelenk haben.*

»Hologuide abrufbereit. Tippen Sie zweimal auf den Reif an Ihrem Handgelenk. Der Hologuide ist Ihr persönlicher Assistent, der Ihnen bei der Integration in unsere Welt helfen und Ihre Fragen beantworten wird. Da wir möchten, dass Sie sich bei uns wohlfühlen, haben Sie jederzeit die Möglichkeit, technische Daten zu modifizieren. Möge Ihr Beitrag zur Freiheit führen.«

Beitrag? Ihr meint wohl Entführung. *Freiheit?* Echte Freiheit gaukelt den Menschen nicht vor, sie hätten die Wahl. Ich tippe zweimal auf die gläserne Handschelle, worauf ein androgynes Hologramm in grauer Uniform vor mir erscheint.

»Willkommen, River Picard. Wir sind hier, um Ihnen bei der Integration in unsere Welt behilflich zu sein. Bitte folgen Sie uns.«

Obwohl ich durch und durch misstrauisch bin, lasse ich mich von dem Hologuide einen tunnelartigen weißen Korridor entlangführen – ein Kaninchenloch ins Wunderland. Für Alice war das Ganze wenigstens nur ein Traum, aus dem sie erwachen konnte.

»Wo gehen wir denn hin?« Ich drehe den Reif hin und her und versuche, ihn über meine Hand zu bekommen. *Ich muss das Ding loswerden.*

»Zur Integration.« Mein Hologuide geht auf eine Wand zu. Während er sich von mir entfernt, verliert er seine Durchsichtigkeit und nimmt eine solide Gestalt an. Wenn ich es nicht besser wüsste, würde ich ihn für einen Menschen halten. Bloß dass seine Haut und seine kurz geschnittenen Haare zu makellos aussehen.

Als er die Wand, die weder eine Tür noch ein Fenster aufweist, erreicht hat, fordert er mich auf: »Sagen Sie EXIT.«

Offenbar ist er nicht ganz richtig programmiert. Trotzdem mache ich das Spielchen mit.

Nachdem ich tief Luft geholt habe, sage ich: »EXIT.«

Die Wand fängt an zu flimmern wie eine Luftspiegelung in der Wüste.

»Was zum …?«

Das Hindernis löst sich in nichts auf und entlässt uns in die Außenwelt.

»Willkommen auf Solbiluna-8, River Picard.«

2

TAG 2

Der nächtliche Himmel unterscheidet sich extrem von dem auf der Erde: zwei helle Monde, einer halb so groß wie der andere; unzählige funkelnde Sterne tanzen am dunklen Firmament, was aussieht, als ließen die Leute bei einem ausverkauften Konzert ihre Handys aufleuchten. Das Ganze erinnert an ein Gemälde von van Gogh und ist ebenso surreal wie romantisch – auf eine gefährliche Weise romantisch.

Ich atme tief durch, um herauszufinden, wie es um den Sauerstoffgehalt der Luft bestellt ist, die frisch ist und irgendwie nach Minze und Vanille schmeckt. Meine Winterkleidung aus Neuengland wäre hier total fehl am Platz, denn es sind mindestens zwanzig Grad.

Um mich herum plaudern etliche andere Menschen mit ihren Hologuides. Ich halte nach meinen Freunden und Verwandten Ausschau, nach Doktor A., nach Nolan und seiner Großmutter sowie nach der Mutter, der man hoffentlich ihr Baby zurückgegeben hat, doch sie sind nirgendwo zu entdecken. Ich würde so gern jemand Vertrautes sehen, ganz egal, wen.

Mein Gott, was hat man uns bloß angetan? Warum sind wir hier?

»Willkommen auf unserem Planeten«, wiederholt mein Hologuide. »Bitte kommen Sie mit.«

Wir gehen einen grauen Weg entlang, der schimmert, als hätte man Diamanten in den Asphalt eingelassen. *Falls das wirklich Asphalt ist.*

»Was sind das für schimmernde Teilchen?«

»Wir lassen in unsere Wege Nanoholocoms ein, das sind Computer von der Größe eines Reiskorns. Sie speichern Licht und Schwingungen, um Energie daraus zu gewinnen. Sie bilden in unserer Welt die unerlässliche Grundlage für alle holografischen Programmiervorgänge. Ihr Datentransferband gestattet Ihnen, im Nanoholocom-Network zu navigieren.«

Ich drehe den Reif an meinem Handgelenk hin und her und nicke wie ein Hund, der auf ein Leckerli wartet. Ich darf jetzt nicht auf diesen Sirenengesang hereinfallen, der von hoch entwickelter Technologie raunt. Ich muss in Erinnerung behalten, dass ich auf Rache aus bin und eine Mission zu erfüllen habe, die darin besteht, die Wahrheit zu verkünden.

Ein Gedanke, der auch etwas Bedrückendes hat, denn diese Mission findet fern von meinen Eltern, fern von meinem Zuhause, fern von meinem Planeten, ja, noch nicht einmal in meinem eigenen Zeitkontinuum statt. Ich darf nie vergessen, was sie uns angetan haben.

Der Hologuide führt mich einen Pfad entlang, der von in den Boden eingelassenen Leuchtfeldern gesäumt wird, und steuert auf ein wunderschönes rundes, offenbar gläsernes Gebäude zu, das in der Dunkelheit strahlt. Dank der durchsichtigen Wände kann ich zahlreiche Menschen sehen, die sich auf mehreren Etagen hin und her bewegen.

»Wo gehen wir denn hin?«

»Man hat Ihnen die Einzel-WE, das heißt Wohneinheit, QN 25-50-1-9-100 zugewiesen.«

Hört sich nach Einzelhaft an. »Dort werde ich also wohnen?«

»Ja vorübergehend, während der ersten Phase der Integration.«

Um mich zu beruhigen, klopfe ich mir mit den Händen auf die Schenkel, wie es mir meine Therapeutin Arianna beigebracht hat. Das hilft mir, mich auf meinen Körper zu konzentrieren, und lenkt mich von meinen Ängsten ab. Ich überlege, ob meine Therapeutin es geschafft hat, mit ihrem Baby hierherzugelangen, und ob sie ihr genau wie dieser anderen Mutter ihr Kind weggenommen haben, um es medizinisch zu behandeln. Außerdem frage ich mich, ob sie wohl Tabletten mitgebracht hat.

»Was müssen wir tun, um integriert zu werden?«

»Sie müssen unsere Sitten und Gebräuche lernen und sich entscheiden, ob Sie Ihren Beitrag in unserer Welt leisten möchten.«

Irgendetwas an den Formulierungen des Hologramms erschreckt mich. Das Wort »Integration« erinnert mich zu sehr an das Wort »Assimilation«, bei der man seine eigene Kultur aufgibt und – ob man will oder nicht – sich in eine andere einfügt.

»Wie kann ich hier denn jemanden ausfindig machen?«, frage ich, während ich mir weiter mit den Fingern auf die Beine klopfe.

»Das können Sie mithilfe Ihres Datentransferbandes versuchen, sobald man Ihnen Zugang zum gesamten Datennetz und Reisefreiheit auf unserem Planeten gewährt hat. Vorerst dürfen Sie die Ihnen zugewiesene Wohngemeinschaft nicht verlassen.«

Mir ist nie in den Sinn gekommen, dass ich Dominick und Rita nicht finden könnte, ganz zu schweigen von Benji, Marcus und Penelope.

»Und wann darf ich sie verlassen?«

»Sobald die erste Phase der Integration abgeschlossen ist.«

»Die wie lange dauert?«

»Das lässt sich nicht genau sagen.«

Ich atme tief durch, um nicht die Geduld zu verlieren. »Dann werde ich sie eben auf altmodische Weise ausfindig machen müssen.«

»Auf altmodische Weise. Diesen Ausdruck gibt es in unserer Datenbank nicht.«

Ich verdrehe die Augen und folge dem Hologuide in das glasartige Gebäude. Neben dem Eingang ist auf einem holografischen Display QN 25-50-1 zu lesen. Nachdem wir einen Torbogen und einen Gang passiert haben, treten wir wieder ins Freie.

»Das ist das Zentrum, der Gemeinschaftsbereich der hier Wohnenden«, erklärt mein Hologuide.

Die Konstruktion des Gebäudes erinnert mich an ein Poster von Shakespeares Globe Theatre, das meine Englischlehrerin in ihrem Klassenzimmer hatte. Allerdings ist der Bau hier ungefähr dreimal so hoch und die übereinanderliegenden Etagen und Gänge sind ringförmig um den Innenhof angeordnet. Das Ganze wirkt wie ein riesiger Donut aus Glas und Metall. Oder wie ein hohler gläserner Baumstamm, in dem wir wie die Eichhörnchen leben.

Auf dem saftig grünen Rasen tollen Kinder herum und jagen einer überdimensionalen Seifenblase hinterher, die über ihnen durch die Luft schwebt. Sobald es einem der Kinder gelingt, sie zu berühren, wechselt sie die Farbe. In der Nähe stehen einige Erwachsene und passen auf. Keiner von ihnen steckt wie ich in einer lächerlich großen Uniform. Ihre Uniformen passen wie angegossen und weisen die unterschiedlichsten Farben und Muster auf.

»Könnte ich wohl andere Kleidung bekommen?«, frage ich meinen Hologuide.

»Sie können Ihre Uniform jederzeit verändern. Fassen Sie

einfach den Stoff an und sagen Sie KLEIDUNG MODIFIZIEREN.«

»Den Stoff soll ich anfassen?«

»Ja.«

Ich folge seiner Anweisung. »KLEIDUNG MODIFIZIEREN.«

Oberhalb des Ärmels erscheint ein holografischer Bildschirm, der mir Unmengen von Optionen zur Verfügung stellt.

»Das holografische System reagiert auf Ihre Fingerbewegungen. Sie brauchen auf dem Bildschirm nur das anzutippen, was Ihnen gefällt.«

Ich tippe auf ein Icon mit Uniformhemd und -hose. Unverzüglich passt sich die Uniform meinem Körper an. Der schillernde Stoff lässt sich auf vielfältige Weise variieren. Rita dürfte von der Mode hier begeistert sein. Ich entscheide mich dafür, ganz in Schwarz aufzutreten.

In dem Moment entdecke ich hinten im ZENTRUM Nolan und seine Großmutter, die mit ihrem Hologuide in Streit geraten sind. Ich kann zwar nicht verstehen, was sie sagen, erkenne aber an ihrem Gesichtsausdruck, dass es sich um eine Auseinandersetzung handelt. Ihr Hologuide lässt sich natürlich nicht aus der Ruhe bringen und antwortet ihnen auf gewohnt neutrale Weise.

Der Innenhof ist mit großen, üppigen Büschen und tropischen Blumen bewachsen, die einen süßlichen, warmen Duft verströmen, der mich daran erinnert, wie wir in meiner Kindheit meine Großmutter Penelope in Florida besucht haben. In der Mitte der Anlage erhebt sich ein großes Steinpodest, in das eine runde Glasscheibe eingelassen ist und über dem eine Metallhaube hängt. Um dieses Podest haben sich mehrere Leute versammelt. Wozu es wohl dient? *Zur Opferung von Jungfrauen?* Na, da kann mir ja nichts passieren.

Das Zentrum wird von unten und oben mittels winziger Lampen beleuchtet, die in die Fassade des Gebäudes und in den Boden eingelassen sind. Wie in Glas eingeschlossene Glühwürmchen sieht das aus. Hier und da sitzen Leute an mehrfarbigen Tischen mit dazugehörigen Bänken. Obwohl ich nirgendwo eine Küche entdecken kann, ist die Luft von leckeren Essensgerüchen geschwängert, die sich mit dem Blumenduft vermischen.

»Am HDP wird Holocomessen hergestellt.« Mein Hologuide zeigt auf das Steinpodest. »Gerade wird die dritte Ration ausgegeben.«

Die dritte Ration? Sofort fängt mein Magen an zu knurren, und ich versuche, mich zu erinnern, wann ich zum letzten Mal etwas gegessen habe. Vor Tagen? Kein Wunder, dass ich mich so benommen fühle. Meine schmerzenden Schultern erinnern mich ständig daran, wie ich Dads Rollstuhl kilometerweit über den verstopften, unter Schneematsch begrabenen Highway geschoben habe. *Erinnern mich daran, wie ich meine Eltern im Stich gelassen habe, um durch das Portal zu rennen.*

»Prima«, sage ich. »Ich bin nämlich am Verhungern.«

»Verhungern. Dieses Wort gibt es in unserer Datenbank nicht.«

Als wir auf das altarähnliche Podest zutreten, mustere ich es genau, um festzustellen, ob es eine Falle ist. Vielleicht wirft mein Hologuide mich ja auf den Altar und serviert mich zum Abendessen.

»Der HDP stellt das Essen her, das vom Nanoholocom-Network designt wurde, basierend auf den Bestandteilen, die zur Ernährung erforderlich sind.«

Noch ein Akronym. »Wollen Sie damit sagen, dass das holografisches Essen ist?«, murmle ich.

In dem Moment höre ich ein glucksendes Lachen, das mir bekannt vorkommt. Neben mir steht Doktor A.

»Das Essen muss schon echt sein«, meint er. »Licht kann man schließlich nicht essen. Wahrscheinlich muss man sich das eher wie einen 3-D-Drucker vorstellen. Im Krankenhaus haben wir so was auch schon benutzt. Natürlich nicht in diesem Ausmaß.«

»Das Essen wird im Grunde also von einem Computer hergestellt und zubereitet? Ist das dann so was wie eine Kombination aus 3-D-Drucker und Mikrowelle?«

»In etwa«, erwidert Doktor A.

»Das Nanoholocom-Network bereitet die Mahlzeit auf der Grundlage von Bedürfnissen und vorhandenen Beständen zu«, fährt mein Hologuide mit seinen Erklärungen fort. »Es ist nicht möglich, spezielle Speisen zu bestellen. Die Rationen orientieren sich an Ihrem persönlichen Kalorienbedarf.« Er zeigt auf das Podest. »Legen Sie zum Einlesen die Hand auf die Oberfläche. Jedem stehen pro Tag drei Essensrationen zu.«

»Was ist, wenn jemand eine Allergie hat?«, frage ich.

»Allergien sind bei uns ausgemerzt worden«, antwortet der Hologuide.

»Tatsächlich?« Diese Information scheint Doktor A. zu beeindrucken. Trotzdem runzelt er die Stirn und sagt nichts weiter.

Ein kleines Mädchen mit Zöpfen legt die Hand auf das Podest. Unter ihrer Hand leuchtet es orangefarben auf und ein beigefarbener Teller samt Gabel materialisiert sich. Anschließend baut sich auf dem Teller Schicht um Schicht etwas auf, das wie dunkelgrüne Nudeln aussieht. Das Mädchen hat keinen Hologuide bei sich, scheint aber genau Bescheid zu wissen.

»Das Essen ist gesund und nahrhaft«, fährt mein Hologuide fort, »und berücksichtigt sowohl den Geschmack als auch das ästhetische Empfinden der Menschen.«

Doktor A. legt seine Hand auf die Oberfläche. Ich warte, bis ich dran bin.

»Sie brauchen nicht zu warten«, erläutert mir mein Hologuide. »Der HDP ist so konstruiert, dass er ungefähr fünfzig Leute gleichzeitig bedienen kann.«

Das braucht er mir nicht zweimal zu sagen. Schnell lege ich die Hand auf das Podest. Nachdem das orangefarbene Licht aufgeleuchtet hat, materialisiert sich ein Teller mit Nudeln. Die kalte Steinfläche erinnert mich an den Küchentresen zu Hause. Ich sehe wieder vor mir, wie Mom das Essen zubereitet, das Dad aus dem Supermarkt mitgebracht hat. Wie meine Großmutter Penelope ihr beim Erntedankfestdinner gute Ratschläge erteilt. Wie Mom abends Tee trinkt und Dad Sandwiches macht. Das sind meine letzten schönen Erinnerungen an sie. Als ich meinen Teller mit gedrucktem Essen an mich nehme, komme ich mir wie eine Verräterin vor.

Ich frage mich, was meine Eltern auf der Erde jetzt wohl essen. Es war ja kaum noch Essen da. *Leere Supermarktregale. Chaos. Und ich habe sie im Stich gelassen – ohne Essen, ohne Heizung, ohne Auto, ohne Strom …* Wenn ich mir weiterhin Sorgen um sie mache, drehe ich durch. Meine letzte Tablette lockt mich, doch ich achte nicht darauf. Die muss ich mir für einen Notfall aufheben.

Ich halte im ZENTRUM nach Menschen aus der Zukunft Ausschau, doch jeder sieht aus, als stamme er von der Erde. Nur einige wenige haben ihre Hologuides bei sich. Ich entdecke die Mutter, die man mit Stromstößen ruhiggestellt hat, nachdem man ihr das Baby weggenommen hatte. Sie ist nach wie vor allein, ohne Baby, und starrt mit leerem Blick vor sich hin, wie Dad es immer in den Zombienächten getan hat. Nur dass ihr Trauma ganz frisch ist. Dass ich miterlebt habe, wie es entstanden ist. Am liebsten würde ich zu ihr gehen und ihr die Wahrheit ins Ohr flüstern. *Ob sie sich wohl besser fühlen würde, wenn sie wüsste, dass wir alle Opfer eines großen Schwindels sind?*

»Wollen wir zusammen essen, River?«, fragt Doktor A. »Oder haben Sie Ihre Verwandten schon gefunden?«

Sofort habe ich einen Kloß im Hals. Ich habe einfach nicht den Nerv für Small Talk, brauche aber jemand halbwegs Vertrautes. Außerdem sollte ich mich wohl unter die Leute mischen, damit ich nicht zur Außenseiterin werde. »Gern. Meine Verwandten habe ich noch nicht entdeckt. Aber ich bin ja gerade erst angekommen.«

Doktor A. nickt. Zusammen gehen wir zu einem Tisch mit Bank.

»Brauchen Sie während des Essens unsere Hilfe?«, erkundigt sich mein Hologuide.

»Glaub nicht«, erwidere ich und stelle mir vor, wie er versucht, mich zu füttern.

»Dann werden wir uns jetzt deaktivieren. Wenn Sie uns wieder benötigen, tippen Sie bitte zweimal auf Ihr DT-Band.« Er verbeugt sich. »Möge Ihr Beitrag zur Freiheit führen.«

Was soll denn diese blöde Bemerkung bloß heißen? Sollen wir uns frei fühlen, nachdem wir in ihre Welt aufgenommen worden sind?

»War ja ein echtes Erlebnis mit der Dekontamination und der Evaluation«, meint Doktor A., während er mehrere dunkelgrüne Nudeln um seine Gabel wickelt.

»Mir kam das die ganze Zeit wie eine Entführung durch

Außerirdische vor.« *Offenbar kann ich mir vor dem Essen nirgendwo die Hände waschen. Na toll. Ich spüre förmlich, wie mir die Keime über die Hände kriechen.* »Wie lange war ich denn weg?«

Er lacht länger als nötig. »Ungefähr einen Tag lang. Falls man die Zeit hier so misst.«

Ich war einen Tag lang bewusstlos? Was für Untersuchungen die wohl mit mir angestellt haben?

»Woher sind Sie eigentlich?«, fragt er.

Ich spieße eine Nudel auf die Gabel und hoffe inständig, dass es kein futuristischer Wurm ist. Ich beiße ein Stück ab und fange an zu kauen. Im selben Moment wird mir klar, wie hungrig ich bin. Unverzüglich mache ich mich daran, die Nudeln in mich hineinzuschaufeln.

»Entschuldigung«, sage ich mit vollem Mund.

»Ich bitte Sie. Mir war auch nicht bewusst, wie ausgehungert man nach einer Reise durch ein Portal ist.« Nach einer Weile fragt er von Neuem: »Also woher sind Sie?«

»Aus Massachusetts.«

»Tja, meinem Hologuide zufolge ist jeder in dieser Wohngemeinschaft durch das Portal in Quincy, Massachusetts gekommen, und zwar in der letzten Phase, also wahrscheinlich in den letzten zwei Wochen oder so.«

Ich blicke mich um. »Dann hängt es also vom Standort des Portals und vom Zeitpunkt, an dem wir die Erde verlassen haben, ab, wo wir untergebracht sind?« *Nur in den letzten zwei Wochen? Das würde bedeuten, dass Dominick und Rita gar nicht hier sind.*

Mir wird schwer ums Herz. Mein Hologuide hat gesagt, dass ich die Wohngemeinschaft nicht verlassen darf. *Ich kann das, was ich vorhabe, aber nicht allein tun. Ich muss meine Freunde finden.*

»Wissen Sie, wie lange es dauert, bis wir uns hier frei bewegen können?«

»Davon wurde nichts gesagt.«

Ohne meine Freunde stehe ich das alles nicht durch.

»Wenn man es recht bedenkt, ist es ganz sinnvoll, die Leute auf diese Weise unterzubringen. Wenn wir Menschen aus unserer Heimatgegend um uns haben, hilft uns das bei der Integration in eine neue Welt. Dann gibt es keine Sprachbarrieren und Verwandte und Freunde können von vornherein zusammenbleiben.«

So hatte ich das noch nicht gesehen. Scheint irgendwie logisch zu sein. *Natürlich funktioniert das nur, wenn man die Erde zusammen mit Verwandten oder Freunden verlassen hat.* »Wer sind denn nun eigentlich die Menschen aus der Zukunft, die uns die Hologramme geschickt haben? Ich kann hier niemanden ausmachen, der anders als wir aussieht.«

»Die Frage habe ich auch schon gestellt. In der ersten Phase der Integration dürfen wir keinen Kontakt mit den HöWes haben, weil das unser primitives Gehirn überfordern würde. Weil wir kulturell nicht voll auf der Höhe sind. Was ich ziemlich überheblich finde.«

»HöWes?«

»Eine Abkürzung für höher entwickelte Wesen. So werden sie hier genannt.«

Ich nicke und mustere die Menschen um uns herum, um festzustellen, ob irgendetwas an ihnen darauf hinweist, dass sie verkappte HöWes sind. Abgesehen von den merkwürdigen Uniformen, scheint das hier jedoch nichts als ein typischer Querschnitt der Einwohner von Massachusetts zu sein. Ich beobachte, wie Nolan und seine Großmutter auf das Essenspodest zusteuern. Sie legt die Hand auf das Podest, während Nolan keine Anstalten dazu macht. Offenbar versucht seine Großmutter, ihn dazu zu bringen, etwas zu essen, doch Nolan bleibt stur, was ich ihm nicht verdenken kann. Es muss sehr bitter sein, seine Mutter zu verlieren. Mir wird ja schon ganz schlecht, wenn ich mir vorstelle, Dad zu verlieren.

Und jetzt sind meine beiden Elternteile in einem anderen Zeitkontinuum, das 300 Jahre zurückliegt. Inzwischen sind sie zu Staub zerfallen.

Lass das. Lass dich nicht von solchen Gedanken fertigmachen.

»Worauf sind Sie denn spezialisiert, Doktor A.?«, frage ich, um mich abzulenken.

»Auf Fetalchirurgie.«

»Sie operieren Babys?«

»Ja, noch im Mutterleib.«

»Das muss sehr stressig sein.« Ich halte nach der Mutter Ausschau, der man ihr Kind weggenommen hat. Sie starrt immer noch ins Leere. Die Leute in der Nähe sehen sie mitleidig an, doch keiner richtet das Wort an sie.

»Man gewöhnt sich daran«, erwidert Doktor A. »Der Stress wirkt sogar anregend.«

In meiner Welt wirkt Stress überhaupt nicht anregend. Stress ist da eher das Benzin, das man in eine flackernde Flamme schüttet.

Ich mache mich wieder über meine Nudeln her, und während ich kaue, lasse ich den Blick über die Gesichter der Menschen um mich herum schweifen. So viele Familien, alles Fremde. Bis mein Blick plötzlich auf ein vertrautes Gesicht fällt.

Mir bleiben die Nudeln im Halse stecken. Im ersten Moment erkenne ich sie gar nicht wieder, denn ihr Haar ist zurückgebürstet, und sie trägt eine saubere, gut sitzende himmelblaue Uniform.

Es ist die Verrückte.

Die Verrückte.

Sie sieht wesentlich gesünder aus als bei unserer letzten Begegnung, aber da lag sie ja auch mit Schaum vorm Mund in der Nähe des Portals, während ich auf das Eintreffen des Krankenwagens wartete.

Und dabei hat sie mir den Zettel gegeben.

Bevor sie starb.

Auf der Erde.

Wenn die Wahrheit von Angst verhüllt und von Träumen umwölkt wird,
wenn Fakt und Fantasie sich seltsam paaren,
gibt es vielleicht keine wahren Helden mehr.
Oder vielleicht werden dann Helden geboren.

Ich hatte recht. Wie ist das möglich? Wie kann sie hier sein? Wie kommt es, dass sie noch am Leben ist?

Die Verrückte lehnt an der Wand. Ganz ruhig und gelassen. Dabei habe ich sie völlig anders in Erinnerung. Ich gebe mir Mühe, nicht zu ihr hinüberzustarren. Als ich dann doch einen verstohlenen Blick auf sie werfe, sehe ich, wie sie statt in die Nudeln in die Gabel beißt und die Zinken aufisst.

»Ist das Besteck denn essbar?«, frage ich erstaunt.

Doktor A. betrachtet die Gabel, bricht einen Teil des Griffs ab und isst ihn. »Bemerkenswert. Schmeckt wie ein leicht gesüßter Keks. Oder wie Brot. Ich frage mich ...« Er schiebt seine Nudeln beiseite, bricht ein Stück seines Tellers ab und steckt ihn sich in den Mund. »Bemerkenswert. Kein Abfall, kein Abwasch.«

Ich überlege, ob ich auch mal probieren sollte, obwohl mir ziemlich flau im Magen ist. Die Verrückte fährt fort, ihre Gabel zu essen. Anschließend pfeffert sie den Teller zusammen mit den Nudeln auf das Steinpodest. *Was weiß sie, das ich nicht weiß? Vielleicht sind die grünen Nudeln so was wie Soylent Green aus diesem alten Science-Fiction-Film, den ich mal zusammen mit Dominick gesehen habe. Vielleicht haben die HöWes uns deswegen entführt. Um an Protein zu kommen.*

Ich übergebe mich ins Gebüsch.

Doktor A. fühlt mir den Puls und legt mir die Hand auf die Stirn, wie Mom es immer gemacht hat. Meistens konnte sie durch einfaches Handauflegen feststellen, ob ich Fieber hatte.

»Ich bin okay«, sage ich. »Ich hab nur zu schnell gegessen.«

Er führt mich zu einem gläsernen Wasserspender, auf dem steht: **Nur für den persönlichen Trinkbedarf. Es ist verboten, Wasser abzufüllen oder sich damit zu säubern.**

Welche Strafe einen wohl erwartet, wenn man eine Flasche mit Wasser füllt? Falls man eine Flasche hätte. Ob man dann geköpft wird?

Bevor der Wasserspender funktioniert, muss ich die Hand darauflegen und auf das orangefarbene Aufleuchten warten. Während ich in gierigen Zügen trinke, halte ich aus den Augenwinkeln nach der Verrückten Ausschau. Sie ist nirgendwo zu sehen. *Habe ich sie mir nur eingebildet? War das eine Halluzination?* Bevor mein Durst gelöscht ist, versiegt das Wasser. Ich presse meine Hand von Neuem gegen das Glas, ohne dass sich etwas tut.

»Ich kann Sie gern zu Ihrer Wohneinheit bringen«, bietet

Doktor A. mir an. »Dann verpassen Sie jedoch die Firmamentlichtspiele. Hab sie gestern Abend schon gesehen. Die sind fantastisch.«

Als ich den Blick noch einmal durchs ZENTRUM schweifen lasse, entdecke ich die Verrückte. Sie liegt im Gras. »Ich denke, ich bleibe hier. Firmamentlichtspiele? Was ist das? So was wie Feuerwerk?«

»Lassen Sie sich überraschen«, erwidert Doktor A. lächelnd und streicht sich über seinen grau melierten Bart.

Großartig. Noch mehr Geheimnisse, über die ich mir den Kopf zerbrechen darf.

Plötzlich blitzt es am nächtlichen Himmel mehrmals hintereinander auf. Ich frage mich, ob das die hiesige Version eines Gewitters ist, das künstlich hervorgerufen wurde. Damals auf der Erde haben uns die Hologramme ja mitgeteilt, dass man hier in der Lage ist, das Wetter zu kontrollieren.

»Offenbar geht's gleich los«, meint Doktor A. »Am besten sieht man es sich vom Rasen aus an. Wollen wir?«

Immer mehr Leute strömen zusammen und strecken sich im Gras aus. Doktor A. hockt sich nieder und bedeutet mir, neben ihm Platz zu nehmen.

Oben am Himmel bildet sich Rauch und verdeckt die Sterne. Ich könnte schwören, dass ich bereits spüre, wie der Sauerstoffgehalt der Luft abnimmt. *Atme tief durch und sieh dich um. Außer dir macht sich hier niemand Sorgen.* Schweigen senkt sich herab. *Wie können die Leute denn noch lächeln, wenn wir alle mit giftigen Dämpfen umgebracht werden sollen?*

Über unseren Köpfen fängt ein holografischer 3-D-Film an. Der Rauch am nächtlichen Himmel dient als riesige Leinwand, auf die holografische Bilder projiziert werden. Und was zeigen uns die HöWes, damit wir uns ganz wie zu Hause fühlen? *Findet Nemo*. Der Ton hallt im Innenhof wider und der Boden scheint sogar in den richtigen Momenten zu beben. Ich könnte schwören, dass ich das Meer rieche, als ein tropischer Fisch auf mich zugeschwommen kommt. Angesichts dieser Technologie ist es kein Wunder, dass sie in der Lage waren, einen riesigen holografischen Kometen zu erschaffen, um uns hierherzulocken. Die Frage ist nur, warum. Ab und zu blicke ich verstohlen zu der Verrückten hinüber, die im Gras eingeschlafen zu sein scheint.

Obwohl ich *Findet Nemo* schon zigmal gesehen habe, ist das ein völlig neues Erlebnis. Ich *bin* Nemo, der das Boot berührt und in eine andere Welt verschleppt wird, während sein Dad verzweifelt versucht, ihn zurückzuholen. Die Vater-Kind-Beziehung geht mir mehr denn je zu Herzen, weil ich den Eindruck habe, *ich* sei diejenige, die in einem Aquarium eingesperrt ist. *Wie sollen wir uns je wiederfinden? Haben meine Eltern überlebt?*

Der Gedanke an meine Eltern setzt all meine aufgestauten Tränen frei und ruft mir alles, was ich verloren habe, in Erinnerung. Ich versuche gar nicht erst, die Tränen wegzuwischen. Ich muss alles aus mir herauslassen. Ich muss mich erinnern. *Ich bin über 300 Jahre in die Zukunft vorausgereist, was bedeutet, dass meine Eltern längst tot und ihre Überreste zu Staub zerfallen sind. Es ist sogar denkbar, dass sie im Kreislauf der Natur zu einem Teil der Luft geworden sind, die ich gerade einatme.*

Manchmal schnürt uns die Wahrheit die Kehle ab, manchmal tun es Lügen. Ich weiß nicht recht, was schlimmer ist.

Als der Film zu Ende ist, stehen die Zuschauer auf und streichen sich die Uniformen glatt.

»Einfach sensationell«, sagt Doktor A. und streckt mir die Hand hin, um mir hochzuhelfen.

»Wirklich toll«, gebe ich zu.

In dem Moment erklingt eine melodische Reihe von Pieptönen und über unseren Köpfen manifestiert sich ein riesiger Holoschirm. Die Leute um uns herum geraten in Aufregung und starren nach oben.

»Gehört das auch zu den Firmamentlichtspielen?«, frage ich.

»Gestern war das jedenfalls nicht zu sehen«, erwidert Doktor A., sich den Bart kratzend.

Auf dem Bildschirm erscheint ein Mann im Alter meines Vaters, der schulterlange graue Haare und ein glattes Gesicht hat. Er trägt ein langes weißes Gewand und um seinen Hals hängt eine Metallkette, an der ein leuchtender bernsteinfarbener Edelstein baumelt, der aussieht wie ein Portal. Hinter ihm sitzen im Halbkreis zahlreiche Männer, die genauso gekleidet sind wie er.

»Seid gegrüßt«, sagt er und breitet die Arme aus. »Wir sind die Meritokratie, die regierende Körperschaft von Solbiluna-8. Mein Name ist Keron. Ich bin der Sprecher der Meritokratie. Willkommen auf unserem Planeten.

Wir hoffen, es bereitet Ihnen Freude, sich in unsere Welt einzugewöhnen. Unsere Kultur und unsere Technologie unterscheiden sich stark von dem, was Sie von der Erde her kennen. Wir hoffen, Sie probieren alles aus, was unsere Welt zu bieten hat. Bitte nutzen Sie unsere Freizeit- und Bildungsangebote wie zum Beispiel die Firmamentlichtspiele und die Holoräume. Bald werden wir Ihnen Reisefreiheit und Zugang zum gesamten Datennetz gewähren. Jetzt müssen wir Sie noch auf etwas in unserem Sozialgefüge hinweisen, das Sie zweifellos nur recht und billig finden werden.«

Bei seinen Worten krampft sich mir das Herz zusammen.

Jetzt kommt der Haken an der Sache. Der entweder dazu führen wird, dass wir uns zusammenschließen und dafür kämpfen werden, nach Hause zurückkehren zu dürfen. Oder der uns vernichten wird.

»Auf Solbiluna-8 ist man der Ansicht, dass die Menschen dafür geschaffen sind, ihr Leben zu genießen, statt sich abzurackern und wertvolle Zeit zu vergeuden. Sie werden auf unserem Planeten nicht arbeiten müssen und wir werden Ihnen alles, was Sie brauchen, zur Verfügung stellen. Als höheren Lebewesen ist es den Menschen bestimmt, zu denken, zu forschen, schöpferisch tätig zu sein und zu genießen. Auf diesem Ideal beruht unsere Welt, die frei von Kommerz und deshalb frei von Arbeit ist.«

Trotz der Dunkelheit sehe ich, wie sich die Leute um mich herum angrinsen, als hätten sie in der Lotterie gewonnen.

»Doch es hat seinen Preis«, fährt Keron fort, »will man diesen Luxus auch für künftige Generationen sicherstellen.«

Es gibt immer einen Haken, immer einen Preis.

Keron presst seine Hände gegen sein Herz. *Falls er überhaupt eins hat.*

»Wir brauchen Ihren Beitrag, wenn Sie gestorben sind.«

3

TAG 2

Wenn wir gestorben sind? Das darf doch nicht wahr sein!

Die Angst fährt mir in die Glieder und lässt meine Arme und Beine ganz taub werden. Ich brauche meine Eltern.

Mehrere Leute im ZENTRUM melden sich gleichzeitig zu Wort, um ihre Beschwerden und Befürchtungen vorzubringen. Keron, der Sprecher der Meritokratie, breitet erneut die Arme aus und setzt seine Ausführungen fort. Wegen des Lärms kann ich nicht verstehen, was er sagt. Irgendjemand bringt die Menge zum Schweigen.

»... will ich ganz offen zu Ihnen sein. So wie man auf der Erde seinen Körper nach dem Tod der Wissenschaft zur Verfügung stellen konnte, so hoffen auch wir, dass Sie uns Ihren Körper nach dem Tod zur Verfügung stellen, damit die Leitungsbahnen Ihres Gehirns als Biohologramm upgeloaded werden können. Wie all unsere Versuche mit künstlicher Intelligenz ergeben haben, funktioniert unser Nanoholocom-Network nur auf der Basis des menschlichen Gehirns, weil sich die holografische Quantenverschränkung des Lichts problemlos mit der Fähigkeit des menschlichen Gehirns, Entscheidungen zu treffen, kombinieren lässt.«

Ich mustere die Leute um mich herum, die alle den Blick auf Keron gerichtet haben. Spätestens jetzt muss denen doch klar werden, dass das eine Falle ist. Wer würde sich denn freiwillig auf so was einlassen?

»Seien Sie versichert, dass nur Ihre Gedanken und Ihr neuronales Netz in unser System integriert werden. Wenn

Sie uns den Synapsenkomplex Ihres Gehirns überlassen, können wir damit unsere Biohologramme generieren. Als Biohologramm haben Sie keine körperlichen und emotionalen Bedürfnisse mehr. Dieser holografische Status gestattet es Ihnen, für unsere Gesellschaft zu arbeiten. Überdies ermöglichen Sie es künftigen Generationen, die gleiche Muße zu genießen, die Sie während Ihres Lebens genossen haben. Sie werden über den Tod hinaus als Biohologramm weiterexistieren, bis Ihre Programmierung versagt, was bis zu fünfzig Jahren dauern kann.

Natürlich ist niemand dazu verpflichtet, diesen Beitrag zu leisten. Um der Fairness willen müssen jedoch diejenigen, die nicht zum Biohologramm werden möchten, arbeiten, sodass ihnen weniger freie Zeit als anderen zur Verfügung steht, um all das, was wir an Luxus anzubieten haben, zu genießen. Die Entscheidung liegt ganz bei Ihnen. Sobald Sie die getroffen haben, setzen Sie bitte Ihren Hologuide davon in Kenntnis. Dieser ist jederzeit bereit, all Ihre Fragen zu beantworten. Sie haben über dreißig Tage beziehungsweise 722 Stunden Bedenkzeit, um Ihre Entscheidung zu treffen. Möge Ihr Beitrag zur Freiheit führen.«

Er verbeugt sich, wie die Hologramme es auch immer tun, und der Bildschirm verschwindet. Die Menge, die das alles erst einmal verdauen muss, verharrt in Schweigen.

»Das ist doch nicht zu fassen!«, sage ich zu Doktor A. Er muss doch begreifen, dass uns hier ein Pakt mit dem Teufel angeboten wird.

»Erstaunlich, auf welchem biotechnischen Niveau die hier sind«, sagt er. »Darüber muss ich mehr in Erfahrung bringen.«

»Was denn?« Ich starre ihn ungläubig an. »Wollen Sie sich etwa darauf einlassen?«

»Einen Beitrag leisten, um künftigen Generationen zu helfen? Das eigene Leben in neuer Gestalt verlängern? Eventuell. Aber ich will nicht aufhören zu arbeiten. Ich liebe meinen Beruf. Vielleicht geht ja beides.«

Was passiert, wenn etwas schiefläuft? Oder wenn man Ja sagt und es sich dann anders überlegt? Was, wenn man Nein sagt und es sich anders überlegt? Was passiert, wenn man überraschend stirbt und die es nicht mehr schaffen, einen zum Biohologramm zu machen? Was, wenn man sein Leben in Muße verbringt und irgendwann Selbstmord begeht? Wie schließt man hier solche Eventualitäten aus? Zweifellos auf die scheußlichste Weise.

Die Menge wird immer lauter und erregter. Jetzt sollte ich sie aufklären. Ich kann nicht zulassen, dass sie eine derartige Entscheidung treffen, ohne die ganze Wahrheit zu kennen. Das hier haben wir doch schon auf der Erde erlebt. *Erst werden wir mit schönen Worten eingewickelt – und plötzlich sitzen wir in der Falle.* Aber ich bin ja nur eine unter vielen. Wie soll ich es schaffen, die anderen zu überzeugen?

In dem Moment sehe ich die Verrückte, die sich durch die Menge in Richtung Ausgang drängt.

»Wir sehen uns dann morgen«, sage ich zu Doktor A. und folge der Verrückten, ohne seine Antwort abzuwarten. Ich muss den anderen alles begreiflich machen. Ich muss nach Hause.

Ich durchquere das dunkle ZENTRUM, das diskret von winzigen Lichtpunkten im Boden beleuchtet wird, und biege um eine Ecke. Die Verrückte geht einen tunnelartigen Korridor aus Glas und Metall entlang und tritt in eine in die Wand eingelassene, durchsichtige Kabine. Anschließend dreht sie sich um und sagt etwas. Offenbar ist das ein Fahrstuhl.

»Warten Sie!«, schreie ich.

Sie blockiert die Tür, bis ich in der Kabine bin. Nachdem die Tür sich geschlossen hat, starre ich die Verrückte unverwandt an, was auf jedem Planeten von schlechtem Benehmen zeugt. Aber mir brennen so viele Fragen unter den Nägeln.

»Ist was?«, fährt sie mich an.

»Nein, nein«, murmle ich und wende den Blick ab. Inzwischen bin ich zu dem Schluss gekommen, dass es keine gute Idee war, der Verrückten zu folgen. Ich hätte mir vorher überlegen sollen, wie es weitergehen soll, wenn ich sie eingeholt habe. Geräuschlos schießt der Fahrstuhl in die Höhe, während mein Magen immer weiter nach unten sackt. Ich weiß nicht einmal, wo dieses Ding uns hinbringt. Ich schließe die Augen, um nicht sehen zu müssen, in welch schwindelerregende Höhe wir gelangen. Nach einer Weile macht der Fahrstuhl halt, setzt sich jedoch gleich darauf mit einem Ruck wieder in Bewegung – diesmal allerdings in horizontale Richtung, was meinem Magen noch schlechter bekommt.

»Dieses Ding bewegt sich auch seitwärts?«, frage ich.

»Das ist ein Maglift, der auf magnetischer Levitation basiert. Der bewegt sich in jede beliebige Richtung.«

Es gibt also kein Flaschenzugsystem. Eine einzige technische Störung – und ich stürze in den Tod. Die Vorstellung, dass unser Leben von kalter, toter Technologie abhängt, jagt mir entsetzliche Angst ein. Aber vielleicht war das ja in unserer Welt schon so und ich habe bloß nie darüber nachgedacht. Ein Flaschenzug ist eine mechanische Form der Technologie. *Warum sollte eine Technologie, die nicht mit Händen zu greifen ist, denn schlimmer sein?*

Die Verrückte starrt mich an, als versuche sie, meine Gedanken zu lesen. »Irgendwie kommst du mir bekannt vor. Sind wir uns schon mal begegnet?«

Jetzt ganz gelassen bleiben.

Mein Gesicht ist knallrot, aber das scheint sie nicht zu kümmern. Was sie sagt, hat Hand und Fuß, jedenfalls gibt sie nicht wie in der Vergangenheit einen Mischmasch aus Gedichtzitaten und Unsinn von sich. In der Zukunft ist sie nicht verrückt. Aggressiv vielleicht, aber nicht verrückt.

»Bist du stumm oder was?«, fährt sie mich an.

Ich schüttle den Kopf. Ich kann ihr nicht mitteilen, was ich gerade denke.

Dass wir uns in der Tat schon begegnet sind.

Dass sie mir aus unerfindlichen Gründen einen Zettel mit einem Zitat aus meinem Tagebuch gegeben hat, das mir den Mut verliehen hat, in diese Welt überzuwechseln.

Dass ich ihren Tod miterlebt habe. In der Vergangenheit.

Und jetzt ist sie hier. In der Zukunft.

Irgendwie ist sie der Schlüssel zu allem.

Allmählich wird die gespannte Stille im Maglift unerträglich.

»Ich heiße River«, stoße ich hervor und strecke ihr die Hand hin. »River Picard.«

Sie wirft einen Blick auf meine Hand, ohne sie zu schütteln. Dann sieht sie mir ins Gesicht.

»River, ja? So siehst du überhaupt nicht aus. Mädchen mit dem Namen River sind friedfertige Wesen, die Müsliriegel essen. Die Eltern sind gewöhnlich Hippies. Nein, für eine River hast du zu viel Feuer im Hintern.«

Es ärgert mich, dass sie mich so mühelos durchschaut hat. »Und was bist du? Polizistin?«

Sie lacht hämisch. »Nein, ganz bestimmt nicht. Katherine

Kirkwood heiße ich. Ich bin mit dem letzten Schwung von Sträflingen entlassen worden, der Komet sei gepriesen.«

Mir steht das Herz still. *Ich sitze auf einem fremden Planeten in einem Maglift fest, zusammen mit einer Verrückten, die im Gefängnis war und die ich irgendwie aus der Vergangenheit kenne. Und wir sind von Hologrammen umgeben, die uns entführt haben und wollen, dass wir nach unserem Tod Biohologramme werden.*

Mein Verstand schafft es nicht mehr, Vergangenheit, Gegenwart und Zukunft unter einen Hut zu bringen. Auf ihre Anregung bin ich hierhergekommen, weil ich wusste, dass mich auf der anderen Seite etwas anderes als der Tod erwartete. *Ich dachte, wenn ich hierherkomme, könne ich alles ändern. Aber ich stehe doch ganz allein da.*

Der Maglift macht halt. Mir wird schwarz vor Augen, dann kann ich nichts mehr hören und schließlich schwinden mir auch die restlichen Sinne.

4

TAG 2: NOCH 722 STUNDEN BEDENKZEIT

Die Verrückte ist vermutlich der Schlüssel zu allem, aber sie weiß von nichts und ist sogar eine Kriminelle.

Vielleicht ist sie gar nicht echt, sondern ein Hologramm.

Reiß dich zusammen, sonst wirst du auch ruhiggestellt.

Als ich wieder zu mir komme, bin ich völlig durcheinander. Mein Hologuide und Katherine alias die Verrückte beugen sich über mich.

»Du bist ohnmächtig geworden«, erklärt Katherine.

Ich liege vor dem Maglift auf dem Fußboden. Im Gang haben sich einige Leute versammelt, die gerade von den Firmamentlichtspielen kommen und sehen wollen, was hier los ist. Die Attraktion bin ich – ich und die Krise, in der ich mich befinde. *Nein, nein, das ist überhaupt nicht peinlich. Und dass die Leute mich besorgt anstarren, während eine entkommene Strafgefangene vor mir steht, kann man auch nicht als wahr gewordenen Albtraum bezeichnen.*

»Mir geht's bestens«, erwidere ich und setze mich auf. Sofort verschwimmt mir alles vor den Augen. Offenbar geht es mir doch nicht so gut.

Doktor A. kommt angerannt. Mittels seines DT-Bands schickt er einen Lichtstrahl in meine Augen.

In dem Moment ertönt von irgendwoher eine Stimme. »Bitte treten Sie von der Patientin zurück.«

Doktor A. seufzt und weicht zurück. Das farbige Licht der HME hüllt meinen Körper ein, ohne dass das Schwindelgefühl nachließe.

»Warum ist mein Hologuide hier?«

»Sobald die HME eingeleitet wird, werden wir automatisch aktiviert«, sagt mein Hologuide, »damit wir Erste Hilfe leisten und die Patienten ein vertrautes Gesicht sehen. Letzteres soll ihre Ängste abbauen.«

»Sie hat das Bewusstsein wiedererlangt«, verkündet die HME-Stimme.

»Was Sie nicht sagen!«, meint Doktor A. »Was ist das denn für eine dämliche Diagnose?«

»Die Patientin braucht Ruhe und zusätzliche Nahrung«, fährt die Stimme fort. »Bitte bringen Sie sie an einen privaten Ort. Andernfalls werden wir sie in eine unserer medizinischen Einrichtungen einweisen.«

»Nein, ich will nirgendwo eingewiesen werden«, protestiere ich und rapple mich hoch. »Mir geht's bestens.«

Doch sobald ich stehe, wird mir wieder schwindlig.

»Wir können sie in meine Wohneinheit bringen«, meint Katherine zu Doktor A. »Die ist hier in der Nähe.«

Doktor A. nickt. Die beiden fassen mich links und rechts unter den Armen, um mich zu stützen.

»Sind Sie imstande zu gehen?«, fragt Doktor A.

»Ja. Mir ist nur schwindlig.« Der Gang hat eine durchsichtige Wand. Weit, weit unten ist das Zentrum zu sehen. Obwohl eigentlich nichts passieren kann, bleibe ich der Wand so fern wie möglich.

Während die zwei mich zu Katherines WE führen, werfe ich immer wieder einen verstohlenen Blick auf Katherine – und jedes Mal meine ich dann, die Verrückte vor mir zu sehen. Die beiden Bilder lassen sich einfach nicht miteinander vereinbaren. Irgendwie ist es fast so, als sähe ich doppelt.

Was, wenn sie wegen Mord im Gefängnis saß? Was, wenn sie vorhat, uns in ihrer WE zu töten? Vielleicht zerstückelt sie uns ja und spült unsere Körperteile in der Toilette runter. Wenn wir schreien, würde sie dann schnell genug von dem durchsichtigen Gehäuse ruhiggestellt werden? Vielleicht sollte ich jetzt gleich schreien. Dann würde sich zwar das Gehäuse über mir bilden, aber damit wäre ich wenigstens sicher vor ihr.

Ich lasse sie nicht aus den Augen.

»Beim Abendessen musste sie sich übergeben«, berichtet Doktor A.

»Was ist los?«, fragt Katherine mich. »Traust du dem Holocomessen nicht? Du bist doch gerade erst angekommen.«

Ich ignoriere ihre Frage.

»Hab dich nur verarscht«, sagt sie.

Das war blöd von mir. Eine ehemalige Gefängnisinsassin sollte man nicht verärgern. Das ist so, als würde man einen Tiger mit einem spitzen Bleistift piken.

»Das Essen ist klasse«, murmle ich.

Als wir vor Katherines WE stehen, legt sie die Hand auf die Tür, damit die sich öffnet. Unterdessen fordert Doktor A. mich auf, verschiedene Teile meines Körpers zu bewegen, um meine Reflexe zu testen.

In der Wohnung der Verrückten – ich meine, in der von Katherine – erwartet uns ein tropisches Paradies, eine wahre Oase des Komforts. In der Ecke entdecke ich eine Hängematte. So eine will ich in meiner WE auch haben. Da könnte ich *Harry Potter* lesen und mich wie an dem Zufluchtsort, den ich mir immer vorstelle, entspannen.

Sie legen mich aufs Bett. Mein Hologuide stellt sich neben mich.

»Ist jemand bereit, eine zusätzliche Essensration für die Patientin zu holen?«, erkundigt sich die HME-Stimme.

»Kann ich machen«, sagt Katherine. »Katherine Kirkwood.«

»Katherine Kirkwood wird die Erlaubnis erteilt, für River Picard eine zusätzliche Essensration zu holen.«

»Was würde geschehen, wenn sie operiert werden müsste?«, fragt Doktor A. ins Leere hinein. »Würde das von Licht und Schallwellen erledigt werden? Würden Sie dann auch fragen, ob jemand bereit ist, sie aufzuschneiden?«

Die Stimme ignoriert Doktor A.s Frage. Wenn er sich nicht vorsieht, wird man ihn irgendwann wegen Aufmüpfigkeit ruhigstellen.

»Die Patientin braucht aufgrund ihres hohen Spiegels an Stresshormonen Ruhe. Langzeitauswirkungen oder andere Probleme konnten nicht festgestellt werden.«

»Das hätte ich Ihnen auch sagen können«, erklärt Doktor A.

»Legt mich in die Hängematte«, verlange ich.

»Das halte ich für keine gute Idee«, entgegnet Doktor A. »Die schwankt zu sehr.«

»Bitte!«, flehe ich. »Ich glaube, das würde mir helfen.«

»Hören Sie auf Ihre Patientin, Doktor«, meint Katherine grinsend. *Warum grinst sie denn so? Ist die Hängematte vielleicht so präpariert, dass man mit ihr zusammenkracht?*

Katherine und Doktor A. halten die Hängematte fest, während ich hineinklettere. Meine Wunschvorstellung und die Wirklichkeit fallen zusammen. Mehrere Minuten lang genieße ich es, wohlig ausgestreckt in der Hängematte zu liegen. Jetzt fehlt mir bloß noch ein Buch. Vor einiger Zeit habe ich Dad mal gebeten, auf unserer Vorderveranda eine Hängematte anzubringen, aber dazu konnte er sich nie aufraffen. Er hat nie begriffen, dass bestimmte Bequemlichkeiten kein Luxus, sondern einfach lebensnotwendig sind.

»Bin gleich wieder da«, sagt Katherine und geht, um mir mein Essen zu holen.

Mein Hologuide steht immer noch neben mir und beobachtet mich. Manchmal frage ich mich, ob er sich wohl überlegt, wie er mich vernichten könnte. »HOLOGUIDE EXIT.«

»Das ist im Moment nicht möglich, da die HME das Sagen hat. Nur die HME kann entscheiden, ob der Hologuide sich zurückziehen darf.«

»Genau das, was ich brauche«, sage ich zu Doktor A. »Ein Hologramm, das mich anstarrt, während mir schwindlig ist.«

Er lacht. »Mir sind die auch nicht geheuer«, flüstert er mir zu. »Das ist, als würde man ständig von einem Gespenst verfolgt.«

»Eben.« *Halb ein Hologramm, halb die Seele von jemand, der in der Vergangenheit seinen Beitrag geleistet hat.*

»Wie fühlen Sie sich denn jetzt? Schwindlig, hungrig, erschöpft? Oder haben Sie irgendwelche anderen Symptome?«

Normalerweise erwidere ich in einer solchen Situation, dass es mir bestens geht, obwohl das nicht stimmt. Doktor A. erweckt den Eindruck, als hätte er schon eine Menge erlebt und eine Menge durchgemacht. Das Funkeln in seinen Augen, sein glucksendes Lachen, die Falten auf seiner Stirn – all das weist auf eine gewisse Lebensklugheit hin.

»Ich leide an Angststörungen. Mit Panikattacken. Ich habe nur noch eine Tablette übrig, die ich mir für den äußersten Notfall aufheben will. Bei mir kann es zu Herzrasen, Übelkeit, Schweißausbrüchen und Atembeschwerden kommen. In besonders schlimmen Fällen kriege ich Ausschlag.« Nach einer Pause füge ich hinzu: »Ich glaube, diese Rede von Keron hat mich total verstört. Außerdem habe ich in den Tagen, bevor ich durch das Portal gegangen bin, nicht viel gegessen.«

Er schweigt. Im ersten Moment frage ich mich, ob ich ihn vielleicht falsch eingeschätzt habe und ob er wie mein Bruder Benji zu den Leuten gehört, die Angst nicht ernst nehmen und für etwas halten, das nur Schlappschwänze haben. Früher habe ich das auch so gesehen, bis mir dann meine Therapeutin Arianna erklärt hat, dass es sich dabei um ein Stress- und Gedankenverarbeitungsproblem handelt, das körperliche Symptome hervorruft. Dass es kein Zeichen dafür ist, das ich tougher werden muss, sondern dafür, dass die chemischen Prozesse in meinem Gehirn anders verlaufen als bei den meisten Menschen.

»Eigentlich erstaunlich, dass sie uns nicht alle mit Drogen vollpumpen, damit wir uns schneller anpassen«, scherzt er. »Dieses Ausmaß an Neuheiten muss doch ein Schock für unser System sein.«

Ich lächle, worauf sich sofort alles um mich herum dreht. »Vielleicht tun sie das ja.«

»Holen Sie tief Luft und stoßen Sie den Atem langsam wieder aus. Sicher hat man Ihnen das in der Therapie beigebracht. Wenn Sie von Ihren Tabletten nicht mehr so viele nehmen können, wie Sie es gewohnt sind, könnte es zu Entzugserscheinungen kommen, die zu noch stärkeren Ängsten und Depressionen führen. Aus dem Grund kann es passieren, dass man von Medikamenten abhängig wird. Sie können sowohl helfen als auch das Problem verschlimmern.«

»Das hat mir noch nie jemand erklärt.« Mir fällt ein, wie oft ich eine Extratablette genommen habe, nur um einschlafen zu können, obwohl ich eigentlich gar keine Panikattacke hatte. »Dann wird mein Zustand sich also verschlechtern?«

»Nicht unbedingt. Haben Sie bei der HME eine Alternativbehandlung verlangt?«

»Die wollten mich einer Art Lobotomie unterziehen.«

Er lacht aus vollem Halse und streicht sich über seinen Bart. »Die Sie vermutlich abgelehnt haben.«

»Natürlich. Ich weiß bloß nicht, ob ich hier zurechtkomme, wenn ich keine Tabletten mehr habe.«

»Sie sind allein durch ein Portal gekommen und sind mit den Leuten fertiggeworden, die Sie gefragt haben, ob Sie deren Familienangehörige gesehen haben. Sie sind tougher, als Sie denken. Wenn Sie Hilfe brauchen, bin ich jederzeit für Sie da. Was die HME-Behandlung angeht, so war es sehr klug von Ihnen, sich nicht auf etwas einzulassen, dem Sie misstrauen.«

Allein seine ruhige Stimme zu hören, hat etwas Tröstliches.

»Übrigens hat Katherine im Gefängnis gesessen«, sage ich. »Das hat sie mir im Maglift erzählt. Ihr darf man also auch nicht trauen.«

Doktor A. zeigt sich in keiner Weise beunruhigt. Wahrscheinlich bringt man Medizinern schon während des Studiums bei, in jeder Situation gelassen zu bleiben.

Er lässt sich auf einen Stuhl fallen. »Das überrascht mich nicht.«

»Wieso das?«

»Weil ich hier schon vielen ehemaligen Strafgefangenen begegnet bin. Sie dürfen nicht vergessen, dass wir nach dem Portal und der Zeit, da wir die Erde verlassen haben, untergebracht worden sind. Die Häftlinge durften erst in den letzten Wochen aufbrechen.«

»Oh Scheiße, dann sind wir ja von denen umgeben.« Wieder dreht sich alles um mich, sodass ich mich an der Hängematte festklammern muss.

»Sie sind im Zuge der medizinischen Untersuchung rehabilitiert worden. Die schlimmsten von ihnen sind noch in Behandlung und wurden in ihre WEs eingesperrt. Ich bin mir sicher, die HöWes wissen, was sie tun.« Seine gerunzelte Stirn besagt jedoch etwas anders. »Wenn sie mit unseren Spenderhirnen ihre Welt aufrechterhalten können, werden sie zweifellos auch mit ein paar Sträflingen fertig.«

Es gibt so viel, das er nicht weiß, und ich würde ihm am liebsten die Wahrheit sagen. Stattdessen lächle ich ihn matt an. In dem Moment öffnet sich die Tür und Katherine kommt mit einer Schüssel Essen herein.

»Tut mir leid, dass ich kein Wasser mitbringen konnte. Es gibt ja keine Gefäße, um es zu transportieren.«

»Selbst dann nicht, wenn ein Patient dehydriert ist?« Doktor A. schließt die Augen und schüttelt den Kopf.

»Macht nichts«, sage ich, während Katherine mir die Schüssel reicht, die voll warmer brauner Nuggets ist. Könnte futuristisches Fudge sein. *Oder Tierkot.*

Doktor A. dreht sich zu Katherine und streckt ihr die Hand hin. »Ich hab mich noch gar nicht vorgestellt. Dr. Aiyegbeni, Boston Children's Hospital. Sagen Sie einfach Doktor A. zu mir.«

»Katherine Kirkwood«, erwidert sie, ohne ihm die Hand zu schütteln. Ich bin also nicht die Einzige, die sie so brüskiert.

Doktor A. geht mit einem Lächeln darüber hinweg. »Und River haben Sie offenbar schon kennengelernt.«

»Ja, Mississippi und ich sind uns kurz im Maglift begegnet, bevor sie ohnmächtig geworden ist.«

Unwillkürlich fange ich an zu zittern, weil ich ein seltsames Déjà-vu-Gefühl habe, das ich mir nicht zu erklären vermag. Vielleicht brüte ich irgendeine außerirdische Infektion aus. Versuchsweise beiße ich in einen der braunen Klumpen. Er schmeckt wie eine Mischung aus Tootsie Roll und Fleischklößchen. Woraus er besteht, will ich lieber nicht wissen. Ich schlinge das Essen in mich hinein, ohne darauf zu achten, worüber Doktor A. und Katherine sich unterhalten. Ein paar Minuten nach Beendigung der Mahlzeit entlässt mich die HME aus ihrer Obhut.

»Möchten Sie uns deaktivieren?«, fragt mein Hologuide. Obwohl die Hängematte sehr bequem ist, muss ich jetzt allein sein, um alles zu verarbeiten.

»Nein. Können Sie mich zu meiner WE bringen?«

»Ja. Bitte folgen Sie mir.«

»Ich kann gern mitkommen«, bietet Doktor A. mir an.

»Nein danke, Sie haben schon genug für mich getan. Ich möchte jetzt ein bisschen allein sein.«

Er kommt meinem Wunsch nach, runzelt jedoch wieder die Stirn. »Ich sollte wohl auch gehen. War ein langer Tag. Und es gibt etliches, über das ich nachdenken muss. War schön, Sie kennenzulernen«, sagt er zu Katherine, ohne noch einmal zu versuchen, ihr die Hand zu schütteln. Er lernt schnell.

»Gleichfalls«, erwidert Katherine mit einem Grinsen – einem Grinsen, das offensichtlich besagt: *Sie kennen mich überhaupt nicht, Herr Doktor. Ich bin kein netter Mensch. Ich war im Knast. Mit Leuten wie Ihnen mache ich kurzen Prozess und verarbeite sie zu Kleinholz.*

»Ich sehe dann morgen nach Ihnen, River«, sagt er.

Ich nicke. Ich würde allem zustimmen, um ein bisschen schlafen zu können. Das Essen hat mir gutgetan.

Ich folge meinem Hologuide, der mich aus Katherines WE in einen Maglift führt.

»Sagen Sie WE 9-100«, instruiert mich mein Hologuide.

Ich befolge seine Anweisung. Sobald die Tür sich geschlossen hat, stelle ich mich in die hinterste Ecke und warte auf das Ende der Fahrt. Natürlich befindet sich meine WE im obersten Stockwerk, neun Etagen über dem ZENTRUM.

Nachdem wir den Maglift verlassen haben, halte ich mich dicht an der soliden Wand gegenüber der Trennscheibe, durch die man ins ZENTRUM hinunterblicken kann, und folge meinem Hologuide zu einer Tür, deren Display die Zahl 100 aufweist.

»Legen Sie Ihre Hand auf die Tür.«

»Müsste ich jetzt nicht so was wie ›Tür öffnen‹ sagen?«

»Nein. Auf solche einfachen Befehle reagieren WEs nicht. Sie müssen die Hand auf die Tür legen, damit die Sie wiedererkennt.«

»Wiedererkennt?«

»Während des Evaluationsprozesses zu Anfang hat das Nanoholocom-Network Ihr gesamtes Körperspektrum abgespeichert, darunter Ihre Fingerabdrücke, die Farbe Ihrer Augen, Ihre Genomsequenz, die gegenwärtige Stärke Ihrer Aura und die Frequenz Ihrer Schwingungen. Durch die Berührung wird Ihre komplette Biosignatur aufgerufen.«

Das bringt mich in Rage. »Sie haben mich also total durchleuchtet, ja? Hätten Sie da nicht erst meine Erlaubnis einholen müssen oder so?«

»Für die grundlegenden Nanoholocom-Prozesse bedarf es keiner Erlaubnis. Ohne die komplette Erfassung Ihrer Biosignatur und ohne Ihr DT-Band könnten Sie gar nicht existieren und mit dem Nanoholocom-Network kommunizieren.«

Die Technologie auf Solbiluna-8 mag ja bewundernswert sein, aber von Menschenrechten haben die offenbar noch nie was gehört. Doch was habe ich eigentlich erwartet? Schließlich haben die uns aus unserer Welt entführt.

Ich klatsche meine rechte Handfläche gegen die Tür.

Darunter leuchtet es orange auf, dann klickt etwas und die Tür öffnet sich. Meine WE ist alles andere als umwerfend. Inneneinrichtung spielt in der Zukunft offensichtlich keine große Rolle.

Meine WE besteht genauso wie die Wohnung der Verrückten aus einem einzigen, mittelgroßen Raum. Eine Wand ist völlig aus Glas, durch das man den sternenklaren Himmel und in der Ferne eine Bergkette sehen kann – ein atemberaubender Anblick. Die übrigen drei Wände sind weiß und mit glitzernden Nanoholocoms versehen. Außer einem schmalen Bett gibt es keine Möbel, geschweige denn eine Hängematte. In einer Ecke steht eine dieser sargähnlichen Kabinen, die mich desinfiziert haben – die Bezeichnung habe ich vergessen.

»Wo sind denn die restlichen Möbel?« Ich will unbedingt eine Hängematte haben.

»Sie haben Ihre WE noch nicht modifiziert.«

Ich bin einfach zu müde, um mich mit irgendetwas zu befassen. Während ich den diskret beleuchteten Raum durchquere, folgt mir von der Decke ein Lichtstrahl, um mir den Weg zu zeigen. Das ist, als würde man von einem Scheinwerfer verfolgt. Ohne mich auszuziehen, gehe ich ins Bett und krieche unter die weichste, flauschigste Decke, die mir je untergekommen ist. Mein Hologuide starrt mich an.

»Muss ich Sie noch abschalten?«

»Das geschieht automatisch, wenn wir fünf Minuten inaktiv gewesen sind.«

Das kommt ja nun überhaupt nicht infrage, dass ich mich von diesem Ding fünf Minuten anstarren lasse, während ich versuche einzuschlafen. »HOLOGUIDE EXIT.«

Mein Hologuide verbeugt sich und sagt: »Möge Ihr Beitrag zur Freiheit führen.«

Vor meinen Augen löst er sich in unzählige Partikel auf, was mich an den falschen Kometen erinnert, der uns hierhergelockt hat.

Schlafenszeit in einer Welt, in die wir entführt worden sind und wo wir erneut übers Ohr gehauen werden sollen. Und wer weiß, wie lange es noch dauert, bis ich mit meinen Freunden und Verwandten sprechen kann. Und die Verrückte hat mich nicht wiedererkannt.

Vielleicht war sie ja gar nicht echt und ich habe sie mir nur eingebildet, um auf diese Weise zu rechtfertigen, dass ich meine Eltern um meiner Freunde willen im Stich gelassen habe.

Vielleicht bin ich durch ein Portal gereist und die Außerirdischen haben mich an eine Maschine angeschlossen, die mir all diese Gedanken eingibt, während ich in Wirklichkeit bewusstlos bin.

Vielleicht ist das Ganze aber auch eine schreckliche Halluzination, der ich nicht zu entkommen vermag. Statt durch die Zeit zu reisen, bin ich in einer psychiatrischen Klinik eingesperrt. Wie in dieser Folge mit Buffy, wo sie sich fragt, ob sie sich in Wirklichkeit in einer Irrenanstalt befindet und sich Sunnydale nur eingebildet hat.

Ich brauche Tabletten, sonst fange ich noch an, meinen Kopf gegen die noch nicht mal gepolsterten weißen Wände zu rammen. Ich könnte schreien. *Wie drückt man seine Gefühle in einer Welt aus, die einen wegen dieser Gefühle mit Medikamenten ruhigstellt?* Eigentlich war das in meiner Welt auch der Fall – ohne dass ich etwas dagegen gehabt hätte.

Ich hole meine letzte Tablette aus dem Rucksack und halte sie in der Hand. *Wie soll ich ohne meine Tabletten überleben? Ohne meine Freunde? Ohne meine Verwandten?*

Verdammt noch mal, das schaffe ich nicht. Ich bin keine Heldin.

Mein Körper reagiert wie üblich. Schweiß strömt mir über den Rücken und ich kann nichts dagegen tun, dass mein Gehirn einen weiteren vergeblichen Kampf aufnimmt.

Zwanzig Minuten. Es wird nicht länger als zwanzig Minuten dauern. Ich werfe die Tablette in die Flasche zurück. Ich schaffe das. In diesem Raum bin ich sicher. Ich muss die Sache nur aussitzen.

Zu dumm, dass ich keine Uhr habe und mein Handy tot ist, sodass ich die sich endlos hinziehende Zeit nicht im Auge behalten kann. Ich reiße mir die Kleidung vom Leib, um der Hitze zu entkommen, die mein Körper ausstrahlt. Als das alles nichts hilft, renne ich zu dem schwarzen Dekontaminationsding hinüber.

Ich hämmere dagegen. »Los! ÖFFNEN!«

Die Tür geht auf und ich trete hinein. Im ersten Moment stört mich die Wärme, da mir bereits zu heiß ist, doch mein Körper stellt sich darauf ein. Sobald das Ding ausgeht, starte ich es erneut. Das ist zwar nur eine vorübergehende Lösung, aber immerhin etwas.

Ich hoffe, das Ding kann nicht heiß laufen. Was, wenn die übermäßige Benutzung Krebs verursacht? Was, wenn ich mich spontan selbst entzünde?

Trotz meiner rotierenden Gedanken sorgen die über meinen Körper wandernden Licht- und Schallwellen bald dafür, dass ich mich entspanne und in den Schlaf gelullt werde.

5

TAG 3: NOCH 711 STUNDEN BEDENKZEIT

Als ich aufwache, liege ich benommen neben der irgendwie an ein Klohäuschen erinnernden Dekontaminationskabine. Mein Magen protestiert, indem er laut knurrt. Ich setze mich auf. Die Leere des Raums um mich herum entspricht meinem inneren Zustand. Ich wünschte, ich könnte mit einem vertrauten Menschen reden.

Mein Rucksack liegt irgendwo in der Dunkelheit. Als ich auf dem Boden umhertaste, schaltet sich der Scheinwerferstrahl wieder ein. Mir war nie klar, wie lästig solche »Serviceleistungen« sein können.

Nachdem ich meinen Rucksack gefunden habe, öffne ich den Reißverschluss und breite den Inhalt auf dem Fußboden aus: mein Exemplar von *Harry Potter und der Stein der Weisen,* die Ausdrucke der Internet-Auftritte von Rita und Dominick, mein Tagebuch, einen schwarzen Kugelschreiber, einen Ersatzhaargummi und mein totes Handy. Obsolete Überbleibsel aus einem anderen Leben, Dinge, die mir sehr wichtig waren, als ich von meinem Heimatplaneten geflohen bin. Kein Foto meiner Eltern. Keine Fotos meiner Freunde. Ich habe ja damit gerechnet, wieder mit ihnen zusammenzukommen. Das T-Shirt von Dominick, das ich eingepackt habe, ist zusammen mit meinem Ring und meinem Armband konfisziert worden. Das auf mich gerichtete Scheinwerferlicht und meine Habseligkeiten um mich herum führen mir vor Augen, wie allein ich bin. *Das ist bittere Wirklichkeit. Wir wurden entführt. Ich sitze hier ohne einen mir vertrauten Menschen in der Falle.* Als meine Hände anfangen zu zittern, schüttle ich sie aus, um die Kontrolle über sie zurückzuerlangen.

Jenseits der Glaswand geht am Horizont die Sonne auf – genau wie auf der Erde. Hohe blaue Berge, eingebettet in üppige Vegetation. Die Farben sind so kräftig, dass sie unwirklich anmuten. Der Himmel strahlt lavendelfarben, in der Ferne sehe ich einen scharlachroten Fluss. Ob der Regen hier wohl rot ist? *Blutregen, so schmutzig wie ihre Lügen.* Aber wahrscheinlich ist das nicht der Fall – sie haben ja die Macht, das Wetter zu kontrollieren. Und noch viele andere Dinge.

Als ich gegen die Wand drücke, schiebt sich ein ovales Toilettenbecken daraus hervor. Zumindest lassen die Form und die Höhe des Sitzes vermuten, dass es sich um ein Klo handelt. Wasser befindet sich allerdings nicht darin. Nun ja. Wenn man muss, dann muss man. Ich setze mich, pinkle und lange automatisch nach Toilettenpapier. Es gibt keins. Na toll. Ich schüttle mich ein bisschen, was bei Mädchen nicht viel bringt, und stehe auf. *Was soll ich machen, wenn ich meine Tage bekomme? Sehr appetitlich wird das nicht werden.* Bevor ich dazu komme, nach dem Spülknopf zu suchen, füllt sich das Becken mit weißem Licht, das den Harn verdampfen lässt. Aus dem Becken steigt starker Uringeruch auf. Über den Gestank, den von Licht aufgelöste Scheiße hinterlässt, will ich lieber gar nicht nachdenken. In dieser Zukunft ohne Wasser hat der Fortschritt offenbar seine Grenzen. Mit Gerüchen tun sie sich jedenfalls schwer.

Ich würde mir gern Wasser ins Gesicht spritzen, um richtig wach zu werden, aber es gibt kein Wasser. Ich würde mir gern die Zähne putzen, aber es gibt weder ein Waschbecken noch eine Zahnbürste noch Zahnpasta. Deshalb ziehe ich bloß die schwarze Uniform von gestern an und fahre in einem Maglift hinunter, um zu frühstücken.

Ich stelle mich ans Podest und warte darauf, dass mein Essen sich manifestiert. Ich befürchte schon, dass es wieder grüne Nudeln sind, doch was ich bekomme, ist ein klumpiger braungrüner Brei.

Mir fällt auf, dass der obere Teil des ZENTRUMs heute nicht mehr offen ist, sondern von einer riesigen Glaskuppel überdacht wird, die wie ein geschliffener Diamant aus einzelnen Facetten besteht. Während ich nach oben blicke, bemerke ich, wie die Facetten sich nach und nach verschieben, um mehr Licht einzufangen. Offenbar sorgt man auf diese Weise dafür, dass alle Nanoholocoms im ZENTRUM sich aufladen können.

Am Rande des ZENTRUMs sitzen Nolan und seine Großmutter an einem Tisch und frühstücken. Ich lasse mich auf dem Rasen nieder und esse meinen Brei, indem ich Stücke der Schüssel als Löffel benutze. Das Essen scheint eine Mischung aus Haferbrei, Erdnussbutter und Honig zu sein, die mit Scheiben einer süßen pinkfarbenen Frucht angereichert ist, die ganz eigenartig schmeckt – wie Kiwi mit einem Hauch von Orange, Ingwer und Zimt. Auf einem Baum in der Nähe sitzt ein knochiger Vogel mit braunem Gefieder und stößt ein merkwürdiges Krächzen aus. Sieht irgendwie aus wie ein Dinoküken. Das würde Dominick gefallen. Der Baum erinnert mich an einen Rotahorn, wie es ihn auf der Erde gibt, bloß dass die Blätter ein melodisches Klirren von sich geben, wenn sie sich im Wind bewegen.

In dem Moment ertönt ein Glockenschlag, der im ganzen ZENTRUM widerhallt. Alle Gespräche verstummen und die Leute versammeln sich automatisch auf dem Rasen. Hat dieser Glockenschlag einen pawlowschen Reflex ausgelöst, sodass alle wie abgerichtete Hunde angerannt kommen, um sich ein Leckerli abzuholen? *Warum macht sich niemand Gedanken darüber, dass das ein weiterer Trick sein könnte? Noch etwas Kleingedrucktes im Vertrag mit den HöWes!*

Über uns erscheint eine holografische Darstellung der Erde, die sich mitten in der Luft um sich selbst dreht. Einige der Anwesenden blicken nach oben, andere senken den Kopf. Ich stehe auf und mische mich unter die Leute. Was man uns jetzt wohl verkünden wird? Will man uns eine weitere unmögliche Entscheidung abverlangen?

»Wir wollen jetzt wie jeden Tag eine Schweigeminute für die Erde und für all diejenigen, die nicht zu uns kommen konnten, einlegen«, teilt eine Stimme mit. Ein weiterer Glockenschlag ertönt.

Ein blondes halbwüchsiges Mädchen klammert sich an ihre Eltern. Einige der Umstehenden wischen sich Tränen aus den Augen. Die Frau, die man ruhiggestellt hat, hat endlich ihr Baby wieder. Sie drückt es an sich, während sie ausdruckslos nach oben starrt. Manche falten die Hände, um zu beten. Nolan und seine Großmutter sitzen immer noch auf der Bank und ignorieren, was um sie herum vor sich geht.

Ich versuche, so zu tun, als ob ich um meinen Planeten trauerte, der in Wirklichkeit gar nicht zerstört wurde, doch das schaffe ich nicht, weil meine Wut auf die HöWes viel zu groß ist – meine Wut auf das, was sie uns angetan haben, meine Wut darauf, dass wir zur Aufrechterhaltung ihrer Technologie beitragen sollen, meine Wut darauf, wie ehrfürchtig sich alle um mich herum verhalten. Mein Drang, mitten in der Schweigeminute die Wahrheit hinauszubrüllen, wird immer größer. Am liebsten würde ich sofort laut verkünden, dass die Erde noch existiert und völlig unversehrt ist. Dass man uns verraten und verkauft hat.

Jetzt treten mir tatsächlich Tränen in die Augen. Tränen, die meinen Eltern gelten. Und mir selbst.

Das blonde Mädchen tippt mir auf die Schulter. »Bist du okay?«

»Nein, bin ich nicht. Überhaupt nicht.«

In der Nähe des Eingangs entdecke ich Doktor A. Sicher möchte er wieder meinen Puls fühlen.

Ich kann es ihnen noch nicht sagen. Es ist noch zu früh. Trotzdem möchte ich es am liebsten über einen Lautsprecher publik machen.

»NEIN!«

Alle drehen sich in meine Richtung. *Oh Gott, ist mir das eben rausgerutscht?*

»Es ist nicht fair!«, schreit Nolan und springt von der Bank auf, obwohl seine Großmutter versucht, ihn zurückzuhalten.

»Nolan, bitte beruhige dich«, sagt sie.

»Schmeißt ihn raus«, brüllt ein Paar links von mir. »Er verhält sich respektlos.«

Ich senke den Kopf und versuche, ehrfürchtig zu wirken, obwohl ich mich Nolans Protest gern anschließen würde. *Nein, es ist nicht fair, Nolan. Das war es nie.*

Nolan lässt seiner Wut freien Lauf. Er tritt einen großen Zierstein locker, hebt ihn hoch und trägt ihn zum Essenspodest, um ihn gegen das Fundament zu schleudern. Das Podest bleibt unbeschädigt, doch der Aufprall des Steins hallt im ganzen ZENTRUM wider.

Nolan blickt wild um sich und sucht nach etwas – irgendetwas –, das er zerstören könnte. Das spiegelt meine Einstellung gegenüber Solbiluna-8 genauestens wider. Der arme Junge. Er will doch bloß seine Mutter wiederhaben. Sein Leben auf der Erde. *Gleich wird man ihn mit Stromstößen ruhigstellen und in ein Gehäuse einschließen.*

Vielleicht sollte ich ihnen jetzt die Wahrheit sagen. Möglicherweise würde dadurch alles besser.

Oder auch nicht. Vielleicht würde man mich dann ruhigstellen.

Zwei Männer treten auf Nolan zu, um ihn an weiteren Aktivitäten zu hindern.

»Reiß dich zusammen«, sagt seine Großmutter.

Ohne sie zu beachten, bückt er sich, um den schweren Stein erneut aufzuheben. Er ist einfach auf Krawall aus.

Bevor die Männer bei ihm sind, züngeln blaue elektrische Flammen um seine Beine. Nolan erstarrt mit dem Stein in der Hand und fällt um wie ein Klotz. Über ihm bildet sich ein durchsichtiges Gehäuse und nagelt ihn am Boden fest.

Sein wütendes Gesicht verliert jeden Ausdruck, sein Blick wird so leer wie der meines Dads in den Zombienächten.

Neben ihm materialisiert sich sein Hologuide. »Die VMP ist automatisch aktiviert worden. Bitte verhalten Sie sich ruhig, während wir uns mit diesem Vorfall befassen.«

»Könnte bitte jemand meinem Enkel helfen?«, ruft die Großmutter. »Die tun ihm doch weh!«

Ich würde ihm gern helfen und muss mich beherrschen, um mir nicht selbst einen Stein zu schnappen und das Gehäuse, das Nolan einschließt, zu zerschmettern. *Der Gedanke, dass ich als Nächste drankommen und auch in einem solchen Zombiekäfig landen könnte, hält mich jedoch davon ab.*

Ich bin keine Heldin. Ich bin ein Feigling. Nicht der einzige, wie ich feststelle, als ich mich umsehe.

Was für ein gefährlicher und effizienter Kontrollmechanismus. *So beginnt der Genozid, so endet die Menschlichkeit.*

Nolans Großmutter schlägt die Hände vors Gesicht. Doktor A. eilt zu ihr, um ihr beizustehen. Alle anderen nehmen ihre bisherigen Beschäftigungen wieder auf. Die Kinder jagen der bunten Seifenblase nach und springen dabei fröhlich über den erstarrten Nolan. Diese sofort einsetzende Gleichgültigkeit verstört mich mehr als alles andere.

Was ist wohl schlimmer – das Unsichtbare zu bekämpfen oder unsichtbar zu werden?

»Die Kinder von heute haben einfach keine Manieren.« Das Paar in meiner Nähe entfernt sich von mir, als hätte ich eine ansteckende Krankheit.

Außer mir und Doktor A. verhalten sich alle völlig gleichgültig. Es ist meine Aufgabe, sie aus dieser Gleichgültigkeit aufzurütteln.

Ich brauche einen Plan. Ich brauche meine Freunde.

Ich brauche die Verrückte, um die Zukunft zu ändern.

Ich sitze in meiner WE auf dem Bett. Der Vorfall im ZENTRUM macht mir nach wie vor zu schaffen. Ich zitiere meinen Hologuide herbei.

Er verbeugt sich. »Bitte nennen Sie Ihre Wünsche, River Picard.«

»Wie funktioniert die VMR? Wozu dient sie?«

»Die VMR, das bedeutet Verhaltensmaßregelung, sorgt dafür, dass die Bewegung eines Individuums oder eines Gegenstands unverzüglich gestoppt wird. Bei Menschen folgt darauf eine Behandlung mit PM und AM, das sind PhotoMeds und AudioMeds, die so lange durchgeführt wird, bis die Aggressivität nachlässt.«

»Die VMR wird also aktiviert, sobald sich jemand aufregt?« *Verdammt noch mal, dann bin ich mit Sicherheit als Nächste dran.*

»Nein. Sie wird aktiviert, sobald jemand versucht, etwas zu zerstören, Gewalt anzuwenden oder eines unserer Gesetze zu brechen. Um die Ordnung aufrechtzuerhalten, müssen wir verhindern, dass Probleme eskalieren. Das ist sofortige öffentliche Rehabilitation.«

Sofortige öffentliche Rehabilitation bei einem Jungen, den sein Kummer aggressiv macht. Bei einer Mutter, die nur ihr Baby wiederhaben will. *Was die wohl mit Whistle Blowern anstellen, Leuten, die die Wahrheit sagen? Wie soll ich denn je gegen die kämpfen, wenn sie mich beim ersten Anzeichen von Meuterei ruhigstellen und mit Medikamenten vollpumpen?*

Die Verrückte ist der Schlüssel zu allem. Ich muss herausfinden, was sie weiß. *Muss herausfinden, ob sie echt oder nur das Produkt einer neuen Psychose ist.*

»Ihre WE ist noch nicht modifiziert worden«, teilt mein Hologuide mir mit. »Sie können Ihre persönliche Umgebung so modifizieren, dass sie Ihren Vorstellungen von Komfort entspricht.«

Ich sehe mich im Raum um, der genauso leer ist wie mein Inneres. Ich hätte gern eine Hängematte. »Gibt es denn hier so etwas wie ein Möbellager? Geld benutzt ihr hier doch nicht, oder?«

»Auf unserem Planeten gibt es keine Zahlungsmittel. All Ihre Bedürfnisse werden durch Ihre täglichen Rationen gestillt. Das ist etwas, das sich nicht modifizieren lässt.«

»Und wie komme ich dann an Möbel?«

»Legen Sie die Hand auf Ihr DT-Band und sagen Sie WE MODIFIZIEREN.«

Ich gehorche. Bin gespannt, was jetzt passiert. »WE MODIFIZIEREN.«

Die gesamte Fläche des Zimmers – die Wände, der Fußboden, die Decke – leuchtet auf, als sei sie mit winzigen Glühwürmchen besetzt.

Über meinem DT-Band erscheint ein Holoschirm.

»Mannomann!« Automatisch stehe ich auf. »Warum haben Sie mir das nicht schon früher gezeigt?«

»Weil Sie nicht danach gefragt haben. Sie haben uns abgeschaltet. Sie brauchten Schlaf.«

»Stimmt.«

»Die Nanoholocoms in Ihrer WE werden alles, was Sie brauchen, für Sie designen. Sie brauchen auf dem Holoschirm nur die Elemente zu berühren, die Sie modifizieren möchten.«

Der Schirm zeigt eine holografische Darstellung des Zimmers. Nachdem ich den Wandbereich berührt habe, erscheinen diverse visuelle Optionen. Ich entscheide mich für eine bestimmte Wand und die Farbe Rot. Unverzüglich wird die betreffende Wand in meiner WE dunkelrot, als hätte eine Fee sie mit ihrem Zauberstab berührt. Ich probiere verschiedene Nuancen aus, bis ich mein Lieblingslippenstiftrot finde.

Dann widme ich mich den Möbeloptionen und wähle einen Sessel, der mich an Dads Polstersessel erinnert, sowie eine Hängematte. Als ich auf »Raumplatzierung« tippe, materialisieren sich die Möbel. Zunächst sind sie durchsichtig, nach und nach nehmen sie aber dreidimensionale Gestalt an.

»Wie ist denn so was möglich?«

»Die WE-Nanoholocoms sind so konstruiert, dass sie eine flexible Umgebung erschaffen können. Sie werden feststellen, dass man auf Solbiluna-8 all Ihren Wünschen entgegenkommt.«

Nun ja, mich erinnert das eher an einen Kidnapper, der Kinder mit Schokolade und Spielzeug zu sich lockt. Oder an Pan, den Satyr, der die Nymphen mit seiner Flöte in seinen Bann schlug, um dann über sie herzufallen.

»Aber das sind holografische Möbel.« Ich gehe zu dem Sessel hinüber, der genauso echt aussieht wie ein Sessel auf der Erde. »Wenn ich mich dahinein setze, falle ich dann nicht einfach durch das Gebilde?«

»Nein. Es gibt drei Typen von holografischem Material: transitives, das durchsichtig und durchlässig ist; semitransitives, das solide aussieht, aber durchlässig ist; und intransitives, das solide aussieht und wie ein solider Gegenstand benutzt werden kann.«

»Aber Hologramme bestehen aus Licht.«

»Richtig.«

»Und Licht ist kein fester Körper.«

»Nein. Aber die Nanoholocoms rufen die Empfindung von etwas Solidem hervor. Das Bett, in dem Sie geschlafen haben, ist ein intransitives Hologramm, das mittels resequenzierter, quantenverschränkter Protonen erschaffen wurde.«

Verständnislos starre ich das Bett an. Ich stupse mit dem Finger dagegen und die Matratze fühlt sich an wie ... eine Matratze. Doch als ich mich im Sessel niederlassen will, gibt das Material nach und zerfällt, sodass ich mit dem Hintern auf dem Fußboden lande.

»Es dauert einige Minuten, bis bei neuen Objekten die Quantenverschränkung abgeschlossen ist. Bitte haben Sie einen Moment Geduld. Die Objekte fügen sich schnellstens wieder zusammen und bleiben dann kohärent.«

»Das hätten Sie mir aber sagen können.«

»Sie haben nicht danach gefragt.«

In Gegenwart meines Hologuides verbringe ich eine Stunde damit, meine WE in ein Miniapartment zu verwandeln – mit Decken, Kissen, Teppichen und anderen Annehmlichkeiten. Ich spendiere mir sogar ein großes Fenster mit Ausblick auf die Atlantikküste – eine schöne Illusion. Ich habe mich geirrt: Das Wohndesign der Zukunft ist große Klasse. Es ist, als sei ich in *Die Sims* geraten. Dominick dürfte von der Technologie dieser Welt sehr angetan sein.

Ich bin so begeistert davon, in meiner WE Dinge aus dem Nichts heraus zu erschaffen, dass ich jegliches Zeitgefühl verliere.

»Wo ist das Waschbecken? Kann ich ein Waschbecken machen?«, frage ich meinen Hologuide.

»So etwas gibt es hier nicht. Um etwas zu säubern, benutzen wir kein Wasser.«

»Wie macht man denn dann etwas sauber?«

»Zur Desinfektion dient der PSF.« Er zeigt auf die schwarze Dekontaminationskabine.

PSF. Diese Abkürzung muss ich mir merken. »Ich denke, dann bin ich fertig mit allem.«

»Legen Sie Ihre Hand auf Ihr DT-Band und sagen Sie WE MODIFIZIEREN EXIT.«

»WE MODIFIZIEREN EXIT.«

Seine Umgebung zu modifizieren, kann zur Sucht werden, weil man die Macht hat, die Dinge seinen Launen zu unterwerfen. Ich mustere meinen Hologuide in seiner grauen Uniform.

»Wie kommt es, dass Sie manchmal durchsichtig sind und manchmal nicht?«

»Im Freien verbrauchen wir mehr Energie, um im Tageslicht eine größere Tiefenschärfe zu haben. In Innenräumen sparen wir Energie, behalten jedoch unsere Sichtbarkeit bei. Wir haben die Fähigkeit, je nach Erfordernis unseren transitiven Modus zu verändern.«

»Kann man Sie modifizieren?«

»Ja. Legen Sie die Hand auf Ihr DT-Band und sagen Sie HOLOGUIDE MODIFIZIEREN.«

Über meinem DT-Band erscheint ein Holoschirm mit einem Minibild meines Hologuides. Ich ändere sein Geschlecht und mache eine Frau aus ihm, der ich einen langen königsblauen Pferdeschwanz und eine dunkelrote Uniform verpasse. Vor meinen Augen nimmt er eine andere Gestalt an. Dann sehe ich ein Icon mit der Aufschrift *Name*.

»Ich kann Ihnen also einen Namen geben?«

»Ja.«

»Wie möchten Sie denn heißen?«

»Eine solche Frage können wir nicht beantworten.«

Ich denke nach. Was für einen Namen kann man denn einem Hologramm geben? *Seven of Nine? HAL?* Nein, nein, es muss schon etwas anderes sein ...

Ein Menschenname kommt nicht infrage. Das würde dem Hologramm zu viel Individualität verleihen. Es ist aber nur ein Mittel zum Zweck. Es ist nur mein ...

Ich tippe auf das Icon NAME und sage HANDLANGER. Zur Bestätigung wiederholt mein Hologuide den Namen. Zumindest werde ich jetzt, wenn ich ihn herbeizitieren muss, nicht vergessen, was er in Wirklichkeit ist. Nichts als ein Handlanger. So was braucht jeder Held. Anschließend sitze ich zufrieden einen Moment lang auf meinem Bett.

Das alles hier mag ja ziemlich cool sein – trotzdem gehöre ich nicht hierher. Wir gehören nicht hierher. Ich darf mich nicht von der Technologie blenden lassen.

Nachdem ich meinen Hologuide fortgeschickt habe, betaste ich den holografischen Sessel, der jetzt stabil zu sein scheint. Vorsichtig lasse ich mich darin nieder und streiche mit den Händen über die Armlehnen. Genau wie Dads Lieblingssessel, wenn auch ohne den charakteristischen Geruch. Ich kann förmlich hören, wie er herumbrüllt und Ausdrücke wie Privatsphäre, Menschenrechte und Kommunismus von sich gibt. Er würde es hassen, hier zu sein. Trotzdem wünschte ich, er wäre da, um mir bei meinem Kampf zu helfen. Ich vermisse seine kräftige Stimme. Als ich durch das Portal gegangen bin, konnte er kaum sprechen.

Sicher trauert Mom um Benji und mich, als wären wir gestorben. Sie wird nie verstehen, dass ich tun musste, was ich getan habe. Dad hingegen wird es verstehen. Hoffe ich wenigstens.

Aber wahrscheinlich hat Mom gar keine Zeit zum Trauern, weil sie sich um Dad kümmern muss, der im Rollstuhl sitzt und immer schwächer und unleidlicher wird. Möglicherweise muss Mom alles ausbaden, weil sie als Einzige noch da ist. *Dads Wut wird langsam größer werden, weil er sich hilflos fühlt und nicht mehr den Helden spielen kann. Vielleicht bringt er sich sogar um. Oder er tötet Mom und sich, weil er es einfach nicht ertragen kann, dass seine zwei Kinder von Hologrammen entführt wurden.*

Jedenfalls muss ich davon ausgehen, dass Dad nicht völlig wiederhergestellt ist. Dass er vielleicht immer noch ein Sauerstoffgerät braucht. Und falls die Schulen nach wie vor geschlossen sind, hat Mom wahrscheinlich keinen Job.

Möglicherweise sind sie gerade dabei zu verhungern. Möglicherweise haben sie es gar nicht zurück nach Hause geschafft.

In meinem Magen beginnt es zu rumoren, sodass ich kurz davor bin, in die PSF-Kabine zurückzukehren, um eine weitere Panikattacke zu verhindern, zumal ich nach Doktor A.s Hinweis auf etwaige Entzugserscheinungen annehme, dass sie schlimmer als je zuvor ausfallen wird. Doch es ist gar keine Panikattacke. Ich kuschle mich in den Sessel, umklammere meine Beine und lasse meinen Tränen freien Lauf. Kummer ist stärker als Angst.

Die Einsamkeit hüllt mich ein wie ein düsterer Schatten, dem ich nicht zu entfliehen vermag. Ich brauche Dominicks Berührungen, brauche eines von Ritas berühmten Motivationsgesprächen. Ich brauche ihr Lachen. Ich stöbere in meinem Rucksack, bis ich mein Tagebuch finde, in das die Ausdrucke ihrer Abschiedsauftritte im Internet eingelegt sind. Damals waren wir so glücklich. Jung. Frei. So wird es nie wieder sein.

Mein Tagebuch in der Hand zu haben, ist wie eine Wiederbegegnung mit meiner Naivität. Ich blättere es durch und lese die Einträge der letzten sechs Monate, Einträge eines arglosen Menschen, der nicht wusste, ob er bleiben oder gehen, seine Familie oder seine Freunde verraten oder auf die Hologramme hören sollte, die Rettung versprochen hatten. Ich kritzle wütende Kommentare an den Rand, in denen ich der Schreiberin Vorwürfe mache – ein Versuch, die Vergangenheit mit einem Kugelschreiber zu ändern. Aber das schafft niemand. Diese Macht hat niemand.

Außer der Verrückten.

Ich blättere weiter, bis ich auf folgende Stelle stoße:

Wenn die Wahrheit von Angst verhüllt und von Träumen umwölkt wird,
wenn Fakt und Fantasie sich seltsam paaren,
gibt es vielleicht keine wahren Helden mehr.

Der Passus ist immer noch da, ohne ihre Änderung. Ich suche in meinen Sachen nach dem Zettel mit dem alternativen Schluss *Oder vielleicht werden dann Helden geboren.* Ich hatte ihn in der Hand, bevor ich durch dieses Portal gerannt bin. Er ist nicht mehr da. Offenbar habe ich ihn fallen lassen, als ich durch die Menge gerast bin. Damals auf der Erde.

In der Vergangenheit hat die Verrückte mich beeinflusst, hat mich angespornt, und das hat sie das Leben gekostet. Ich verstehe immer noch nicht, wie sie das mit der Textstelle gemacht hat, aber ich muss lernen, ihr zu vertrauen. Ich kann nicht einfach hier rumsitzen und warten, in ständiger Angst, ruhiggestellt und mit Medikamenten vollgepumpt zu werden, weil ich Aufsehen erregt habe, während die Leute um mich herum geloben, ihren Beitrag zu leisten. Ich bin hierhergekommen, um die Wahrheit zu verkünden.

Was rede ich denn da? Ich bin auch hierhergekommen, um einen Jungen wiederzusehen. Und meine beste Freundin. Stattdessen muss ich mich mit einer ehemaligen Strafgefangenen auseinandersetzen.

Vielleicht spielen Motive eine geringere Rolle, als wir annehmen. Vielleicht zählt einzig und allein, wozu unsere Taten führen.

Es ist höchste Zeit, die Verrückte ins Visier zu nehmen und herauszufinden, wie wir miteinander in Verbindung stehen.

Während ich stundenlang auf einer Bank sitze und darauf warte, dass Katherine auftaucht, verändern sich die Lichtverhältnisse außerhalb des ZENTRUMs auf geradezu dramatische Weise. Irgendwann muss die Verrückte ja mal was essen. Um mir die Zeit zu vertreiben, lese ich in meinem *Harry Potter*-Buch. Das durch die Glaskuppel über mir einfallende Sonnenlicht ruft ein wahres Kaleidoskop von Farben und Mustern hervor. Es ist schwer, sich von etwas so Schönem nicht ablenken zu lassen. Der lavendelfarbene Himmel ist von Streifen in Pink, Orange und Dunkelblau durchzogen. Es gibt nur eine Sonne. Manche Dinge ändern sich vermutlich nicht, egal, um welchen Planeten es sich handelt. Ist es denn überhaupt möglich, dass ein Planet zwei Sonnen hat? Ich hätte in der Schule in Naturwissenschaft besser aufpassen sollen.

Ich frage mich, ob Dominick gerade zum selben Himmel hochblickt. Und ob er wohl an mich denkt. All diese Technologie muss er doch himmlisch finden. Aber irgendwann wird er die Wahrheit entdecken und feststellen, dass es eigentlich die Hölle ist.

Rita ist schon vor einiger Zeit allein hierhergekommen. Wie es ihr und ihren Religionsflüchtlingen wohl ergangen ist? Vielleicht können sie mir ein paar gute Ratschläge geben. *Was, wenn sie es gar nicht geschafft hat, durch ein Portal zu gehen? Was, wenn sie noch auf der Erde ist, während ich hier nach ihr suche?* Nein, dann hätte sie mit mir Kontakt aufgenommen.

Der kleine Dinovogel sitzt wieder auf dem Baum und krächzt wie ein einsamer Rabe, der uns den Tod ankündigt. Doch die Leute im ZENTRUM scheinen glücklicher denn je zu sein. Sie nehmen einfach nicht zur Kenntnis, dass Nolan die ganze Zeit in dem VMR-Gehäuse steckt. Erst als es aufs Abendessen zugeht, verschwindet das Gehäuse. Nolan rappelt sich hoch. Seine Großmutter rennt mit ihrem Essen zu ihm, um ihn zu füttern, was er ohne Widerstand über sich ergehen lässt. Wieder steigt die Angst vor einer Lobotomie in mir auf. *Ich stelle mir vor, wie man mit einem Skalpell graue Gehirnmasse aus mir herauskratzt – ein Bild, das sich mir förmlich aufdrängt und immer konkreter wird.* Ich streiche mir über den Hinterkopf, um mich zu vergewissern, dass dort keine Operationsnarbe ist.

Niemand kümmert sich um Nolans Bestrafung und die Sorge seiner Großmutter. Die Leute essen und plaudern, die Kinder spielen mit der Riesenseifenblase. Für einige hier ist dieser Ort das Paradies, während andere unbeachtet in dieser hochtechnisierten holografischen Welt leben. So viel anders als auf der Erde ist das eigentlich nicht. Die Technologie mag sich ändern – die Menschen bleiben gleich.

Doktor A. spricht mit der Großmutter und legt ihr sanft die Hand auf den Arm. Dann verlassen sie zusammen das ZENTRUM. Doktor A. ist einfach zu gut für diese Welt und hat keinerlei Ähnlichkeit mit den Leuten, die hier zum Abendessen zusammenkommen wie Ameisen, die sich ein Stück Zucker abholen wollen. Erst wenn ihnen klar wird, dass auch sie Opfer sind, werden sie aus ihrer Gleichgültigkeit erwachen.

Das heutige Abendessen ist eine dunkelbraune Suppe aus pappigem, fremdartigem Gemüse und purpurroten Brocken, die wie Kartoffeln schmecken. Ich esse und lese, bis ich plötzlich bemerke, dass die Verrückte auf das Essenspodest zusteuert. Ich kneife mich, um sicherzustellen, dass ich nicht träume. Ob Kneifen hilft, wenn sie eine Halluzination ist? Oder ein Hologramm?

Nachdem ich mein Buch in den Rucksack gepfeffert habe, schnappe ich mir mein Tagebuch, um festzuhalten, was sie alles macht. Sie geht zum Podest, um sich ihre Essensration zu holen. Dann lehnt sie sich gegen die Wand des ZENTRUMs und isst. Sie schlürft die Suppe aus der Schüssel und kaut gleichmäßig. Ich schlürfe ebenfalls meine Suppe, verfolge jede ihrer Bewegungen und lasse sie keine Sekunde aus den Augen.

Dabei fällt mir etwas auf. Als ein korpulenter Mann mit struppigen Haaren an der Verrückten vorbeigeht, drückt sie ihm etwas in die Hand. Sie sehen sich nicht an und wechseln kein Wort miteinander. Ich könnte wetten, dass sie zusammen im Gefängnis gesessen haben. Wegen Drogenhandels. Sie war lange Zeit im Knast. Vielleicht war sie tatsächlich eine Dealerin.

Das beruhigt mich ein wenig. Drogendealer ist was anderes als Serienkiller. *Es sei denn, sie war Drogendealerin und Serienkillerin.*

Moment mal. Wie wahrscheinlich ist das alles? Wie meine Therapeutin sagen würde: »Zwischen dem, was möglich, und dem, was wahrscheinlich ist, besteht ein himmelweiter Unterschied.« *Ist es möglich? Ja. Ist es wahrscheinlich? Wohl kaum.*

Ich notiere eine Personenbeschreibung beider in meinem Tagebuch für den Fall, dass jemand meine Leiche findet. Eine Liste der Verdächtigen.

Während Katherine noch isst, kehrt Doktor A. zurück und gesellt sich, da er ein höflicher Mensch ist, zu ihr. *Hat er nicht gehört, was ich gesagt habe? Ich habe ihm doch erzählt, dass sie eine Kriminelle ist. Manche Menschen sind so gut, dass sie sich selbst schaden.* Ich könnte natürlich zu ihnen hinübergehen und an ihrem Gespräch teilnehmen, aber das würde mich emotional zu sehr stressen.

Ich setze Doktor A. auf meine Liste und mache den Vermerk »Kein Verdächtiger«. Sobald er mit dem Essen fertig ist, gibt die Verrückte ihm etwas. Kurz darauf sehe ich, wie er den Gegenstand an ein auf dem Rasen sitzendes Mädchen weiterreicht, das ein paar Jahre jünger ist als ich und glatte Haare hat.

Das Dinoküken auf dem Baum krächzt. Offenbar braucht es genauso wie ich einen Freund.

Als Doktor A. mich erblickt, winkt er und kommt auf mich zu. Schnell stopfe ich mein Tagebuch in den Rucksack.

»Fühlen Sie sich besser?«, fragt er.

Mir schlägt das Herz bis zum Hals. »Oh ja. Viel besser.«

»Freut mich. Bleiben Sie heute zu den Firmamentlichtspielen hier?« Er reibt sich die Hände, was mich nervös macht.

»Äh, heute nicht. Ich geh lieber wieder in meine WE.« Ich hänge mir den Rucksack über die Schulter.

»Dann gute Nacht. Wirklich schön, dass Sie sich besser fühlen.«

»Danke.«

Auf dem Rasen versammeln sich immer mehr Leute, die sich die Show ansehen wollen. Inzwischen ist es so dunkel, dass ich nicht mehr feststellen kann, wo die Verrückte abgeblieben ist.

Ich kehre in meine WE zurück und setze mich erst mal in die PSF-Kabine, um mich zu beruhigen.

Katherine ist auf der Erde wegen irgendetwas verurteilt worden und hier gibt sie an andere Dinge weiter. Ob sie nun eine Drogendealerin oder eine Mörderin ist – sie ist ein Teil meiner Vergangenheit, ein Teil meiner Gegenwart und ein Teil von unser aller Zukunft.

Und Doktor A. steckt mit in der Sache drin. Worum auch immer es sich handeln mag.

Meine Neugier spornt meine Ängste an, die wiederum mein Bedürfnis anspornen, die Verrückte weiterhin im Auge zu behalten, um Informationen zu sammeln. Informationen verhindern normalerweise, dass mir der Kopf schwirrt, weil er voll unbeantworteter Fragen und Spekulationen ist. Doch ich fürchte, diesmal bin ich mit mehr Informationen überfordert.

Ich vermisse meine Freunde genauso sehr, wie ich das Meer vermisse.

6

TAG 4: NOCH 686 STUNDEN BEDENKZEIT

Ich verliere jedes Zeitgefühl und registriere bloß noch, ob es hell oder dunkel ist und ob ich hungrig oder müde bin. Vielleicht muss das Leben so ablaufen, wenn man keine Verpflichtungen hat (abgesehen von der, die Leute davor zu bewahren, dass sie den Lügen der HöWes aufsitzen). Das Messen der Zeit verliert jegliche Bedeutung, ein Tag geht in den anderen über. Deshalb richte ich auf meinem DT-Band eine Digitaluhr ein, die jeweils vierundzwanzig Stunden anzeigt. Außerdem zeigt sie an, wie viele Stunden Bedenkzeit uns noch bleiben – ein fataler Countdown.

Die Muskeln in meinen Schultern, im Kreuz und in den Waden schmerzen. Ich recke mich und gähne automatisch, während ich mich im Dunkeln vom Boden der PSF-Kabine erhebe. Meine Bewegungen führen dazu, dass Licht aufleuchtet und Gegenstände sich materialisieren, darunter das aus Licht und raffinierter Computertechnologie geschaffene Bett. An dem Holobett könnte ich noch einiges verbessern.

Die Kombination von Schlaf und Technologie wirkt Wunder. Als ich wieder aufwache, habe ich das Gefühl, als wären Tage vergangen. Laut meiner DT-Uhr ist es fünfzehn Uhr, also Nachmittag. Nachdem ich mich hochgerappelt habe, schwöre ich, nie wieder in der PSF-Kabine zu schlafen.

Ich bin völlig desorientiert. Der Raum um mich herum ist leer und dunkel, doch sobald ich mich bewege, geht Licht an und das Mobiliar taucht wieder auf. Es ist, als hätte ich einen bizarren Traum, den ich jedoch, statt daraus zu erwachen, um mich herum erschaffen habe. Sehr beunruhigend.

Kein Waschbecken. Ich kann mir weder das Gesicht waschen noch mir die Zähne putzen. Während ich darauf warte, dass sich eine holografische Haarbürste materialisiert, lasse ich an einer Wand einen holografischen Spiegel entstehen. Nicht dass ich wirklich sehen möchte, was unter diesen Bedingungen aus meinem lockigen Haar geworden ist. Es hat mehr Volumen, die Spitzen sind ungleichmäßig gekräuselt. Ich versuche, das Ganze ohne Wasser oder Gel in einem Wuscheldutt zu bändigen. Was dabei herauskommt, ist ein wildes Haarknäuel.

Ich gehe wieder in die PSF-Kabine, um meinen Körper frisch zu machen. Dabei öffne ich sogar den Mund, weil ich hoffe, dass auch meine Zähne gesäubert werden. Als ich mit der Zunge darüberfahre, habe ich den Eindruck, dass der Belag tatsächlich verschwunden ist. Das einzige Problem bei der Kabine ist, dass sie mir nicht hilft, richtig wach zu werden, sondern so zu meiner Entspannung beiträgt, dass ich gleich weiterschlafen möchte.

Jedenfalls bin ich froh, dass der PSF alles säubert, auch meine schwarze Uniform. Schließlich könnte das die Kleidung sein, in der ich sterbe. Obwohl ich versuche, stark zu sein, überfällt mich wieder das Gefühl der Einsamkeit.

Ich tippe zweimal auf mein DT-Band. Mein Hologuide erscheint, immer noch in modifizierter Gestalt, das heißt mit blauem Pferdeschwanz und roter Uniform.

»Bitte nennen Sie Ihre Wünsche, River Picard.«

»Ich brauche Papiertaschentücher. Und Toilettenpapier. Gibt es auf diesem verfluchten Planeten überhaupt Produkte aus Papier?«

»Sie können am HDP um zusätzliche Bedarfsartikel bitten. Für persönliche Bedürfnisse haben Sie pro Tag Anrecht auf zwei Bedarfsartikel, die nicht holografisch hergestellt werden können.«

Es wäre nutzlos, etwas nach ihm zu werfen. »Warum haben Sie mir das nicht vorher gesagt?«

»Sie haben nicht danach gefragt.«

Oh, wie ich künstliche Intelligenz hasse. *Sieht das Ding denn nicht, dass ich hier nur mit Mühe durchhalte? Weiß es nicht so weit über menschliche Bedürfnisse Bescheid, dass es mich vorher informieren könnte?*

Als es an meiner Tür klopft, fahre ich zusammen. Niemand weiß, wo meine WE ist, und Hologramme können nicht klopfen. Oder doch? An meinem Handgelenk entsteht ein kleiner Bildschirm. *Bitte lass es keine ehemalige Strafgefangene sein, die mich umbringen will.*

Auf dem Bildschirm erscheint ein grau melierter Bart.

»River Picard?«, fragt Doktor A.

Obwohl es nur der Arzt ist, gerät mein Herzschlag außer Rand und Band. Da er und die Verrückte vielleicht insgeheim Verbündete sind, weiß ich einfach nicht mehr, wie weit ich ihm trauen kann.

Ignorier ihn einfach, dann verschwindet er wieder. Doch da er so nett zu mir war, bringe ich es nicht fertig, gemein zu ihm zu sein. »Ja?«

»Ich wollte mal nach Ihnen sehen, da Sie heute weder zum Frühstück noch zum Lunch aufgetaucht sind.«

Ich überlege, ob ich ihn reinlassen soll oder nicht. Er war mit Katherine zusammen und sie hat ihm etwas gegeben, das er an jemand anderen weitergereicht hat: nicht gerade ein Schwerverbrechen. Aber auch nicht das Verhalten eines Unschuldigen. *Was, wenn er gekommen ist, um mich zu attackieren? Erst lullt er mich ein, damit ich ihm voll und ganz vertraue, und dann ZACK! Habe ich etwas, womit ich mich wehren könnte? Könnte ich mit meinem* Harry Potter-*Band auf ihn einschlagen?*

Für alle Fälle hole ich das Buch schnell aus dem Rucksack. Trotz all meiner Angst sage ich: »TÜR ÖFFNEN.« Ich brauche Kontakt zu einem Menschen, bevor ich mich wieder mit meinem Hologuide oder dem PSF befasse.

Heute sieht Doktor A. irgendwie jünger aus. Frischer. Er ist zwar immer noch kahlköpfig, aber die Falten um seine Augen sind weniger geworden. Keine Ahnung, wie das möglich ist.

»River, ich wollte mich nur vergewissern, dass es Ihnen gut geht.«

»Ich bin okay. Ich schlafe viel.«

»Schlaf ist gut, solange man sich nicht in Träume flüchtet, um der Wirklichkeit aus dem Weg zu gehen.«

Er kennt mich schon zu gut.

»Was halten Sie davon, ein bisschen frische Luft zu schnappen?«, fährt er fort. »Oder sich in den Holoräumen zu entspannen? Sie könnten auch ein paar Leute in Ihrem Alter kennenlernen.«

Oh Gott, bloß nicht. Kontakt mit anderen könnte mir den Rest geben. Es bereitet mir schon Mühe genug, einfach durchzuhalten.

»Für Einzelgänger wie uns ist es gut, andere kennenzulernen.«

Einzelgänger. Nach vier Tagen in der Zukunft hat man mir bereits ein Etikett verpasst.

»Mir geht's bestens, danke.« Ich sollte ihn geradeheraus fragen, was Katherine ihm gegeben hat, bringe es aber einfach nicht fertig. Ich misstraue seinen Motiven. Er verheimlicht mir etwas.

»Es ist nicht gut für die geistige Gesundheit, sich zu isolieren, am allerwenigsten in einer fremden Umgebung. Wenn Ihnen das hilft, kann ich Sie gern begleiten.«

Sein besorgter Gesichtsausdruck verrät mir, dass er nicht lockerlassen wird. Ich lege mein Buch weg und Doktor A. führt mich aus dem Zimmer. Harry hätte ihm Widerstand geleistet.

Doktor A. bringt mich ins Erdgeschoss des Gebäudes. Bisher habe ich angenommen, dort würden sich Lagerräume oder weitere Wohnungen befinden, doch wie ein Holoschirm anzeigt, sind dort die *Holoräume*. Vom Korridor gehen zahlreiche weiße Türen ab, jede mit einem anderen Holoschirm versehen. Als Doktor A. einen der Schirme berührt, können wir gleich darauf die Leute drinnen sehen, die verschiedene Holospiele spielen, klassische Sportarten wie auch Rollenspiele. Einige der Schirme bleiben dunkel, als er sie berührt. *Möchte gar nicht wissen, was in diesen Räumen vor sich geht, aber ich hoffe, dass hinterher dort jemand sauber macht.*

Doktor A. berührt einen weiteren Schirm und sagt: »Da ist sie.«

Der Raum sieht aus wie ein Wohnzimmer mit zwei großen Ledersofas, einem Couchtisch, Lampen, einem Teppich und einem offenen Kamin. Auf einem der Sofas sitzt ein Mädchen und spielt ein holografisches Kartenspiel, bei dem die Karten mitten in der Luft schweben. Es ist das Mädchen, dem er im ZENTRUM den Gegenstand gegeben hat, den er zuvor von der Verrückten erhalten hatte. Ich bin in eine Verschwörung geraten.

»Kendra, ich habe Besuch mitgebracht.«

»Hi, Doktor A.« Sie unterbricht ihr Spiel und schiebt sich

ihr glattes kastanienbraunes Haar über die Schulter. »Wie geht es Nolan heute?«

»Ganz gut. Er ist auf dem Weg der Besserung. Darf ich dir River vorstellen?«

»Schön, dich kennenzulernen.« Unbeholfen schütteln wir uns die Hand. Ich sehe, wie sie sich hinterher die Hand an ihrer Uniform mit Kätzchenmuster abwischt, weil meine Hand so schweißig ist. Ihre großen, unschuldigen blauen Augen verraten mir, dass sie zu dem Typ Mädchen gehört, der jederzeit verirrte Hündchen und Katzen retten würde.

»Nolan und Kendra kennen sich von der Schule her«, erklärt Doktor A. »Sie könnte eine Freundin gebrauchen, solange er noch nicht ganz wieder genesen ist. Dann werd ich euch zwei mal allein lassen. Amüsiert euch gut.«

Ich durchschaue Ihren Plan, Doktor A., und er gefällt mir nicht.

Ich koche vor Wut, obwohl ich weiß, dass er uns beiden nur etwas Gutes tun wollte. Ich hasse es, zur Geselligkeit gezwungen zu werden, hasse diese Art erbarmungslosen Wohltätertums.

»Tja …« Ich weiß nicht, was ich sagen soll. »Tut mir leid, hab deinen Namen vergessen.«

»Kendra. Und du bist River.«

»Scheint so«, murmle ich. »Was spielst du denn da?«

»Ein altes Kartenspiel, das mir mein Großvater beigebracht hat, aber wir können was viel Besseres spielen. Sachen, die du dir gar nicht vorstellen kannst. Holografische Spiele, jede Art von Sport und Unmengen von Action- und Abenteuerspielen. Man kann sogar selbst was erfinden und es mit anderen oder allein für sich spielen. Dagegen können die Virtual-Reality-Spiele auf der Erde, für die man eine

Spezialbrille braucht, abstinken. Bevor Nolan ruhiggestellt wurde, war er mal mit mir hier.«

»Okay, dann lass uns mal einen Versuch machen. Wie geht das Ganze vor sich?«

»Du suchst mit deinem DT-Band die Holoräume ab. Ich zeig dir, was für ein cooles Spiel ich schon gefunden hab.« Sie berührt ihr DT-Band und ruft so routiniert mehrere Holoschirme ab, als würde sie schon seit tausend Jahren auf diesem Planeten leben.

»Das hier gefällt mir. 999Mythos.«

Als sie mit dem Finger auf den Holoschirm über ihrem DT-Band tippt, leuchten im Raum unzählige Nanoholocoms auf. Das Licht ist so grell, dass ich automatisch die Augen zukneife.

»Huch, hab vergessen, dir zu sagen, dass du im ersten Moment die Augen zumachen musst. Jetzt kannst du sie wieder öffnen.«

Erst nachdem ich mehrmals geblinzelt habe, stellen sich meine Augen auf die Helligkeit im Raum ein. Bloß dass wir uns nicht mehr in dem Raum befinden, sondern mitten in einer gebirgigen Region, wo mythologische Wesen majestätisch an uns vorbeiziehen, darunter eine Herde geflügelter Einhörner.

Blitzschnell drehe ich mich um. »Meine Güte, sind wir gerade teleportiert worden?«

»Nein. Wir sind immer noch im selben Raum.«

»Echt?«

»Ja. Und du kannst hier anstellen, was du willst, ohne dass es Konsequenzen hat. Weil nichts real ist. Du könntest von einem hohen Berg springen und dir würde nichts passieren.«

Ich strecke die Hand aus, um ein kleines Wesen zu streicheln, das aussieht wie eine Mischung aus Ziege und Hund. Ich komme mir vor, als wäre ich in die *Star Trek*-Welt geraten.

Warum sollte man je in die Wirklichkeit zurückkehren?

»Mach mal was anderes.«

»Okay, das hier mag ich auch. 24-7HoloDay.«

»Soll das ein Wortspiel sein?«

»Ja, man fühlt sich wie im Urlaub. Mach die Augen zu.«

Als ich die Augen wieder öffne, bin ich von einer tropischen Landschaft mit Laternen, Korallenblumen und Bambusstühlen umgeben. Vor mir erstreckt sich ein Ozean, der die Farbe eines limettengrünen Cocktails besitzt. Ich ziehe meine Stiefel aus, vergrabe die Zehen in dem weißen, golden schimmernden Sand und genieße die wohlige Wärme.

»Möchtest du hierbleiben und schwimmen gehen? Oder möchtest du lieber ein bisschen Holosport treiben?«

»Gibt es auch ein Programm mit der Erde? Mit der Atlantikküste?«

»Wahrscheinlich. Es kommen ständig neue Programme hinzu. Wenn ich das hier noch besser kann, würde ich gern ein eigenes Programm schreiben.« Mit ein paar raschen Fingerbewegungen findet sie das Gesuchte.

»Massachusetts, nehme ich an?«

Ich nicke, während sich mir die Kehle zusammenschnürt.

»Da haben wir's.«

Und schon im nächsten Moment liegt der Atlantik vor mir. Die vertraute salzige Brise weht mir die Haare ins Gesicht. Ich knie mich in den Sand, der nicht so weich ist wie im vorherigen Programm, sondern grobkörnig – genau wie zu Hause.

Ich renne den Strand hinunter und springe mit Uniform in das kühle Wasser. Das einzig Merkwürdige, das ich erlebe, ist, dass das Wasser, das mir dabei in den Mund gerät, sofort verschwindet. Jede Welle, die heranbrandet, trägt zur Entspannung meiner Muskeln bei. Das alles fühlt sich so echt an, dass ich die Küste absuche und irgendwie erwarte, Dominik oder Rita zu erblicken. Der Gedanke holt mich in die Gegenwart zurück. *Das ist nicht meine Heimat. Das ist nicht meine Heimat.* Rasch schwimme ich zurück und taumle auf Kendra zu.

»Bist du okay?«, fragt sie.

Am ganzen Leib zitternd, packe ich ihr DT-Band.

»HOLORÄUME EXIT.«

Und schon im nächsten Moment befinde ich mich wieder im Raum von vorhin. Meine Uniform und meine Haare sind völlig trocken.

Barfuß renne ich in den Korridor hinaus und lehne mich gegen die Wand. Kendra kommt mir mit meinen Stiefeln und Socken nach. »Bist du okay? Was ist denn passiert?«

»So was will ich nie wieder erleben.«

»Warum nicht? «

»Weil ... weil ... etwas fehlt. Es ist nicht so, wie es sein sollte.«

Ich sage nicht die Wahrheit. Ich könnte dort drinnen ohne Weiteres all meine Zeit verbringen, um in einer friedlichen Fantasiewelt zu leben, statt der harten Wirklichkeit ins Auge zu blicken. Wenn ich nicht bald die Wahrheit verkünde, könnte es sein, dass die Leute vergessen, wie die Realität beschaffen ist, und sich stattdessen völlig dem falschen Glanz dieser Welt hingeben.

Abends bin ich so ausgehungert, dass es mir ganz egal ist, was für eine Pampe das Podest heute für uns bereithält. In meinem Tagebuch, das ich bei mir habe, sehe ich ein Memo, das mich daran erinnern soll, Toilettenpapier zu verlangen. Als ich am Podest meine Bitte vorbringe, erhalte ich etwas, das eher wie ein Naturschwamm aussieht. Soll ich das Ding vielleicht benutzen und anschließend zur Desinfektion in die PSF-Kabine werfen? Die hygienischen Vorstellungen dieser HöWes sind durch und durch widerwärtig.

Während ich auf mein Essen warte, fängt Katherine meinen Blick auf und steuert auf mich zu. Mir wird so flau im Magen, dass ich inständig hoffe, mich nicht wieder übergeben zu müssen.

Sie mustert mich von oben bis unten.

»Mississippi, du bist ja eine richtige kleine Einsiedlerin.«

Und du bist eine Kriminelle. »Hab mich nicht besonders wohlgefühlt.« Ich schnappe mir mein Essen und den blöden Schwamm.

»Deine Haare ... Da hab ich ja im Gefängnis besser ausgesehen.«

»Ja, ich weiß. Das reinste Chaos.«

»Du solltest Samenöl verlangen. Hat mir mein Hologuide empfohlen.«

»Danke. Ich hasse es, mit meinem Hologuide zu reden. Der ist mir nicht geheuer.«

»Schön und gut, aber du wirst nie etwas erreichen, wenn du nicht die richtigen Fragen stellst.«

Wie recht du hast. Ich lege die Hand aufs Podest und bitte um Samenöl. Es manifestiert sich in einem durchsichtigen Gefäß, das so ähnlich aussieht wie ein Reagenzglas.

»Das wird gerade mal einen Tag reichen.«

»Nein, das ist richtiges Zauberzeug. Man kann es sogar für die Haut benutzen und um sich die Zähne zu putzen.«

»Dann sollte ich noch um eine Zahnbürste bitten.«

»Sachte, sachte. Pro Tag gibt es nur zwei Bedarfsartikel.

Nur wenn du neue Programme für die Holoräume entwickelst, erhältst du mehr.«

Nach wie vor spüre ich das Wasser des falschen Atlantik auf meiner Haut. Ich brauche einen Verbündeten. Ich muss das Risiko eingehen.

»Ich muss dir was sagen.«

»Schieß los.«

»Es ist was Wichtiges«, flüstere ich. »Ich brauche jemand, dem ich vertrauen kann. Und ...« Ich zeige auf die Nanoholocoms, die um uns herum in alle Flächen eingelassen sind. »... ich will nicht ruhiggestellt werden.«

Sie winkt mich mit dem Finger näher zu sich heran und flüstert mir ins Ohr: »Ich habe die Nanoholocom-Kontrolleinrichtungen in meiner WE gehackt und die VMR blockiert. Falls du dir deswegen Sorgen machst.«

»Das hast du geschafft?« Das finde ich ebenso erschreckend wie bewunderungswürdig.

»Das ist meine Spezialität«, erwidert sie grinsend. »Lass uns gehen.«

Ganz wohl ist mir nicht dabei, dass ich Katherine vertraue. Trotzdem folge ich ihr. Das ist wirklich irrational.

Ich weiß, dass ich nicht so vertrauensvoll sein sollte, in Katherines WE mitzugehen, ohne mehr über sie zu wissen, doch allein schaffe ich es nicht, gegen die HöWes zu kämpfen und zur Erde zurückzugelangen. Ich kratze an einem Niednagel am Daumen herum.

»Also, Mississippi, was bedrückt dich?«

»Nichts.« *Vielleicht die Tatsache, dass du mich jederzeit abmurksen könntest, aber um die Erde zu retten, muss ich dir vertrauen, auch wenn ich nicht verstehe, warum.*

»Red keinen Quatsch. Du hast mir doch gerade gesagt,

du hättest ein Geheimnis. Außerdem hast du mich die ganze Zeit beobachtet und dir Notizen in deinem Buch gemacht.«

Mein Magen krampft sich zusammen und ich versuche, mir nichts anmerken zu lassen. »Nein, hab ich nicht.«

Ihr Blick verrät mir, dass es keinen Zweck hat zu leugnen. »Raus mit der Sprache.«

Ich kann ihr nicht verraten, was ich weiß. Zuerst brauche ich mehr Informationen. Ich klettere in die Hängematte, um zu essen. Den Schwamm und mein Tagebuch lasse ich auf dem Boden liegen. »Warum warst du im Gefängnis?«

»Warum interessiert dich das?«

»Weiß nicht. Reine Neugier«, entgegne ich.

»Du hast Angst vor mir, stimmt's?«

»Nein«, schwindle ich und bekleckere mich mit Essen.

Sie setzt sich auf einen Stuhl und blickt zu Boden.

»Hauptsächlich habe ich wegen Betrug und Hacken gesessen.«

Das hätte ich am allerwenigsten erwartet. »Was genau heißt das?«

»Kreditkartenbetrug. Identitätsdiebstahl. Das Hacken anderer Systeme.« Sie kichert. »Als ich jünger war, habe ich ein paar Jahre für Apple gearbeitet. Dann hat mein Leben eine Wende genommen und ich bin zur Ostküste zurückgezogen.«

»Du hast also Kreditkarten gestohlen? Wieso bist du dann zu einer so hohen Gefängnisstrafe verurteilt worden?«

»Es ging noch um ein bisschen mehr.«

»Lass hören.« Meine Kühnheit überrascht mich. Ihre knappen Antworten fordern mich heraus.

»Mehr brauchst du nicht zu wissen. Und jetzt erzähl mal von dir, Mississippi. Warum bist du allein hier? Wenn du die Erde in letzter Minute ohne Freunde oder Verwandte verlassen hast, bist du die Anormale von uns beiden.«

Ich erzähle ihr die halbe Wahrheit. »Mein Vater wurde bei einem Tumult verletzt und war im Krankenhaus. Ich habe auf ihn gewartet, solange es möglich war.«

Es ging natürlich um viel mehr, auch darum, dass sie bei alldem eine Rolle spielte, von der sie jetzt nichts mehr weiß.

»Meine Tochter ist gestorben. An Krebs«, fährt Katherine fort. »Wenn diese ganze Sache Jahre früher passiert wäre, hätte meine Tochter überlebt. Die HME hier hätte sie gerettet. Wie heißt es so schön? Nichts passiert ohne Grund. Blödsinn. Viele Dinge passieren ohne Grund.«

»Das tut mir leid.«

Sie winkt ab. »Als diese Hologramme aufgetaucht sind, ergab sich für mich die Möglichkeit, aus dem Gefängnis entlassen zu werden. Bloß dass ich mir nicht sicher war, ob ich das wollte. So nett ist niemand. Und umsonst gibt's nie etwas. Jedenfalls werde ich erst dann diesen Beitrag leisten, wenn ich genau gesehen habe, wie die Integration vor sich geht. Du solltest es genauso halten. Irgendetwas stimmt hier nicht und ich weiß, dass du das auch so empfindest. Das stand dir auf der Stirn geschrieben, als die gestern diese beknackte Schweigeminute für die Erde eingelegt haben und dieser Junge ausgeflippt ist.«

Ihre Offenheit nimmt mich für sie ein. Es ist leichter, anderen zu vertrauen, wenn sie ihren emotionalen Schutzpanzer ablegen. Außerdem erinnert sie mich an meinen Dad, der ebenfalls innerlich gebrochen und verbittert war.

»Ich muss dir etwas Wichtiges sagen, habe aber Angst, es laut auszusprechen.«

»Wie bereits erwähnt, habe ich die VMR hier drinnen vorübergehend außer Kraft gesetzt. Ich kann kein System hacken, wenn ich überwacht werde.«

»Und warum bist du in ihr System eingedrungen?«

Sie grinst. »Verrat mir erst mal dein Geheimnis.«

Ich sollte Angst vor ihr haben. Sie könnte mich auf der Stelle töten, ohne von elektrischen Stromstößen daran gehindert zu werden. Nichtsdestotrotz lasse ich endlich die Wahrheit vom Stapel.

7

TAG 4: NOCH 679 STUNDEN BEDENKZEIT

Aufgewühlt läuft Katherine im Zimmer auf und ab.

»Moment mal. Du behauptest also, dass du durch das Portal gerannt bist, obwohl du wusstest, dass du auf der Erde sicher bist, während du keine Ahnung hattest, was hier abläuft? Das war zwar ganz schön mutig, aber auch extrem blöd von dir. Hätte doch sein können, dass wir alle tot sind.«

»Nein. Ich wusste, dass ihr noch am Leben seid.« Ich kaue an einem Niednagel herum.

»Was soll das heißen: Du wusstest es? Woher denn? Du meinst, du hast es gehofft.«

»Nein, äh ...« Ich überlege, wie ich es ihr schonend beibringen kann, aber das ist unmöglich. Ich kann ihr nicht sagen, dass sie mir in der Vergangenheit einen Zettel mit einem Passus aus meinem Tagebuch gegeben hat. Ich habe genug Science-Fiction-Filme mit Zeitreisen gesehen, um zu wissen, dass man an so etwas nicht rühren darf. Am allerwenigstens wenn es damit endet, dass Katherine stirbt. »Tja, vermutlich habe ich es gehofft.«

Eine ganze Minute verstreicht, während sie das, was ich ihr erzählt habe, verarbeitet. Es ist eine Erleichterung, jemandem die Wahrheit sagen zu können.

Sie kauert sich neben die Hängematte. »Es gibt hier eine Gruppe«, flüstert sie. »Die muss das unbedingt erfahren.«

»Was für eine Gruppe?«

»Umbra nennt sie sich. Das ist eine Geheimorganisation, die von den Vereinten Nationen ins Leben gerufen wurde, bevor wir die Erde verlassen haben. Bestimmte Regierungsvertreter haben damals Instruktionen erhalten. Man ging davon aus, dass es nie gut ist, wenn nur eine Seite die ganze Macht hat, und dass wir, da Solbiluna-8 so hoch entwickelt ist, einen großen Nachholbedarf haben. Bei meiner Ankunft hat man mich aufgefordert, der Gruppe beizutreten. Schließlich hatte ich einen gewissen Ruf.«

Sie rückt näher an mich heran. »Nach und nach ist die Gruppe immer größer geworden«, fährt sie fort. »Wir haben Nanoholocom-Einheiten auseinandergenommen, um sie genauestens zu untersuchen. Nachdem die Meritokratie die Sache mit dem Beitrag angekündigt hatte, haben wir beraten, wie unser nächster Schritt aussehen soll. Deine Information könnte die Umbra-Gruppe in höchste Alarmbereitschaft versetzen.«

»Seid ihr so was wie Terroristen?«

Sie lächelt so abfällig über meine Frage, dass sich all meine Muskeln verkrampfen. »Nein, nein, überhaupt nicht. Angeblich liegt denen hier das Wohl der Menschen von der Erde am Herzen und sie glauben, Wissen sei Macht. Trotzdem werden wir eingelullt und in Unwissenheit gehalten.«

»Gehört Doktor A. auch zu der Gruppe?«

»Du bist eine gute Beobachterin. Du passt zu uns. Komm morgen zu unserem Treffen und erzähl den anderen, was du mir gerade erzählt hast. Deine Aussage könnte für unsere Sache von ausschlaggebender Bedeutung sein.«

Ich atme tief ein, halte die Luft an und stoße sie wieder aus. Endlich habe ich es jemand erzählt – und man hat mir geglaubt.

»Du schreibst also?«, fragt Katherine und hebt mein Tagebuch vom Boden auf.

»Nein …« Ich falle beinahe aus der Hängematte, als ich ihr

mein Tagebuch entreiße, bevor sie dazu kommt, etwas zu lesen. »Nicht wirklich. Ein bisschen.«

»Nun mach dir mal nicht ins Hemd. Ich hab nicht die Absicht, in deinem Tagebuch zu lesen.«

Sie darf nie wieder mein Tagebuch in die Finger bekommen!

Katherine zufolge trifft die Umbra-Gruppe sich jeden Tag an einem anderen Ort. Außerdem kommen jeweils nur einige der Mitglieder zusammen. Falls eines der Treffen vom Nanoholocom-Network oder der VMR erfasst werden sollte, wären die HöWes nicht in der Lage, die gesamte Gruppe auffliegen zu lassen. Man muss darauf warten, dass einem jemand einen Zettel mit der Nummer der WE gibt, wo das Treffen stattfinden soll. Katherine hat gesagt, sie werde jemanden zu mir schicken.

Am nächsten Tag warte ich im ZENTRUM. Da ich in der Nacht kaum geschlafen habe, bin ich ziemlich erschöpft. Von Zeit zu Zeit krächzt das Dinoküken, das immer noch auf dem Baum sitzt. Wahrscheinlich fragt es sich, was wir eigentlich hier machen. Eine Frage, die auch wir uns stellen. Ich sitze unter dem Baum und lehne mich gegen den rissigen Stamm. Eine Windbö fährt durch die Blätter und lässt sie harmonisch klirren. Ich muss zugeben, dass es hier recht ruhig und friedlich ist. Sieht man mal von dem krächzenden Vogel ab.

Als ich mich zum Lesen nach vorn beuge, bleiben ein paar Strähnen meines Haars an der Rinde des Baums hängen.

»Autsch«, murmle ich und reibe mir den Kopf. Ein Stück Borke hat sich im Haar verfangen. Ich löse es ab und nehme es in die Hand. Uralt kommt es mir vor, wie ein hölzernes Fossil. Die raue Textur erinnert mich an Dads Gesicht, wenn er sich nicht rasiert hat. Komischerweise liegen unter dem Baum weder Zweige noch Blätter. Hier ist alles so supersauber wie in Disneyland. Irgendwie beunruhigend.

Kendra, das Mädchen, das ich in den Holoräumen kennengelernt habe, kommt winkend auf mich zu und lässt sich neben mir nieder. Ich stecke das Stück Borke in die Tasche, da ich nicht weiß, ob es hier ein Verbrechen ist, etwas auf den Boden zu werfen.

»Hast du was dagegen, wenn ich hier bei dir esse?«, fragt sie mit gebieterischer Stimme, die überhaupt nicht zu ihrem freundlichen runden Gesicht passt.

»Nein«, erwidere ich verstimmt. *Warum fragst du denn, wenn du bereits sitzt?*

»Schöner Tag heute. Klasse Wetter. Aber eigentlich ist hier immer klasse Wetter, sodass das eine ziemlich überflüssige Bemerkung ist, nicht wahr?« Sie nimmt einen Bissen von ihrem Essen, das sie langsam und bedächtig kaut.

Ich nicke. Wenn ich sie auflaufen lasse, verschwindet sie vielleicht wieder.

»Machst du immer noch einen großen Bogen um die Holoräume?«

Ich zeige auf mein Buch. »Ich lese lieber.«

»Du hast ein Buch mitgebracht? Wir sollten hier eine Bücherei mit Büchern von der Erde einrichten. Obwohl es im Holoraum natürlich eine Holobücherei gibt und du über dein DT-Band Lektüre abrufen kannst.«

Sie gehört zu den Leuten, die meinen, anderen ständig etwas Gutes tun zu müssen. Ich muss schnellstens von hier weg, sonst überredet sie mich noch dazu, mich freiwillig für irgendwas zur Verfügung zu stellen.

»Ich geh hoch in meine WE. War schön, dich wiederzusehen, Kendra.«

»Warte mal«, flüstert sie. »Hier.«

Sie gibt mir einen Zettel, auf dem 5-88 steht. Ich mustere ihr Gesicht, wobei mir einfällt, dass sie irgendeine Verbindung zu Doktor A. hat. Man merkt ihr in keiner Weise an, dass sie Geheimagentin ist. Ich überlege, warum man sie wohl rekrutiert hat. Jedenfalls ist mein Respekt vor ihr gerade enorm gewachsen.

»Wir sehen uns dann bei den Firmamentlichtspielen«, sagt sie und zwinkert mir zu. Meine Hände zittern so sehr, dass die Zahlen auf dem Zettel vor meinen Augen verschwimmen. Jetzt oder nie. Deswegen bin ich hergekommen.

Als abends die Blitze am Himmel den Beginn der Firmamentlichtspiele ankündigen, nehme ich einen Maglift, um mich zu der auf dem Zettel angegebenen WE zu begeben. Auf dem Weg nach oben hält der Maglift kurz an. Die Tür öffnet sich und Doktor A. betritt zusammen mit Kendra die Kabine. Keiner von uns sagt ein Wort. Vermutlich ist es bei Spionen so üblich, dass man in bestimmten Situationen so tut, als kenne man einander nicht.

Nachdem wir die richtige Etage erreicht haben, verlassen wir den Maglift. Der Gang ist menschenleer. *Sicher wird man uns schnappen und ruhigstellen, um uns anschließend zu foltern, bis wir alles gestehen. Öffentliche Hinrichtung im ZENTRUM, wo wir an holografischen Prangern darauf warten, durch auf uns gelenkte Blitze zu verbrutzeln. Ich stelle mir vor, wie mein Gesicht vor Hitze explodiert und meine Eingeweide aus dem Körper quellen. Die Verbrennungen sind so stark, dass meine Leiche bis zur Unkenntlichkeit entstellt ist.*

Doktor A. klopft an eine Tür mit der Nummer 88.

»Bitte warten Sie, bis ich Sie visuell identifiziert habe«, sagt eine Stimme hinter der Tür.

Ich greife in die Tasche und suche nach dem Stück Borke, um mich an irgendetwas festzuhalten. Natürlich ist es verschwunden. Ich verliere aber auch alles.

Kurz darauf öffnet sich die Tür und wir treten ein.

8

TAG 5: NOCH 652 STUNDEN BEDENKZEIT

Obwohl der Raum nur spärlich beleuchtet ist, kann ich im Halbdunkel ungefähr dreißig Personen ausmachen. Die Wohnung scheint wesentlich größer zu sein als die WEs, die ich bisher kennengelernt habe.

Katherine tritt vor. »Ich habe dieses Sondertreffen einberufen, um über neue Erkenntnisse zu diskutieren – Erkenntnisse, die unserer Sache nutzen. Das ist das Mädchen, von dem ich euch erzählt habe. River heißt sie.« Sie schiebt mich nach vorn, damit die anderen mich sehen können. »Sie hat uns etwas Wichtiges über die HöWes mitzuteilen.«

Sie beugt sich zu mir. »Keine Bange«, flüstert sie mir zu. »Die VMR hier drinnen ist blockiert.«

Ich räuspere mich, doch bevor ich dazu komme, etwas zu sagen, entsteht im hinteren Teil des Raums Unruhe. »Alex?«, schreit jemand.

Ich drehe mich in Richtung der Stimme, die mir sehr vertraut ist.

Benji.

Ich hatte mir vorgenommen, meinem Bruder bei unserer nächsten Begegnung eine runterzuhauen. Stattdessen rase ich zu ihm und umarme ihn, als wollte ich ihn nie wieder loslassen.

»Oh mein Gott, du hast es geschafft«, sagt er.

Ich breche in Tränen aus. Nicht seinetwegen. Nicht seinetwegen.

»Wo sind Mom und Dad?«, fragt er.

Sofort steigen Schuldgefühle in mir auf. Jetzt wird Benji erfahren, dass ich unsere Eltern im Stich gelassen habe.

»Benji ist dein Bruder?«, mischt sich Katherine ein. »Wie klein die Welt doch ist. Dann heißt du wirklich nicht River, oder?«

»Mein richtiger Name ist Alexandra Lucas. Alex.« Dieses Bekenntnis gibt mir ein wenig von meiner Identität zurück.

»Also *der* Name überzeugt mich. Schön, endlich dein wahres Selbst kennenzulernen.«

»Gleichfalls«, erwidere ich, während mir das Bild von ihrem Tod durch den Kopf schießt – damals, als sie noch die Verrückte war.

»Was weißt du über die HöWes?«, fragt Benji und zieht sich seine marineblaue Uniformjacke zurecht. Sein Ton lässt darauf schließen, dass er bezweifelt, dass ich etwas Wichtiges zu sagen haben könnte. Typisch. Hab dich echt vermisst, Bruderherz.

Ich drehe mich von ihm weg und wende mich Doktor A., Kendra, Katherine und den anderen zu. *Wer sagt uns denn, dass das keine Hologrammspione sind?* Trotzdem muss ich es wagen.

»Die Erde ist völlig unversehrt. Es gab keine Apokalypse.«

Im Hintergrund ist Gemurmel zu hören. Benji verschränkt die Arme vor der Brust und sagt nichts. Katherine nickt mir ermutigend zu.

Ich pule mit zitternden Fingern an meinen unlackierten Nägeln herum. »Der Komet war ein Hologramm. Alles war Schwindel.«

»Aber unsere Wissenschaftler haben doch gesehen, wie er auf die Erde zugerast ist, und haben versucht, ihn aufzuhalten«, widerspricht Doktor A. »Wenn Sie es rechtzeitig durch ein Portal geschafft haben, konnten Sie seinen Aufprall gar nicht sehen.«

Ich schüttle den Kopf. »Ich habe es nicht rechtzeitig geschafft, weil ich zu weit weg war. Und der Komet *ist* mit der Erde kollidiert, hat sich dann aber in unzählige Lichtpartikel aufgelöst und ist einfach verschwunden. Zuerst haben die Menschen gejubelt, weil sie dachten, er habe sein Ziel verfehlt. Doch dann ...« Ich sehe das Chaos wieder vor mir, das anschließend entstanden ist. »... dann sind alle entsetzt davongerannt. Ich bin durch das Portal gesprungen, kurz bevor es sich schloss. Ich konnte doch nicht zulassen, dass ihr alle annehmt, ihr wäret einer Katastrophe entkommen. Und dass ihr hier diesen Beitrag leistet. Ich kann nur wiederholen: Der Komet war ein Hologramm.«

Doktor A. ist so erschüttert, dass er sich erst einmal setzen muss. Kendra schlägt die Hand vor den Mund.

»Warum sollten die HöWes eine Apokalypse vortäuschen?«, fragt Kendra.

»Keine Ahnung. Aber wir können nicht zulassen, dass die Menschen den Beitrag leisten. Wir müssen ihnen die Wahrheit sagen und nach Hause zurückkehren.«

»Leichter gesagt als getan«, meint Katherine. »Wenn die Erde noch existiert, ändert sich unsere Mission auf grundlegende Weise.«

Ein Mann tritt vor, der so viele Haare an den Armen und am Hals hat, dass man Zöpfe daraus flechten könnte. »Warum sollten wir ihr vertrauen?«, sagt er mit tiefer, dröhnender Stimme. »Sie hat doch sogar bei ihrem Namen geschwindelt.«

»Das habe ich getan, weil ich den HöWes nichts über mich preisgeben wollte. Ich traue denen nicht. Sie haben uns schon genug genommen.« Ich verstumme und schiebe mir ein paar Haarsträhnen hinter die Ohren.

Katherine ergreift für mich Partei. »Denkt doch mal nach. Wo sind denn die HöWes? Warum unterziehen sie uns diesem ganzen Integrationsspielchen und bitten uns, einen Beitrag zu leisten? Warum dürfen wir uns nicht frei bewegen? Wir wussten, dass irgendwas im Busch ist. Wir wussten bloß nicht, dass es eine so große Sache ist.«

»Tja, ich weiß nicht recht«, erwidert der behaarte Mann. »Das ist ziemlich happig.«

»Es gibt die Erde also noch?«, flüstert Kendra.

Ich nicke. »Ja, aber wer weiß, was passiert ist, nachdem ich den Planeten verlassen habe? Vielleicht herrscht dort jetzt das reinste Chaos. Wahrscheinlich trauern sie so um uns, wie wir um sie trauern. Möglicherweise schlagen sie sich aber auch gegenseitig den Schädel ein.«

Ich habe meine Eltern mitten auf der verschneiten Straße im Stich gelassen – ohne Essen, ohne Obdach, ohne Auto. Dad im Rollstuhl, Mom auf sich gestellt, beide einem außer Rand und Band geratenen, verzweifelten Mob ausgesetzt. Ich stelle mir vor, wie diese ausgehungerte Meute über meine Eltern herfällt, sie in Stücke hackt, ihnen das Mark aus den Knochen saugt, ihr Blut trinkt, ihnen das Gehirn aus dem Schädel schlürft.

Was, wenn schon der Gedanke reicht, um das alles Wirklichkeit werden zu lassen?

Lass dich nicht von deinen Gedanken überwältigen. Lass dich nicht von deinen Gedanken überwältigen.

»Mississippi.« Katherine stößt mich mit der Schulter an. »Träumst du?«

»Nein.« Ich wische mir die Tränen aus den Augen.

»Du solltest alle Möglichkeiten in Betracht ziehen, Beruk«, wendet Katherine sich an den behaarten Mann.

»Auf ein bloßes Gerücht hin können wir unsere Energie nicht plötzlich darauf verwenden, zur Erde zurückzukehren.«

»Aber was ich gesagt habe, stimmt!« Vor lauter Aufregung überschlägt sich meine Stimme.

Doktor A. steht auf und winkt mich zu sich. Völlig ausgelaugt, lasse ich mich auf seinen Stuhl fallen.

Im Zimmer breitet sich Stille aus.

Nach einer Weile ergreift Benji das Wort. »Beruk, ich kann mich für sie verbürgen. Wenn Alex sagt, es war so, dann war es so.«

Dass ausgerechnet Benji mir glauben würde, hätte ich nie erwartet. Normalerweise behandelt er mich wie einen psychiatrischen Pflegefall.

Bevor Beruk dazu kommt, etwas zu erwidern, schaltet sich ein älterer Mann mit ledernem Gesicht ein. »Ich stimme Benji zu. Lasst uns auf dieser Basis weitermachen.«

Beruk tritt auf ihn zu. »Jackson, bei allem Respekt ...«

Jackson baut sich vor ihm auf und drückt den Rücken durch. »Stellen Sie etwa meine Autorität infrage?«

»Nein, Sir«, erwidert Beruk.

In gebieterischem Ton wendet Jackson sich an alle im Raum. »Wir müssen unverzüglich unsere Taktik ändern, gleichzeitig aber weiterhin Beweise und Informationen sammeln. Tretet schnellstens mit sämtlichen Mitgliedern unserer Gruppe in Verbindung. Professor Marciani, wir müssen die Entwicklung holografischer Waffen beschleunigen.«

»Der DQE-Prototyp ist fast fertig«, antwortet ein Mann aus der hinteren Ecke des Zimmers. »Und wenn ich noch etwas hinzufügen darf, Jackson: Wenn die Erde tatsächlich unversehrt ist, wie diese junge Dame behauptet, würde ich vorschlagen, dass wir uns mit der Portaltechnologie befassen, damit wir irgendwann nach Hause zurückkehren können.«

»Einverstanden«, sagt Jackson.

»Dazu bräuchten wir weitere Mitglieder«, wirft Beruk ein.

»Dann kümmern Sie sich darum. Und achten Sie auf strengste Geheimhaltung. Wenn die HöWes herausfinden, dass wir Bescheid wissen, könnten sie zum Angriff übergehen, bevor wir bereit sind. Und ich kann nur nochmals wiederholen: Ich empfehle wärmstens, dass niemand von uns sich darauf einlässt, hier den Beitrag zu leisten, solange wir keine weiteren Informationen haben.«

Katherine stupst mich an und flüstert: »Du hast es geschafft.«

Sie glauben mir – dank Benji.

Während alle anderen über weitere Pläne, Motive und Maßnahmen reden, nimmt Benji mich beiseite.

»Sind Mom und Dad in deiner WE?«, fragt er. »Wie geht es Dad?«

Ich dachte, ihm wäre schon alles klar. »Sie haben es nicht geschafft.«

»Was? Warum? Hat Mom beschlossen, bei ihm zu bleiben? Ist Dad ...«

Ich reiße an einem Niednagel, bis mein Finger anfängt zu bluten. »Nein. Sie waren beide am Leben, als ich die Erde verlassen habe. Dad war bei Bewusstsein und saß im Rollstuhl. Wir sind in einen Stau gekommen und konnten das Portal nicht rechtzeitig erreichen.«

»Ich hab dir doch gesagt, dass das passieren würde. Verdammt noch mal.« Er fährt sich mit der Hand durch die kurz geschnittenen Haare. »Aber du hast es geschafft. Hätte ich dir gar nicht zugetraut.« Er wirkt fast enttäuscht.

In meine Schuldgefühle mischt sich Wut. »Du meinst, dass ich sie so im Stich lasse, wie du es getan hast?«

»So war das überhaupt nicht, Alex. Ihr alle hättet schon mit mir und Marcus die Erde verlassen müssen.«

»Und Dad zurücklassen? Damit Mom auch Opfer der Hö-Wes wird? Außerdem hätte dann nie jemand die Wahrheit erfahren.«

Schweigen. Benji und ich sind wieder da, wo wir immer waren. Daran ändert auch die Tatsache nichts, dass wir dreihundert Jahre in die Zukunft gereist sind.

Jemand tippt mir auf die Schulter. Es ist Marcus, mein Schwager, der an der Schule mein Mathelehrer war. »Alex, wir haben uns ja solche Sorgen gemacht.«

Ich umarme ihn halbherzig, da es irgendwie komisch ist, einen Lehrer zu umarmen. Er lächelt mich freundlich an. Warum kann *er* nicht mein Bruder sein?

»Du gehörst auch zur Umbra-Gruppe?«, frage ich.

»Ich helfe denen bei mathematischen Problemen, die mir allerdings manchmal selbst zu hoch sind.«

»Bisher habe ich noch keinen von euch beim Essen im ZENTRUM gesehen.«

»Wir haben die Treffen der Gruppe in unterschiedlichen WEs abgehalten«, erklärt Benji. »Es ist sehr aufwendig, eine WE so zu sichern, dass sie nicht überwacht werden kann. Meistens holen wir uns unser Essen erst ziemlich spät und nehmen es dann mit. Ich kann immer noch nicht glauben, dass du hier bist. Ich hatte schon alle Hoffnung aufgegeben.«

Er spitzt die Lippen und verstummt. Sie haben sich nicht nur Sorgen gemacht; sie haben angenommen, ich sei tot. Nett, mal zu erleben, dass er meinetwegen betroffen war.

»Du glaubst mir also?«, frage ich. »Die Sache mit dem Kometen, meine ich.«

»Das muss ich erst noch verifizieren. Beruk hat recht. Auf

die Aussage einer einzigen Zeugin hin können wir keine Rebellion anzetteln. Andererseits kenne ich dich. Du hättest Mom und Dad nicht verlassen, wenn das bedeutet hätte, dass sie beim Aufprall des Kometen umkommen. Es muss also etwas passiert sein, dass dich aufgebracht hat. Das ist die einzig mögliche Erklärung. Wenn du wütend bist, rastest du völlig aus. Deshalb kann ich mir gut vorstellen, wie du in deiner Wut auf das Portal zugerannt bist. Ein normaler Mensch würde nicht so reagieren.«

»Vielen herzlichen Dank.« Ich lutsche an meinem blutenden Finger. »Dann wirst du also dafür kämpfen, dass wir zur Erde zurückkehren können?«

»Ich werde Nachforschungen anstellen. Ob ich die Mission der Gruppe deshalb neu definiere, steht auf einem anderen Blatt.«

Oh Gott, hat mein beknackter Bruder hier etwa das Sagen? »Bist du der Anführer der Gruppe?«

Benji lacht, als hätte ich eine kindische Frage gestellt. »Das nicht gerade. Die Umbra-Gruppe ist ziemlich groß, aber Soldaten genießen bei uns ein gewisses Ansehen und in dieser Wohngemeinschaft gibt es nicht viele von uns.« Er lächelt mit einem Selbstvertrauen, wie ich es nie im Leben gehabt habe. Trotz seiner Arroganz bin ich froh, ein vertrautes Gesicht vor mir zu haben, weil es mich an zu Hause erinnert.

»Er ist zu bescheiden«, sagt Marcus. »Nach Jackson und Beruk ist er hier der drittwichtigste Mann.«

Beruk brütet in einer Ecke vor sich hin, umgeben von vier, fünf anderen. Jackson, Katherine und der Professor stehen auf der gegenüberliegenden Seite des Raums und unterhalten sich. Die offensichtlichen Spannungen innerhalb der Gruppe verheißen nichts Gutes.

Später am Abend liege ich im Bett und denke an Dominick und Rita. Nachdem ich heute Benji und Marcus getroffen habe, hoffe ich, auch meine Freunde bald wiederzusehen. Ohne Dominick und Rita gibt es in meinem Leben eine leere Stelle, die nur sie auszufüllen vermögen. Ich habe Dominick zwar gestanden, dass ich ihn liebe, ihm aber nie gesagt, wie viel es mir bedeutet, mit ihm zusammen zu sein. Ich weiß, dass es nicht leicht ist, mich zu lieben, doch er hat mich nie aufgegeben. Und Rita, die wie eine Schwester immer für mich da war, mich zum Lachen gebracht hat und mit der ich über alles reden konnte.

Ich stelle mir vor, wie meine Eltern auf der Erde beim Wiederaufbau der Gesellschaft helfen. Dad ist wieder gesund und leitet einen neuen Supermarkt, Mom arbeitet wieder als Sekretärin in der Grundschule. Meine Eltern. So möchte ich sie in Erinnerung behalten.

Doch Tatsache ist, dass die Umbra-Gruppe es vielleicht nicht schafft, unsere Rechte auf diesem Planeten durchzusetzen, und dass ich meine Freunde, meine Eltern oder die Erde möglicherweise nie wiedersehe. Vielleicht sind meine Eltern schon seit Jahrhunderten tot. Falls das so ist, dann wäre es mir fast lieber, ebenfalls zu sterben.

9

TAG 6: NOCH 635 STUNDEN BEDENKZEIT

Nach der zweiten Essensration kritzle ich in meinem Tagebuch herum, um mich von meiner immer größer werdenden inneren Unruhe abzulenken. Als ich gerade ein Bild des Dinokükens zeichne, tippt mir jemand auf die Schulter. Ich schrecke zusammen und schlage rasch mein Tagebuch zu.

»Sorry«, sagt Kendra. »Katherine hat mich beauftragt, dich zu holen.«

Das braucht sie mir nicht zweimal zu sagen. Ich lechze nach Informationen.

In einem Maglift fahren wir nach oben zu der WE, in der das Treffen der Umbra-Gruppe diesmal stattfindet. Ich presse mein Tagebuch an mich.

»Ich will ja nicht indiskret sein«, flüstere ich, »aber warum hat man dich eigentlich rekrutiert?«

»Jackson ist mein Großvater«, flüstert sie lächelnd zurück. »Mein Vormund. Er behält mich gern im Auge. Das ist ganz okay, wenn auch ein bisschen lästig.«

»Hört sich an wie mein Dad. Er ist Soldat wie Benji.«

»Mensch, dann wirst du ja doppelt überwacht.«

Wurde überwacht. Komisch, wie einem etwas fehlen kann, das man bisher nicht gemocht hat.

Als wir die WE betreten, fällt mir sofort der Unterschied zum gestrigen Treffen auf. Die Zahl der Anwesenden hat sich auf über hundert vervielfacht. An einer Wand hängen Tafeln mit Diagrammen. Jackson, Beruk und Benji diskutieren über irgendetwas, während zwei andere sich Notizen machen. Im hinteren Teil des Raums befindet sich eine Art

Labor, wo mehrere Leute mit technischen Geräten, die auf einer Glasplatte ausgebreitet sind, herumexperimentieren. Katherine winkt uns von Weitem zu und kommt uns entgegen.

»Mississippi, Benji hat mich gebeten, dass ich dein DT-Band manipuliere, um deine Biosignatur zu verschlüsseln.«

»Brauch ich meine Biosignatur denn nicht für alles, was ich hier mache?«

»Du wirst nach wie vor eine haben. Ich werde nur dafür sorgen, dass dein Name sich jedes Mal, wenn du das DT-Band benutzt, ändert, sodass das System dich nie persönlich aufspüren kann.«

»Das ist dann so was wie ein ständig neues Alibi, ja?«

»Genau.« Sie packt mich beim Handgelenkt und tippt wie wild auf meinem DT-Band herum.

»Bei mir hat sie das auch gemacht«, sagt Kendra. »Auf Jacksons Anweisung.« Sie verdreht die Augen.

Die Tür geht auf. Ich befürchte schon, dass die HöWes uns auf die Schliche gekommen sind, doch es ist Doktor A.

»Bin gleich wieder da«, entschuldigt sich Kendra und geht zu Doktor A. hinüber. Im Handumdrehen sind beide in ein Gespräch vertieft.

Von dem Holoschirm über ihrem Handgelenk überträgt Katherine einen Code auf meinen Schirm. »Bin fast fertig.«

»Diese WE ist ja riesig«, stelle ich fest.

»Nach deinen Enthüllungen brauchten wir mehr Raum für neue Mitglieder und neue Projekte. Die Wände der WEs sind modifizierbar, sodass man mühelos mehrere Räume miteinander verbinden kann. Ich vermute, dass sich WEs auf diese Weise ganzen Familien anpassen. Wir treffen uns jetzt rund um die Uhr. Seit gestern hat sich viel geändert.«

»Ich habe den Eindruck, dass es hier und da Unstimmigkeiten gibt«, sage ich.

»Tja, so ist das eben, wenn Veränderungen eintreten.« Sie lässt mein Handgelenk los. »Das war's. Jetzt gehörst du zur Umbra-Elite und kannst nicht mehr aufgespürt werden.«

»Ich fühle mich schon sicherer«, schwindle ich. Wenn es doch so einfach wäre!

Katherine führt mich herum und stellt mich einigen Leuten vor, die beim gestrigen Treffen nicht dabei waren. Die Leute schütteln mir die Hand und nicken beifällig. Ich vermeide jeden Blickkontakt.

»Jackson hat hier den höchsten Rang.« Sie zeigt auf Kendras Großvater, an den ich mich vom ersten Treffen her erinnere. »Er redet nicht viel. Wenn die Leute um Erlaubnis für etwas bitten, sagt er nur Ja oder Nein. Ansonsten möchte er seine Ruhe haben. Die meiste Kleinarbeit erledigen Beruk und Benji. Wenn es Streitigkeiten gibt, schaltet er sich allerdings ein.«

Als sie mich herumführt, fällt mir auf, dass manche Leute Katherine zulächeln, sich ihre Gesichter aber verfinstern, sobald sie Benji erblicken.

»Einige der Mitglieder scheinen nicht gut auf meinen Bruder zu sprechen zu sein.«

»Na ja, das hat was damit zu tun, dass sie ehemalige Strafgefangene sind und Vorgesetzten misstrauen. Das Gute an uns Ex-Knackis ist, dass wir praktisch veranlagt sind und uns nicht davor scheuen, Risiken einzugehen oder Dinge auseinanderzunehmen, um herauszufinden, wie sie funktionieren. Wir haben keine Angst davor, Regeln zu brechen, um etwas zu bekommen. Du hast uns etwas gegeben, für das zu kämpfen sich lohnt. Etwas, das der Allgemeinheit hilft.«

»Wie ist diese Gruppe noch mal entstanden? Dass so viele unterschiedliche Leute zusammenarbeiten, finde ich total irre.«

»Das hat die UNO lange im Voraus geplant. Man ging davon aus, dass wir hier die Macht ergreifen müssen und dass das nur funktioniert, indem wir so viele Informationen wie möglich sammeln und unsere Aktivitäten in aller Heimlichkeit immer weiter ausdehnen. Deshalb wurde Benji schon auf der Erde angeworben.«

Er hatte also entsprechende Befehle? Hat er deswegen so hartnäckig darauf bestanden, die Erde zu verlassen, auch wenn das bedeutete, uns zurückzulassen?

»Kannst du dich noch an George Rogers, den Astronauten, erinnern?«, fährt Katherine fort. »Er ist auch einer von uns. Allerdings befindet er sich an einem anderen Ort, da er als einer der Ersten aufgebrochen ist. Oh, darf ich dir einen meiner engsten Mitarbeiter vorstellen?«

Sie zeigt auf den Professor, den ich ebenfalls vom ersten Treffen her kenne. Aus nächster Nähe riecht er fürchterlich nach Schweiß und altem Käse.

»Professor Marciani zählte am MIT zu den führenden Holografie-Experten ... wobei sein Expertenwissen auf dreihungdert Jahre alten Informationen beruht. Wie kennen uns schon ganz schön lange, was, Professor?«

»Noch aus unserer Zeit in Kalifornien.« Der Professor tippt sich zur Begrüßung an den Hut, den er gar nicht aufhat, und bastelt weiter an einem Holoschirm herum.

»Er hat mich in die Umbra-Gruppe eingeführt. Brillanter Wissenschaftler. Und da ist Beruk.«

Sie zeigt auf den Mann mit der unglaublichen Armbehaarung, der mir gestern so zugesetzt hat. Im Moment streitet er sich gerade mit Jackson und Benji. Im Vergleich zu Beruk ist mir der Professor trotz seines Körpergeruchs tausendmal lieber. Mir fällt auf, dass Beruks Lippen sich beim Sprechen ständig höhnisch kräuseln. Dem traue ich noch weniger als Ex-Knackis. Bei denen weiß ich wenigstens, woran ich bin.

»Dein Bruder ist großartig«, fügt Katherine hinzu. »Er nennt die Dinge immer beim Namen. Marcus kenne ich nicht sonderlich gut. Und Beruk traue ich in keiner Weise über den Weg.«

Ich nehme eine funktionsunfähig gemachte Nanoholocom-Einheit vom Tisch. Sieht aus wie eine winzige Pille. *Was wohl passieren würde, wenn ich sie schlucke?*

Dominick würde es sehr gefallen, mit der Gruppe zusammenzuarbeiten. Vielleicht hat er sich bei seiner Ankunft ja den Umbra-Leuten angeschlossen, wenn auch an einem anderen Ort. Ich erinnere mich, wie er durch das Portal getreten ist. Das Letzte, was ich von ihm gesehen habe, war einer seiner roten Sneaker. Das darf nicht so bleiben.

»Wie kann ich mich denn nützlich machen?«

»Das hast du bereits getan. Du hast uns die Wahrheit offenbart.«

»Aber es muss doch etwas geben, das ich tun kann.«

»Lass mich mal nachdenken. Dein Bruder hat mich gebeten, dich zu schonen.«

»Wieso das?«

»Weil du, wie er gesagt hat, nicht allzu viel Stress verkraftest.«

Wo ist Benji? Dem haue ich sofort eine runter! Ich kann doch nicht nutzlos hier rumsitzen, während alle um mich herum Nanoholocoms auseinandernehmen. Wenn ich unbegrenzt Zeit zur Verfügung habe, verliere ich mich nur in Grübeleien.

Da fällt mir Nolan ein, der Junge, der ruhiggestellt wurde und um seine Mutter trauert, weil ich ihm nicht die Wahrheit gesagt habe. Und die Mutter mit dem Kleinkind, die sich für eine Witwe hält. Auch dies, weil ich ihr nicht die Wahrheit gesagt habe.

»Hättest du Zeit, mir schnell mal bei was zu helfen?«, frage ich Katherine.

»Kommt drauf an, worum es geht.«

»Okay. Bin gleich wieder da.«

Nachdem ich Doktor A. und Kendra aufgespürt habe, nehme ich sie beiseite. Ich habe etwas wiedergutzumachen.

»Doktor A., wie geht es Nolan, nachdem er von der VMR bestraft wurde?«

»Kendra und ich haben gerade über ihn gesprochen. Es geht ihm besser. Obwohl er emotional immer noch ziemlich angeschlagen ist.«

»Aber sein Zustand ist stabil? Er rastet nicht mehr aus, oder?«

»Nein, eher im Gegenteil.«

»Na gut. Ich würde gern etwas tun, aber dafür brauche ich Ihre Hilfe.«

Doktor A. bringt mich, Katherine und Kendra zu Nolans WE. Seine Großmutter öffnet die Tür. Während Doktor A. mit ihr spricht, macht Katherine sich am Kontrollsystem der WE zu schaffen. Kendra und ich gehen zu Nolan, der in einem schmalen Holobett liegt und uns ausdruckslos anstarrt.

Wütend hat er mir besser gefallen. Da hatte er wenigstens Feuer im Hintern.

»Hey, Nolan«, sagt Kendra. »Wie geht's denn so?«

Er zuckt die Achseln.

»Erinnerst du dich an mich?«, frage ich.

»Nein«, erwiderte er und wendet den Blick ab.

»Aber ich erinnere mich an dich. Du hast deine Mom verloren.«

Er starrt mich mit leerem Blick an. Diesen Blick kenne ich von Dad.

»Alles in Ordnung«, verkündet Katherine. »Die VMR ist blockiert.«

»Wie schaffen Sie das denn so schnell?«, erkundigt sich Doktor A.

»Obwohl das Überwachungssystem sehr komplex ist, beruht es auf dem einfachen Prinzip, dass alle Bereiche von Nanoholocoms kontrolliert werden, die anhand der Biosignatur sofort jede Verhaltensunregelmäßigkeit registrieren. Ich lege das System nicht lahm, sondern gebe einen falschen Messwert ein, sodass der Eindruck entsteht, in dieser WE schlafe alles.«

Nolan hört Katherine wie gebannt zu. »Ich kann also nicht ruhiggestellt werden?«, fragt er nach einer Weile.

»Jedenfalls nicht im Moment.«

Er nickt und dreht sich auf die andere Seite. Vielleicht haben wir den falschen Zeitpunkt erwischt. Seine Großmutter kommt zu uns und stellt sich schützend vor ihn.

»Was hat das zu bedeuten?«, fragt sie.

Kendra legt Nolan die Hand auf die Schulter. »Vertraust du mir?«

Er wischt sich über das Gesicht. »Klar.«

»Wir alle gehören zu einer Gruppe namens Umbra. Wir versuchen, zur Erde zurückzugelangen.«

Er setzt sich abrupt auf. »Aber die Erde gibt es nicht mehr.«

»Die Erde ist völlig unversehrt«, erkläre ich ihm. »Deiner Mutter geht es bestens.«

»Wollt ihr mich verarschen? Du hast gesagt, du bist als Letzte durch das Portal gegangen. Du hast gesagt ...«

Er erinnert sich also doch an mich. »Ich weiß. Das musste ich sagen, weil die VMR mich sonst auch ruhiggestellt hätte.«

Sofort kommt neues Leben in ihn. »Wo ist meine Mom?«

»Auf der Erde. Die Erde ist nicht zerstört worden. Kendra wird dir alles erklären und dich heute Abend zur Gruppe mitnehmen. Wir würden dich gern für den gemeinsamen Kampf gewinnen.«

Er sieht erst seine Großmutter, dann Doktor A. an. Doktor A. nickt ihm ermunternd zu.

»Da bin ich dabei. Jederzeit.«

Seine Großmutter holt tief Luft, wendet sich Doktor A. zu und fragt: »Kann ich auch mitmachen?«

Mir fällt ein Stein vom Herzen und ich kann schlagartig freier atmen. Jetzt gibt es noch etwas anderes zu tun.

Ich lasse Kendra und Doktor A. bei Nolan, um alles Weitere zu besprechen. Katherine und ich machen uns auf die Suche nach der Frau mit dem Baby, um ihr mitzuteilen, dass ihr Mann noch lebt. Wir haben immer noch nicht die Möglichkeit, mithilfe des Nanoholocom-Networks Leute ausfindig zu machen, doch selbst wenn ich diese Möglichkeit hätte, würde mir das nichts nutzen, weil ich den Namen der Frau nicht kenne.

»Kannst du dich in das Kommunikationssystem einloggen? Das heißt die Sperre aufheben?«, frage ich Katherine.

»Nein. Ich habe es natürlich schon versucht. Das Programm ist nicht geschützt, sondern existiert auf unseren DT-Bändern gar nicht. Wir müssen in Erfahrung bringen, ob jemand sie und ihr Kind gesehen hat.«

Na toll. Völlig fremde Leute anzusprechen, ist nicht ge-

rade mein Ding. »Ich hab sie schon eine ganze Weile nicht mehr gesehen«, sage ich. »Anfangs ist sie manchmal zum Essen ins ZENTRUM gekommen.«

»Und dir entgeht ja so leicht nichts.«

»Ich nehme das als Kompliment.«

»Das war auch eins.«

Irgendwie ist sie wie Benji, bloß dass dem die Persönlichkeit fehlt.

»Lass uns einfach von Tür zu Tür gehen«, schlägt Katherine vor.

Wenn jemand auf unser Klopfen reagiert, fragen wir, ob er oder sie eine Frau und ihr etwa vier Monate altes Baby gesehen hat. Meistens werden wir dann mit entsprechenden Hinweisen zu anderen Wohnungen weitergeschickt. In einer WE macht uns eine Frau mit fuchsienfarbenem Haar die Tür auf, hinter ihr steht ein Mann, der ein giggelndes Baby auf dem Arm trägt. Sie verweist uns auf eine Wohnung, in der gerade eine Party im Gange ist. Eine ältere Frau mit langem weißblondem Haar und grellem Make-up öffnet und bittet uns herein. Einige Leute tanzen zu lauter Musik, andere singen Lieder, deren Texte an die Wand projiziert werden. Die in verschiedenen Farben aufleuchtenden Nanoholocoms vervollständigen die Partyatmosphäre.

»Habt ihr was zu feiern?«, erkundigt sich Katherine.

»Wir haben gerade unseren Beitrag geleistet«, erklärt die Frau. »Hier!« Sie zeigt auf ihr DT-Band, das ein mattgoldenes Licht von sich gibt. »Wir müssen doch unsere Freiheit feiern.«

Ich lasse den Blick über die Menge schweifen, deren golden schimmernde DT-Bänder anzeigen, worauf sie sich eingelassen haben. Bei so viel fröhlicher Ignoranz wird mir ganz schlecht. »Ist das nicht ein bisschen voreilig?«

»Gibt doch keinen Grund, lange zu warten«, entgegnet die Frau.

Katherine enthält sich jeden Kommentars und erkundigt sich stattdessen nach der jungen Mutter. Die Frau nickt.

»Ich weiß, wen Sie meinen. Ich war ein paar Mal bei ihr und hab versucht, sie zu uns einzuladen, aber manche Leute wollen sich einfach nicht helfen lassen.«

Sie gibt uns die Nummer der betreffenden WE. Die Ignoranz dieser Leute bereitet mir Unbehagen und macht mich wütend.

Wir begeben uns zu der WE, wo die Gesuchte wohnen soll. Mehr denn je möchte ich ihr helfen, möchte ich ihr mitteilen, dass ihr Mann noch am Leben ist, und sie auffordern, sich unserem Kampf um Gerechtigkeit anzuschließen.

Obwohl ich lange klopfe, kommt niemand zur Tür.

»Vielleicht ist sie nicht da«, meint Katherine. »Könnte ja sein, dass sie gerade im ZENTRUM ist, um etwas zu essen.«

»Hast du sie denn in der letzten Zeit dort gesehen?«, entgegne ich.

In dem Moment ist hinter der Tür das Schreien eines Babys zu hören. Als ich noch lauter klopfe, schwillt das Geschrei an.

»Vielleicht schläft sie«, sagt Katherine.

»Hallo?« Ich klopfe so heftig gegen die Tür, dass meine Knöchel wehtun. »Ich würde gern mit Ihnen über Ihren Mann sprechen. Den Mann mit der Eulentätowierung. Ich habe Neuigkeiten über ihn.«

Das müsste sie eigentlich zur Tür locken. Doch nichts geschieht. Irgendetwas stimmt hier nicht.

»Warte mal«, meint Katherine und macht sich an den

Nanoholocoms in der Wand zu schaffen. »Ich muss erst die VMR im Korridor blockieren, bevor ich versuchen kann, die Tür zu öffnen. Pass auf, ob jemand kommt.«

Für so etwas bin ich völlig ungeeignet. Meine Beine zittern so sehr, dass meine Knie aneinanderschlagen. Ich dachte immer, das passiere nur Figuren in Zeichentrickfilmen.

Nervös blicke ich erst nach links, dann nach rechts, dann wieder nach links.

»Geht das nicht schneller?«, frage ich.

»Nur wenn du nicht dazwischenquatschst.«

Da – ein Geräusch. Die Tür eines Maglifts öffnet sich.

»Katherine«, zische ich.

Sie dreht sich um und lehnt sich gegen die Wand. Eine Gruppe Leute verlässt den Maglift und geht lachend und plaudernd an uns vorüber, ohne auf uns zu achten. Ihre DT-Bänder schimmern golden. *Ich dachte immer, für Freiheit zu kämpfen, heiße, für Glück und Zufriedenheit zu kämpfen. Warum kämpfe ich so vehement gegen etwas, das die Leute so glücklich macht?* Es muss schön sein, ohne Sorgen durchs Leben zu gehen. Ich drehe mein DT-Band am Handgelenk hin und her.

Katherine macht weiter. Nach ein paar Minuten sagt sie: »Bingo.«

Die Tür geht auf.

Der Körper der Frau hängt an einem Seil von der Decke, eingeschlossen in ein VMR-Gehäuse. Das schreiende Baby liegt in einem ovalen Korb. Ich schlage die Hände vors Gesicht und renne aus dem Zimmer – renne, bis ich in meiner WE bin.

Es ist alles meine Schuld. Es ist alles meine Schuld. Ich hätte ihr damals die Wahrheit sagen sollen.

10

TAG 6: NOCH 630 STUNDEN BEDENKZEIT

Später am Abend erklärt Katherine mir, dass die Mutter versucht habe, sich zu erhängen, und von der VMR daran gehindert worden sei. Vermutlich verstößt Suizid gegen die auf Solbiluna-8 geltenden Regeln. Schließlich brauchen sie funktionstüchtige Gehirne von uns, wenn wir unseren Beitrag leisten.

Doktor A. bemüht sich, mich zu beruhigen, indem er mir versichert, dass an diesem Vorfall einzig und allein die HöWes schuld seien. Aufgrund ihrer Lüge glaubte die Frau, ihr Mann sei tot. Als sie ihr dann noch ohne ihre Zustimmung ihr Baby wegnahmen, um es medizinisch zu behandeln, kannte ihr Kummer keine Grenzen mehr. Nolans Großmutter hat sich bereit erklärt, sich um das Baby zu kümmern.

Ich schlucke meine letzte Tablette.

Die ganze Nacht liege ich reglos im Bett, ohne einschlafen zu können. *Sie ist fast gestorben, dann hätte das Baby niemanden mehr gehabt. Wer diesem Kind, wenn es herangewachsen ist, wohl erzählen wird, was seiner Mutter widerfahren ist? Ob es mich dann hassen wird?* Ich stelle mir vor, wie das Baby, nur von holografischer Technologie umgeben, im Dunkeln nach seinen Eltern schreit.

Allein. Ohne dass jemand hört, wie es seinen Schmerz herausbrüllt.

Als jenseits meines Panoramafensters die Sonne aufgeht, heißt mich in der Ferne der rote Fluss willkommen. *Würde mich das Wasser, wenn ich darin ertränke, innerlich rot färben und mich brandmarken, weil ich Schuld auf mich geladen habe und Scham empfinde?*

Ich versuche, mir einzureden, dass die Frau und das Baby noch am Leben sind und alles sich wieder einrenken wird, doch ich komme nicht gegen meine Schuldgefühle an, die mich zu ersticken drohen. Mir fällt ein, wie ich vor einiger Zeit mit dem Gedanken gespielt habe, all meine Tabletten auf einmal zu schlucken, weil ich so verzweifelt war und meinem Schmerz ein Ende bereiten wollte. An diesen Punkt möchte ich nie wieder gelangen, obwohl der Gedanke stets präsent ist und ich ihn verabscheue, gleichzeitig aber auch Angst davor habe, weil ich weiß, wie verführerisch die Aussicht ist, sich endgültig allem zu entziehen.

Ich bleibe im Bett und verschlafe den Tag, der in eine weitere schlaflose Nacht übergeht. Am nächsten Tag klopft jemand an meine Wohnungstür. Der Nanoholocom-Schirm auf meinem Handgelenk leuchtet auf. Ich kümmere mich nicht darum. Wer immer das ist, wird schon wieder gehen. Kurz darauf gibt die Tür ein seltsames Knirschen von sich und öffnet sich ohne meine Erlaubnis. Als ich Benji erblicke, verkrampft sich mein ganzer Körper. Benji ist völlig erbarmungslos. Er gestattet mir nie, mich in Selbstmitleid zu verlieren, obwohl jeder Mensch ein Recht darauf hat.

Ich tippe zweimal auf mein DT-Band. Mein Hologuide manifestiert sich, und bevor er dazu kommt, mich zu begrüßen, kreische ich: »Er ist bei mir eingedrungen und will mich umbringen.« Das stimmt natürlich nicht. Ich will bloß, dass Benji aus meiner Wohnung verschwindet, damit ich mich weiter meinen Schuldgefühlen hingeben kann. Soll die VMR sich doch mit Benji befassen.

»Walnut Street 725«, sagt Benji. Mein Bett löst sich in nichts auf, sodass ich auf den Fußboden knalle. Mein Hologuide verschwindet ebenfalls. In meinem Zimmer ist bis auf die Sonne, die durch das große Fenster hereinscheint, alles dunkel.

»Was soll denn das?« Ich setze mich auf und blicke um mich.

»Halt die Klappe und hör zu!« Er hockt sich neben mich. »Du kannst dich nicht einfach ausklinken.«

Ich rücke von ihm weg. »Eine Frau hat versucht, sich umzubringen. Ich hätte ihr von Anfang an die Wahrheit sagen sollen, damit sie ein wenig Hoffnung hat. Wir lassen uns viel zu viel Zeit. Manche Leute sind traurig und verzweifelt und müssen die Wahrheit erfahren. Manche Leute leisten ihren Beitrag und sind glücklich – und auch sie müssen die Wahrheit erfahren.«

»Alex, aufgrund deiner Informationen haben wir unsere Anstrengungen verstärkt und bemühen uns, eine Möglichkeit zu finden, nach Hause zurückzukehren. Wenn du dich weiterhin versteckst, wird der Eindruck entstehen, dass du gelogen hast. Und dass ich dir nicht hätte vertrauen sollen. Die Leute stellen bereits Fragen. Du kannst nicht in deiner WE bleiben. Also reiß dich zusammen. Tu es für Mom und Dad.«

Mom und Dad. Ich darf nicht vergessen, was die HöWes uns angetan haben. Ich stehe auf. Meine Fantasie beschließt, mir in diesem Moment das Bild meiner Eltern vorzugaukeln, die tot von der Decke unseres Wohnzimmers hängen.

Ich sinke auf den leeren Fußboden meiner WE, kauere mich zusammen und wiege mich hin und her, um das Bild aus meinem Kopf zu vertreiben. Ich versuche, mir meinen Zufluchtsort auf einer Insel vorzustellen, mit Hängematte und Buch. Das Bild hat nur einen Moment lang Bestand, dann verwandeln sich die Seile der Hängematte in Stricke, die um die Hälse meiner Eltern geschlungen sind.

»Alex?« Benji fasst mich bei der Schulter.

Ich sehe zu ihm hoch. »Sie sind tot.«

»Nein. Die Frau und ihr Baby sind okay ...«

»Mom und Dad«, flüstere ich. »Ich könnte wetten, dass sie tot sind.« Ich schaukle weiter hin und her, um meine innere Unruhe abzubauen.

Er hockt sich neben mich. »So darfst du nicht denken.«

Ich presse den Kopf zwischen die Hände. »Ich kann aber nicht dagegen an.«

»Wo sind deine Tabletten?«, fragt er und schaut im Raum umher.

»Sind keine mehr da«, stoße ich hervor. »Vor Kurzem habe ich die letzte genommen.«

»Scheiße. Dann mach mal diese Atemübungen, die man dir beigebracht hat.«

»Mach ich doch!«, schreie ich.

»Na prima«, erwidert er. »Die scheinen dir ja viel zu nutzen.«

»Halt die Klappe. Du verstehst das einfach nicht.« Ich hole tief Luft, halte den Atem an und stoße ihn wieder aus.

Benji setzt sich neben mich auf den Fußboden. »Es ist völlig okay, Angst zu haben. Ich habe auch Angst. Ich weiß nicht, wie wir hier wieder rauskommen, aber ich kann dir versichern, dass wir es schaffen werden. Wir werden uns nicht von denen unterkriegen lassen. Wir *werden* nach Hause zurückkehren.«

Dann schweigen wir beide, während ich mir mit den Fingern auf die Schenkel trommle und mich auf die Bewegungen konzentriere, um mich von meinen Gefühlen abzulenken.

Benji legt mir die Hand aufs Knie. »Du musst fokussiert bleiben, damit ich fokussiert bleibe. Konzentrier dich auf deine Wut – die wird dir Energie verleihen. Du hast mehr Empathie als die meisten anderen Menschen. Halte daran ebenso fest wie an deinem Bedürfnis, andere zu beschützen. Für andere zu kämpfen. So mache ich es. Es ist viel einfacher, für andere zu kämpfen als für sich selbst. Das eigene Leid ist viel zu persönlich; das Leid der anderen gibt einem Kraft.«

Benji umklammert seine Knie, sodass seine marineblaue Uniformjacke zerknittert. »Ich mache mir auch Sorgen um Mom und Dad. Hauptsächlich nachts. Hey, kannst du dich noch erinnern, wie sie sich als Werwölfe verkleidet haben und ich mir vor Angst in die Hosen gepisst habe?«

»Ja!« Ich breche in Lachen aus. »Du hast dich unter der Veranda versteckt und wolltest nicht mehr rauskommen. Deshalb hat Dad dich mit dem Wasserschlauch bespritzt. Das war zum Schreien komisch.«

»Eine schöne Zeit.«

»Weißt du noch, wie wir nach Florida gefahren sind, um Penelope zu besuchen, und du behauptest hast, in der Toilette sei ein kleiner Alligator?« Ich breche erneut in Lachen aus. »Ich hab mich tagelang nicht aufs Klo getraut.«

Er kichert. »Ich hätte nie gedacht, dass du so leichtgläubig bist und das für bare Münze nimmst.«

»Halt die Klappe.« Ich trete nach seinen Beinen, sodass er zur Seite kippt. Der Raum hallt von unserem Gelächter wider. »Was zum Teufel hast du eigentlich mit meiner WE gemacht?«

»Hab die Nanoholocoms mithilfe eines geheimen Codes funktionsunfähig gemacht.« Er streckt mir die Hand hin und hilft mir hoch.

»Dein geheimer Code ist unsere Adresse?«

»Warum denn nicht?« Er zieht sich seine Uniformjacke zurecht und putzt sich die Hosen ab.

»Tja, ist irgendwie nicht cool.«

»Muss es auch nicht sein. Hauptsache, es funktioniert.«

»Funktioniert der Code überall?«

»Nein. Nur in WEs in Kombination mit meiner Stimme. Ist die schnellste Methode, um bei einem Notfall die Umgebung zu sichern.«

»Dürfte ich bitte meine Möbel zurückhaben?«

»Nur wenn du nach dem Frühstück zu unserem Treffen kommst.«

»Ansonsten muss ich in einem leeren Zimmer wohnen? Das ist Erpressung.«

Er grinst. Am liebsten würde ich ihm eins in seine selbstgefällige Fresse geben.

Ich schnappe mir mein Tagebuch und gehe zum Frühstück nach unten. Die Trauerzeremonie für die Erde hat gerade angefangen, deshalb mische ich mich unter die Leute und warte. Als ich sehe, wie die Leute mit respektvoll gesenktem Kopf um ein leuchtendes Hologramm unseres Planeten herumstehen, läuft es mir kalt den Rücken runter. An zahlreichen Handgelenken schimmert ein goldenes DT-Band, eine Fessel, die sie für ein Zeichen der Freiheit halten. Ich bin versucht, ihnen auf der Stelle die Wahrheit zu verkünden, doch das würde den Plan der Umbra-Gruppe zunichtemachen. *Was, wenn die VMR plötzlich alle Umbra-Leute in dieser Wohngemeinschaft töten würde? Sind die HöWes dazu in der Lage? Dann könnten wir unser Wissen nicht mehr an andere Wohngemeinschaften weitergeben. Die Wahrheit würde mit uns sterben.*

Heute besteht das Frühstück aus schwärzlichem Brei auf dickem gelbem Brot. Das sieht fast so aus wie Hummus auf Pitabrot, schmeckt aber wie überreife Bananen und verbrannte Erdnussbutter auf Pappe. Das bisher schlechteste Essen. Um die Pampe runterzuspülen, stehen die Leute am Wasserspender Schlange.

Das Dinoküken sitzt wieder auf seinem Baum und krächzt vor sich hin. Ein Windstoß versetzt die Blätter des Baums in Bewegung, deren Farbe dabei von Dunkelrot zu Purpur changiert. Jedes Mal wenn ich den Baum und den Vogel sehe, habe ich ein seltsames Déjà-vu-Gefühl. Wenn mehr Leute in der Nähe sind, krächzt der Vogel wesentlich häufiger. Um von dem Lärm wegzukommen, mache ich einen Spaziergang, natürlich ohne die Anlage zu verlassen, denn das dürfen wir ja nicht. *Ob sie dieses Verbot je aufheben? Was, wenn nicht?* Ein schrecklicher Gedanke. Ich will Dominick und Rita wiedersehen. Und zwar bald. Der Weg draußen, auf dem mein Hologuide mich nach meiner Ankunft hergebracht hat, ist unerreichbar, da der Eingang des Gebäudes von einer abgesperrten Glastür verschlossen ist. Wir sind Hamster in einem Rad aus Glas.

Durch die Glastür kann ich einen Blick auf die Landschaft von Solbiluna-8 werfen. Je länger ich hier bin, desto weniger fremdartig kommen mir die dunklen gezackten Berge, die roten Flüsse und all die Technologie vor. Mittlerweile mag ich sogar die zwei Monde, die nachts vom Himmel scheinen.

Um nicht zu vergessen, wer ich bin, mache ich Eintragungen in mein Tagebuch.

Das Treffen der Gruppe findet diesmal in einer WE statt, die noch größer ist als die vorhergehende. Nolan und seine Großmutter sind anwesend. Die dunklen Ringe unter den Augen des Jungen sind verschwunden und er wirkt wesentlich munterer als bisher. Zumindest ihm konnte ich rechtzeitig helfen. Benji hat ganz recht. Ich muss meine Empathie auf andere konzentrieren und ihnen kleine Wohltaten erweisen.

Doktor A. steht im vorderen Teil des Raums und winkt mich zu sich.

»Wenn ich es richtig verstanden habe, herrscht Uneinigkeit über unser weiteres Vorgehen«, sagt er. »Deshalb soll jetzt abgestimmt werden.«

»Worum geht's denn?«

»Beruk will die Katze aus dem Sack lassen. Alle in der Wohngemeinschaft sollen die Wahrheit erfahren. Danach will er aus dem Gebäude ausbrechen und offen rebellieren. Benji will erst noch weitere Beweise und Informationen sammeln und mit anderen Wohngemeinschaften in Verbindung treten. Jackson hat beschlossen, darüber abstimmen zu lassen.«

Katherine gesellt sich zu uns. »Mississippi, wir haben dich vermisst.«

»Benji hat mit mir gesprochen.« Ich pule an einem Fingernagel herum, bis es mir gelingt, die Spitze abzureißen. »Und er hat die Nanoholocoms in meiner WE blockiert, um mich zur Teilnahme am Treffen zu zwingen.«

»Tja, dein Bruder ist schon wer.«

»Du meinst ein Arschloch?«, erwidere ich grinsend.

»Ich meine eine Führernatur.«

»Das eine schließt das andere nicht aus«, wirft Doktor A. ein.

Für diese Feststellung könnte ich ihn umarmen.

Katherine schüttelt den Kopf. »Er hat Beruk im Griff und das heißt schon was.«

»Was ist mit dem Typ überhaupt los?«, erkundige ich mich.

»Er ist stinksauer, weil man bei seiner Ankunft hier all seine Tätowierungen beseitigt hat. Seit seinem achtzehnten Lebensjahr hat er sich jedes Jahr eine verpassen lassen. Und jetzt müsste er ungefähr fünfundvierzig sein.«

»Wer hat seine Tätowierungen denn beseitigt?«, fragt Doktor A.

»Der PSF. Vermutlich wird während der Desinfektion auch die Haut restauriert. Jedenfalls hat Beruk das sehr verbittert.«

Da in der Kabine auch mein Nagellack entfernt wurde, leuchtet mir das sofort ein. Obwohl Tätowierungen natürlich was anderes sind. Es ist, als vernichte man ein Kunstwerk.

»Er ist bereit, einen Krieg vom Zaun zu brechen«, sagt Katherine.

»Wegen seiner Tätowierungen?«, entgegne ich.

»Egal, weshalb, Hauptsache, es bringt die HöWes hierher. Wir brauchen Beruks Fachkenntnisse. Wie ich gehört habe, war er auf der Erde Besitzer einer renommierten Sicherheitsfirma. Benji hat gute Überzeugungsarbeit bei den Leuten geleistet und sie dazu gebracht, sich ruhig zu verhalten, bis wir weitere Beweise zusammengetragen haben. Ich glaube nicht, dass wir schon bereit sind. Unsre Hacks der Nanoholocoms sind noch nicht so weit gediehen, dass wir zum Großangriff übergehen können. Wir haben noch nicht mal funktionstüchtige Waffen.«

Im Raum breitet sich Stille aus. Beruk räuspert sich lautstark, bevor er zu sprechen beginnt. »Ihr alle seid hier, um abzustimmen. Wenn wir uns darüber einig sind, dass das, was Alexandra Lucas über die Erde gesagt hat, der Wahrheit entspricht, sollten wir sofort losschlagen. Je länger wir warten, desto mehr Leute werden den Beitrag leisten. Wir können nicht zulassen, dass unsere Landsleute wieder hinters Licht geführt werden. Wer weiß, was die HöWes noch vorhaben? Wir müssen die Wahrheit publik machen und rebellieren. Ich habe einen Plan, wie wir hier rauskommen.«

»Aber genau das ist doch der Punkt«, entgegnet Benji. »Wir kennen die Motive der HöWes nicht. Wie können wir denn gegen diese Leute kämpfen, ohne zu wissen, wer sie sind? Vielleicht brauchen sie unseren Beitrag zum Überleben. Vielleicht wurde ihre Bevölkerung durch einen Krieg oder ein Virus dezimiert. Vielleicht brauchen sie aber auch Sklaven. Wir müssen in Erfahrung bringen, was sie beabsichtigen.«

»Das wissen wir bereits. Sie haben uns entführt«, sagt Beruk. »Wenn sie unsere Hilfe brauchten, hätten sie uns darum bitten sollen. Wir vergeuden nur unsere Zeit. Unsere Sicherheitskräfte können nicht ihren Aufgaben nachkommen, wenn wir hier eingesperrt sind. Wir müssen so schnell wie möglich die Region erkunden, uns mit den anderen Umbra-Gruppen vereinigen und eine Armee bilden.«

»Und woher sollen wir die Waffen für diese Armee nehmen? Professor Marcianis Team hat es immer noch nicht geschafft, anhand der technischen Daten, die uns die UNO zur Verfügung gestellt hat, einen funktionsfähigen DQE zu entwickeln. Andere irdische Waffen wären hier nicht einsatzfähig. Wollen Sie wirklich rohe Gewalt anwenden?«

»Manchmal ist das die einzige Möglichkeit«, erwidert Beruk, dessen Ton immer lauter wird. »Wir brauchen Informationen über die Umgebung, die wir aber nicht bekommen, wenn wir hier rumsitzen. Ich kann dafür sorgen, dass wir durch die Glastür gelangen, um uns anschließend in die Berge zurückzuziehen.«

»Das würde uns alle zu Zielscheiben machen.«

»Katherine könnte unsere DT-Bänder entsprechend manipulieren. Bis das System mitbekommt, dass wir nicht mehr da sind, würde geraume Zeit vergehen.«

»Sie vergessen, dass es manchen Leuten hier gefällt«, hält Benji dagegen. »Sie wollen nicht rebellieren.«

Ist mein Bruder gerade zum Verräter an der Erde geworden?

»Nachdem man sie entführt hat? Das kann doch nicht Ihr Ernst sein«, sagt Beruk.

»Doch. Einigen gefällt das Leben hier besser als das auf der Erde und wir haben noch gar nicht alles gesehen, was dieser Planet zu bieten hat. Haben Sie mit den Leuten gesprochen? Ihnen richtig zugehört? Sie lieben die Vorstellung, nicht mehr arbeiten zu müssen und ihr Leben genießen zu können. Gewiss, sie werden Fragen stellen und Antworten erwarten, aber sie sind nicht bereit, gegen Solbiluna-8 zu rebellieren.«

Ich erstarre innerlich. Ich habe Benji vertraut.

Beruk murmelt etwas vor sich hin.

Benji ignoriert ihn und fährt, an die Anwesenden gewandt, fort: »Ich weiß, wie schwierig es ist, Stillschweigen zu wahren und nicht allen mitzuteilen, was wir wissen. Aber Helden wissen, wann man kämpfen und wann man abwarten muss. Wenn wir abwarten, gewinnen wir Zeit, um Waffen zu entwickeln. Die HöWes haben die VMR und ein Kontrollsystem, das die gesamte Umgebung abdeckt. Wir müssen mehr über die HöWes in Erfahrung bringen und herausfinden, wo ihre Schwachpunkte sind. Wir brauchen Zeit, um Beweise zu sammeln, uns mit anderen Wohngemeinschaften kurzzuschließen und unsere Kräfte zu bündeln. Wir müssen das Ganze richtig anpacken. Wenn wir jetzt allein losschlagen, werden wir isoliert sein. Dann wird das Wissen darum, was wirklich auf der Erde geschehen ist, hier mit uns sterben. Das dürfen wir nicht zulassen.«

Benji steht mit verschränkten Armen da. Jetzt verstehe ich, warum er mich hier haben wollte. Marcus hat sich neben ihm aufgebaut und ihm die Hand auf den Rücken gelegt. So hat es Mom immer bei Dad gemacht, um ihm Beistand zu leisten. Oder um ihn zu zügeln.

Jackson ergreift das Wort. »Die Abstimmung ist ganz einfach. Wer sofort mit der Rebellion beginnen will, geht nach rechts. Wer noch abwarten will, nach links.«

Beruk tritt nach rechts, Benji nach links. Langsam verteilen sich die Anwesenden auf die beiden Seiten. Sosehr ich mich auch über meinen Bruder aufrege, sosehr es mich auch fertigmacht zu warten – wo er recht hat, hat er recht. Ich geselle mich zu ihm, zusammen mit Marcus, Katherine, Doktor A., Kendra, Nolan, seiner Großmutter, Professor Marciani und zahlreichen anderen, die ich noch nicht kennengelernt habe, darunter auch einige, von denen ich bisher annahm, dass sie Benji nicht mögen. Offenbar hat Katherine eine Menge Einfluss.

Überraschenderweise scharen sich auch viele Leute um Beruk. Obwohl die Mehrheit für Benji votiert, schockiert mich die Anzahl derjenigen, die auf Beruks Seite stehen. Wie können sie so erpicht darauf sein, sich unvorbereitet in einen Kampf zu stürzen?

»Wir warten also erst einmal ab«, sagt Jackson. »Beruk, arbeiten Sie mit Ihrem Team einen Fluchtplan aus für den Fall, dass die HöWes ihr Wort brechen. Schulen Sie die

Umbra-Leute in Kampftechniken, besonders im Gebrauch der DQEs. Benji, Ihr Team sollte weiterhin mithilfe des Nanoholocom-Networks Informationen sammeln. Außerdem möchte ich das Team des Professors bitten, sich ohne Unterlass mit der Frage zu beschäftigen, wie sich ein Portal so umfunktionieren lässt, dass man zur Erde zurückkehren kann. Und jetzt lasst uns alle wieder an die Arbeit gehen.«

Obwohl Beruk die Abstimmung verloren hat, blickt er triumphierend drein. Diesen Blick kenne ich. Wenn Benji nicht aufpasst, wird es in der Gruppe eine Meuterei geben, bevor wir einen Plan ausgearbeitet haben.

Wir müssen alle davon überzeugen, dass die beste Taktik darin besteht, Informationen zu sammeln und mit anderen Wohngemeinschaften in Verbindung zu treten. Wissen ist Macht. Es muss doch eine Möglichkeit geben, die Wahrheit zu enthüllen. Den HöWes eine weitere Lüge nachzuweisen. Irgendwie muss das doch klappen.

Zum Abendessen kreuzen Benji und Marcus am Podest auf. Ich schlinge die glitschigen zitronengelben Würfel mit knusprigen Nudeln runter. Es schmeckt wie ungekochte Ravioli mit Sojasoße. In meinem Tagebuch mache ich mir Notizen über das heutige Treffen, die ich so verschlüssle, dass die Geheimnisse der Umbra-Gruppe gewahrt bleiben. Das Dinoküken sitzt wieder krächzend auf seinem Baum. Was es mir wohl mitteilen möchte? Als ich aufblicke, sehe ich Benji auf mich zukommen. Marcus unterhält sich unterdessen mit Doktor A. Mein Tagebuch wird warten müssen.

Benji und ich essen zusammen. Zu Hause habe ich mich immer bemüht, ihm bei Mahlzeiten aus dem Weg zu gehen, damit ich mein Essen verdauen konnte, ohne es ihm ins

Gesicht zu kotzen. Und jetzt sitzen wir in dieser hoch technisierten, unmoralischen Welt beieinander und benehmen uns ganz zivilisiert. Ich hätte nie gedacht, dass mir seine Gesellschaft mal angenehm sein würde.

»An das Essen hier kann ich mich einfach nicht gewöhnen«, sagt Benji. »Am allerwenigsten daran, dass es kein richtiges Geschirr gibt. Und ich bin nicht bereit, meinen Anspruch auf Bedarfsartikel an eine Gabel zu vergeuden.«

»Ich weiß. Das ist barbarisch.«

Er nimmt einen der glitschigen Würfel mit einem Stück seines Tellers auf und stopft sich das Ganze in den Mund. »Gut schmeckt's trotzdem. Ist innen schön weich.«

»Na ja, ich möchte lieber nicht wissen, woraus das besteht.«

»So wie ich dich kenne, nimmst du an, es sei Menschenfleisch.«

Ich lache und kaue weiter, während der Gedanke sich in meinem Kopf festsetzt und immer detailliertere Gestalt annimmt. *Ich stelle mir Menschenleichen vor, die wie Vieh gehäutet und in Stücke gehackt werden, um dann zu Pasteten verarbeitet zu werden.* Vielleicht sollte ich wie Rita Vegetarierin werden. Dann fällt mir ein, dass ich in meinem Tagebuch festgehalten habe, dass die HöWes mehr oder weniger Vegetarier sind. Daraufhin esse ich zögernd weiter.

Marcus und Doktor A. sind nach wie vor in ein Gespräch vertieft. Worum es dabei wohl geht? »Wie läuft's denn so bei dir und Marcus? Muss doch hart sein, hier seine Flitterwochen zu verbringen.«

»Läuft ganz gut. Gefeiert haben wir nicht, da wir ja dachten, dass auf der Erde mittlerweile das große Sterben eingesetzt hat. Nach unserer Ankunft haben wir uns viel in den

Holoräumen aufgehalten und so getan, als würden wir irgendwo unsere Flitterwochen verbringen. Richtig entspannend war das aber nicht.«

»Kann ich verstehen.« Ich beiße in eines der pikanten Häppchen.

»Wie ging es Dad eigentlich, als du aufgebrochen bist?«, fragt er.

Da ich zu schnell esse, bleibt mir eine Nudel im Hals stecken. »Hab ich dir doch schon erzählt. Er saß im Rollstuhl und brauchte ein Sauerstoffgerät.«

»Nein, ich meine emotional.«

Ich huste, um die Nudel aus dem Hals zu bekommen. »Keine Ahnung. Vermutlich war er sehr niedergeschlagen. Du weißt doch, wie stur und auf seine Unabhängigkeit bedacht er ist.«

»Nachdem ich ihm von Marcus erzählt hatte, hat er nicht mehr viel mit mir geredet. Ich wusste natürlich, dass die Dinge hinterher anders sein würden, aber auf ein bisschen mehr habe ich doch gehofft.« Er lässt den Blick über die Menge schweifen, die sich im ZENTRUM versammelt hat. »Angesichts dessen, was in der Welt vor sich ging, dachte ich, mein Geständnis würde ihm helfen zu verstehen, was wirklich wichtig ist. Würde sozusagen sein Weltbild erweitern. Aber bestimmte Vorurteile sind offenbar zu tief verwurzelt.«

»So ist er eben. Als ich zusammengebrochen bin, nachdem dieser betrunkene Typ mich fast in ein Portal geworfen hätte, hat er sich völlig ausgeklinkt. Er hat Probleme, nicht du.«

Benji schiebt das Essen auf seinem Teller hin und her. »Eigentlich wollte ich es ihm nie sagen.«

Ich weiß nicht recht, wie ich darauf reagieren soll. »Aber

er liebt dich immer noch. Du bist sein Sohn. Er kommt bloß nicht gut mit gravierenden Veränderungen zurecht.«

Er reibt sich das Kinn. »Wenn du das glaubst, bist du wirklich naiv.«

»Danke übrigens«, sage ich.

»Wofür?«

»Dafür, dass du für mich da bist. Und mir einen Tritt gegeben hast, damit ich aus meinem Tief rauskomme.«

Das Dinoküken gibt wieder mal ein lautes Krächzen von sich.

»Dieser verfluchte Vogel!«

»Was denn für ein Vogel?«

Ich zeige auf den Baum. »Hörst du das etwa nicht? Alle zehn Minuten geht das so. Immer wieder dasselbe Krächzen.«

»Erinnert mich irgendwie an dich«, meint Benji grinsend.

Ich bin kurz davor, ihm mein Essen auf die Uniform zu kippen. Aber na ja, die Rationen sind knapp.

Wieder einmal kann ich nicht schlafen. Ich liege wach in meinem wiederhergestellten Holobett, denke an Dominick und frage mich, wie lange die erste Integrationsphase wohl dauern wird. Er muss glauben, ich hätte mein Versprechen nicht gehalten. Er muss glauben, ich sei tot. Ich hoffe, er ist nicht sauer auf mich, weil ich nicht mit ihm zusammen aufgebrochen bin. Dass ich schon so lange auf seine Berührungen verzichten muss, macht mich fertig.

Ich vermisse Rita mit ihrer großen Klappe, die mir immer die Wahrheit gesagt hat, selbst wenn ich sie nicht hören wollte. Ihre Gegenwart hat mich zu einem besseren Menschen gemacht. Ihre Abwesenheit macht das Leben öde.

Wir müssen etwas ausfindig machen, irgendwelche Beweise, um zu verhindern, dass Beruk zu früh zuschlägt. Aber wie sollen wir das anstellen? Wir sitzen in diesem blöden Gebäude ohne fließendes Wasser und ohne unsere alten Freunde fest. Noch nicht einmal HöWes gibt es hier, bei denen wir uns beschweren könnten. Tiere gibt es ebenfalls nicht, abgesehen von den Vögeln. Na ja, es ist ja nur einer. Noch nicht mal einen Käfer habe ich hier gesehen. *Moment mal, das kann doch nicht sein.* Ich springe aus dem Bett, renne aus meiner Wohnung und blicke durch die Glaswand nach unten ins ZENTRUM. Selbst in der Dunkelheit muss doch irgendwas auszumachen sein – nachtaktive Tiere, Insekten und dergleichen. Aber Fehlanzeige. Vielleicht hat das nichts zu bedeuten. Vielleicht. Obwohl es mitten in der Nacht ist, fahre ich mit einem Maglift nach unten. Vorsichtig nähere ich mich dem Baum und warte. Der Vogel gibt keinen Laut von sich. Nur der Wind in den Blättern ist zu hören. Ich habe das deutliche Gefühl, einer Sache auf der Spur zu sein, ohne zu wissen, worum es sich handelt. Es ist ein bisschen so wie bei der Verrückten und ihrem Zettel.

Da kommt mir eine Idee. Ich pule ein Stück Borke vom Baumstamm ab und halte es in der Hand. Es wirkt total künstlich. Ohne das Stück Borke aus den Augen zu lassen, gehe ich zum Maglift. Sobald ich ihn betrete, löst sich die Borke in nichts auf. Ich rase zu Benjis und Marcus' WE und berühre die Tür, die zwar einen Piepton von sich gibt, aber nicht aufgeht.

»Ich bin's – Alex«, sage ich.

Kurz darauf öffnet Marcus verschlafen die Tür.

»Alex! Was ist denn los?«

»Der Vogel und der Baum! Die sind nicht echt. Das sind

Hologramme. Aber wieso? Und es gibt überhaupt keine anderen Tiere oder Insekten.«

Benji kommt schlaftrunken angewankt. »Alex, nicht alle von uns leiden an Schlaflosigkeit. Hat das nicht bis morgen früh Zeit?«

»Erinnerst du dich an das, was ich beim Abendessen gesagt habe? Das Essen ist nicht echt. Die HöWes gaukeln uns wieder was vor und ich weiß nicht, warum.«

Benji reibt sich gähnend die Augen. Marcus blickt erwartungsvoll zwischen uns beiden hin und her.

»Hört sich ziemlich paranoid an.«

»Red keinen Quatsch und hör zu. Jedes Mal passiert genau das Gleiche: Der Vogel krächzt, die Blättern klirren, immer in derselben Reihenfolge und im selben zeitlichen Abstand. Und viel zu regelmäßig. Und ich habe nirgendwo andere Tiere entdecken können. Deshalb habe ich ein Stück Borke vom Baum gepult – und es hat sich vor meinen Augen aufgelöst, sobald ich wieder im Maglift war.«

Marcus mischt sich ein. »Mathematisch betrachtet, weist ein solches Muster auf Programmierung hin. Tiere folgen ja eigentlich natürlichen Verhaltensmustern.«

Benji sieht ihn ungläubig an. »Musst du ihren Irrsinn auch noch unterstützen? Sie leidet an Schlafmangel und ist gestresst.«

»Wir könnten zumindest ein paar Tests machen, um die Sache zu überprüfen«, meint Marcus.

»Aber warum sollten diese Dinge Hologramme sein?«, entgegnet Benji.

»Eben«, sage ich. »Warum? Was verheimlichen die HöWes uns?«

Benji gähnt erneut. »Okay. Morgen früh. Scheint ja keine große Sache zu sein.«

Als ich die WE verlasse, zwinkert Marcus mir zu.

Ich kann die ganze Nacht nicht schlafen. Mein Gefühl sagt mir, dass ich recht habe, während mein Verstand mich ständig an Benjis Behauptung, ich sei paranoid, erinnert. Ich weiß nicht, was zutrifft. In meinem Kopf wirbeln die unterschiedlichsten Erklärungsmöglichkeiten durcheinander.

Sobald die Sonne hinter den blauen Bergen auftaucht, ziehe ich meine schwarze Uniform an. Komisch, wie wenig ich mich hier um Kleidung und Mode schere. Ich frage mich, ob es Rita genauso geht oder ob sie ihre Kleidung alle paar Stunden modifiziert.

Als ich bei Benji und Marcus klopfe, kommt niemand zur Tür. Ich frühstücke, sitze die peinliche Gedenkzeremonie für die Erde aus und hoffe inständig, dass die beiden endlich auftauchen. Nach einer Weile kommen Katherine und Doktor A. zusammen ins ZENTRUM.

Bevor ihr Essen sich auf dem Podest materialisiert, stürze ich auf die zwei zu. »Haben Benji und Marcus mit euch gesprochen?«

»Nicht jetzt, Mississippi«, erwidert Katherine.

»Aber ich habe ihnen erzählt …«

Sie schubst mich so gegen das Podest, dass mein Hüftknochen gegen den Stein knallt und der Schmerz mich zum Schweigen bringt. Als Doktor A. nicht eingreift, wird mir klar, dass ich mich falsch verhalten habe.

»Vermassel die Sache nicht«, sagt Katherine.

Ich reibe mir über die Hüfte. Als sie von mir wegtritt, reicht sie mir einen Zettel mit einer Nummer. Es ist die ihrer WE.

Bei diesem Treffen sind nur Jackson, Katherine, Benji, Marcus und Professor Marciani anwesend. Benji fordert mich auf, den anderen meine Beobachtungen mitzuteilen.

Als alle verstummen, werde ich unsicher. Vielleicht habe ich mir die Sache mit dem Vogel ja nur eingebildet. Mittlerweile kommt mir meine Idee ziemlich blöd vor. Möglicherweise liege ich ja völlig falsch.

»Alex?«, hakt Benji nach.

Jetzt ist es zu spät, um noch einen Rückzieher zu machen. Deshalb erzähle ich ihnen, dass ich den Vogel für ein Hologramm halte, obwohl er angeblich ein Teil der natürlichen Umgebung des ZENTRUMs ist, und berichte, wie das Stück Borke vor meinen Augen verschwunden ist.

Der Professor zerzaust sich die Haare. »Es wäre eine Menge Energie nötig, wenn die Nanoholocoms jeden Zweig, jedes Sandkörnchen im Visier behalten müssten. Deshalb würde ich gern etwas ausprobieren.«

»Lassen Sie hören«, sagt Katherine.

»Infolge der hier angewandten Methode der Quantenverschränkung dürfte es erforderlich sein, dass die Temperatur konstant bleibt. Vielleicht sind sie deshalb gezwungen, das Wetter unter Kontrolle zu halten. Wenn ich jetzt in diesem Bereich etwas erhitze, könnte das zur Störung der Quantenverschränkung führen. Dann würden wir sehen, wie viel dort holografisch ist.«

»Wie viel?«, hake ich nach. »Glauben Sie, es gibt noch mehr davon?«

»Möglicherweise«, antwortet Professor Marciani.

»Würde sich das Kontrollsystem nicht einschalten und den Status quo wiederherstellen?«, fragt Benji.

»An der Stelle komme ich ins Spiel«, erklärt Katherine. »Ich glaube, dass ich es schaffe, das Kontrollsystem in diesem Bereich genauso außer Kraft zu setzen, wie ich die VMR in den WEs blockiere, nämlich indem ich die Messdaten manipuliere. Unsere Gruppe heißt nicht von ungefähr Umbra.«

Das ist das erste Mal, dass ich an einer richtigen Mission der Gruppe teilnehme, und es gefällt mir. »Was heißt Umbra eigentlich?«, erkundige ich mich.

»Als *Umbra* bezeichnet man den dunklen Kern von Sonnenflecken«, erläutert der Professor. »Wir erforschen aus dem Dunkeln heraus, das heißt im Verborgenen, das Licht. Hologramme sind ja nichts als eine besondere Form von Licht.«

»Dann lasst es uns noch heute Abend versuchen«, mischt Jackson sich ein. »Nach dem Essen. Schafft ihr es bis dahin, eure Vorbereitungen zu treffen?«

Katherine und der Professor nicken. Puh. Das heißt wieder warten und sich Gedanken machen. *Was, wenn ich mich irre und nur ihre Zeit vergeude? Was, wenn ich recht habe?*

Das ist die erste Aktion der Gruppe, die im Freien stattfindet. Der Tag schleicht zäh dahin. Ich mache Eintragungen in mein Tagebuch, lerne Passagen aus *Harry Potter* auswendig und schlummere ab und zu ein wenig. Ich jogge sogar ein paar Runden durch meine WE, um meine Nervosität und Unsicherheit abzubauen.

Schon am frühen Abend fahre ich ins ZENTRUM hinunter, um mir Notizen zu machen. Das Dinoküken sitzt wieder krächzend auf seinem Baum. Ich zähle, wie oft es Laut gibt, und halte das in meinem Tagebuch fest. Als ich merke, dass es nicht zu einer festgelegten Zeit krächzt, kommen mir Zweifel. Ich beobachte weiter und notiere alles. Erst nach einer Stunde lässt sich ein Muster erkennen. Sobald zehn Leute vorübergegangen sind, krächzt es zwei Sekunden lang. Dann schüttelt es sich und breitet die Flügel aus, während eine Windbö die Blätter des Baums in Bewegung setzt. Anschließend fängt alles wieder von vorn an: Nachdem die zehnte Person vorübergegangen ist, krächzt der Vogel und schüttelt sich und Wind kommt auf. Ich habe recht. Ich weiß, dass ich recht habe.

Das Abendessen besteht aus einer merkwürdigen dunkelgrünen, warmen Suppe mit weichen schwarzen Teilchen, die zwar angenehm nussig schmecken, deren Konsistenz aber widerlich ist. Um das Ganze runterzubekommen, kann ich es nur in kleinen Portionen essen. Doktor A., Kendra, Nolan und seine Großmutter treffen ein, Letztere mit dem Baby auf dem Arm. Sofort werden sie von einigen Leuten umringt, die sich nach dem Kind erkundigen. Alles wirkt wie ein normaler Abend im ZENTRUM, kurz bevor die Firmamentlichtspiele beginnen. Wenn man hier überhaupt von »normal« reden kann. Beruk kommt mit seiner Anhängerschaft, einer Bande hart gesottener Typen, die bereit sind, sich in den Kampf zu stürzen, ohne groß darüber nachzudenken. Selbst im Jahr 2359 gibt es noch diese Kombination von Ignoranz und Gewaltbereitschaft. Erstaunlicherweise sind die meisten ehemaligen Sträflinge gegen Beruk und wollen nicht vorschnell zuschlagen. Das finde ich beruhigend. Jackson, Benji und Marcus treffen ein, gefolgt von Katherine und dem Professor. Sie gehen zum Dinoküken hinüber. Ich geselle mich zu ihnen und zeige, ohne ein Wort zu sagen, auf die Eintragungen in meinem Tagebuch. Die anderen warten, bis zehn Leute vorüber sind – doch diesmal gibt der Vogel keinen Laut von sich.

»Das kann doch nicht sein«, sage ich. »Eben war das noch ganz anders.«

Benji seufzt laut. Katherine funkelt ihn wütend an.

»War es hier vorhin schon so voll?«, fragt Marcus, während sich immer mehr Leute zu den Firmamentlichtspielen einfinden.

»Nein«, gebe ich zu. Meine Angst, mich öffentlich zu blamieren, wird immer größer.

»Das könnte zu einer Verschiebung geführt haben«, meint Marcus.

Professor Marciani nickt. »Vielleicht gibt es eine Bewegungs- und Zeitkomponente.«

»Erklären Sie das mal«, fordert Jackson Marcus auf.

»Alex könnte recht damit haben, dass es passiert, sobald zehn Leute vorüber sind. Doch wenn es so voll ist wie jetzt, müsste der Vogel ja ständig krächzen. Um das zu verhindern, hat man vielleicht eine Zeitkomponente eingebaut, die bewirkt, dass der Vogel in solchen Fällen nur, sagen wir alle zehn Minuten, krächzt, und zwar unabhängig von der Anzahl der vorübergehenden Personen.«

Beruk kommt zu uns. »Gibt's ein Problem? Weshalb sind wir hier?«

»Jetzt sind Sie dran«, flüstert Jackson Benji zu.

»Sind Sie bereit?«, fragt Benji Katherine und den Professor.

Professor Marciani tippt sich an seinen imaginären Hut. Katherine reckt den Daumen in die Höhe.

»Alle anderen gehen wieder zum Essenspodest«, befiehlt Benji.

Während die Umbra-Leute sich im ZENTRUM verteilen, bleibe ich, wo ich bin. Benji packt mich beim Arm und zieht mich vom Baum weg.

»Aber ich möchte sehen, was passiert«, sage ich.

»Lass die Experten ihre Arbeit machen. Du kannst auch

von hier aus zuschauen. Verhalte dich ruhig, falls die Sache fehlschlägt. Außerdem besteht die Möglichkeit, dass sie wie Nolan bestraft werden, weil sie die Temperatur manipuliert haben.«

Mir wird ganz flau im Magen. »Ich dachte, Katherine sichert den Bereich ab.«

»Alex, bei solchen Dingen gibt es keine Garantien. Das ist ein reiner Blindflug.«

Das Dinoküken krächzt wieder. Mit angehaltenem Atem beobachte ich, wie Katherine unauffällig gegen die Nanoholocoms in der Nähe tippt und kurz darauf ihr DT-Band berührt. Nachdem sie Professor Marciani zugenickt hat, macht er sich unter dem Baum an die Arbeit. *Ich hoffe inständig, dass die VMR den Professor nicht ruhigstellt, weil er meiner verrückten Idee Glauben geschenkt hat.* Der Professor gießt etwas Flüssigkeit in ein Metallgefäß, fügt noch etwas hinzu und tritt zurück. Kurz darauf züngeln Flammen um den Baum. Rauch quillt empor, ohne dass das Kontrollsystem aktiviert wird.

Sonst passiert nichts.

Beruk beugt sich zu Benji. »Lagerfeuer? Spielen wir hier Pfadfinder oder was?«

In meine Verlegenheit mischt sich Wut. Jackson räuspert sich. Ich öffne den Mund, um eine Erklärung abzugeben, bekomme aber keinen Ton heraus. Bevor Benji dazu kommt, etwas zu erwidern, löst sich alles um uns herum auf.

Alles.

Vor unseren Augen verschwindet die ganze Umgebung. Die Flammen erlöschen, der Baum löst sich in nichts auf. Unsere Uniformen nehmen wieder ihre ursprüngliche Form an und schillern in allen Regenbogenfarben.

Wir befinden uns nicht mehr im ZENTRUM.

Wir befinden uns nicht mehr auf einem fremden Planeten.

Wir befinden uns in einem riesigen dunklen Raum, umgeben von glitzernden metallenen Gerätschaften.

Es war alles eine Illusion.

TEIL II

»Wie schön der Mensch ist! Wackre neue Welt,
Die solche Bürger trägt!«
William Shakespeare, *Der Sturm*

11

TAG 9: NOCH 558 STUNDEN BEDENKZEIT

Alles war eine Illusion.

Natürlich. Das ist ja die Spezialität der HöWes.

An einer Wand zieht sich eine Reihe von Fenstern entlang, die von der Decke bis zum Boden reichen. Ich brauche einen Moment, um zu begreifen, was sich jenseits der Fenster befindet: eine Flotte stromlinienförmiger Raumschiffe, die wie metallische Pfeile die Dunkelheit durchschneiden. Es sind unzählige.

Doktor A., Kendra, Nolan und seine Großmutter mit dem Baby auf dem Arm kommen zu uns herübergeeilt.

»Meine Güte, warum sind wir im Weltraum?«, fragt Doktor A.

»Keine Ahnung«, erwidert Katherine. »Aber das gefällt mir nicht.«

»Nun seht euch das bloß mal an«, sagt Nolan, der aus dem Fenster starrt.

Jackson, Beruk und Benji hat es die Sprache verschlagen.

»Das sind Hunderte«, meint Kendra.

»Die Portale auf der Erde müssen zu den Schiffen geführt haben, nicht zu einem Planeten«, vermutet Marcus.

Langsam dämmert uns allen, was wir da vor uns haben.

Aber die Illusion ist nur auf unserem Schiff, möglicherweise sogar nur auf diesem Deck, geplatzt. Die unzähligen anderen Schiffe sind nach wie vor voller Menschen, die glauben, dass sie sich auf einem Planeten und in Sicherheit befinden. Die glauben, die Erde sei vernichtet worden.

Jede Entdeckung bringt weitere Lügen ans Licht.

Dominick und Rita könnten auf einem anderen Deck dieses Schiffs oder auf einem der anderen Schiffe sein. So nah und doch so fern. Ich frage mich, ob man die anderen Schiffe von jedem Deck aus sehen kann. Ob meine Freunde all das auch gerade sehen.

Eine melodische Folge von Pieptönen hallt durch den Raum und mitten in der Luft manifestiert sich ein riesiger Holoschirm.

Das kann nichts Gutes zu bedeuten haben. Was habe ich bloß angerichtet? Langsam weiche ich zurück und pralle gegen Benji, der mir die Hand auf die Schulter legt. Seine Hand zittert.

Auf dem Bildschirm erscheint mit würdevoll verschränkten Händen Keron, der Anführer der Meritokratie, umgeben von anderen Mitgliedern dieses Gremiums.

»Ich grüße euch im Namen der Meritokratie, der regierenden Körperschaft von Solbiluna-8. Wir begegnen uns früher als erwartet wieder. Nach unseren Erkenntnissen gibt es ein Problem mit dem Kontrollsystem. Zu Ihrer Beruhigung können wir Ihnen mitteilen, dass wir alles im Griff haben. Sie befinden sich auf einem Sternenschiff und sind noch nicht auf Solbiluna-8 eingetroffen. Es tut uns leid, falls Sie irgendwelchen Unannehmlichkeiten ausgesetzt waren. Seien Sie versichert, dass dies alles seine Richtigkeit hat.

Wir haben die künstliche Umgebung erschaffen, um Sie während Ihrer Reise zu unserem Planeten mit einem Teil unserer Technologie vertraut zu machen und Ihnen zu helfen, sich an unsere Zivilisation zu gewöhnen. Wir wissen, wie schwer es ist, sich in einer neuen Welt zurechtzufinden. Damit Sie sich wieder wohlfühlen, werden wir das Kontrollsystem so schnell wie möglich wiederherstellen. Danke für

Ihr Verständnis und Ihre Geduld. Wir freuen uns auf Ihre Ankunft. Möge Ihr Beitrag zur Freiheit führen.«

Er verbeugt sich. Der Bildschirm flackert kurz auf und verschwindet.

»So ein Quatsch«, sage ich.

»Natürlich ist das Quatsch«, stimmt Kendra mir zu. »Als die Hologramme auf der Erde unsere Fragen beantwortet haben, war von alldem nie die Rede.«

»Warum haben die Portale uns nicht einfach auf ihren Planeten gebracht?«, wollte Nolan wissen.

»Vielleicht brauchten sie die Schiffe, um die Portale zu erschaffen und die Hologramme auf die Erde zu projizieren«, meint Marcus.

»Was auch Alex' Behauptung bestätigen würde«, fügt der Professor hinzu. »Die Erde ist nicht zerstört worden.«

»Und wie soll das vor sich gegangen sein?«, frage ich.

»Um die NASA hinters Licht zu führen, haben die HöWes wahrscheinlich von ihren Raumschiffen aus den holografischen Kometen durch den Raum projiziert. Vermutlich haben sich die Schiffe die ganze Zeit über in unserem Sonnensystem versteckt.«

»Sie meinen, sie haben sich irgendwie getarnt?«, fragt Katherine.

»Ja. Nur so konnten sie solch einen Schwindel durchziehen. Das ist einfach genial. Ich weiß zwar nicht, wie sie sich gegen die Atombomben geschützt haben, aber das Ganze zeigt, wozu sie imstande sind.«

Benji drückt meinen Arm. Zum ersten Mal habe ich fast den Eindruck, dass er stolz auf mich ist.

»Was wollen wir jetzt machen?«, fragt Katherine Jackson. »Sollen wir allen die Wahrheit sagen?«

Jackson wirft einen Blick auf all die anderen, die nicht

zur Umbra-Gruppe gehören. Sie haben sich mit weit aufgerissenen Augen an den Fenstern versammelt und wirken eher aufgeregt als besorgt. Nicht als wären sie wieder verraten worden, sondern als hätte für sie gerade ein neues Abenteuer angefangen.

»Noch nicht. Wir können nach wie vor nicht beweisen, dass die HöWes finstere Absichten haben. Keron hat ja gerade erklärt, was es mit den Raumschiffen auf sich hat. Wir müssen also weiterhin abwarten. Niemand auf den anderen Schiffen weiß Bescheid. Wir müssen zunächst versuchen, mit den anderen Schiffen Kontakt aufzunehmen.«

Beruk verschränkt seine haarigen Arme vor der Brust. »Sie sind also immer noch nicht bereit, was zu unternehmen. Wir können doch nachweisen, dass ihre Behauptung, wir befänden uns auf einem Planeten, eine Lüge war.«

Benji schaltet sich ein. »Wir sind zahlenmäßig unterlegen und stehen einer hoch technisierten Zivilisation gegenüber, die noch fortgeschrittener ist, als wir angenommen haben. Wir sind nur *ein* Schiff. Sehen Sie doch mal aus dem Fenster. Alle anderen sind völlig ahnungslos.«

»Ich möchte, dass mein Team Vorbereitungen trifft, um dieses Schiff notfalls zu übernehmen«, erwidert Beruk. »Wir müssen es genau erkunden, die Antriebswerke ausfindig machen und feststellen, wie es gesteuert wird und was für Waffen an Bord sind.«

»Einverstanden«, sagt Jackson. »Katherine, glauben Sie, es gibt eine Möglichkeit, sich in die Nanoholocom-Networks der anderen Schiffe einzuloggen und ihnen verschlüsselte Botschaften zu schicken?«

»Es findet sich immer ein Weg«, antwortet Katherine grinsend. »Die Frage ist nur, ob sie die Botschaften auch zu deuten wissen.«

»Machen Sie sich sofort an die Arbeit. Das hat oberste Priorität. Anschließend müssen Sie Beruk und seinem Team helfen.«

Sie nickt. Ich merke jedoch, dass sie verärgert ist.

»Professor, befassen Sie sich weiterhin mit der Portaltechnologie und der Entwicklung des DQE!«

Der Professor salutiert.

Während Jackson Befehle erteilt, kommt es an Deck zu blaugrünen elektrischen Entladungen, die immer stärker werden und sich wie ein Schleier über die Umgebung legen, um schließlich die alte Kulisse wiederherzustellen. Selbst unsere Uniformen nehmen wieder ihr individuell modifiziertes Design an. Das ist das Schönste und gleichzeitig Beunruhigendste, was ich je erlebt habe. Das Virtuelle überdeckt die Wirklichkeit. Das ist, als wollte man einen Garten auf einem Friedhof anlegen.

Den ganzen nächsten Tag versuche ich, mir einzureden, nicht in einem Raumschiff, sondern auf einem Planeten zu sein, doch das will mir einfach nicht gelingen. Wir sitzen gegen unseren Willen hier fest. Sind eingeschlossen wie in einer Schneekugel, in einem Aquarium oder einem Puppenhaus. Wo auch immer die HöWes sich befinden – von dort aus regulieren und kontrollieren sie alles: unsere Umgebung, unser Essen, unser Wasser, unsere Unterkünfte. Jetzt, da ich weiß, dass alles unecht ist, kommen mir die Bäume unheimlich vor. Und die Luft hat etwas Künstliches, was ja vermutlich auch zutrifft.

Sind wir nicht das schwächste Glied in der Flotte? Der Riss in der Rüstung? Warum sollten sie uns nicht vernichten? *Vielleicht löschen sie ja unsere Erinnerungen, wenn wir auf ihrem Planeten ankommen. Sicher wäre es doch ein Kinderspiel für sie, statt der nach Vanille und Minze schmeckenden Luft Giftgas ins Raumschiff zu pumpen. Oder einfach gar nichts mehr reinzupumpen. Das eine wie das andere würde den gewünschten Effekt erzielen.*

Mitten in der Nacht beschleicht mich ein Gedanke, der sich verheerend auf meinen Seelenfrieden auswirkt: Ich befinde mich im WELTRAUM. *Absolute Finsternis. Schwerelosigkeit. Keine Luft zum Atmen. Wenn ich die Wand des Aquariums durchbreche, dann war's das.*

Da meine Gedärme rebellieren, setze ich mich auf die futuristische Toilette und mache meine Atemübungen. Ich habe keine Tabletten mehr, die mir helfen könnten, meine Ängste in den Griff zu bekommen.

Wenn bei diesem Raumschiff irgendwas schiefläuft …

BUMM …

… dann schwebe ich tot durch den Weltraum.

Einfach so.

Was, wenn Beruk die Glastür, die uns im Gebäude einsperrt, gesprengt hätte und auf diese Weise ein Loch im Raumschiff entstanden wäre? Dann wären wir alle umgekommen.

Oder was, wenn das Feuer, das der Professor entfacht hat, zu einer Explosion geführt hätte? Feuer in Raumschiffen kann nicht gut sein. Feuer + Sauerstoff = BUMM. Auch dann wären wir alle umgekommen.

Als ich am ganzen Körper in Schweiß ausbreche, ziehe ich mich aus und gehe in die PSF-Kabine. Diesmal bringt das jedoch nicht viel, da mir immer heißer wird und sich alles um mich herum dreht. Ich bemühe mich, gleichmäßig zu atmen.

Doch.

Ich.

Bekomme.

Keine.

Luft.

Mehr.

Lass dich nicht von deinen Gedanken überwältigen.

Aber der Gedanke, dass der Vogel ein Hologramm sein könnte, war richtig.

Und auch jetzt könnte ich recht haben.

Das heißt, diesmal könnte ich wirklich sterben.

Ich stürze aus der Kabine und renne halb nackt aus meiner WE. Nachdem ich mir schnell mein Uniformhemd übergestreift habe, springe ich in einen Maglift und fahre nach unten ins ZENTRUM. Da es schon spät ist, sind nur noch wenige Leute da, aber die stören mich nicht.

Ich halte erst mein Gesicht und dann meinen ganzen Kopf unter den kalten Strahl des Wasserspenders, was mir ein wenig Erleichterung verschafft. Trotzdem werde ich die Vorstellung nicht los, tot durch den Weltraum zu treiben.

Während mir das Wasser über die Haare läuft, überlege ich, ob es echt ist. *Wie soll ich je wieder wissen, was echt ist und was nicht? Aber vielleicht spielt das irgendwann gar keine Rolle mehr.*

Plötzlich schießen elektrische Ströme aus dem Boden und züngeln um meine Beine.

Neben mir manifestiert sich mein Hologuide. »Die VMR ist automatisch aktiviert worden. Bitte verhalten Sie sich ruhig, während wir uns mit diesem Vorfall befassen.«

Mein Körper gerät in Zuckungen und ich stürze zu Boden. Der Hinweis auf dem Wasserspender lautet: **Nur für den persönlichen Trinkbedarf. Es ist verboten, Wasser abzufüllen oder sich damit zu säubern.** Das durchsichtige Gehäuse der VMR drückt mich vor aller Augen zu Boden.

Farbige Laserstrahlen tasten mich ab, während ein permanentes Vibrieren meinen ganzen Körper in Erschütterung versetzt.

Als der Tag anbricht, kommen immer mehr Leute ins ZENTRUM. Sie treten über mich hinweg, um sich Wasser zu holen, und vermeiden dabei jeden Blickkontakt. *Aus reiner Selbsterhaltung. So wird das Ende der menschlichen Zivilisation eingeleitet.* Ab und zu sieht Doktor A. nach mir, dessen grau melierten Bart ich verschwommen durch das Gehäuse wahrnehme.

Der Tag geht in die Nacht über und irgendwann bricht ein neuer Morgen an. Meine Erschöpfung, mein Hunger und meine verkrampften Muskeln führen dazu, dass sich in meinem ganzen Körper allmählich ein Taubheitsgefühl ausbreitet. Eingezwängt in das enge Gehäuse, werde ich immer gleichgültiger, obwohl mir ständig bewusst ist, was mir hier angetan wird.

Ich schließe die Augen. *Am liebsten wäre ich tot.*

Doktor A. fühlt meinen Puls.

»Okay, bringen Sie sie weg«, sagt er.

Benji hebt mich hoch und nimmt mich auf die Arme. Mir fehlt die Energie, um mich zu widersetzen.

Als ich mich umschaue, befinde ich mich statt im ZENTRUM wieder in meiner WE, was mich ziemlich verwirrt.

»Wo ... wie ...?«, murmle ich. Mein Mund ist ausgetrocknet und fühlt sich klebrig an.

»Bleiben Sie liegen«, sagt Doktor A. »Sie werden noch eine Weile völlig desorientiert sein. Sie waren fast zwei Tage im VMR-Gehäuse, letzte Nacht wurde die HME vorgenommen. Die Verletzungen an Ihren Beinen heilen dank des PSF allmählich ab. Sie haben es besonders schlimm abbekommen, da zu dem Zeitpunkt Wasser über Sie gelaufen ist.«

Unwillkürlich blicke ich nach unten. Meine Waden sind mit zungenförmigen Verbrennungen übersät. Dank PSF verspüre ich jedoch keine Schmerzen mehr.

»Benji ist gerade gegangen. Er hat sich den ganzen Tag um Sie gekümmert.«

Offenbar halluziniere ich. Benji würde nie so viel Zeit an mich verschwenden.

Drei Tage später verlasse ich entgegen Doktor A.s Anordnung meine WE, um mich abzulenken und nicht mehr an das zu denken, was mir widerfahren ist. Meinem DT-Band zufolge bleiben uns nur noch dreihundertachtundneunzig Stunden Zeit, um uns zu entscheiden, ob wir den Beitrag leisten wollen oder nicht. Nachdem ich tagelang mit Medikamenten vollgepumpt worden bin, kommt mir der immer näher rückende Zeitpunkt gar nicht so bedrohlich vor, wie es eigentlich sein sollte.

Unterwegs stoße ich auf Kendra und Nolan, die mich auffordern, in die Holoräume mitzukommen. Stattdessen schreibe ich ihr einen Zettel und verlange zu erfahren, wo die Umbra-Gruppe sich gerade aufhält. Kendra schreibt mir die Nummer einer WE auf. Ich fahre in einem Maglift nach oben, ohne auf die schwindelerregende Höhe zu achten.

In der WE hantiert Katherine gerade an einer Platte mit kleinen Röhren und Spulen herum. Das Ganze sieht aus wie das Innere eines Uraltcomputers.

»Du bist schon aufgestanden?«, fragt Katherine. »Du solltest doch im Bett bleiben!«

Ich ignoriere sie. Ich brauche etwas, um auf andere Gedanken zu kommen. »Woran arbeitest du denn da?«

»An einem Funkgerät, das bisher aber noch keine Signale empfängt. Das Schiff muss ein Kraftfeld haben, über das die Nanoholocoms miteinander in Verbindung stehen, das jedoch andere Signale blockiert. Ich versuch trotzdem, es hinzubekommen. Natürlich wissen die auf den anderen Schiffen nicht, dass sie auf Signale achten sollten. Woher auch?«

Sie macht sich weiter an den Röhren und Spulen zu schaffen. Ich habe den Eindruck, dass sie das nur tut, um ihren Händen und ihrem Kopf etwas zu tun zu geben. Um das Gefühl zu haben, produktiv zu sein. Wir haben eine Menge gemeinsam.

»Wenn ich es schaffe, dieses Ding zum Funktionieren zu bringen«, sagt Katherine, »wen würdest du dann kontaktieren?«

»Meine beste Freundin Rita. Sie ist mein Fels in der Brandung. Wir kennen uns seit unserer Kindheit. Sie hat die Erde verlassen, bevor ich mich von ihr verabschieden konnte. Und Dominick, meinen Freund.«

Ich habe mich bemüht, nicht an die zwei zu denken, um emotional nicht völlig zusammenzubrechen. Nachdem ich Dominicks Namen ausgesprochen habe, muss ich erst einmal schlucken. »Er fehlt mir sehr. Mehr, als ich gedacht hätte. Ich hätte die Erde mit ihm verlassen sollen. Dann wären wir jetzt wenigstens zusammen.«

»Dann wüssten wir aber nicht über den Kometen Bescheid.«

»Stimmt.« Trotzdem würde ein Teil von mir lieber mit ihm zusammen sein und diesen Zustand genießen, ohne Bescheid zu wissen. Aber das hieße, uns alle zum Leben auf Solbiluna-8 zu verdammen. »Meine Großmutter müsste auch hier sein. Und vielleicht einige Verwandte aus Texas … habe keine Ahnung, ob sie die Erde verlassen oder sich in einem Bunker versteckt haben. Wie sieht's bei dir aus?«

Sie fummelt an einem Draht herum. »Wenn die ganze Hologramminvasion schon vor Jahren passiert wäre, dann wäre mein Leben anders verlaufen. Dann wäre meine Tochter jetzt bei mir.«

Sie bearbeitet den Draht so energisch, dass er reißt.

»Sie war erst sechs, als sie Leukämie bekommen hat.« Sie starrt vor sich hin. »Ich hab versucht, Geld für die Behandlungen aufzutreiben, und als das die Kosten nicht abdeckte, habe ich angefangen zu stehlen. Auf der Arbeit. In Geschäften. Sogar Freunde habe ich bestohlen. Ich hab getan, was ich tun musste, um die Arztrechnungen zu bezahlen.«

»Und du bist erwischt worden.«

»Damals noch nicht. Das kam erst später.«

Sie legt das Werkzeug, das sie in der Hand hält, hin und sieht mich an. »Nach ihrem Tod wollte ich mich nur noch rächen – an allem: dem Gesundheitswesen, der Krankenversicherung, der Welt, Gott.«

»Und was hast du getan?«

»Was ich am besten kann. Ich habe weiterhin gestohlen. Man glaubt ja nicht, wie leicht manche Systeme zu hacken sind. Ich war echt gut darin, Websites und Apps zu hacken und innerhalb von Sekunden Geld zu transferieren, ohne eine Spur zu hinterlassen. Das hat eine ganze Weile geklappt, ohne dass ich erwischt wurde. Hab mehr Geld gescheffelt, als ich selbst verbrauchen konnte. Einen Teil habe ich Leuten geschenkt, die ebenfalls kranke Kinder hatten.«

»Dann warst du so was wie ein Robin Hood des Gesundheitswesens.«

»Nein, lass das, Mississippi. Mach mich nicht zur Märtyrerin. Ich hab mich mit den falschen Leuten zusammengetan. Hab Geld für Scheiße rausgeschmissen, die ich überhaupt nicht brauchte. Bin immer größere Risiken eingegangen. Mein Motor war blinde Wut – und genau das hat mir das Genick gebrochen. In gewisser Weise wollte ich wahrscheinlich sogar erwischt werden. Wollte dieses Leben hinter mir lassen. Schließlich hat mich der FBI beim Hacken erwischt und konnte mir Sachen wie Identitätsdiebstahl, Kreditkartenschwindel, Geldwäsche und so weiter und so fort nachweisen. Ich dachte, wenn man mich einsperrt, könnte ich dem Leben entkommen. Aber meinem Kummer konnte ich nicht entkommen.«

Ich weiß nicht, was ich darauf erwidern soll. Deshalb schweige ich. Manchmal brauchen die Menschen ja nur jemanden, der ihnen zuhört.

Sie wendet sich wieder dem Funkgerät zu. Ich reiche ihr ein Teil, das zu Boden gefallen ist.

»Das hier …« Sie macht eine Geste, die die ganze Umgebung einschließt. »Es ist völlig undenkbar, dass die HöWes einfach beschlossen haben, alles umsonst herzugeben. Die Meritokratie tut so, als hätte sie das bewilligt oder so. Nein, nein, für diese Art von Zustand ist eine Menge Blut vergossen worden. So geht es nun mal bei den Menschen zu, wie fortgeschritten sie auch sind. Es gibt nichts umsonst. Alles hat seinen Preis.«

Etwas an dem, was sie sagt, erinnert mich an meinen Dad. Ihre frühere Wut jagt mir Angst ein. Nicht weil sie im Gefängnis saß, sondern weil ich mich damit identifizieren kann. Mit den Schuldgefühlen. Dem verzweifelten Wunsch nach Rache. Wut als Antriebskraft. Wut, die einen anspornt, durch ein Portal zu rennen. Wut, die einen überwältigt und einen in jemand verwandelt, der man gar nicht ist.

Abends mache ich Eintragungen in mein Tagebuch, um mir in Erinnerung zu rufen, wer ich bin.

Eine Woche später – es bleiben nur noch zweihunderteinunddreißig Stunden Bedenkzeit – versammeln wir uns im ZENTRUM, um zu frühstücken und die Gedenkzeremonie für die Erde abzuhalten. Komisch, dass nach wie vor diese öffentlichen Rituale stattfinden, nachdem wir die Raumschiffe gesehen haben. Doch dann fällt mir ein, dass die Mehrheit von uns noch gar nicht weiß, dass die Erde unversehrt ist. Ich frage mich, wie viele Lügen wohl noch entlarvt werden müssen, damit die Leute aufwachen. Wie viele DT-Bänder wohl noch golden schimmern werden, weil die Betreffenden eine fragwürdige Verpflichtung eingegangen sind. Es ist so leicht, auf Lügen hereinzufallen, wenn diese Lügen schöner sind als die Wahrheit. Und mehr Sicherheit versprechen.

Dank der Zauberkräfte des PSF sehen meine Beine schon wesentlich besser aus, obwohl mir von Zeit zu Zeit immer noch stechende Schmerzen aus den Füßen nach oben schießen. Ich werde nie wieder meinen Kopf unter den Wasserspender halten, ganz gleich, was für eine Panikattacke ich gerade habe. Lektion gelernt. Der erzieherische Effekt der VMR lässt sich nicht leugnen. Doktor A. ist überrascht, dass ich angesichts meiner bisherigen Krankengeschichte emotional nicht so mitgenommen bin wie Nolan. Er weiß eben nicht, dass meine Wut und meine Verzweiflung verhindern, dass meine Depressionen Wurzeln schlagen. Heilmittel und Gift zugleich.

Während sich über uns die leuchtende Erde dreht, denke ich an mein Leben an der Küste von Massachusetts zurück. Am liebsten würde ich jetzt in den Atlantik waten und alle Schmerzen in den Beinen von den blaugrünen Wellen wegspülen lassen. Wie gern würde ich mir die salzige Luft durchs Haar wehen lassen, den warmen körnigen Sand, die Steine und die Muscheln unter meinen Füßen spüren, während Dominick mir von seinem blau-weiß gestreiften Badetuch aus zulächelt. Gott, wie ich ihn vermisse!

Ich vermisse es, zusammen mit Rita und Dominick an einem Lagerfeuer zu sitzen und an Stöcken Marshmallows zu rösten, bis sie fast verbrannt sind. Ich vermisse es, jedes Jahr ein Foto von uns zu machen, um verfolgen zu können, wie viel sich verändert hat und was gleich geblieben ist. In solchen Situationen habe ich mich wirklich lebendig gefühlt. Wer bin ich ohne die beiden?

Die holografische Erde verschwindet und die Leute verteilen sich im ZENTRUM. Als plötzlich von irgendwoher eine Stimme ertönt und von den Wänden widerhallt, hält jeder inne.

»Phase eins der Integration ist abgeschlossen. Halten Sie sich bereit für Phase zwei. Bald werden Sie zu Ihren neuen Unterkünften gebracht, wo Sie die Möglichkeit haben, sich voll in das Leben auf Solbiluna-8 zu integrieren. Dazu gehört, dass Sie sich frei bewegen und ungehindert mit allen kommunizieren dürfen. Bitte treten Sie einer nach dem anderen durch ein Portal.«

Am Rand des ZENTRUMs erscheinen mehrere smaragdgrüne Portale.

Es geht wieder los. Das kann nichts Gutes zu bedeuten haben. Warum sind die Dinger denn grün?

Mein Herz hämmert wie wild, während mir in Abwehrreaktion Schmerzen durch die Beine schießen. Ich beobachte, wie die Leute um mich herum arglos lächeln und davoneilen, wahrscheinlich um ihre Habseligkeiten zu holen. Alle sind ganz aufgeregt, während ich wie erstarrt bin. Alles wie gehabt. *Jetzt kommt der Schlusspunkt. Jetzt wird jedem klar, dass alles ein riesiger Schwindel ist.*

Da entdecke ich Katherine und Doktor A., die am Rand des ZENTRUMs stehen.

»Was machen wir nun?«, frage ich.

»Den Anweisungen folgen«, erwidert Katherine. »Offenbar sollen wir vom Raumschiff auf den Planeten überwechseln. Wir können nicht in einem leeren Raumschiff zurückbleiben.«

»Was, wenn sie uns umbringen, weil wir zu viel wissen?«

»Das bezweifle ich«, meint Doktor A. »Wenn sie das wollten, würden sie das schon an Bord des Schiffs tun. Das wäre viel leichter.«

»Ist ja beruhigend«, sage ich.

»Sieh's doch mal positiv«, schlägt Katherine vor. »Wir dürfen uns frei bewegen und mit allen kommunizieren. Du kannst endlich deine Freunde wiedersehen.«

Ich würde zwar alles tun, um Dominick und Rita wiedersehen zu können, aber noch mal durch ein Portal zu treten, ist so, als spränge ich in einen Abgrund. Meine Angst ist so groß, dass die Härchen auf meinen Armen sich aufrichten.

»Wir sollten uns beeilen«, sagt Doktor A. »Sieht so aus, als würde es eine Weile dauern.«

Zum ersten Mal haben sich an den Maglifts Schlangen gebildet. Ich folge den beiden, weil ich keine andere Wahl habe. Ich kann nicht allein im Raumschiff bleiben, wo ich mich ohnehin wie eine Gefangene fühle. Je länger ich warte, desto mehr Zeit bleibt mir, über diesen erneuten Gang durch ein Portal nachzudenken. Beim letzten Mal hat mir meine Wut dabei geholfen. Diesmal bin ich das reinste Nervenbündel. Ich klammere mich an die Vorstellung, wie Dominick, Rita und ich uns in die Arme fallen. Ich werde es schaffen.

In meiner WE schnappe ich mir meinen Rucksack und vergewissere mich doppelt und dreifach, dass ich alles eingepackt habe. Dann werfe ich einen letzten Blick auf die künstliche Umgebung, die ich erschaffen habe. Ich könnte jetzt sagen, sie wird mir fehlen, aber erstens stimmt das nicht und zweitens kann ich sie wahrscheinlich innerhalb von wenigen Sekunden wiedererschaffen. Holografische Möbel haben ihre Vorteile: Sie sind leicht zu transportieren.

Als ich wieder ins ZENTRUM komme, sind die Leute schon eifrig dabei, nacheinander durch die Portale zu treten. Ich sehe, wie Kendra, Nolan und seine Großmutter verschwinden, gefolgt von der Mutter mit ihrem Baby. Doktor A., Beruk und Katherine gehen ebenfalls durch ein Portal. Während ich in der Schlange immer weiter nach vorn rücke, wird meine Angst so groß, dass ich am liebsten die Flucht ergreifen würde.

Vergiss nicht, die Augen zu schließen und die Luft anzuhalten.

Nein! Ich kann es nicht noch mal tun! Es geht einfach nicht. Nicht einmal um meiner Freunde willen. Ich will nach Hause.

Neben mir tauchen Benji und Marcus auf.

»Na komm«, sagt Benji. »Ich werde dich begleiten.«

Ich packe seine Hand. Manchmal ist das alles, was man braucht. Ich nehme mir vor, danach so zu tun, als wäre dies nie geschehen.

»Eventuell musst du mir einen Schubs geben«, sage ich.

»Gern«, erwidert er grinsend.

»Mann, warum musst du immer so ...«

Und schon bin ich durch.

12

TAG 23: NOCH 229 STUNDEN BEDENKZEIT

Die Integration war erfolgreich. Wir danken allen für Ihre Kooperation und wünschen Ihnen einen schönen Holoday.

Der Gang durch das smaragdgrüne Portal fühlt sich an, als trete man durch einen eiskalten Wasserfall – er ist also nichts im Vergleich zu den Qualen, die mir damals das blaue Portal bereitet hat.

Die Landschaft auf der anderen Seite ähnelt der, die sie uns im Raumschiff vorgegaukelt haben. Indigoblaue Berge, die in einen strahlend lavendelfarbenen Himmel ragen. Riesige Pflanzen und Bäume mit üppigem grünem, von purpurnen Adern durchzogenem Blattwerk, gegen die jeder Regenwald auf der Erde abstinken könnte. Eine in allen Regenbogenfarben leuchtende Flora. Durch die Landschaft schlängelt sich ein scharlachroter Fluss, der sich zu einem rostbraunen Teich staut. Der Duft von Vanille, Minze und Blumen. Perfektes Wetter. Ich komme mir vor wie Dorothy in Oz.

Woher sollen wir wissen, dass dies wirklich Solbiluna-8 ist und nicht eine weitere Illusion wie der Komet oder das Raumschiff? Wie offenbart sich, dass etwas echt ist? Wenn es Temperaturveränderungen standhält? Sollen wir jetzt ständig Feuer entfachen wie neulich unter dem Baum? Dann würden wir auf der Stelle bestraft werden.

Etwas an diesem Planeten erinnert mich an bestimmte verlogene Werbespots für Shampoo, in denen eine Frau ein erdbeerfarbenes Haarwaschmittel benutzt und sich plötzlich in einem Regenwald wiederfindet, wo ihr ein geradezu orgastisches magisches Erlebnis zuteilwird. Wer sagt denn, dass wir uns nicht nach wie vor an Bord des Raumschiffs befinden und lediglich ein neuer Film abläuft?

Als ich an einem Busch mit spitzen korallenroten Blütenblättern vorbeikomme, pflücke ich eines der Blätter ab und halte es beim Gehen in der Hand. Beweise. Kleine Akte des Widerstands. Ein Stück weiter vorn sind graue Hologramme dabei, die Leute zu zwei lagerhausähnlichen Gebäuden zu dirigieren, die genauso aussehen wie der Bau, in dem ich nach dem Gang durch das blaue Portal gelandet bin. Wo sind die HöWes? Ich möchte wissen, ob sie uns auch von Angesicht zu Angesicht anlügen werden. Die Anzahl der Leute ist überschaubar. Offenbar verlassen sie die Schiffe in Schüben, damit kein Stau entsteht.

Wir werden wieder einmal vor die Wahl gestellt: Wenn wir in das eine Gebäude eintreten, können wir mit den Leuten aus Massachusetts zusammenbleiben. Über das zweite Gebäude kommen wir in eine andere Region. Die meisten aus meiner Wohngemeinschaft beschließen zusammenzubleiben. Ich sehe, wie einige von uns – darunter auch die Mutter mit dem Baby – nach rechts gehen. Im tiefsten Innern weiß ich, dass ich sie damit zum letzten Mal sehe. Ich hoffe, es wird ihnen gut ergehen.

In den letzten Monaten hat dieser Prozess, dass die einen nach links, die anderen nach rechts gehen, mich immer wieder in Angst versetzt. Das fing damals im Krankenhaus an, als wir dem Team in Schutzkleidung ausgeliefert waren. Jede Situation dieser Art kommt mir vor, als treffe man eine Wahl zwischen Leben und Tod – als erlebte ich mit, wie andere einen bestimmten Weg gehen, ohne zu wissen, was sie erwartet: Rettung oder Vernichtung. Ich suche die Menge nach Dominick und Rita ab, den einzigen zwei Menschen im Universum, die es mir ermöglichen, ich selbst zu sein. Die mich so erden, dass ich nicht davonschwebe.

Innerhalb des Gebäudes befindet sich ein riesiger Holoschirm, auf dem Namen angezeigt werden. Das Ding erinnert mich an die Ankunfts- und Abflugstafeln auf Flughäfen. Ich reibe mit Daumen und Zeigefinger über das weiche Blütenblatt, das ich noch in der Hand halte.

Neben dem Holoschirm steht ein Hologramm, das in Dauerschleife verkündet: »Bitte legen Sie Ihre Hand auf den Schirm und geben Sie Ihren Namen und Ihr Alter sowie die Personen an, mit denen Sie zusammenleben beziehungsweise die sie in Ihrer Nähe haben möchten. Wir werden Ihren Wünschen so weit wie möglich entgegenkommen.«

»Du wirst mit mir und Marcus zusammenleben«, sagt Benji. »Du wirst also in Sicherheit sein. Katherine und die anderen werden auch da sein.«

»Okay«, erwidere ich. Endlich werde ich meine Freunde wiedersehen. Endlich werde ich Dominick beweisen können, dass ich mein Versprechen gehalten habe. Und ihm danken können, dass er mich bei dem Aufruhr beschützt hat.

Während ich die Hand auf den Bildschirm lege und meine Angaben mache, wird mir klar, wie anders mein Leben geworden ist. Früher wäre ich nie bereit gewesen, mit Benji zusammenzuleben. »Alexandra Lucas, achtzehn Jahre alt. Ich möchte mit Benjamin Lucas-Blu und Marcus Lucas-Blu zusammenleben. Und folgende Personen in meiner Nähe haben: Katherine Kirkwood. Dominick Landen. Rita Bernardino. Penelope O'Donnell.«

Ich denke, je mehr Namen ich aufzähle, desto besser. Meinen richtigen Namen zu sagen, vermittelt mir das Gefühl, meinem Zuhause schon einen Schritt näher zu sein. Ich mache mir nicht die Mühe, meinen Tarnnamen anzugeben, da Katherine mein DT-Band ja so manipuliert hat, dass meine Anonymität stets gewahrt bleibt. Ich frage mich, ob das System meinen Namen mit dem Biosignaturregister des Schiffs abgleichen wird. *Ob die VMR mich bestrafen würde, weil ich ein blinder Passagier im Weltraum war?*

»Ihr Hologuide hat weitere Instruktionen erhalten.«

Auf dem Bildschirm erscheint mein Name in einer Liste, die immer länger wird. Für sie bin ich nur ein Name und eine Nummer. Jemand ohne Bedeutung.

Neben mir materialisiert sich mein Hologuide. »Bitte kommen Sie mit.«

Ich warte, bis Benji und Marcus eingecheckt haben. Dann folgen wir meinem Hologuide durch zahlreiche weiße Gänge, bis wir zum Ausgang gelangen.

Vor uns erstreckt sich ein komplexes Netz von Straßen, die von unzähligen Nanoholocoms zum Schimmern gebracht werden. Über diese Straßen gleiten silberne, nierenförmige Fahrzeuge, die mich sofort an die Chicago Bean erinnern, eine Skulptur, über die ich an der Schule mal eine Arbeit geschrieben habe.

Auf meinem DT-Band leuchten Punkte in unterschiedlichen Farben auf.

»Was geht denn da mit meinem DT-Band vor sich?«, frage ich meinen Hologuide.

Benji und Marcus halten ihre ebenfalls aufleuchtenden DT-Bänder hoch.

»Sie sind jetzt voll integriert und haben Zugriff auf das gesamte Nanoholocom-Network inklusive CVBE oder COM, VID, BUZ und ED.«

Jetzt ganz ruhig bleiben.

»Aber zunächst einmal brauchen Sie ein Transportmittel«, sagt mein Hologuide. »Berühren Sie Ihr DT-Band und sagen Sie MAGPOD FÜR DREI ÖFFNEN.«

An Magpods erinnere ich mich von den Fragen her, die die Hologramme im Internet beantwortet haben. Das hörte sich damals ganz eindrucksvoll an.

»MAGPOD FÜR DREI ÖFFNEN.«

Nichts passiert.

»Hab ich was falsch gemacht?«

»Moment, bitte. Der Magpod wird in vier Sekunden eintreffen. Drei, zwei, eins.«

Ein bohnenförmiges Metallvehikel biegt um die Ecke und macht vor uns halt. Das Fahrzeug hat keine Räder, sondern schwebt in Kniehöhe über dem Boden.

Die Seite des Magpods öffnet sich, das heißt, das Material faltet sich zusammen wie ein Akkordeon. Meine Neugier ist so groß, dass ich gar nicht mehr hinhöre, was mein Hologuide sagt. Ich steige hinten ein und werfe meinen Rucksack auf die Ablage.

Von außen sah es aus, als bestünde der Magpod durchgehend aus Metall, von innen ist er jedoch ab Brusthöhe durchsichtig wie ein Einwegspiegel. Ich erwarte, ein Hightech-Armaturenbrett zu sehen, das noch raffinierter ist als das Steuerpult auf der Enterprise, entdecke aber nur einen roten Knopf, sonst nichts. Nicht gerade überwältigend.

»Wo ist der Sicherheitsgurt?«, frage ich und blicke suchend umher.

Mein Hologuide ist bereits verschwunden, doch seine Stimme teilt mit: »So etwas gibt es in Magpods nicht.«

Ich stelle mir vor, wie mein Kopf gegen die Windschutzscheibe knallt.

»Warum nicht?«

»Weil es nicht erforderlich ist.«

»Wo ist das Lenkrad?«, fragt Benji, der vorn Platz genommen hat.

»Das ist ein Selbststeuerungssystem.«

Selbststeuerungssystem. Mit anderen Worten: Wenn etwas schiefgeht, fährt das Ding in einen Abgrund.

»Wo ist die Bremse?«, erkundige ich mich und beuge mich vor, um den Boden zu inspizieren.

»Das ist ein Selbststeuerungssystem. Bei einem Notfall kann man das Fahrzeug mithilfe des roten Knopfs stoppen, aber das ist nicht empfehlenswert.«

»Warum nicht?«, hake ich nach.

»Das HTN, das Holotransportnetwork, koordiniert die Routen der Magpods. Wenn man den Wagen stoppt, werden automatisch alle Magpods in der Nähe angehalten, damit es nicht zu Zusammenstößen kommt. Auf diese Weise wird vorübergehend der Verkehr lahmgelegt und die Transportabläufe geraten durcheinander.«

»Wir funktioniert das Fahrzeug eigentlich?«, frage ich. »Ich kann weder einen Motor hören, noch spüre ich ein Vibrieren. Ist das Ding denn schon in Betrieb?«

»Noch nicht. Das passiert erst, wenn man ein Ziel angegeben hat. Beim magnetischen Antriebssystem sind weder Motoren noch Treibstoff nötig, wie Sie es von Ihrem völlig veralteten System her gewohnt sind.«

Das hat sich zum ersten Mal so angehört, als hätte mein Hologuide etwas Abfälliges über uns Menschlein gesagt.

»Aber auf der Straße gibt es gar keine Schienen oder etwas in der Art«, wirft Marcus ein.

»Unser HTN ist weit fortgeschrittener als die Magnetschwebebahn auf der Erde. Um die Magpods zu steuern, bedient man sich des Nanoholocom-Networks. Während der Magpod sich vorwärtsbewegt, entsteht ein Magnetfeld, das verschwindet, sobald er vorüber ist. Auf diese Weise wird jede Energieverschwendung vermieden.«

Beeindruckend ist das schon. Aber ich darf nicht auf den Glanz dieser futuristischen, hoch technisierten Welt hereinfallen. Ich muss in Erinnerung behalten, was sie uns angetan haben.

»Sie sind der Wohngemeinschaft QN25-50-8-7-27 zugewiesen worden. Sagen Sie MAGPOD ZU WG QN25-50-8.«

Benji wiederholt die Anweisung, worauf der Magpod unverzüglich losbraust und derart an Geschwindigkeit zulegt, dass ich gegen den Sitz gedrückt werde. Ich habe das Gefühl, als hätten wir innerhalb von wenigen Sekunden von null auf hundert beschleunigt. Bald pendelt sich das Tempo jedoch so ein, dass ich mich in dem weichen Sitz entspannen kann. Radlosigkeit bedeutet, dass die Fahrt extrem ruhig und ohne Gerumpel verläuft. Es ist zwar nicht ganz so, wie wir es uns vorgestellt hatten – nämlich dass wir in der Zukunft am Himmel entlangflitzen –, kommt dem aber schon sehr nahe. Trotz der Geschwindigkeit des Fahrzeugs ist von draußen keinerlei Luftbewegung zu hören.

Ich klammere mich an die Kante meines Sitzes, um der Versuchung, auf den roten Knopf zu drücken, zu widerstehen. Dabei zerquetsche ich das korallenrote Blütenblatt in meiner Hand.

»Wie schnell fahren wir eigentlich?«, frage ich meinen Hologuide.

»Mit ungefähr vierhundertzweiundachtzig Stundenkilometern.«

Und ich dachte, schon Maglifts seien gefährlich. Ich überlege, was passieren würde, wenn der Magpod sich infolge eines kleines technischen Fehlers selbstständig machte. *Eine minimale Störung und schon würde das Vehikel mit Höchstgeschwindigkeit auf das falsche Ziel zurasen. Schneller und immer schneller. Ohne Sicherheitsgurte. Warum gibt es keine Sicherheitsgurte? Ich stelle mir vor, wie Passanten schreiend beiseitespringen, einige zu spät. Blut spritzt auf die Windschutzscheibe.*

Mir bricht der kalte Schweiß aus.

»Kann ich die Fenster runterlassen?«, frage ich.

»Das sind Sichtschutzscheiben, keine Fenster. Magpods leiten Energie. Dieses Magnetfeld darf nicht unterbrochen werden.«

Ich male mir aus, wie ich einen fahrenden Magpod berühre und meine Hand verbrutzelt. Ich nehme mir fest vor, nie einen Magpod anzufassen.

In verschwommenen Farben huscht die fremdartige Landschaft an uns vorüber. Andere Magpods fahren an uns vorbei, ohne dass ich feststellen kann, ob Menschen drinsitzen, da die Vehikel ja von außen undurchsichtig sind. Wie kalt und unmenschlich das alles wirkt.

Ich klopfe mir rhythmisch mit den Händen auf die Schenkel. Diesmal funktioniert dieses Ablenkungsmanöver jedoch nicht, denn in solch einer Todesfalle kann man sich einfach nicht konzentrieren. *Ich stelle mir vor, wie wir gegen einen Baum oder eine Mauer knallen und trotzdem nicht anhalten, sondern von dem Baum abprallen und auf einen Abgrund zurasen, uns mitten in der Luft überschlagen und auf den Grund einer Schlucht stürzen, wo wir dann alle, eingeschlossen in den Magpod, verbluten.*

»Gibt es in diesem Ding Musik?«, frage ich, weil ich unbedingt eine Ablenkung brauche. »Ich sehe nirgendwo ein Radio.«

»Auf Ihrem DT-Band ist Musik gespeichert. Sagen Sie MUSIK ÖFFNEN«, antwortet mein Hologuide.

»MUSIK ÖFFNEN.«

»Bitte keine Popmusik«, wirft Benji ein.

»Kann ich nicht versprechen.«

Ich brauche ein paar Minuten, um mir unter den Liedern von der Erde etwas auszusuchen. Als U2 die Anfangszeilen von »With or Without You« anstimmt, breche ich in Schluchzen aus. Das ist das Lieblingslied meiner Eltern. Mir fällt ein, dass ich sie einmal morgens in der Küche dabei erwischt habe, wie sie zu diesem Lied getanzt haben. So verliebt sahen sie damals aus. Ich reibe über das verwelkte Blütenblatt in meiner Hand. Das Problem bei echten Dingen ist, dass sie nicht für die Ewigkeit gemacht sind.

Benji und Marcus schweigen.

»Brauchen Sie Hilfe?«, fragt mein Hologuide.

»Nein, ich bin okay.« Ich darf sie nicht vergessen. Kummer ist stärker als Angst.

In der Ferne taucht ein riesiger Komplex runder Glasgebäude auf, auf die der Magpod mit Höchstgeschwindigkeit zusteuert. Obwohl es mir in den Fingern juckt, auf den roten Knopf zu drücken, konzentriere ich mich auf die Musik. Die fröhlichen Farben der Landschaft strafen das finstere Motiv, das hinter alldem steckt, Lügen.

Warum sind wir hier? Geht es nur darum, den Beitrag zu leisten? Hinter alldem muss sich doch noch mehr verbergen. Während der Magpod sein Tempo drosselt, materialisiert sich eine durchsichtige Scheibe und drückt mich wie eine Art Airbag gegen den Sitz, eine Schutzmaßnahme, die gleichzeitig etwas Erschreckendes hat. Der Magpod stoppt vor einem Komplex von Gebäuden, die denen, die man uns auf dem Raumschiff vorgegaukelt hat, täuschend ähnlich sehen, bloß dass die ganze Anlage ein enormes Ausmaß hat. Vom Magpod aus kann ich fünf v-förmig angeordnete Gebäude erkennen, in deren Mitte sich ein noch höherer Glasturm erhebt. Ob dahinter noch andere Gebäude stehen, vermag ich nicht auszumachen.

Die durchsichtige Scheibe verschwindet, sodass ich mich wieder bewegen kann. »Sagen Sie MAGPOD EXIT«, fordert uns die Stimme meines Hologuides auf.

»Gern. MAGPOD EXIT.«

Die Seiten des Vehikels falten sich zusammen und entlassen mich aus meinem metallenen Gefängnis. Ich stelle die Musik ab, schnappe mir meinen Rucksack und setze meine Füße wieder auf festen Boden. Bei meinen ersten Schritten habe ich derart weiche Knie, dass Marcus mich stützen muss.

»Bist du okay?«

»Ja. Brauch nur eine kleine Verschnaufpause.«

»Lass dir Zeit. Diese Fahrt war ja ausgesprochen surreal.«

Nachdem die Türen des Magpods sich geschlossen haben, saust das leere Fahrzeug davon. Wie es wohl kommt, dass es nicht ständig Fußgänger überfährt? Andererseits sehe ich niemand, der auf der Straße zu Fuß unterwegs ist.

Mein Hologuide erscheint wieder und führt uns auf das nächstgelegene Gebäude zu. »Bitte kommen Sie mit.«

Benji und Marcus schließen sich meinem Hologuide an. Ich beuge mich vor und bemühe mich, meinen Brechreiz zu unterdrücken. *Tief einatmen, Luft anhalten, ausatmen.* Ich lasse das verwelkte Blütenblatt los und beobachte, wie es zu Boden trudelt.

»Trödel nicht so rum«, sagt Benji. »Auf mich wartet eine Menge Arbeit.«

Es war wohl sehr unbedacht, dass ich mich bereit erklärt habe, mit Benji zusammenzuleben. Das wird die reinste

Tortur werden. Ich bin durch ein Portal gegangen, um die Menschen vor holografischen Kidnappern zu retten – nicht um mit meinem herrischen Bruder zusammenzuleben. Und Marcus ist zwar nett, aber trotzdem ist es irgendwie schräg, mit seinem ehemaligen Lehrer zusammenzuziehen. Außerdem wird Benji jetzt angesichts der anstehenden Aufgaben der Umbra-Gruppe noch gestresster sein als sonst. Und wenn Benji gestresst ist, lässt er es immer an mir aus.

Das neue ZENTRUM ist wesentlich größer als das vorherige und hat zwei Essenspodeste aufzuweisen. Ich lasse den Blick schweifen und halte nach HöWes Ausschau. Nichts. Nur Menschen von der Erde. *Zumindest sehen sie wie Menschen von der Erde aus.* Am liebsten würde ich auf alles einschlagen, damit der Planet sich wie auf dem Schiff in nichts auflöst. Doch diese Welt ist echt. *Angeblich.*

Oder bin ich wieder paranoid?

Zu sehen, wie sich andere im ZENTRUM lächelnd umarmen und ihr Leben offenbar genießen, macht mich ganz neidisch. Diese Art von Entspanntheit habe ich nie kennengelernt, womit ich nicht einen vorübergehenden Zustand meine, sondern eine Grundeinstellung. Das Gefühl, dass man sich keine Sorgen um das Morgen machen und sich nicht für alles verantwortlich fühlen muss. Ein winziger Teil von mir möchte auch so sein, möchte dieses Unsicherheitsgefühl loswerden und imstande sein, den Dingen einfach ihren Lauf zu lassen. Doch ich weiß, dass sich auch hinter dem Lächeln dieser Menschen Dinge verbergen, die ihnen zu schaffen machen, denn dagegen ist niemand immun. Obwohl meine Ängste mich davon abhalten, mich allzu sorglos zu fühlen, treiben sie mich auch dazu an, die Suche nach Antworten fortzusetzen.

Es ist höchste Zeit, dass ich Dominick und Rita finde.

Mein Hologuide bringt uns zu unserer neuen Wohnung im sechsten Stock. Sie ist dreimal so groß wie meine Einzel-WE auf dem Schiff und verfügt über ein großes Panoramafenster. Bis auf eine PSF-Kabine steht sie leer. Benji und Marcus können sie einrichten, wie sie wollen, Hauptsache, ich bekomme eine Hängematte.

»Ich bin bald wieder da«, teile ich ihnen mit. »Muss mal nach ein paar Leuten Ausschau halten.« Bevor Benji dazu kommt, mich zur Rede zu stellen, bin ich schon draußen im Gang. Mein Hologuide folgt mir.

»Wie kann ich hier jemanden finden?«

»Berühren Sie Ihr DT-Band und sagen Sie PERSONENSUCHE. Anschließend geben Sie den Namen und das Alter an.«

Ich befolge seine Anweisungen. Ein Holoschirm erscheint, auf dem PERSONENSUCHE steht.

»Dominick Landen. Achtzehn Jahre alt.«

Auf dem Display werden drei Dominick Landens aufgelistet, doch nur einer von ihnen ist achtzehn. Ich tippe auf den Namen, worauf ein Bild von ihm erscheint. *Oh mein Gott, das ist er.* Mir schießen Tränen in die Augen.

Drei Optionen stehen mir zur Verfügung: COM, VID oder ORTUNG.

Ich entscheide mich für ORTUNG, da ich mit Dominick persönlich sprechen will. Ich kann ihm doch nicht über das Nanoholocom-Network mitteilen, dass der Komet ein Fake war. *Schließlich will ich nicht, dass die HöWes eine umfassende Suchaktion nach mir starten, weil sie mich für ein feindliches Element halten.*

Auf dem Bildschirm erscheint eine holografische Karte der Region mit einem blinkenden Lichtpunkt, unter dem QN25-50-22 steht.

»Wie komme ich dahin?«, frage ich meinen Hologuide und deute auf das blinkende Licht.

»Zu Fuß oder mit einem Magpod.«

Nein, nicht schon wieder ein Magpod. Die Fahrt vorhin steckt mir immer noch in den Knochen. Aber ich bin bereit, zu Fuß zu gehen, bis mir die Beine abfallen – Hauptsache, ich gelange zu Dominick.

Ich suche im Network nach Rita, die es dort aber nicht gibt. Ich versuche es noch einmal, indem ich ihren vollständigen Namen eingebe – Margarita Bernardino –, aber auch hier Fehlanzeige. Hat sie wie ich einen Decknamen benutzt für den Fall, dass ihre Eltern ihr nachspüren? Aber das würden sie nie tun. Dazu sind sie viel zu religiös und gegen Portale eingestellt. *Wo zum Teufel also ist Rita? Hat sie es nicht geschafft, die Erde zu verlassen? Haben ihre Eltern sie erwischt und im Keller eingesperrt? Habe ich sie im Stich gelassen?*

In Panik geraten, suche ich nach meiner Großmutter Penelope, die ebenfalls nicht existiert. *Was geht denn hier vor sich? Sammeln die HöWes Frauen? Ist das eine Situation wie in* Der Report der Magd? *Wird man mich als Nächste schnappen und befruchten, um eine zukünftige außerirdische Spezies in die Welt zu setzen?*

»Wie kommt es, dass hier manche Leute nicht zu finden sind?«, frage ich meinen Hologuide.

»Im Suchprogramm sind alle Menschen auf Solbiluna-8 erfasst.«

»Das beantwortet meine Frage nicht. HOLOGUIDE EXIT.«

Er verbeugt sich. »Möge Ihr Beitrag zur Freiheit führen.«

Ich hole mehrmals tief Luft, um die Befürchtungen, die mir im Kopf herumspuken, loszuwerden, und konzentriere mich fürs Erste auf Dominick. Meine schwarze Uniform könnte im Hinblick auf unsere Wiederbegegnung eine Aufbesserung vertragen. Deshalb modifiziere ich meine Jacke und gebe ihr eine dunkelrote Farbe. Außerdem bändige ich meine krausen Haare, so gut es geht, in einem Pferdeschwanz. Mein DT-Band wie ein Navigationssystem benutzend, fahre ich mit einem Maglift nach unten und verlasse das Gebäude. Während ich an den anderen Gebäuden vorübergehe, bemerke ich, dass die Anlage der Wohntürme anders ist, als ich ursprünglich dachte. Jede Community besteht aus neun riesigen runden Bauten, die nicht v-förmig, sondern x-förmig angeordnet sind und in deren Mitte ein alles überragendes, fensterloses Gebäude steht. Ich kann nur hoffen, dass das nicht das Bestrafungszentrum ist.

Ich frage mich, wie viele dieser Wohnkomplexe wohl nötig sind, um alle, die durch ein Portal gegangen sind, unterzubringen. Die noch größere Frage ist nach wie vor: Wozu das Ganze? Während ich meinen Weg fortsetze, habe ich den Eindruck, dass einige der Fassaden bestimmter Gebäude sich fast unmerklich im Uhrzeigersinn bewegen – wie eine Blume, die sich dem Licht der Sonne zudreht. Ich pflücke ein gelbes Blatt von einem der Büsche und nehme es mit. Ich weiß einfach nicht mehr, was irgendwann verschwindet.

Dominicks Wohnkomplex sieht genauso aus wie meiner. Mein Herz flattert, als hätten wir unser erstes Date, obwohl ich seinen Körper so genau kenne, dass ich wahrscheinlich jeden Leberfleck und jede Narbe aufzählen könnte. Wenn man durch Raum und Zeit gereist ist, um jemanden, den man liebt, zu retten, setzt einen das bei der Wiederbegegnung gewaltig unter Druck. Ich will ihn nur wieder spüren und ihn nie wieder loslassen. Als ich das ZENTRUM durchquere, fallen mir inmitten all der

Fremden plötzlich zwei bekannte Gesichter auf: das von Dominicks kleinem Bruder Austin und das von Dominicks Mutter, die zusieht, wie der Junge auf einen Holoschirm über seinem DT-Band tippt. Das Herz bleibt mir fast stehen, weil ich hoffe, auch Dominick zu erblicken, doch er ist nirgendwo zu sehen.

»Ms Landen?«

»Alexandra?« Sie erhebt sich und umarmt mich. »Oh mein Gott, du hast es geschafft. Dominick hat sich solche Sorgen gemacht. Austin, guck mal, wer hier ist!«

»Hi«, sagt Austin, nur flüchtig vom Bildschirm aufblickend.

»Hi, Austin.«

»Alex, mein Hologuide ist ein Pokémon.«

»Man kann seinen Hologuide in einen Pokémon verwandeln?«

»Hier ist alles möglich.« Er tippt auf den Holoschirm, worauf sich im Gras eine holografische Pokémonfigur manifestiert. Austin rennt zu der Figur hinüber. Was wohl auf diesem Planeten aus den Kindern der Erde wird, wenn wir sie nicht bald nach Hause zurückbringen?

Ich wende mich wieder Dominicks Mutter zu. »Wo ist Dominick?«

»In den Holoräumen, zusammen mit Rita. Er wird verrückt vor Freude, wenn er dich sieht.«

»Rita ist auch hier? Ich konnte sie gar nicht im Nanoholocom-Network finden.«

»Tatsächlich? Das ist ja merkwürdig. Die zwei müssten dadrin sein.« Sie zeigt auf den riesigen Turm in der Mitte. »Hier sind die Holoräume nicht mehr in den Wohngebäuden untergebracht, sondern im zentralen Gebäude des Komplexes.«

Also kein Bestrafungs-, sondern ein Freizeitzentrum. Und Rita ist auch hier, sodass ich nicht länger nach ihr zu suchen brauche. Zwei Fliegen mit einer Klappe. Sagt man das nicht so?

»Danke.«

Während ich auf das Freizeitzentrum zugehe, stelle ich mir vor, wie ich Dominick küsse, seine Lippen auf meinen spüre und er mich hochhebt und herumwirbelt. Wie ich anschließend Rita an mich drücke und ihr erzähle, was alles nach ihrem Aufbruch passiert ist. *Wie lange die zwei wohl gebraucht haben, um sich zu finden? Ohne mich.*

Pro Etage gibt es über dreißig Holoräume, jeder mit einem Holoschirm an der Tür, auf dem steht, wer den Raum gerade benutzt.

Wahrscheinlich glauben sie, ich sei tot. Dominick glaubt wahrscheinlich, ich hätte ihn verraten und mein Wort nicht gehalten. Deshalb haben sie sich wahrscheinlich zusammengetan, um in Erinnerungen zu schwelgen, und sich gegenseitig getröstet, um über den Verlust hinwegzukommen …

Das ist doch albern. Die zwei sind schließlich meine besten Freunde.

Immer schneller gehe ich die Korridore entlang und suche an den Türen nach ihren Namen. Ich bin so aufgeregt, dass es kaum noch auszuhalten ist. Endlich finde ich im zweiten Stock die richtige Tür. **Dominick Landen und R. Bern.** steht auf dem Holoschirm. *Soll das Rita sein?* Ich schiebe die Tür auf, ohne vorher auf dem Bildschirm nachgesehen zu haben, was drinnen vor sich geht.

Dominick.

Mit Rita.

Sie sitzen nebeneinander und spielen ein holografisches Brettspiel.

Mit dem Rücken zu mir.

Ihr Kopf liegt auf seiner Schulter. Er streichelt ihr Haar.

Zusammen. Sie mit ihrer schwarzen Mähne und ihren großen Brüsten.

Wie zwei Turteltauben. Glücklich.

Während ich längst tot und vergessen bin.

Ich lasse das gelbe Blatt fallen.

Rita schaut über die Schulter und erblickt mich. Sie tippt ihn auf die Schulter, worauf auch er sich zu mir dreht.

Das Schuldbewusstsein in ihren schockierten Gesichtern ist nicht zu übersehen.

Oh ja, jetzt hätte ich gern eine Klappe, um diese beiden Fliegen zu erschlagen.

13

TAG 23: NOCH 226 STUNDEN BEDENKZEIT

DIE ALLGEMEINE ZUFRIEDENHEIT AUF SOLBILUNA-8 IST UM 19 % GESTIEGEN. DIE BENUTZUNG DER HOLORÄUME IST AUF 42 % ANGEWACHSEN.

Vor Wut kochend, stehe ich im Korridor, starre auf den Holoschirm an der Tür und ringe nach Atem. Dominick und Rita kommen lächelnd auf die Tür zu. In meiner gegenwärtigen Verfassung ist es mir einfach nicht möglich, mit ihnen zu sprechen. Da würde mich die VMR mit Sicherheit wieder ruhigstellen.

Deshalb renne ich aus dem Freizeitzentrum und durchquere das Nachbargebäude, wobei ich Dominicks Mutter und seinem Bruder geflissentlich aus dem Weg gehe. Ich habe das dringende Bedürfnis, mich in meiner WE zu verstecken und darüber nachzudenken, wie blöd ich doch war anzunehmen, dass ich jemandem etwas bedeute. Ich bin hierhergekommen, um den Leuten die Wahrheit zu verkünden, vor allem Dominick und Rita. *Dominick insbesondere, da ich ihm versprochen habe nachzukommen und wir im Haus am Meer wunderbaren, atemberaubenden Sex miteinander hatten. Und jetzt muss ich feststellen, dass er mit meiner besten Freundin herummacht.*

Und Rita! Wie konnte sie mir das antun? Ich bin doch wie eine *hermana* für sie. Wir kennen uns seit unserer Kindheit. Sie weiß, was ich für Dominick empfinde und was er angeblich für mich empfindet. Was er behauptet hat, für mich zu empfinden.

Vergiss nicht den größeren Zusammenhang. Konzentrier dich auf das Wesentliche. Ich bin durch ein Portal gegangen, um die Wahrheit zu verkünden. Um dafür zu sorgen, dass wir – sofern möglich – zur Erde zurückkehren können.

Haben die zwei schon auf der Erde miteinander geflirtet? Ist mir was entgangen? Eine heimliche Berührung, eine Notlüge, ein vielsagendes Lächeln?

Mit dieser emotionalen Kernschmelze werde ich einfach nicht fertig. Nichts vermag, das Feuer der Demütigung, das mich innerlich verzehrt, zu löschen.

Und was ist mit meiner Mission? Helden dürfen nicht an sich selbst denken. Wem mache ich eigentlich was vor? Ich bin kein Mädchen, das gekommen ist, um die Welt zu retten. Ich bin gekommen, um mein Versprechen gegenüber einem Jungen zu halten. Einem Jungen, der mich inzwischen vergessen hat.

Aber ich wusste, dass so etwas passieren würde. Deshalb wollte ich ihm auch nicht folgen, wenn er in Boston aufs College geht. Stattdessen bin ich ihm in eine andere Galaxis gefolgt. Ich bin eine Idiotin von kosmischen Ausmaßen.

Bei meiner Flucht durch das ZENTRUM pralle ich mit einer Gruppe von Fremden zusammen.

»Hey, du heiße Braut.«

Es sind vier, alle Anfang zwanzig, vielleicht sogar jünger, alle ohne Hemd, damit man sieht, was sie an Muskeln aufzuweisen haben. Und alle scheinen sich zu langweilen. *Ein gefährlicher Zustand.*

»Dich hab ich hier noch nie gesehen. Diesen Arsch würde ich nämlich nicht vergessen. Wo willst du denn hin, Süße?«

»Nach Hause«, erwidere ich, doch die Ironie dieses Ausdrucks trifft mich wie ein Pfeil in die Brust.

»Was hältst du denn davon, 'ne Weile hierzubleiben? Wir

haben was Selbstgebrautes anzubieten. Wie wär's da mit 'ner kleinen Party?«

»Nein danke.« Um an ihnen vorbeizukommen, trete ich vom Weg auf den Rasen. Sie folgen mir.

»Ach, nun komm. Als ob du was anderes zu tun hättest! Hier ist es doch wie im Paradies.«

Einer von ihnen packt mich bei der Schulter, worauf ich komplett ausraste. Ich fahre herum und schubse ihn zurück.

»Lass mich los!«

»Nun beruhig dich mal. Er hat's doch nicht böse gemeint«, sagt ein anderer und berührt meinen Rücken.

»Fass mich nicht an!«

»Entspann dich, Mädchen. Du brauchst wirklich etwas, um in die richtige Ferienstimmung zu kommen.«

Da explodiere ich.

»Dieser Planet ist kein Ferienort, sondern eine Falle. Und jetzt verschwindet endlich!«

Inzwischen haben sich einige Leute um uns versammelt. Ein älterer Mann fragt mich: »Sind Sie okay?«

»Nein. Ich bin nicht okay.« Ich resigniere und fange an zu schluchzen. »Sie haben uns angelogen, uns entführt und hierhergebracht und ich weiß nicht, warum.«

»Wer? Diese Jungs?«, fragt der Mann und zeigt auf die vier.

Ich schüttle den Kopf und hole tief Luft. Dominicks Mutter und Austin kommen angerannt, doch sie werden mich nicht abhalten, die Wahrheit zu sagen. Davon kann mich jetzt nichts mehr abhalten. Ich weiß, das ist der falsche Zeitpunkt, aber einen richtigen wird es ohnehin nie geben. Es ist mir völlig egal, ob ich von der VMR bestraft werde, denn ich habe nichts mehr zu verlieren. Dominick und Rita sind keine Bezugspersonen mehr für mich.

»Der Komet war ein Hologramm. Hört ihr mich? Es hat keine Kollision gegeben. Die Erde ist völlig unversehrt. Der Komet war ein Hologramm! Der Komet war ein Hologramm!«

Die vier hemdlosen Typen starren mich an, als sei ich völlig verrückt geworden. Vielleicht stimmt das ja. Hinter ihnen sehe ich, wie Dominick und Rita auf mich zugerast kommen.

Diese Verräter!

»Alexandra«, sagt Dominicks Mutter, »ich glaube, du bist von dem ganzen Stress ein bisschen verwirrt.«

Ich vermeide es, meine ehemaligen besten Freunde anzusehen. »Nein, bin ich nicht. Der Komet war nicht echt. Die Hologramme haben uns angelogen.«

»Aber Schätzchen, hast du vergessen, dass die Wissenschaftler auf der Erde alles bestätigt haben? Wir alle sind hierhergekommen, *bevor* der Komet aufgeschlagen ist. Deshalb hast du überlebt. Deshalb haben wir alle überlebt.« Sanft legt sie mir die Hand auf den Nacken.

Ich zucke unter ihrer Berührung zusammen. »So war das nicht.«

»Fass sie bloß nicht an. Da wird sie gleich zickig«, sagt einer der hemdlosen Typen.

»Setz dich doch erst mal hin«, schlägt Dominicks Mutter vor. »Vielleicht sollten wir die HME hinzuziehen.«

»Ich will mich aber nicht setzen. Mir geht's gut.«

Da hier nichts Dramatisches passiert, zerstreut die Menge sich wieder. Die hemdlosen Typen ziehen ebenfalls ab.

Ich habe die Wahrheit verkündet und es hat nichts genutzt. Es hat niemandem etwas genutzt. Keiner interessiert sich dafür, keiner glaubt mir, nicht mal ein bisschen. Nicht mal ansatzweise sind den Leuten Zweifel gekommen. Nicht mal die VMR ist aktiviert worden, um mich von meinen Leiden zu erlösen.

Und meine besten Freunde treiben es miteinander.

»Alex!« Dominick hebt mich hoch und drückt mich an sich wie ein Ertrinkender, der einen Rettungsring umklammert. »Du hast es geschafft! Oh mein Gott, du hast es geschafft.« Mit Tränen in den Augen lächelt er mich an, während er mich in einem fort berührt, als wolle er sich vergewissern, dass ich echt bin.

Bei seinen Berührungen wird mir ganz warm, ohne dass meine Wut, meine Angst und meine Verletztheit verschwinden würden.

»Bist du mit deinen Eltern gekommen?«, fragt er.

Ich nicke und muss mich zusammenreißen, um nicht in Tränen auszubrechen. Ich kann ihm doch nicht erzählen, dass ich sie seinetwegen im Stich gelassen habe. Was er gar nicht verdient hat. »Wie ich sehe, hast du Rita gefunden.«

»Na ja, sie hat mich gefunden.«

Rita grinst. »Ich freu mich ja so, dass du da bist!!« Sie streckt die Arme nach mir aus. Am liebsten würde ich ihr die Zähne einschlagen.

»Ist ja nett, dass ihr zwei euch gefunden habt.«

Sie sehen einander an, um anschließend den Blick wieder auf mich zu richten. *Mir könnt ihr nichts vormachen!*

»Seit meiner Ankunft hier habe ich im Nanoholocom-Network nach dir gesucht«, sagt Dominick. »Ich dachte, du hättest es nicht geschafft.«

Klar, und deswegen habt ihr zwei euch zusammengetan. Ging ja schnell. »Ich bin gerade erst hier angekommen«, flüstere ich. »Du hättest mich ohnehin nicht finden können, da das System meinen richtigen Namen nicht kennt.«

»Wieso das? Und warum flüsterst du denn so?«, fragt Rita.

Ich zucke die Achseln.

»Welchen Namen hast du denn angegeben?«, will Dominick wissen. Im Moment kann ich ihnen noch nicht erklären, was es mit meinem manipulierten DT-Band, Katherine und der Umbra-Gruppe auf sich hat. »Äh ... River.«

In seinem Gesicht zeigen sich die vertrauten Grübchen. Ich hatte vergessen, wie tief sie sind.

»River, ja?«, wiederholt er grinsend. »Nach der Figur bei *Doctor Who* oder nach der in *Firefly?«*

»Spielt das eine Rolle?«, gebe ich verärgert zurück.

»Aber sicher«, antwortet er lachend. Rita lacht ebenfalls, obwohl sie die Anspielung überhaupt nicht verstanden hat.

Ich gebe ein irres Kichern von mir. *Ich bin also entweder die große Liebe seines Lebens oder eine Psychopathin? Fasst unsere ganze Beziehung ja gut zusammen.*

»Ich habe nach dir gesucht, Rita, aber du warst auch nicht im Nanoholocom-Network zu finden.«

»Ich gehöre zu den Geotruppen und bin nicht im Netz. Ich werde dich den Leuten vorstellen. Ich hatte gehofft, dass du dich auch den Geos angeschlossen hast, da wir dich nicht finden konnten. Ich wusste ja nicht, dass du wie ein Geheimagent einen Decknamen benutzt.«

Und ich wusste nicht, dass du anderen den Freund stiehlst.

»Sag mal, was hast du da vorhin erzählt?«, hakt Dominick nach. »Der Komet war ein Fake?«

»Ja, der Komet war ein Hologramm. Die Erde existiert noch.«

Sie wechseln einen Blick, dann sehen sie wieder mich an. *Ich stelle mir vor, wie sie nackt zusammenliegen und sich mit Erdbeeren füttern.*

»Alex, das hört sich irgendwie paranoid an«, sagt Dominick.

Ich fasse es nicht. Dominick, der Science-Fiction-, Verschwörungstheorie- und Mathefreak, glaubt mir nicht.

»Das ist nicht paranoid. Ich habe es mit eigenen Augen gesehen. Der Komet war nicht echt.«

Rita packt mich bei den Schultern. »Du glaubst, das Ganze so gesehen zu haben. Möglicherweise will dein Gehirn sich einfach nicht damit auseinandersetzen … und wird auf diese Weise damit fertig.«

»Nein, so war es nicht.«

Dominick umarmt mich und flüstert mir ins Ohr: »Wir sind für dich da. Im Laufe der Zeit wird alles gut werden.«

Ich stoße ihn von mir. »Habt ihr mir nicht zugehört? Es war alles ein Schwindel!«

»Alex, das ergibt doch keinen Sinn. Warum sollten die solch einen raffinierten Plan ausarbeiten? Wenn sie wollen, hätten sie doch die Macht, uns einfach einzusammeln. Sieh dich doch mal um. Die sind wesentlich fortgeschrittener als wir.«

Ich drehe mich Rita zu, meiner ehemaligen besten Freundin. Sie wird mir doch wohl glauben? Doch stattdessen tauscht sie mit Dominick einen wissenden Blick aus. Einen Blick voller Mitleid mit mir.

»Ihr zwei geht zusammen in die Kiste.«

»Was?«, erwidert Rita und reißt den Mund auf.

»Du hast doch gehört, was ich gesagt habe. Das ist ja voll das Klischee. Ihr habt gedacht, ich sei tot, und habt euch zusammengetan. Gebt es ruhig zu.«

»Das würden wir nie tun, Alex«, beteuert Dominick.

»Ich hab euch gesehen. In den Holoräumen.« Ich wische mir das Gesicht am Ärmel meiner Uniform ab und zeige mit dem Finger auf Dominick. »Ich bin durch das Portal gerannt, um das Versprechen, das ich dir gegeben habe, zu halten. Ich hätte bei meinen Eltern auf der Erde bleiben sollen. Da war man wenigstens sicher.«

»Mensch, du hast wirklich den Verstand verloren.« Rita wirft ihr langes Haar zurück. Am liebsten würde ich es ihr mit den Wurzeln ausreißen, um festzustellen, ob sie wirklich meine Freundin ist oder das Produkt eines Albtraums.

Dominick steckt die Hände in die Taschen. In dem Moment sehe ich es: Sein DT-Band schimmert golden.

Er hat den Beitrag geleistet.

Ich habe die zwei wichtigsten Verbündeten in meinem Leben verloren.

Resigniert renne ich davon und höre noch, wie Rita leise zu Dominick sagt: »Lass sie gehen.«

14

TAG 23: NOCH 225 STUNDEN BEDENKZEIT

Das Nanoholocom-Network funktioniert nur innerhalb einer fest umgrenzten Zone. Das Verlassen dieser Zone geschieht auf eigene Gefahr.

Glücklicherweise sind Benji und Marcus nicht da, als ich in unsere Wohnung zurückkehre. Allerdings haben sie die WE schon auf eine Weise eingerichtet, die mir nicht gefällt. Verändern werde ich trotzdem nichts, dazu ist mir das Ganze zu egal. Um mich abzureagieren, führe ich mein Tagebuch weiter. Anschließend gehe ich in die PSF-Kabine, weil ich herausfinden will, ob man dort auch von Liebeskummer kuriert wird.

Wie konnten sie mir das bloß antun? Und zu allem Überfluss glauben sie mir nicht! Ich dachte, das zwischen Dominick und mir sei etwas Ernstes, etwas, das er nicht so leicht aufgeben würde. *Etwas Immerwährendes, das sogar einer Entführung durch betrügerische Außerirdische standhalten würde. Das wie alle Liebesgeschichten von Teenagern sein würde.*

Ist es gerechtfertigt, dass ich weiterhin auf ihn sauer bin? Er dachte, ich sei tot. *Verdammt noch mal, mindestens ein Jahr hätte er um mich trauern müssen, bevor er sich jemand Neues sucht. Er hat es aber noch nicht mal einen Monat ausgehalten!*

Einen Monat. Über einen Monat.

So lange habe ich keine Periode mehr gehabt.

In meinem Kopf dreht sich alles.

Ich bin schwanger. Von Dominick. Der jetzt meine beste

Freundin vögelt. Ich werde das Kind allein zur Welt bringen, auf einem fremden Planeten, ohne den Beistand meiner Eltern. Benji wird mir den Hals umdrehen.

Moment mal, wenn ich das Baby hier zur Welt bringe, gilt es dann als außerirdisches Wesen? Werde ich ein extraterrestrisches Lebewesen gebären?

Aber wir haben jedes Mal verhütet und Kondome sind zu 98 % sicher. Jedenfalls stand das auf der Packung.

Ich falle unter die restlichen zwei Prozent.

Ich verlasse die Kabine und berühre mein DT-Band. »HME ÖFFNEN.«

»Bitte geben Sie an, welche gesundheitlichen Probleme Sie haben.«

»Bin ich ... schwanger?«

»Wird sofort überprüft. Einen Moment, bitte. Nein.«

»Na, Gott sei Dank«, rufe ich erleichtert aus. »Warum ist dann meine Periode ausgeblieben? Liegt das am Stress?«

»Alle Ankömmlinge von der Erde wurden während der ersten HME vorübergehend sterilisiert. Bei Frauen bleibt die Menstruation aus. Sie können gar nicht schwanger werden.«

Sterilisiert? Wie bitte? »Wir können also keine Kinder bekommen?«

»Wenn Sie ein Kind haben wollen, müssen Sie die Meritokratie um Erlaubnis bitten. Wenn man die Bitte gewährt, wird die Sterilisation rückgängig gemacht.«

»Also eine gesetzlich vorgeschriebene Geburtenkontrolle.«

»Eine gesetzlich vorgeschriebene Bevölkerungskontrolle. Auf Solbiluna-8 legt man Wert auf Ausgewogenheit.«

Auf Solbiluna-8 legt man wohl eher Wert auf totale Überwachung.

Nachdem ich wieder in die Kabine gegangen bin, gibt die Tür der WE einen Piepton von sich. Obwohl ich sauer auf Dominick und Rita bin, wünsche ich mir, dass sie es sind. Doch als die Kabine sich öffnet, sehe ich, dass Benji nach Hause gekommen ist.

»Wenn du ständig dieses Ding benutzt, wird sich deine Haut ablösen.«

»Meinst du, das könnte passieren?«

»Das dürfte sich dann ja rausstellen.« Er kramt in dem Beutel herum, der seine Habseligkeiten enthält.

Ich trete aus der Kabine und lasse mich auf mein Holobett fallen.

»Ich dachte, du wolltest nach deinen Freunden suchen.«

Vor meinem inneren Auge sehe ich, wie Dominick und Rita lachend miteinander schmusen. »Freundschaft wird stark überschätzt. Hey, wusstest du, dass wir alle gleich nach unserer Ankunft sterilisiert worden sind?«

Nachdem er seinem Beutel einige Gegenstände entnommen und einen davon eingesteckt hat, setzt er sich auf das Holosofa und reibt sich mit den Händen übers Gesicht.

»Doktor A. hat mich umfassend über ihr medizinisches System und ihre Ideologie informiert.«

»Du wusstest also Bescheid? Warum wehren wir uns nicht dagegen?«

»Weil wir Zeit brauchen, bis wir die Macht ergreifen können. Wie oft muss ich den Leuten das noch sagen?« Er seufzt.

»Was ist denn los?«

»Querelen in der Umbra-Gruppe. Wir haben uns mit anderen Umbra-Einheiten zusammengeschlossen. Es ist schwierig, all die unterschiedlichen Vorstellungen unter einen Hut zu bringen.«

»Kannst du hier drinnen darüber sprechen?«, flüstere ich.

»Katherine hat die VMR in unserer WE blockiert.« Er erhebt sich und blickt durch das Panoramafenster auf die in der Ferne aufragenden Berge. »Manchmal frage ich mich …«

Ich setze mich auf. »Was denn?«

»Ob es richtig war, mich zu outen und Marcus zu heiraten.«

»Was? Wie kommst du denn jetzt darauf?«

»Weiß auch nicht. Wenn die Lage nicht so kritisch gewesen wäre, hätte ich noch damit gewartet, statt alles zu überstürzen. Jetzt ist mein Leben viel komplizierter als früher.«

»Aber bist du nicht glücklicher, weil du dich nicht mehr zu verstecken brauchst? Und du liebst Marcus doch.«

»Ja. Trotzdem hat sich dadurch einiges geändert. Ich habe an Autorität verloren. Es wird mir nicht mehr derselbe Respekt entgegengebracht wie vorher. Selbst in der Umbra-Gruppe gibt es Leute, die es sich nicht verkneifen können, abfällige Bemerkungen zu machen. Hab ich gerade wieder erlebt.«

Ich trete neben ihn ans Fenster. »Benji, du bist einer der toughesten Menschen, die ich kenne. Ich glaube, du bist sogar noch tougher als Dad. Du bist genau so, wie du vor deinem Coming-out warst. Lass dich nicht von den Umbra-Leuten unterkriegen. Du bist, wie du bist, und ebendeshalb machst du deine Sache gut. Also mach ihnen die Hölle heiß!«

»Ich hätte nie gedacht, dass du mir mal rätst, Härte an den Tag zu legen.«

Ich lächle. »Ich auch nicht. Was hat die Umbra-Gruppe denn jetzt eigentlich vor?«

»Wir wollen unser Hauptquartier in der QN25-Region errichten. Mit anderen Umbra-Gruppierungen Informationen austauschen. Den Aufenthaltsort der HöWes und der Meritokratie ausfindig machen. Und nach Hause zurückkehren.«

Nach Hause. Der Ausdruck klingt in mir wider, als sei eine Stimmgabel angeschlagen worden.

Er schüttelt den Kopf. »Ich kann dir versichern, dass es nicht gerade einfach ist, die anderen Umbra-Anführer dazu zu bringen, einem einzelnen Mädchen zu glauben, das behauptet, die Apokalypse auf der Erde habe nie stattgefunden, ohne die Behauptung durch Beweise untermauern zu können. Da stehe ich unter massivem Beschuss.«

»Ich muss dir was erzählen«, sage ich und pule an meinem Daumennagel herum.

»Schieß los.«

»Ich ... äh ... habe einigen Leuten verraten, dass der Komet ein Fake war und die Erde unversehrt ist.«

»Was hast du, Alex? Hab ich dir nicht ...«

Ich lasse mich auf das Bett fallen. »Aber es hat mir ohnehin niemand geglaubt und die VMR ist auch nicht aktiviert worden.«

»Was hast du dir denn dabei gedacht?«, brüllt er.

»Gar nichts. Ich bin eine Idiotin.«

»Da sind wir uns ja wenigstens mal einig. Du hast die ganze Mission der Umbra-Gruppe gefährdet.«

»Ich weiß. Deshalb erzähl ich's dir ja. Da haben wir die ganze Zeit die Wahrheit verschwiegen und jetzt stellt sich raus, dass das gar keine Rolle spielt. Wie soll unser Plan denn funktionieren, wenn uns niemand glaubt?«

»Interessant, dass das System nicht reagiert hat. Wenn die VMR dich ruhiggestellt hätte, hätte das deine Behauptung bestätigt. Das Ausbleiben einer Reaktion erweckt den Eindruck, dass deine Aussage harmlos ist oder einfach nicht stimmt, was dich ziemlich blöd dastehen lässt.«

»Ich komm mir auch ziemlich blöd vor.«

»Gut. Mach das nie wieder.«

In dem Moment ertönt an Benjis Hosenbund ein leises Piepen. Er greift nach einem viereckigen Metallgerät von der Größe einer Büroklammer und drückt drauf.

»Die Pflicht ruft.«

»Was ist das denn für ein Ding?«

»Eine Art Pager. Wenn es piept, bedeutet das, dass Jackson, Beruk, Katherine oder Marcus mich braucht. Oder dass du mich brauchst.« Er greift in seine Tasche und holt ein weiteres Metallgerät heraus, das er mir zuwirft. »Die sind von einer anderen Umbra-Einheit entwickelt worden, und zwar sobald wir freien Zugang zum Netz hatten.« Er hält sein DT-Band in die Höhe. »Umbra-Angelegenheiten darfst du nie dem Kommunikationssystem der DT-Bänder anvertrauen.«

Ich nicke und klemme mir das Metallteil an die Uniformjacke.

»Was zum Teufel machst du denn da? Wir sind eine Geheimorganisation. Befestige es gefälligst da, wo es weniger auffällt.«

Ich klemme es an die Gesäßtasche meiner Uniformhose. »Besser?«

»Denke schon. Mit diesem Gerät kannst du nur mich erreichen. Ich komme dann zu dir, sobald ich kann. Benutz es ja nicht, wenn du eine deiner Panikattacken hast, sondern nur in echten Notfällen.«

Einerseits verstehe ich, was er meint. Andererseits würde ich ihm das Metallding am liebsten ins Gesicht schleudern.

Am nächsten Morgen sind Benji und Marcus schon zu einer geradezu unchristlichen Zeit wach. Durch einen Spalt in den holografischen Raumteilern sehe ich, dass sie bereits ihre Uniformen anhaben. Die von Benji ist dunkelblau mit weißen Borten, während Marcus eine pflaumenfarbene Jacke und graue Hosen trägt.

»Wo wollt ihr denn hin?«, frage ich und reibe mir die Augen.

»Zu einem Treffen mit Katherine. Man hat ein passendes Hauptquartier gefunden. Steh auf und komm mit, um es dir anzusehen.«

Ich bin es nicht gewohnt, dass Benji nett zu mir ist. Ich steige aus dem Bett.

»Warum nicht?«, murmle ich.

Es ist ja nicht so, dass ich noch eine beste Freundin oder einen Freund hätte, mit denen ich mich treffen könnte.

Nachdem wir im ZENTRUM gefrühstückt haben, treffen wir uns außerhalb des Gebäudes mit Katherine. Ich befürchte schon, wieder mit einem Magpod fahren zu müssen, doch stattdessen laufen wir. Zwischen zwei Bergspitzen geht gerade die Sonne auf und taucht die Landschaft allmählich in Licht und Farbe. Wir kommen an anderen Wohnkomplexen vorbei. Dominick wohnt in entgegengesetzter Richtung, sodass ich also nicht befürchten muss, den zwei Turteltauben zu begegnen. Insgeheim wünsche ich mir eine solche Begegnung jedoch, um weiter meine Wut an ihnen auslassen zu können.

Als wir den Rand der Turmregion erreicht haben, steht die Sonne bereits hoch am Himmel. Vor uns erheben sich niedrige, knorrige Bäume, deren Äste in alle Richtungen wachsen. *Wissen die Leute denn nicht aus Märchen oder Horrorfilmen, dass man nie in einen Wald gehen sollte?*

Offenbar nicht.

Katherine führt uns durch den Wald, während ich ständig nach außerirdischen Lebewesen Ausschau halte. *Killeraffen, Bären mit zwei Köpfen, Vampire. Ich bin sicher, dass hinter jedem Baum etwas lauert.* Doch die einzigen Tiere, die ich entdecke, sind Dinoküken, die vermutlich echt sind, da sie nicht nach einem bestimmten Muster krächzen. Im Vorbeigehen reiße ich Blätter ab, um sie auf ihre Echtheit zu prüfen. Außerdem gibt mir das etwas zu tun. Da mein Herz immer lauter hämmert, folge ich dem Ratschlag meiner Therapeutin und wäge das Mögliche gegen das Wahrscheinliche ab. *Ist es möglich, dass wir überfallen und bei lebendigem Leibe gefressen und unsere Knochen von Aasfressern sauber gepickt werden? – Ja. – Ist es wahrscheinlich? – JA. Rita und Dominick würden sich wahrscheinlich freuen, wenn ich tot wäre. Dann wären sie aus dem Schneider.*

Mir ist schleierhaft, wie Katherine den richtigen Weg findet, da alles um mich herum gleich aussieht. Am liebsten würde ich irgendwelche Spuren hinterlassen, damit wir später zurückfinden.

Ein schimmerndes Insekt fliegt an meinem Kopf vorbei – der erste Käfer, den ich seit dem Verlassen der Erde sehe. Statt zusammenzuzucken und danach zu schlagen, bin ich ganz fasziniert. *Was, wenn das Insekt sticht? Bekomme ich dann eine außerirdische Lyme-Borreliose?* Als ich genauer hinsehe, stelle ich jedoch fest, dass es gar kein Insekt ist, sondern ein winziger Roboter.

»Hast du diesen Roboterkäfer gesehen?«

»Ja, die dienen zur Bestäubung«, erklärt Benji. »Meinem Hologuide zufolge sind die Insekten auf diesem Planeten vor langer Zeit ausgestorben, sodass man Ersatz brauchte. Keine Bange, das sind keine Drohnen, die dich ausspionieren.«

»Woher weißt du denn das?«

»Weil ich einen auseinandergenommen habe«, wirft Katherine ein.

Je tiefer wir in den Wald vordringen, desto dichter stehen die Bäume und desto höher werden sie, bis sie schließlich wie Türme über uns aufragen. Die auberginefarbenen Blätter der Bäume schließen sich über uns zu einem üppigen Baldachin zusammen. Wenn man sie genau betrachtet, stellt man fest, dass sie mit weichen, flaumigen Härchen bedeckt sind. Ich reiße ein Blatt ab und streiche darüber, bis mir der Gedanke kommt, dass das vielleicht eine außerirdische Art Giftsumachs ist.

In dem Moment erlöschen die kleinen Lichter auf meinem DT-Band und unsere Uniformen nehmen ihre ursprüngliche Form und Farbe an. Offenbar haben wir den Einflussbereich des Nanoholocom-Networks verlassen. Es ist, als kehre man aus Oz nach Kansas zurück. Ich breche in Schweiß aus, und kurz bevor ich in Panik gerate, gelangen wir auf eine Lichtung.

Vor uns breitet sich eine verfallene Stadt aus. Die riesigen runden Gebäude sind nicht aus Glas, sondern aus Holz und wirken wie ausgehöhlte Mammutbäume. Durch die eingefallenen Dächer sind Büsche und Äste gewachsen, die Außenwände sind mit Moos überzogen. Einige Fenster sind noch intakt, andere sind nichts als gähnende Öffnungen.

»Willkommen im Wüsten Land«, sagt Katherine. »Hier ist das Umbra-Hauptquartier.«

»Wüstes Land?«, fragt Benji. »Stammt das von Stephen King?«

»Das ist ein Gedicht von T. S. Eliot. Einige seiner Werke habe ich im Gefängnis auswendig gelernt.«

Mir wird ganz flau im Magen. Was ich bisher verdrängt habe, stürzt auf mich ein: die Verrückte, die im Krankenhaus und im Fernsehen Zitate aus T. S. Eliots »Die hohlen Menschen« von sich gegeben hat. *In der Vergangenheit.* Mit diesem Paradoxon werde ich einfach nicht fertig. *Denk nicht darüber nach. Denk nicht darüber nach. Denk nicht darüber nach.*

Katherine knackt mit den Fingern. »Irgendein komischer Scheiß, den dieser Autor über die Menschheit und die Welt abgesondert hat.«

Oh Katherine, du hast ja keine Ahnung.

»Und was ist das hier für ein Ort?«, erkundigt sich Benji.

»Aufgegebenes Territorium. Ohne Nanoholocoms. Als man auf Solbiluna-8 zur Nanoholocom-Technologie überging, war es Professor Marcianis Vermutungen zufolge wohl billiger, neue Gebäude zu erschaffen, als die alten Gebäude mit der neuen Technologie auszustatten. Die heutigen Glasbauten bestehen aus durchsichtigen Sonnenkollektoren, die Energie zum Betrieb der Nanoholocoms speichern.«

Katherine zeigt auf einen der Holztürme. »In dem mittelgroßen Gebäude rechts haben wir das Hauptquartier eingerichtet«, fährt sie fort. »Einige der kleineren Gebäude sind bereits von Squattern übernommen worden, die sich Geotruppen nennen. Religiöse Naturfreaks, aber harmlos.«

Rita hat erwähnt, dass sie dieser Gruppe angehöre. *Warum lebt sie hier? Es überrascht mich, dass sie und Dominick nicht in einer gemeinsamen WE wohnen.*

Benji klopft Katherine auf die Schulter. »Das sieht vielversprechend aus. Lasst uns mal rübergehen.« Sie setzen sich in Bewegung, Marcus und ich folgen ihnen.

»Hat Beruk eine Sicherheitsüberprüfung durchgeführt?«, fragt Benji.

»Sein Team hat die ganze Gegend genau unter die Lupe genommen. Völlig menschenleer, und wie es aussieht, schon verdammt lange.«

»Man könnte fast meinen, durch die Geschichte einer anderen Kultur zu spazieren«, sagt Marcus zu mir.

»Genau.«

»Ich warte bloß noch darauf, dass ein T. rex hinter einem Gebäude hervorprescht und uns verspeist.«

»Echt?« Ich lache, um meine Angst zu kaschieren.

Professor Marciani empfängt uns vor dem Hauptquartier. Er grinst wie ein Kind, das gerade ein neues Videospiel bekommen hat.

»Nun, Professor, entspricht das hier Ihren Vorstellungen?«, will Benji wissen.

»Ja, besonders unter den gegenwärtigen Umständen, wo uns die Zeit davonläuft.«

»Woher wissen wir eigentlich, dass das hier nicht ebenfalls ein Hologramm ist?«, frage ich. »Eine weitere Falle?«

»Gute Frage«, erwidert der Professor. »Wir haben bei einem Test die Temperatur verändert, doch das hat keine Auswirkungen auf die Gebäude gehabt. Anschließend habe ich noch mehrere andere Tests gemacht. Das alles ist so real wie Sie und ich. Und Beruk und sein Team haben festgestellt, dass es in der ganzen Region keinerlei Nanoholocom-Networksignale gibt.«

Ich lege die Hand auf die Wand des Gebäudes. Das Moos und das Holz strahlen eine Energie aus, wie ich sie lange nicht gespürt habe. Natürliche Kraft und Stabilität. Aber vielleicht bilde ich mir das alles auch nur ein. Obwohl der Professor behauptet hat, es handle sich nicht um Hologramme, reiße ich, als die anderen im Gebäude verschwinden, ein Stück Moos ab, um doppelt sicherzugehen.

Die Maglifts im Innern funktionieren nicht mehr. Katherine führt uns zu einer Treppe, die hinter einer Schiebetür verborgen ist. Ob es in unseren Wohnkomplexen wohl auch solche Geheimgänge gibt? Während wir die Stufen hochsteigen, halte ich das Stück Moos in meiner Hand, das nicht die geringsten Veränderungen zeigt. Ich kann es mir nicht verkneifen, zweimal auf mein DT-Band zu tippen, um meinen Hologuide herbeizurufen, doch nichts passiert. Hier sind wir vor allem Holografischen sicher. Ich drücke auf meinen Pager, worauf es an Benjis Hosenbund piept.

»Sorry, wollt's nur mal ausprobieren.«

»Den darfst du nur im Notfall benutzen«, sagt Benji. »Also lass das gefälligst.«

»Sei doch nicht gleich so ungehalten, Benji«, meint Marcus.

»Wenn du erst mal länger mit ihr zusammenlebst, wirst du meine Reaktion schon verstehen.«

Marcus schweigt. Das gefällt mir nicht.

»Wie kommt es eigentlich, dass die Pager im Gegensatz zu den DT-Bändern hier funktionieren?«, will ich wissen. »Hängen die denn nicht am selben Netz?«

»Das liegt daran, dass sie auf eine niedrigere Frequenz eingestellt sind und deshalb einen weiteren Radius haben«, erklärt Katherine, um sich anschließend an Benji zu wenden. »Im dritten Stock haben wir unseren Hauptstützpunkt. Die anderen Etagen können wir je nach Bedarf benutzen.«

»Warum nicht im obersten Stock?«, fragt Benji.

»Ist zu umständlich, wenn man ständig hochlaufen muss. Der dritte Stock ist am bequemsten und sichersten.«

»Inwiefern am sichersten?«, hake ich nach.

»Die unteren Etagen sind immer problematisch, weil sie am ehesten Attacken, Überschwemmungen und dergleichen ausgesetzt sind. Im vierten Stock könnten wir schlafen, denke ich.«

»Moment mal, wir wollen hierherziehen? Ich hab meinen Rucksack doch gar nicht dabei. Und was ist mit PSF? Und mit Essen?« Meine Gedärme rebellieren derart, dass ich mich schon frage, ob die Toiletten hier funktionieren.

»Marcus und ich werden jedenfalls die meisten Nächte im Hauptquartier verbringen, statt ständig zwischen hier und der WE hin- und herzupendeln«, sagt Benji. »Aber du brauchst natürlich nicht hierzubleiben.«

Noch bevor wir den dritten Stock erreichen, höre ich von oben Stimmen, die immer lauter werden, je höher wir kommen. Offenbar findet da eine Auseinandersetzung statt. Benji beschleunigt den Schritt, wir folgen ihm.

In der dritten Etage wurden alle Zwischenwände herausgerissen, sodass ein riesiger runder Raum entstanden ist, eine Art horizontales hölzernes Rad. Mehrere Leute stehen zusammen und brüllen sich gegenseitig an. Jackson und einige andere erkenne ich wieder, da sie Mitglieder der Umbra-Gruppe sind. Den Rest habe ich noch nie gesehen.

»Was gibt's denn für Probleme?« Benjis Stimme hallt im leeren Raum wider.

»Wir waren zuerst hier«, erklärt eine Frau. »Die Geotruppen erheben Anspruch auf das hiesige Gebiet, das wir schon vor Monaten entdeckt haben.«

»Auf das Gebäude hier hat niemand Anspruch erhoben«, entgegnet Jackson, »denn es stand leer. Nach unserem Kenntnisstand habt ihr gerade mal so viele Leute, dass zwei Gebäude für sie ausreichen. Hier gibt es aber Hunderte von Gebäuden.«

Ein Mann tritt vor. »Wir rechnen damit, dass immer mehr Leute zu uns stoßen.«

»Beschreiben Sie mir doch mal Ihre Gruppe«, sagt Jackson. »Vielleicht können wir uns ja irgendwie einigen.«

»Ich brauchen Ihnen überhaupt nichts zu beschreiben oder zu erklären«, erwidert die Frau. »Das ist unser Territorium.«

Ich weiche zurück, um auf Abstand zu diesem immer hitziger werdenden Mob zu gehen. All das habe ich schon mal erlebt. Während ich zurückweiche, spüre ich plötzlich einen Luftzug. Ich denke mir jedoch nichts dabei, bis Marcus plötzlich schreit: »Alex! Pass auf!«

Ich fahre herum und sehe, dass ich am Rand eines der leeren Fenster stehe und kurz davor bin, aus dem dritten Stock in den Tod zu stürzen. *Mein Magen sackt nach unten wie bei einer Achterbahnfahrt und es läuft mir kalt den Rücken runter.* Marcus packt mich hinten an der Uniform und zieht mich in Sicherheit.

Ich stürze davon und rase die Treppe hinunter, so schnell meine Füße mich tragen können. *Hier werde ich nicht bleiben. Nie und nimmer.* Ich hätte nie gedacht, dass ich die künstliche Welt unserer WE einer natürlichen Umgebung vorziehen würde, aber jetzt will ich mich nur noch in der PSF-Kabine verkriechen – am besten bis in alle Ewigkeit.

Als ich draußen bin, hole ich tief Luft und mache meine Atemübungen, um innerlich wieder zur Ruhe zu kommen. Ich blicke nach oben und sehe die leeren Fenster, sehe, aus welcher Höhe ich nach unten gestürzt wäre. Ich setze mich auf den Boden, weil ich mich dort am sichersten fühle. Die rötlich braune Erde ist feucht, was keinen Sinn ergibt, da es hier nie regnet.

Nach einer Weile taucht Doktor A. auf. Ohne Fragen zu stellen, setzt er sich zu mir und begleitet mich anschließend zum Wohnkomplex zurück. Sobald wir den Wald verlassen haben, nimmt meine Uniform wieder ihre dunkelrote Farbe an, was mich daran erinnert, warum ich sie modifiziert habe. Doktor A.s Uniform mutiert zu einem makellos weißen Businessanzug. Im ZENTRUM mache ich am Essenspodest halt, um mir die zweite Ration des Tages zu holen. Da ich zu erschöpft bin, um Widerstand zu leisten, gestatte ich Doktor A., mich zum Maglift zu bringen, und verzichte darauf, nach einer verborgenen Treppe zu suchen.

Ich will mich nur in der PSF-Kabine verkriechen, um mich auszuweinen.

Vor der Tür meiner WE wartet Dominick auf mich. Am liebsten würde ich ihm um den Hals fallen und ihn gleichzeitig anschreien, weil er mich hat sitzen lassen.

Doktor A. lässt den Blick zwischen mir und Dominick hin und her wandern. »Offenbar haben Sie Besuch. Wie fühlen Sie sich, Alex?«

»Besser«, schwindle ich. Jetzt, da Dominick vor mir steht, spielen meine Gefühle völlig verrückt. »Das Essen und der Spaziergang haben mir gutgetan.«

»Das freut mich. Ich glaube, wir kennen uns noch nicht.« Doktor A. streckt die Hand aus, die Dominick schüttelt. »Dr. Aiyegbeni.«

»Dominick. Entschuldigung, hab Ihren Namen nicht verstanden. Doktor ... WER?«, erwidert Dominick. Gleich darauf grinst er übers ganze Gesicht. Und ich breche in Gelächter aus, obwohl ich immer noch sauer auf ihn bin. Es hatte schon seinen Grund, dass wir einander mochten. *Uns liebten.*

Doktor A.s Augen funkeln amüsiert auf. »Tja, ich fürchte, mit einer Zeitmaschinentelefonzelle kann ich nicht dienen. Dr. Aiyegbeni. Sagen Sie einfach Doktor A. zu mir.«

Doktor A. kennt *Doctor Who*. Ich bin beeindruckt.

»Freut mich, Sie kennenzulernen«, sagt Dominick.

Fallen Sie nicht auf seine Grübchen herein, Doktor. Er ist ein Verräter.

»Sie scheinen dieser jungen Dame gutzutun. Dann werde ich Sie zwei mal allein lassen. Hat mich wirklich gefreut, junger Mann. Passen Sie auf sich auf, Alex.«

»Danke, dass Sie mich hergebracht haben.«

»Gern geschehen, meine Liebe.«

Nachdem Doktor A. im Maglift verschwunden ist, drehe ich mich Dominick zu.

»Wo ist Rita? Seid ihr zwei jetzt nicht ganz dicke? Meinen zwei besten Freunden fällt in dem Moment, wo sie mich für tot halten, nichts Besseres ein, als sich zusammenzutun.«

Wortlos drängt Dominick sich gegen mich, was mich völlig aus dem Konzept bringt, da ich mit einer verbalen Auseinandersetzung gerechnet habe.

»Bitte sei still«, flüstert er. Seine Stimme perlt wie warmes Wasser über meine Haut. Sein Körper presst mich gegen die Wohnungstür. Anschließend lässt er seine Lippen sprechen, erst ganz zart, dann immer intensiver. Er nimmt mein Gesicht in seine Hände, als wäre es aus Glas. Wir holen die verlorene Zeit nach. Ich kann nicht mehr aufhören. Ich kriege einfach nicht genug von ihm.

Als wir wieder zu Atem kommen, sage ich: »Hast du gerade gesagt, ich soll still sein?«

Seine Grübchen machen mich fertig. »Ich habe lange genug auf dich gewartet.«

»Und wie ist das mit dir und Rita?«, flüstere ich. Ich vermisse seine Brille.

»Wir sind Freunde. Deine Freunde. Wie immer.«

»In den Holoräumen hat das aber so ausgesehen, als wärt ihr zusammen.«

»Alex, ohne dich war ich in einer schlimmen Verfassung.« Er presst mich wieder gegen die Tür und küsst mich von Neuem. Ich höre auf, dumme Fragen zu stellen, und schmiege mich an ihn.

15

TAG 24: NOCH 203 STUNDEN BEDENKZEIT

BIS ZUM HEUTIGEN TAG HABEN 52 % DER FLÜCHTLINGE VON DER ERDE DEN BEITRAG GELEISTET. DIE OFFIZIELLE GEDENKZEREMONIE FÜR DIE ERDE WIRD EINGESTELLT.

Keine Ahnung, wie, aber Dominick und ich schaffen es in die Wohnung.

»Ich habe den ganzen Vormittag hier auf dich gewartet«, sagt Dominick. »War gar nicht so einfach, dich aufzuspüren. Ich musste verschiedene Leute fragen. Du bist wirklich nicht im Netz.«

»Nein, bin ich nicht.« Ich räume meinen Rucksack beiseite, damit er sich auf mein Bett setzen kann.

»Ist es hier nicht unglaublich? In etwa so, wie die Hologramme damals gesagt haben. Und jetzt, wo du hier bist, ist alles noch viel besser.«

Ich quäle mir ein Lächeln ab. »Sind dir irgendwelche Probleme aufgefallen?«

»Nur bei Leuten, die sich nicht an das System gewöhnen können. Manche wollen Extrarationen. Ein Typ hat versucht, ein Währungssystem einzuführen, mit Steinen als Zahlungsmittel, aber das hat natürlich nicht funktioniert. Ich meine, schließlich gibt es hier alles umsonst ...«

Ich lächle erneut. Es ist toll, ihn nach so langer Zeit wiederzusehen, aber ich finde es schwierig, mit jemandem zu sprechen, der nicht die gleichen Erlebnisse gehabt hat wie ich. »Hast du schon mal gesehen, wie jemand von der VMR bestraft wurde?«

»Ja. Ein Typ hat einem anderen eine verpasst und ist daraufhin ruhiggestellt worden. Ziemlich eindrucksvoll.«

Ich kremple ein Hosenbein hoch, um ihm die Narben am Unterschenkel zu zeigen.

»Was zum Teufel ist denn da passiert?«

»Ich habe meinen Kopf unter den Wasserspender gehalten.«

Er gibt sich alle Mühe, nicht zu lachen, was wiederum mich zum Lachen bringt.

Als er näher an mich heranrückt und die Arme um mich schlingt, fällt mein Blick auf sein schimmerndes DT-Band. Was mich daran erinnert, was aus ihm werden könnte. Und dass ich ihn zu spät gefunden habe.

Ich ziehe meine Hose wieder übers Bein. »Wusstest du, dass wir uns in einem Raumschiff befunden haben?«

Er sieht mich an, als wären mir plötzlich fünf Köpfe gewachsen. »Nein. Wann denn?«

»Bevor wir hier angekommen sind. In der Zeit, in der wir nicht miteinander kommunizieren konnten, waren wir in einem Raumschiff.«

»Aber wir sind doch durch Portale in unserem alten ZENTRUM hierhergekommen.«

»In Wirklichkeit war das ein Raumschiff. Von deinem Deck aus konnte man die Raumschiffflotte vermutlich nicht sehen. Moment mal, wie lange bist du schon hier? Seit über einer Woche? Dann waren wir nicht in demselben Raumschiff.«

»Ich war nicht in einem Raumschiff, sondern in einem Wohnturm, von dem aus ich die Sonne, die Sterne und die Monde sehen konnte ...«

»Dominick, das war ein Raumschiff. In meinem Schiff ist die Illusion geplatzt. Das war alles holografisch. Jeder aus meiner Wohngemeinschaft hat es gesehen, du brauchst die Leute bloß zu fragen. Die Meritokratie hat sogar zugegeben, dass sie diese Illusion erschaffen hat, um uns den Integrationsprozess zu erleichtern.«

Er steht vom Bett auf und blickt aus dem Panoramafenster. »Hast du die Menschen der Zukunft schon gesehen?«

»Du meinst die HöWes? Nein.«

»HöWes?«

»Höher entwickelte Wesen.«

»Oh. Den Ausdruck kannte ich noch nicht.« Er steckt die Hände in die Taschen seiner Uniform. »Alex, was du da über den Kometen gesagt hast ... dass er nicht echt war ...«

»Das stimmt.«

Er reibt sich mit der Hand über den Nacken. »Aber es kann nicht stimmen. Das wäre einfach zu schrecklich.«

»Du solltest die Umbra-Leute kennenlernen.««

»Nein, nein, nicht noch eine Gruppe wie die von Rita. Was ich brauche ...« Er setzt sich dicht neben mich und küsst mich wieder. Da er mir nicht zuhört, ist das nicht mehr so schön wie vorher. Wie soll ich mich ihm denn öffnen, wenn er die Wahrheit nicht glaubt? Wenn er mir nicht glaubt! Ich mache mich von ihm los.

»Befürchtest du, deine Eltern könnten zurückkommen und uns erwischen? Hat die HME deinen Vater eigentlich geheilt? Mein Auge und mein Arm sind dank HME wieder okay und eine Brille brauche ich auch nicht mehr. Obwohl ...« Er greift in die Gesäßtasche seiner Hose, holt seine schwarz gefasste Brille heraus und setzt sie auf. »Die Gläser habe ich rausgenommen und das Gestell behalten.«

Ich gehe zur PSF-Kabine hinüber und lehne mich gegen die kühle schwarze Wand. Alles in mir sträubt sich dagegen, es auszusprechen.

»Alex?«

»Meine Eltern haben es nicht geschafft, durch das Portal zu gehen. Sie sind noch auf der Erde.«

Sein Unterkiefer klappt herunter. Durch den Tod seines Vaters weiß er, wie es ist, ein Elternteil zu verlieren. »Mein Gott, das tut mir leid.«

»Das braucht dir nicht leidzutun. Sie sind in Sicherheit. Hoffe ich jedenfalls. Wir sind diejenigen, die in der Tinte sitzen.«

Bevor Dominick dazu kommt, etwas zu erwidern, ertönt ein lautes Piepen. Im ersten Moment nehme ich an, das sei der Pager, den Benji mir gegeben hat, doch dann erklingt eine ruhige monotone Stimme.

»Bitte loggen Sie sich bei CVBE ein. Die Meritokratie hat eine wichtige Botschaft zu verkünden.« Das dritte farbige Licht auf meinem DT-Band blinkt. Auch an Dominicks Handgelenk leuchtet etwas auf.

»Wahrscheinlich wollen sie uns wieder was vorlügen«, sage ich.

»Vielleicht wollen sie uns aber auch noch mehr Zugriff auf Informationen gewähren«, vermutet Dominick.

Bevor ich die Gelegenheit habe, mein DT-Band zu aktivieren, tippt Dominick auf sein Band und projiziert etwas auf die gegenüberliegende Wand, die sich daraufhin in einen Holoschirm verwandelt.

Der grauhaarige Anführer im weißen Gewand, der schon im Raumschiff zu uns gesprochen hat, erscheint auf dem Bildschirm. Hinter ihm sitzen die anderen Angehörigen der Meritokratie.

Dominick drückt meine Hand. Seine Augen funkeln vor Erregung. Er hält unsere Kidnapper immer noch für unsere Retter. Ich drücke wieder und wieder auf meinen Pager.

Das hier muss Benji auch sehen, doch ich kann ihn nicht erreichen.

»Seid gegrüßt. Wir sind die Meritokratie, die regierende Körperschaft des Jahres 2359. Mein Name ist Keron. Ich bin der Sprecher der Meritokratie. Die abschließende Phase der Integration hat begonnen. Wir hoffen, es bereitet Ihnen Vergnügen, sich auf Solbiluna-8 einzuleben und alle Vorzüge unserer Welt kennenzulernen. Sie dürfen unsern Planeten ungehindert bereisen, sei es mit einem Magpod, sei es mittels eines Portals. Die Holoräume stehen Ihnen jederzeit zur Verfügung, um sich zu entspannen oder um sich weiterzubilden, und die Firmamentlichtspiele finden jeden Abend statt.

Wir müssen Sie jedoch daran erinnern, dass unsere Welt nur dann weiterbestehen kann, wenn Freizeit und Allgemeinwohl in einem ausgewogenen Verhältnis zueinander stehen. Das Leben auf Solbiluna-8 basiert auf dem Glauben, dass die Menschen nicht dafür geschaffen sind, ihre kostbare Zeit mit Arbeit zu vergeuden. Wir möchten, dass Sie nachdenken, Erkundungen anstellen, schöpferisch tätig sind, kurzum, Ihr Leben genießen. Indem wir auf Handel und Kommerz verzichten, befreien wir Sie von jeglicher Arbeit. Doch um diesen Luxus auch für künftige Generationen sicherzustellen, brauchen wir Ihren Beitrag, wenn Sie gestorben sind. Bis zum heutigen Tag haben 52 % der Flüchtlinge von der Erde diesen Beitrag geleistet. In Anbetracht dessen, was unsere Welt zu bieten hat, glauben wir, dass es 100 % sein sollten.«

Wie von Sinnen drücke ich immer wieder auf meinen Pager. Wo ist mein Bruder, wenn ich ihn brauche?

»Wie wir Ihnen bereits erklärt haben, funktioniert unser Nanoholocom-Network nur mittels der Leitungsbahnen des menschlichen Gehirns. Seien Sie versichert, dass nur

Ihre Gedanken und Ihr neuronales Netz in unser System integriert werden. Als Biohologramm haben Sie keine körperlichen oder emotionalen Bedürfnisse mehr. Dieser holografische Status gestattet es Ihnen, für unsere Gesellschaft zu arbeiten, und ermöglicht es künftigen Generationen, dieselbe Muße zu genießen, die Sie während Ihres Lebens kennenlernen durften.

Obwohl niemand dazu verpflichtet ist, den Beitrag zu leisten, halten wir es für ein Gebot der Fairness, diejenigen, die nicht zum Biohologramm werden möchten, zu Arbeiten heranzuziehen, sodass ihnen weniger freie Zeit als anderen zur Verfügung steht, um das Angebot an Luxus zu nutzen. Die Entscheidung liegt ganz bei Ihnen. Sobald Sie die getroffen haben, sagen Sie bitte Ihrem Hologuide Bescheid. Ihr Hologuide ist auch jederzeit bereit, all Ihre Fragen zu beantworten. Ihnen bleiben noch zweihundertdrei Stunden, um Ihre Entscheidung zu treffen. Möge Ihr Beitrag zur Freiheit führen.«

»100 %? Ist ja nicht zu fassen!«, sage ich. »Wollen die uns verarschen? Ich kann noch nicht mal glauben, dass sie 52 % zusammenbekommen haben.«

»Ich habe den Beitrag geleistet«, erwidert Dominick, indem er meine Hand loslässt und sein DT-Band in die Höhe hält.

»Hab ich schon bemerkt. Wie konntest du dich nur freiwillig dazu bereit erklären? Die ganze Angelegenheit ist doch voll gruslig. Die HöWes behaupten, sie würden uns alles, was wir brauchen, geben, während sie uns in Wirklichkeit nur versklaven wollen.« Mir schießen besorgniserregende Bilder durch den Kopf. Unter anderem stelle ich mir vor, wie Dominick stirbt und zu einem gefühllosen Hologramm wird. »Hat Rita den Beitrag auch geleistet?«

»Nein. Aus religiösen Gründen nicht, wie sie gesagt hat.«

Bei diesem Punkt knüpfe ich an. »Was ist mit der Vorstellung, es gebe ein Leben nach dem Tod? Was, wenn deine Seele in eine technologische Falle gerät? Dann würdest du – was haben sie gesagt, wie lange? – noch fünfzig Jahre mit einer versklavten Seele leben.«

Wo ist Rita, wenn ich sie brauche? Das wird mir alles ein bisschen zu kompliziert. Ich weiß ja noch nicht mal, ob ich überhaupt an ein Leben nach dem Tod und die Existenz der Seele glaube. Aber ich kann nicht zulassen, dass Dominick sich für eine Zivilisation opfert, die auf Lügen basiert.

Dominick schweigt. Ich sitze neben ihm und streichle seinen Arm.

»Was du da über die Seele gesagt hast, kratzt mich nicht«, entgegnet er. »Ich bin Atheist. Mir gefällt die Vorstellung, zum Biohologramm zu werden. Mich für die Wissenschaft zu opfern. Auf der Erde haben die Leute doch ständig Organe gespendet. Damit hab ich also kein Problem. Aber bei dem, was du gesagt hast, ist mir mein Vater eingefallen. Ich frage mich, was ich empfinden würde, wenn mein Vater ein Biohologramm wäre. Würde ich ihn gern wiedersehen, obwohl ich weiß, dass ihm alles egal ist? Natürlich wäre das nicht wirklich er, aber es könnte ja sein, dass er sich an mich erinnert. Oder würde es mir etwas ausmachen, nur eine Hülle von ihm zu sehen ... sozusagen ein Gespenst?«

Das habe ich nicht bedacht. Ich weiß auch nicht, wie ich da reagieren würde.

»Aber es hat ohnehin keinen Sinn, sich darüber zu streiten«, fährt er fort. »Als ich den Beitrag geleistet habe, meinte mein Hologuide, dass sich dieser Schritt nicht rückgängig machen lässt. Es geht einfach nicht, dass man den Beitrag leistet, jahrelang von Arbeit befreit wird und dann kurz vor dem Tod widerruft. Wenn man seinen Beitrag geleistet hat, gibt es kein Zurück.«

Diese Information gräbt sich in mein Herz ein wie die Inschrift auf seinem Grabstein. Ich weiß nicht, was ich dazu sagen soll.

Benji, Katherine und Beruk haben eine Krisensitzung der Umbra-Gruppe einberufen. Ich schleppe Dominick zum Hauptquartier mit, obwohl ich mir eigentlich vorgenommen hatte, nie wieder dorthin zu gehen. Aber ich brauche jemand, der Dominick zur Vernunft bringt. Ich versuche, Rita über mein DT-Band zu erreichen, was mir aber nicht gelingt. Offenbar ist sie bei den Geotruppen und damit vom Netz abgeschnitten.

Während Dominick und ich zusammen mit Doktor A. und Marcus durch den Wald gehen, sagt Dominick: »Eure Gruppe ist so wie die von Rita, nicht wahr? Ähnlich ausgerichtet.«

»Ihre Gruppe hat sich in einem anderen Teil der verlassenen Region niedergelassen. Katherine meint, die seien wie Hippies. Die Umbra-Gruppe ist völlig anders.«

»Wer ist Katherine?«

Eine heikle Frage. Jetzt wäre es völlig daneben, über die Verrückte und Zeitreiseparadoxa zu sprechen. Das würde nur bestätigen, dass *ich* verrückt bin. Wovon er ohnehin überzeugt ist.

»Sie ist eine der Anführerinnen der Gruppe und ein Computergenie. Sie wird dir ebenso gefallen wie Professor Marciani vom MIT.«

Seine Augen leuchten auf. Offenbar ist seine Neugier geweckt.

Das Hauptquartier ist mittlerweile mit Mobiliar aus

Eschenholz ausgestattet. Mir ist zunächst schleierhaft, wo die Möbel herkommen, bis Katherine mich dann fragt, ob ich bereit wäre, eine meiner täglichen Extrarationen für Nägel und Schrauben herzugeben, um sie zum Bau von Möbeln zu verwenden. Das Holz dafür stammt aus dem Wald. Alles um uns herum ist offenbar handgemacht. Eindrucksvoll. Mir war gar nicht klar, wie talentiert die Leute in unserer Gruppe sind.

Glücklicherweise hat jemand das Fenster, aus dem ich beinahe gefallen wäre, mit Brettern vernagelt. Das erinnert mich daran, wie ich Dad geholfen habe, die Fenster unseres Hauses zu verrammeln, nachdem unsere Lebensmittelvorräte von Plünderern gestohlen worden waren. Damals dachte ich, er würde durchdrehen. Vielleicht war er stärker, als ich angenommen habe. Vielleicht auch nicht.

Ich stelle Dominick so vielen Gruppenmitgliedern wie möglich vor – darunter auch Kendra und Nolan –, damit er einen umfassenden Eindruck unserer Aktivitäten bekommt. Mindestens ein Drittel der Anwesenden ist neu. Benji beendet sein Gespräch mit Jackson und kommt zu uns herüber.

»Dominick, wie schön, dich zu sehen. Vielleicht möchtest du dich uns ja anschließen. Marcus lobt dich in den höchsten Tönen.«

»Danke«, erwidert Dominick und schüttelt Benji die Hand.

»Warum bist du denn nicht gekommen, als ich auf den Pager gedrückt habe?«, frage ich Benji.

»War beschäftigt. Hab mir schon gedacht, dass es um die neue Botschaft der Meritokratie geht. Darüber wissen wir bereits Bescheid.«

»Ich dachte, dir wäre was zugestoßen.«

»Manchmal erinnerst du mich an Mom.«

Ich weiß nicht recht, ob das ein Kompliment oder eine Beleidigung sein soll. Vermutlich Letzteres, da es von Benji kommt.

Als Jackson die Sitzung eröffnet, versammeln sich alle Anwesenden in der Mitte des Raums. Dominick und ich landen irgendwo ganz hinten. Obwohl sich die Umbra-Leute mit anderen Gruppierungen zusammengeschlossen haben, habe ich den Eindruck, dass Jackson nach wie vor das Sagen hat. Er fordert Beruk auf, als Erster zu sprechen.

Beruk lässt sich zunächst über die Sicherheit des Hauptquartiers aus und schildert, wie er und sein Team andere Umbra-Gruppierungen kontaktiert haben, um sie über den falschen Kometen und den Zustand der Erde zu informieren. Er erklärt, dass sie die Region weiträumig erkundet haben, um sich ein genaueres Bild vom Land zu machen, da im Nanoholocom-Network keine Übersichtskarten zu haben sind, die auch über verlassene Gegenden und Naturgebiete Auskunft geben. Ihr Hauptziel besteht darin, den Aufenthaltsort der Meritokratie und der HöWes ausfindig zu machen, um dort zu gegebener Zeit eindringen zu können.

Professor Marciani ergreift als Nächster das Wort. »Unglücklicherweise ist der DQE, unsere Kryowellenteilchenwaffe, während des Tests explodiert. Wir glauben aber, dass das nächste Modell einsatzfähig sein wird. Es ist uns noch nicht gelungen, selbst ein stabiles Portal herzustellen. Da wir uns jetzt frei bewegen dürfen, habe ich ein Team zum nächsten Portalpunkt geschickt, das herausfinden soll, ob wir Portale für eine Rückkehr umfunktionieren können.«

Der Professor nickt Benji zu, der sich daraufhin an die Anwesenden wendet.

»Einige von uns sollten den Beitrag leisten. Ansonsten

müssten wir arbeiten, was uns weniger Zeit dafür ließe, unsere Rebellion vorzubereiten. Wenn alles gut läuft, können wir über kurz oder lang die Macht übernehmen.«

»Du verlangst allen Ernstes von uns, den Beitrag zu leisten?«, falle ich ihm ins Wort. »Bist du verrückt? Das lässt sich nicht mehr rückgängig machen.« Ich vermeide es geflissentlich, Dominick anzusehen.

»Wenn wir es nicht tun, könnte es dazu kommen, dass man uns ins Visier nimmt. Du hast gehört, was der Sprecher der Meritokratie gesagt hat: Die erwarten eine Teilnahme von 100 %. Wenn keiner von uns den Beitrag leistet, könnte das Verdacht erregen.«

Ein Typ in den Zwanzigern, den ich noch nie gesehen habe, meldet sich zu Wort. »Er hat recht. Wenn man von der Umbra-Sache überzeugt ist, muss man zur Tarnung so tun, als stünde man hinter der Sache der HöWes.«

»Aber es geht im Leben doch darum, zu Lebzeiten einen Beitrag zu leisten. Etwas durch Arbeit zu schaffen«, wirft Doktor A. ein. »Erwarten die HöWes allen Ernstes von uns, dass wir den ganzen Tag herumsitzen und spielen? Das ist doch unglaublich hedonistisch.«

»Sie haben ja keine Ahnung, wie faul die Menschen sein können«, erwidert Benji. »Das ganze Konzept spricht die Leute an. Sie haben es satt, sich abzurackern.«

Dominick räuspert sich und streicht mir über den Rücken. Ich kann immer noch nicht fassen, dass er schon den Beitrag geleistet hat.

»Menschen, die ein müßiges Leben führen, sind genauso gefährlich wie Menschen, die niedere Arbeiten verrichten müssen«, fügt Doktor A. hinzu.

»Das wird sich ja rausstellen«, kontert Benji. »Ich glaube, Sie unterschätzen die menschliche Bereitschaft zu Müßiggang. Wenn die HöWes nicht ihre 100 % bekommen, könnte das unangenehme Folgen haben, fürchte ich.«

Doktor A. streicht sich über den Bart. Ich verstehe einfach nicht, warum niemand auf ihn hört. Ich räuspere mich. »Aber was ist mit den Folgen, die sich aus dem Leisten des Beitrags ergeben? Vielleicht haben sie uns deswegen in puncto Komet belogen. Weil sie uns alle zu Hologrammsklaven machen wollen.«

Durch die Gruppe der Umbra-Leute geht ein leises Raunen.

Jemand kichert höhnisch und murmelt: »Ach, die ist das.«

Benji sieht mich an und formt lautlos mit dem Mund die Worte: »Nicht jetzt.«

»Die Erde gibt es nicht mehr, Mädel«, sagt ein anderer Fremder.

Ich schaue umher und begegne den mitleidigen Blicken der neuen Umbra-Mitglieder. Die alten Umbra-Leute vermeiden es, mich anzusehen.

Jackson schaltet sich ein. »Darüber wollen wir heute nicht diskutieren.«

»Warum nicht?«, fragt Kendra ihren Großvater. »Ist es nicht unser Hauptziel, zur Erde zurückzukehren?«

Zumindest eine Verbündete habe ich hier.

»Im Moment nicht«, entgegnet Jackson. »Unsere vordringlichste Aufgabe ist es, unsere Position in dieser Region und auf diesem Planeten zu sichern.«

Kendra verschränkt die Arme vor der Brust. Ich presse die Zähne zusammen.

»Ich dachte, die stehen auf deiner Seite«, flüstert Dominick mir zu.

»Standen sie auch.«

Nach dem Treffen gehen Dominick und ich zum Wohnkomplex zurück, bevor die Dunkelheit hereinbricht. Unterwegs unterhalten wir uns über das Essen in den Wohngemeinschaften, den PSF und über tausend andere Dinge, vermeiden es aber, über das Treffen zu sprechen.

»Ich kann es einfach nicht fassen, dass die neuen Mitglieder mir nicht glauben«, platze ich schließlich heraus. »Glaubst du mir denn, was ich über die Erde gesagt habe?«

Schweigend geht er ein Stück weiter, bevor er antwortet. »Ich muss das alles erst mal verkraften. Lass mir ein bisschen Zeit.«

Das finde ich akzeptabel. Halbwegs. »Wie viel Zeit? Eine Stunde oder so?«

»Nun hör aber auf«, erwidert er lachend, um dann plötzlich stehen zu bleiben. »Jetzt musst du mir erst mal was erklären. Wenn der Komet wirklich ein Hologramm war, warum bist du dann durch das Portal gerannt?«

»Was?«, gebe ich zurück, um mich um eine Antwort zu drücken.

»Warum bist du durchgerannt? Bist du überhaupt nicht auf den Gedanken gekommen, dass du dabei hättest sterben können?«

»Nein, ich wusste, dass das nicht passieren würde. Und du musstest die Wahrheit erfahren.«

»Und woher wusstest du das?«

Obwohl er mich vermutlich für verrückt halten wird, muss ich die ganze Geschichte endlich loswerden. Nachdem ich tief Luft geholt habe, erzähle ich ihm alles.

»Erinnerst du dich noch an die Verrückte im Krankenhaus, die dann auch im Fernsehen zu sehen war? An dem Tag, an dem du aufgebrochen bist, habe ich sie am Portal getroffen. Sie lag sterbend auf der Erde und hat mir einen Zettel gegeben, auf dem etwas aus meinem Tagebuch stand – etwas über Helden. Das war höchst bizarr.«

»Was hat das mit dem Portal zu tun?«

Ich lehne mich gegen einen Baumstamm. »Als der falsche Komet sich auflöste, wurde mir augenblicklich klar, dass sie nichts davon gewusst haben konnte – es sei denn, ich habe ihr den Zettel gegeben. In der Zukunft.«

»Das ist unmöglich.«

»Stimmt. Trotzdem ist es wahr. Die Verrückte ist Katherine. Bloß dass sie hier nicht verrückt ist und nichts von alldem weiß.«

Während er mir zuhört, nimmt sein Gesicht einen immer ungläubigeren Ausdruck an. Vielleicht war es doch keine gute Idee, ihm alles zu erzählen.

»Sag mal was«, fordere ich ihn auf.

»Was soll ich denn sagen? Das ist doch lächerlich.«

Da seine Augen neugierig funkeln, weiß ich, dass das nicht abfällig gemeint ist.

»Und sie weiß nichts davon?«

»Katherine, meinst du? Nein. Und ich will auch nicht, dass sie es erfährt. Ich will nicht, dass sie in der Zeit zurückreist, um zu sterben. Ich bin hier, alles andere spielt keine Rolle.«

»So funktionieren Zeitreisen durch Paralleluniversen aber nicht. Darüber habe ich damals auf der Erde etwas gelesen, als die Hologramme unsere Fragen beantwortet haben. Wenn sie sich in der Vergangenheit befunden hat, bricht sie in der Zukunft auf. Das ist wie ein geschlossener Stromkreis. Daran lässt sich nichts ändern.«

»Das glaube ich nicht. Ich kann sie aufhalten. Sie braucht nichts davon zu erfahren.«

»Alex, ich sage das nur ungern, aber du bist in keiner Weise in der Lage, das Ganze aufzuhalten.«

»Warum denn nicht? Wenn die Hologramme Zeitreisen unternehmen können, dann können wir das auch. Das heißt, wir können wie Katherine zurückgehen und die Leute davon abhalten herzukommen.«

»Das haben die Hologramme aber anders erklärt. Du weißt doch, dass der Quantenphysik zufolge ein Photon entweder als Teilchen oder als Welle auftritt, dass sein Verhalten aber konstant bleibt, sobald es beobachtet wird.«

»Kann dir nicht ganz folgen.«

»Schrödingers Katze. Sagt dir das was?«

»Die Sache mit der Katze in der Kiste? Und was soll das mit Zeitreisen zu tun haben?«

Wir setzen unseren Weg fort. Dabei hebe ich einen Zweig vom Boden auf.

»Im Grunde bedeutet es, dass du, wenn du in die Vergangenheit zurückkehrst, um alles rückgängig zu machen, automatisch ein Teil dieser Vergangenheit wirst und alles bereits passiert wäre. Da der Vorgang beobachtet wird, bleibt er konstant. Das heißt, wenn du nicht dort wärst, wäre es auch nicht passiert. Das ist ungefähr so wie die Frage ›Was gab es zuerst? Das Huhn oder das Ei?‹. Bei Zeitreisen würde beides zutreffen. Beides gibt es gleichzeitig. Ein klassisches Paradoxon. Sie war dort, deshalb ist es passiert und deshalb wird es passieren. Drücke ich mich verständlich aus?«

Dominicks Ausführungen bestätigen etwas, das ich versucht habe zu verdrängen. Ich weigere mich einfach zu glauben, dass ich sie nicht aufhalten kann. Dass ihr die Wahl, nicht zu gehen, nicht freisteht.

»Ich orientiere mich an dem, was die Hologramme gesagt haben, also irre ich mich möglicherweise.« Er zuckt die Achseln. »Ich kann immer noch nicht glauben, dass du hierhergekommen bist, obwohl die Erde unversehrt ist. Das war sehr unbedacht von dir. Selbstlos, aber unbedacht.«

»Oh, und dass du dich während des Aufruhrs am Supermarkt schützend über mich geworfen hast, war nicht unbedacht?«

»Wer hat dir das erzählt?«

»Mein Dad. Er hat mir aufgetragen, dir dafür zu danken.«

Er kickt einen Zweig beiseite. »Gern geschehen. Aber das war ja wohl ein Klacks im Vergleich zu einer Reise durch Raum und Zeit, um mich zu finden.«

»Ich würde sagen, wir sind quitt.« Ich ziehe ihn an mich und küsse ihn, während in der Ferne die Sonne untergeht.

»Ich habe das Gefühl, dass wir nie quitt sein werden.« Er kitzelt mich durch, bis ich Tränen lache. So etwas schaffen nur sehr wenige.

Als Dominick und ich meinen Wohnkomplex erreichen, beginnen gerade die Firmamentlichtspiele. Wir beschließen, sie uns anzusehen. Er weiß, dass ich nach der Auseinandersetzung mit Rita eine Ablenkung brauche.

Die holografische Darbietung am Himmel lässt die Sterne verblassen. Heute wird *Die Schöne und das Biest* gezeigt. Noch ein Film von der Erde, damit wir uns wie zu Hause fühlen. Ich frage mich, wann sie wohl zu futuristischen Filmen übergehen, in denen statt unserer ihre eigene Zivilisation vorgeführt wird. Ob der Wechsel dann so nahtlos sein wird, dass wir den Unterschied gar nicht mitbekommen? Das Schimmern der goldenen DT-Bänder um uns herum erinnert mich an Kerzen, die man zum Gedenken an verlorene Seelen aufgestellt hat. Als wäre die Menschheit gestorben und in einen Pseudo-Himmel eingegangen. Ich werde jedenfalls nie dazugehören, ganz gleich, was die Umbra-Leute sagen. Ich weiß, was ich gesehen habe.

Trotzdem spüre ich, wie sich allmählich eine gewisse Zufriedenheit in mir breitmacht. Mein ganzer Körper sehnt sich danach, nach all dem Stress zu entspannen. Echten

Stress gibt es hier nicht, nur den, den ich mir selbst mache. Wenn ich nicht über die Hologramme und das, was sie uns angetan haben, nachdenken würde, müsste ich nicht ständig zur PSF-Kabine Zuflucht nehmen. Wenn Rita mich nicht hassen würde und meine Eltern hier wären und man uns nicht mit einem Trick dazu gebracht hätte, die Erde zu verlassen, wäre es hier geradezu paradiesisch. So sehen das jedenfalls viele andere.

»Warum hat Rita sich eigentlich den Geotruppen angeschlossen?«, flüstere ich Dominick zu, während über uns der Film läuft.

»Man hat ihr Dobby weggenommen.«

Ich stütze die Ellbogen in das weiche Gras und richte mich auf. »Und was ist mit ihm passiert?«

»Das haben die Hologramme ihr nicht verraten. Sie haben nur in einem fort wiederholt, dass es nicht erlaubt ist, Haustiere mitzubringen. Ein schwerer Schlag für Rita, die diesen verdammten Kater ja abgöttisch geliebt hat. Die Geotruppen sind eine technikfeindliche, für alle Religionen offene Ökogruppe und davon fühlte sich Rita trotz ihres religiösen Traumas angesprochen.«

Ich versuche, das Bild zu verdrängen, wie Dobby von den Hologrammen bei lebendigem Leib verbrannt worden und sein pelziger Körper in Flammen aufgegangen ist. *Lass dich nicht von deinen Gedanken überwältigen. Lass dich nicht von deinen Gedanken überwältigen.*

»Die Geotruppen hören sich an wie eine Kultgruppe«, sage ich, um mich von diesem entsetzlichen Bild abzulenken.

»Habe ich zunächst auch angenommen, deshalb hab ich sie mir genauer angesehen. Die sind harmlos. Das Ganze ist wie ein Sommercamp.«

Ich starre zum Himmel hoch, wo der Film abläuft, doch

erneut drängt sich Dobbys brennender Körper in meine Gedanken. Deshalb versuche ich, mich auf zu Hause zu konzentrieren.

»Weißt du noch, wie wir damals im Sommer immer zum Sea Lab gefahren sind?«

»Wie könnte ich das vergessen? Schließlich seid ihr zwei, du und Rita, mit dem Segelboot voll gegen den Pier gekracht.«

»Dabei haben wir den Lehrer von der Segelschule vor den Felsen gewarnt. Doch er hat überhaupt nicht hingehört und uns den Rücken zugedreht.«

»Mensch, war das alles lustig. Ihr zwei wart immer zusammen.«

»Ja.« Ich pule im Dunkeln an meinen Fingernägeln herum, ohne daran zu denken, dass sie nicht mehr lackiert sind.

»Sie wird schon wiederkommen.«

»Woher willst du das wissen?«

»Weil du zu ihrer Familie gehörst. Der Familie, die sie sich selbst ausgesucht hat. Das bedeutet mehr als natürliche Verwandtschaft.«

Ich unterdrücke die Tränen, die in mir aufsteigen, und starre zum Himmel hoch. *Die Familie, die sie sich selbst ausgesucht hat.* Wie viele Filme Rita und ich bisher wohl zusammen gesehen haben? Wie viele alberne SMS wir wohl ausgetauscht haben? *Wie oft werde ich mich noch an mein Leben vor dem Erscheinen der Hologramme erinnern? An die Zeit, bevor sie mir meine Welt gestohlen haben. Wenn ich aufhöre, mich zu erinnern – heißt das, dass ich mich dann geschlagen gebe? Dass ich nicht mehr weiß, wie gut und einfach alles war, weil die neue Welt mein Bewusstsein voll im Griff hat?*

Ich lege den Kopf auf Dominicks Brust. Er schlingt die Arme um mich. Wenn ich die Zeit anhalten könnte, würde ich es tun.

Ich schaue hoch in sein Gesicht. »Benji und Marcus übernachten im Hauptquartier.« Es dauert einen Moment, bis er begreift, was ich damit sagen will. Trotz der Dunkelheit sind seine Grübchen deutlich zu sehen.

»Soll das eine Einladung sein?«

»Möglicherweise. Glaubst du, dass die Erde noch existiert und der Komet ein Schwindel war?«

»Möglicherweise.«

»Dann sind wir wohl bei einem Patt angelangt.«

»Ich glaube, du könntest mich überzeugen«, erwidert Dominick grinsend.

»Ich wusste, dass ich dich mag.«

Trotz der Umstände finden Dominick und ich wieder so zueinander wie früher. In diesem Moment fühle ich mich wieder wie zu Hause auf der Erde und bin wieder ich selbst.

»Hast du Kondome?«, fragt er vom Bett aus. »Ich hab nicht daran gedacht, welche mitzubringen.«

»Nicht nötig. Wir alle sind gleich zu Anfang von der HME sterilisiert worden.«

»Was?« Er setzt sich auf.

»Ja. Angeblich lässt sich das aber rückgängig machen. Wenn man ein Kind haben möchte, muss man die Meritokratie um Erlaubnis bitten.«

»Dann kontrollieren sie also die Fortpflanzung mittels erzwungener medizinischer Maßnahmen? Das ist eine sichere Methode, um eine ganze Spezies zu vernichten. Wenn bei ihren Maßnahmen etwas schiefgeht, führt das dazu, dass die Menschheit ausstirbt.«

»Allmählich kommst du auch dahinter. Ich hab dir doch gesagt, dass man denen nicht trauen darf.«

Er schweigt eine Weile, um das alles zu verarbeiten. »Ich glaube dir. In jeder Hinsicht.«

»Das ist das Schönste, was du je zu mir gesagt hast.«

»Ich kann's dir auch noch auf andere Art beweisen.«

Wir holen die verlorene Zeit nach. Das Zusammensein mit ihm lässt mich die künstliche holografische Welt vergessen und ruft mir in Erinnerung, wie es ist, zu lieben und geliebt zu werden.

Hinterher schläft Dominick ein, während ich wach neben ihm liege. Ich versuche abzuschalten, muss aber ständig an meine Eltern, die Erde und alles, was schiefgegangen ist, denken. Heftigste Schuldgefühle nagen an mir. *Wie kann ich denn Sex haben, wenn meine Eltern sich in der Vergangenheit befinden und genau genommen längst tot und begraben sind? Wie kann ich denn Sex haben, wenn wir am Rand eines Kriegs mit der Zukunft stehen?*

Dominick wacht auf und küsst mich und ich vergesse alles um mich herum. Vielleicht brauchen wir selbst in Zeiten voller Stress und Verzweiflung solche Unterbrechungen, um uns unser Menschsein in Erinnerung zu rufen. Um uns in Erinnerung zu rufen, warum die Liebe es wert ist, durch ein Portal zu rennen. Um uns in Erinnerung zu rufen, dass wir das, was echt ist in unserem Leben, festhalten müssen.

16

TAG 24: NOCH 196 STUNDEN BEDENKZEIT

In 4.320 Stunden endet die dreijährige Legislaturperiode der Meritokratie. Die Prüfungen für die 1.001 neu zu wählenden Mitglieder beginnen in 2.160 Stunden.

Alle erhalten die gleiche Unterkunft, unabhängig von ihrem sozialen Status auf der Erde.

Bis zum heutigen Tag haben 76 % der Flüchtlinge von der Erde den Beitrag geleistet.

Ich träume von meinen Eltern.

Mom hält eine Schaufel in den Händen und gräbt im Garten hinter dem Haus ein Loch. Dominick und ich sitzen auf den ramponierten Gartenmöbeln und sehen ihr zu.

Plötzlich wird das Loch zu einem tiefen Abgrund, um sich anschließend in einen flimmernden metallblauen Tunnel zu verwandeln.

In ein Portal.

Mom schreit auf und zerrt etwas über den Boden in Richtung Loch. Gerade als sie es hineinwerfen will, geht die automatische Beleuchtung im Garten an. Und ich erkenne das Etwas.

Es ist mein Dad.

Nachdem sie ihn in das Portal geworfen hat, schaufelt sie Erde hinein. Ihr tränenüberströmtes Gesicht verzerrt sich immer mehr, bis es zum Gesicht von jemand anderem wird.

Zum Gesicht der Verrückten.

Schweißgebadet wache ich auf. Ich spüre in meinen Gedärmen und meiner Brust, wie sich eine ausgewachsene Panikattacke anbahnt.

Keine Tabletten mehr.

Und Dominick liegt schlafend neben mir.

Ich habe abends nichts in mein Tagebuch eingetragen, um den inneren Druck abzubauen, und jetzt erhalte ich die Strafe dafür. Ich versuche, dagegen anzukämpfen, weil ich vor Dominick nicht wie eine Psychopathin dastehen will. Er hat noch nie eine meiner Panikattacken miterlebt, und das wäre jetzt der denkbar schlechteste Zeitpunkt, damit anzufangen.

Nein, nein, nein, jammere ich.

Oh doch. Du hast die Kontrolle über dich verloren. Mein Herz, meine Lunge, meine Gedärme, meine Muskeln spielen total verrückt. Lieber würde ich mich erschießen lassen, als ihm ein solches Schauspiel zu liefern. Ich könnte es nicht ertragen, dass er mich in einem derartigen Zustand sieht.

Doch das Ganze lässt sich nicht mehr aufhalten. Ich renne in die PSF-Kabine. Das Licht und das Summen wecken ihn auf. Er spricht mit mir und ich gebe undefinierbare Laute von mir, als verstünde ich, was er sagt, obwohl ich nur an eines denken kann: dass er gleich meinen körperlichen und emotionalen Zusammenbruch miterleben wird.

Tu es nicht. Tu es nicht.

Ich muss es tun. Wenn beim Tauchen die Druckluftflasche leer ist, schwimmt man ja auch schnellstens nach oben, um zu überleben.

Ich muss mich nach oben kämpfen, muss mich selbst verlieren, um mich zu retten. Ich verlasse die PSF-Kabine, da mir dort zu heiß wird, und sinke zu Boden. Zitternd hocke ich nackt da und presse die Hände gegen den Kopf. *Renn jetzt nicht zum Wasserspender. Renn jetzt nicht zum Wasserspender.*

Ohne etwas zu sagen, kauert Dominick sich neben mich.

»Bist du okay?«, fragt er schließlich.

»Lass mich in Ruhe.«

»Habe ich was falsch gemacht? Moment mal ... warum ist deine Haut so gerötet? Du hast ja überall Ausschlag.«

Es ist, als hätte er plötzlich begriffen, dass ich ein Reptil bin, das sich gehäutet hat, und dass wir zwei unterschiedlichen Spezies angehören, die nicht zusammenpassen. Obwohl mir immer noch unerträglich heiß ist, ziehe ich mir schnell mein Uniformhemd über.

»Ist das einer deiner Angstzustände? Oh Mann, na klar ist es das. Versuch einfach, dich zu entspannen.«

Als ich ihn ansehe – ihn förmlich mit Blicken durchbohre –, weicht er zurück. Ich suche vergebens nach Worten, um ihm alles zu erklären. Verzweifelt wiege ich meinen Körper hin und her. Wenn Rita da wäre, würde sie alles verstehen. *Sag mir nicht, was ich tun soll. Sag mir nicht, was ich empfinden soll. Warte einfach. Lenk mich ab. Und starr mich nicht an, als wäre ich krank.*

»Ich hatte ja keine Ahnung, dass es so schlimm ist. Soll ich die HME benachrichtigen?«

»Nein. Hol Doktor A.«

Er nickt und rennt los, um Hilfe zu holen.

Er rennt los. Das war meine größte Sorge: dass er davonrennen würde, wenn er sieht, wie schlimm das alles ist. Er hätte doch auch sein DT-Band benutzen und bei mir bleiben können.

Ich wollte immer, dass er in mir Alexandra Lucas, die tolle zukünftige Strafverteidigerin sieht, ein großartiges Mädchen, aber kein Panikgirl. Und jetzt weiß er, dass wir nicht zusammenpassen, und hat sich davongemacht, während ich auf dem Boden kauere, weil es mir einfach nicht gelingt, mich zusammenzureißen.

Es ist nicht fair. Egal, wie viel Mühe ich mir gebe – immer wieder lauern mir diese Panikattacken auf, selbst nach einer so schönen Nacht wie heute.

Einige Minuten später findet Doktor A. mich in der PSF-Kabine vor, wo ich mich, wie ein Fötus zusammengerollt, habe. Dominick steht, auf Distanz bleibend, an der Tür. Das ist genau das, was ich brauche, aber nicht das, was ich mir wünsche.

Doktor A. wirft kurz einen Blick auf mich und sagt: »Wir sollten die HME einschalten. Sie brauchen Hilfe.«

Ich umklammere meine Knie. Ich will unbedingt bleiben, wo ich bin, weil ich fürchte, ein Ortswechsel würde mir auch noch das letzte bisschen Verstand rauben. Doch als ich Doktor A.s gütiges Gesicht sehe, weiß ich irgendwie, dass er recht hat. Ich stimme ihm zu.

Als die HME aktiviert wird, taucht automatisch mein Hologuide vor mir auf. Ein Lichtstrahl wandert über meinen Körper und ich erkläre mich bereit, mich in eine HME-Einrichtung zu begeben. Mein DT-Band leuchtet hellblau auf. Doktor A. und Dominick begleiten mich, als ich in einem Magpod zur nächsten HME-Einrichtung gebracht werde, einem kastenförmigen, glitzernden Gebäude, das noch größer und höher ist als die Wohntürme. Die zwei dürfen nicht mit hinein. Zutritt nur für Patienten.

Mein Hologuide bringt mich in ein Zimmer, das keine Tür hat und so groß wie eine Speisekammer ist. Nachdem ich mich in dem kahlen Raum auf ein Podest gelegt habe, wird mein Körper abermals von Lichtstrahlen abgetastet.

Durch die Türöffnung kann ich in weitere Räume blicken, wo andere Patienten liegen, alles Menschen – mit Ausnahme eines grau gekleideten Hologramms, dessen Konturen immer wieder verschwimmen, während es von Licht eingehüllt ist. Ich wusste gar nicht, dass auch Hologramme von der HME behandelt werden. *Wahrscheinlich hat es eine Funktionsstörung.*

Mein Hologuide steht neben mir und starrt mich an. Mir ist schleierhaft, warum die HöWes meinen, es sei angenehm, in solch einer Situation seinen Hologuide bei sich zu haben.

Als AudioMeds und PhotoMeds zum Einsatz kommen, laufen über mir holografische Bilder mit friedvollen Szenen ab. Die Fläche, auf der ich liege, gibt ein sanftes Vibrieren von sich. Das multisensorische Erlebnis nimmt mich geistig und körperlich total gefangen, sodass ich mich kaum auf anderes konzentrieren kann.

Im Nebenraum schreit das graue Hologramm unsinniges Zeug. Ich habe noch nie gehört, dass ein Hologramm sich so lautstark äußert. »Erde, Wasser und Metall. Erde, Wasser und Metall. Der Fluss wird euch retten! Der Fluss wird euch retten!«

Das erinnert mich an die Situation im Krankenhaus, als die Verrückte das Team in Schutzkleidung mit Versen bombardierte. Ich schließe die Augen und rufe mir in Erinnerung, wie das Leben damals war, bevor ich die Wahrheit kannte. Bevor ich zu dem Mädchen wurde, dem niemand glauben will.

Ein gellender Schrei aus dem Nebenraum facht meine Angst von Neuem an. Das graue Hologramm schlägt wild um sich und schreit: »Ich werde …«

Die HME stabilisiert den Zustand des Hologramms, dessen Gesicht wieder völlig ausdruckslos wird.

Hier stimmt etwas nicht. Ganz und gar nicht. Selbst mein Hologuide hat sich umgedreht, um diesen Vorfall zu beobachten.

Ich verhalte mich ruhig und tue so, als wäre ich zu schwach, um mir über all das Gedanken zu machen.

Einige Stunden später werde ich aus der HME-Einrichtung entlassen. Die Behandlung wird allerdings nur dann anschlagen, wenn ich sie an jedem Tag der nächsten Woche wiederhole. Doktor A. kommt und breitet eine schwere Decke mit kühlendem Gel über mich, eine Erfindung von ihm, für die er seine Extrarationen drangegeben hat. Im ersten Moment überläuft mich ein kalter Schauder, sodass ich ihn fast bitte, die Decke wieder wegzunehmen, doch nach einer Weile normalisiert sich meine Körpertemperatur und bleibt konstant.

»War meine Panikattacke eine Entzugserscheinung?«, frage ich ihn.

»Schon möglich. Genau lässt sich das nicht sagen.«

»Ich bin damit aufgewacht. Ich hatte zwar einen Albtraum, der aber bestimmt nicht der Auslöser war. Ich hasse es, wenn das Ganze keine erkennbare Ursache hat.«

Er legt mir die Hand auf die Stirn, um festzustellen, ob ich Fieber habe. »Manchmal kommt es zu verzögerten Reaktionen. Wenn man zum Beispiel etwas Belastendes erlebt hat, das zwar schon länger zurückliegt, sich aber im Unterbewusstsein festgesetzt hat. So was ist mir auch schon passiert.«

»Nachdem Sie etwas Schlimmes erlebt hatten?« Kein Wunder, dass er so geduldig mit mir ist.

Er nickt. »Manchmal kommt es sogar dazu, wenn man etwas sehr Schönes erlebt hat. Wissen Sie, wie viele

Hochzeiten mit Panikattacken beginnen oder enden? Obwohl die Betroffenen mit ihren Partnern glücklich sind. Sie leben auf einem fremden Planeten mit hinterhältigen HöWes und holografischer Technologie, die Sie veranlasst, die Wirklichkeit infrage zu stellen. Sie sind nicht meine einzige Patientin, die Anpassungsschwierigkeiten hat.«

Mein Körper ist angenehm kühl. Ich schlage die Decke zurück.

»Die können Sie behalten«, sagt er.

»Das kann ich nicht annehmen.« Ich gebe ihm die Decke zurück, obwohl ich sie am liebsten gar nicht mehr loslassen möchte. Aber ich kann nicht zulassen, dass er meinetwegen seine Extrarationen aufbraucht.

»Das Bewusstsein, etwas Gutes geschaffen zu haben, und sei es noch so unbedeutend, lässt mich hoffen, dass ich nach wie vor in der Lage bin, anderen Menschen zu helfen. Dann kann ich noch weitere Dinge machen, zum Beispiel eine Wärmedecke für andere Beschwerden.«

Er reicht mir die Decke, die ich fest an mich presse. Vermutlich ist er der netteste Arzt, den es gibt.

»Doktor A., in der HME-Einrichtung habe ich gesehen, wie ein Hologramm medizinisch behandelt wurde.«

Er streicht sich mit der Hand über seinen glatten, kahlen Kopf. »Das ist ungewöhnlich. Konnten Sie feststellen, was ihm fehlte?«

»Er verlor immer wieder die Konturen und schrie unverständliches Zeug. Ich hatte den Eindruck, als hätte er Schmerzen.«

Er blickt geistesabwesend ins Leere, um anschließend wieder mich anzusehen. »Dem werde ich nachgehen und ein bisschen Detektiv spielen.«

Jemand klopft an die Wohnungstür. Der Schirm über meinem DT-Band leuchtet auf und zeigt Dominick.

»Dann werd ich mal«, sagt Doktor A. »Dominick hat sich den ganzen Vormittag nach Ihnen erkundigt.«

»Danke«, sage ich, als Doktor A. aufbricht.

Er nickt. »Gern geschehen.«

Beim Rausgehen wechselt Doktor A. ein paar Worte mit Dominick, die ich nicht verstehen kann. Dann setzt Dominick sich zu mir aufs Bett.

»Wie geht es dir?«, fragt er. Seine Augen sind blutunterlaufen.

»Wesentlich besser.«

»Als ich dich so gesehen habe …« Er beißt sich auf die Lippe.

»Warst du geschockt.«

»Ja. Nein. Ich …«

»Es hat die ganze Romantik kaputt gemacht. Ich wusste, dass du das nicht verkraften würdest. Es ist unglaublich peinlich.«

Er fasst mich sanft bei den Schultern. »Würdest du mich bitte ausreden lassen?«

Ich verstumme.

»Ich habe endlich gesehen, wie das ist.«

»Wenn ich schwach und hilflos bin? Sehr sexy, was?«

»Ich wusste nicht, dass sich diese Ängste körperlich so auswirken. Das hat mich an meinen Vater erinnert, kurz bevor er gestorben ist. Seit ich gesehen habe, was du durchmachst, liebe ich dich noch mehr. Ich hatte ja keine Ahnung, dass es so schlimm ist.«

»Ich würde lieber nicht darüber sprechen.«

»Warum nicht? Du brauchst dich doch nicht zu schämen.«

»Darum geht es nicht. Aber wenn ich über meine Ängste spreche, kann das neue Ängste auslösen.«

»Oh, tut mir leid. Das wusste ich nicht.« Er schiebt die Hände, mit denen er mich eigentlich umfassen sollte, in die Taschen. »Also Themenwechsel. Fühlst du dich fit genug, heute Abend in die Holoräume mitzukommen?«

»Weiß nicht recht.« Einerseits wäre das eine gute Ablenkung, andererseits bin ich mir nicht sicher, ob ich die Energie dafür aufbringe. Trotz der medizinischen Behandlung spuken mir immer noch unzählige unbeantwortete Fragen im Kopf herum.

Ich verbringe einige Zeit allein, um mich zu entspannen und mein Tagebuch weiterzuführen. Um die Hände frei zu haben, damit ich mir notfalls Notizen machen kann, projiziere ich die auf meinem DT-Band erscheinenden Informationen an die Wand. Dabei fallen mir drei neue Botschaften der Meritokratie ins Auge.

Erstens: In wenigen Monaten findet die dreijährliche Prüfung zur Neubildung der Meritokratie statt. Es überrascht mich, dass sie uns ausnahmsweise mal nicht angelogen haben. Ich notiere mir die Prüfungsdisziplinen, die mir etwas sagen: Nanoholocom- und DT-Band-Technologie, Biohologramm-Nachrüstung, Umweltkontrolle, VMR-, PSF- und HME-Kunde, Portalkonstruktion, Holoraumprogrammierung und Raumfahrt. Alles Hightech-Zeug. Vermutlich werde ich wohl nie die Chance haben, in die Meritokratie aufgenommen zu werden.

In der zweiten Botschaft wird mitgeteilt, dass auf Solbiluna-8 alle Menschen gleich sind. Merkwürdig, dass sie das extra hervorheben. Deshalb suche ich weiter auf meinem DT-Band herum, um Näheres in Erfahrung zu bringen.

Schließlich finde ich heraus, dass es etliche berühmte, reiche und politisch einflussreiche Leute von der Erde gibt, die mit den egalitären Wohnbedingungen nicht zufrieden sind. Sie fühlen sich »verfolgt, belästigt und verspottet« von Leuten, mit denen sie früher nicht das Geringste zu tun hatten. Deshalb haben sie ein »Elitekomitee« gegründet und verlangen von der Meritokratie »Sonderbehandlung« sowie separate Wohngemeinschaften, damit sie auf dem neuen Planeten ihren gewohnten Status wiederherstellen können. Bisher hat die Meritokratie noch nicht auf diese Forderungen reagiert. Zum ersten Mal empfinde ich einen gewissen Respekt vor den HöWes.

Drittens und letztens: Seit der letzten Botschaft der Meritokratie ist die Zahl derjenigen, die den Beitrag geleistet haben, auf 76 % hochgeschnellt. Benji hat recht – mehr als mir klar war. Diejenigen von uns, die den Beitrag nicht leisten, werden auffallen und als Rebellen gelten. Wobei ich ohnehin immer das Gefühl habe, aus dem Rahmen zu fallen. Selbst zu den Umbra-Leuten passe ich nicht mehr.

Hinter dem künstlichen Holofenster, das Benji und Marcus an der Wand erschaffen haben, setzt ein Unwetter ein. Regentropfen klatschen gegen das falsche Glas und erzeugen ein vertrautes Hintergrundgeräusch. Ich versuche erneut, über mein DT-Band Rita zu erreichen, wieder ohne Erfolg. Ich muss mich unbedingt bei ihr entschuldigen. Ohne sie fühle ich mich verloren, auch wenn Dominick jetzt ständig da ist.

Ich tippe zweimal auf mein DT-Band, um meinen Hologuide herbeizurufen.

»Bitte nennen Sie Ihre Wünsche, River Picard.«

»Was für Arbeiten muss denn jemand verrichten, der den Beitrag nicht leistet?«

»Einen Moment, bitte. Darüber wird entschieden, sobald die endgültige Zahl derjenigen feststeht, die ihren Beitrag leisten.«

Ich halte die Antwort in meinem Tagebuch fest. »Wie sollen wir denn eine Entscheidung treffen, wenn wir nichts Genaues wissen?«

»Diese Frage lässt sich nicht beantworten.« Mir fällt auf, dass er blinzelt, obwohl das eigentlich unnötig ist. Ein weiterer menschlicher Zug, der uns in Sicherheit wiegen soll.

»Sind Sie nur ein Hologuide oder ein Biohologramm?«

»Beides. Alle Hologuides sind beides.«

Ich mache eine weitere Eintragung in mein Tagebuch. »Verfügen Sie über Erinnerungen?«

»Ja. Durch Datenspeicherung und Verbindung mit dem Nanoholocom-Network.«

»Nein, ich meine, persönliche Erinnerungen. Aus Ihrem eigenen Leben.«

»Ja.«

Diese Antwort überrascht mich. »Wer waren Sie?«

»Eine Frau. Ein Kind. Kein Ehemann.«

»Macht Ihnen das etwas aus?« Mein Hologuide blinzelt abermals.

»Das verstehen wir nicht.«

»Haben Sie im Zusammenhang mit Ihren Erinnerungen bestimmte Gefühle?«

»Biohologramme haben keine menschlichen Gefühle. Sie verfügen nur über menschliche Intelligenz, kombiniert mit Nanoholocom-Technologie.«

»Ist es schmerzhaft, den Beitrag zu leisten? Empfinden Sie je Schmerzen?«

»Nein. Nein.«

Ich schreibe seine Antworten auf und lege meinen Kugelschreiber beiseite. »Was ist dann in der HME-Einrichtung mit diesem Hologramm passiert? Ich hab bemerkt, dass Sie das beobachtet haben.«

»Diese Frage lässt sich nicht beantworten.«

»Hätte ich mir denken können.« Ich strecke mich auf meinem Bett aus, lege mir mein Tagebuch auf die Brust und lausche dem Plätschern des Regens. »Denken Sie je über den Sinn des Lebens nach?«

»Spielen Sie damit auf bestimmte Existenzphilosophien an?«, entgegnet er so roboterhaft, dass es fast komisch wirkt.

»Sind Sie tatsächlich mit so was programmiert?«

»Philosophie ist unter Religion und Geschichte abgespeichert, zusammen mit anderem obsoleten Wissen.«

»Und ich dachte, ihr Hologramme seid weit entwickelt und offen für alles.«

»Wir sind hoch entwickelt und offen für unterschiedliche Ansichten. Wissenschaftlich gesehen, ist Leben ein kausaler, temporärer, fluktuierender Status, der von der jeweiligen Definition abhängt. Diese Datei wird selten abgerufen.«

»Haben Sie Ihr Leben genossen?«

»Das verstehen wir nicht.«

»Macht es Ihnen etwas aus, ein Biohologramm zu sein? Sind Sie glücklich?«

»Ich ... Das verstehen wir nicht.«

Ich habe es noch nie erlebt, dass meinem Hologuide ein Fehler unterläuft. »Was war das denn eben?«

»Frage unklar. Bitte fragen Sie noch einmal.«

»Haben Sie eben *ich* gesagt?« Das hat auch das Biohologramm in der HME-Einrichtung gemacht, als es ausgerastet ist.

»Bitte fahren Sie fort«, fordert er mich auf.

»Äh ... schon gut.« Ich schiebe meine langen, lockigen

Haare hoch und breite sie über dem Kopfkissen aus. »HOLOGUIDE EXIT.«

»Möge Ihr Beitrag zur Freiheit führen.«

»Moment mal ... noch was.«

»Bitte nennen Sie Ihre Wünsche, River Picard.«

Ich schleudere mein Tagebuch auf den Fußboden. »Könnten Sie wohl aufhören, diesen Satz zu sagen?«

»Welcher Satz soll gelöscht werden?«

»Könnten Sie aufhören zu sagen *Möge Ihr Beitrag zur Freiheit führen?«*

»Nein, das lässt sich nicht modifizieren.«

Ich beobachte, wie der falsche Regen gegen das falsche Glas des falschen Fensters klatscht. »Könnten Sie mich wenigstens Alexandra Lucas nennen?«

»Alexandra Lucas. Abgespeichert.«

Als ich meinen Hologuide fortschicke, habe ich das ungute Gefühl, eine menschliche Seele in eine technologische Dimension verbannt zu haben. Eine menschliche Seele, die dort darauf wartet, jederzeit nach meiner Pfeife zu tanzen. Das ist eine neue Form von Sklaverei und ich weiß, wie schnell sich in der Geschichte etwas wiederholt, ungeachtet der Mittel oder der Technologie oder des Planeten, auf dem es stattfindet.

Aber wenn es mir gelänge, die Frau irgendwie zu befreien, sie aus dem Programm rauszuholen, wäre sie tot.

Abends kommt Dominick vorbei, um zu fragen, ob ich in die Holoräume mitkommen will. Stattdessen überrede ich ihn, mich zu den Geotruppen zu bringen, damit ich mich bei Rita entschuldigen kann.

Beim Verlassen des Maglifts treffen wir auf Benji und Doktor A.

»Ihr Bruder und ich wollten gerade nach Ihnen sehen«, sagt Doktor A. »Schön, dass Sie wieder auf den Beinen sind.«

»Wie fühlst du dich?«, fragt Benji. Seine Sorge um mich haut mich um. Was Doktor A. ihm wohl erzählt hat?

»Besser. Dominick und ich wollen zu Rita.«

»Rita ist hier?«

»Sie ist bei den Geotruppen«, erklärt Dominick.

In dem Moment bemerke ich, dass Benjis DT-Band golden schimmert. Ich kann es einfach nicht fassen. Aber da er andere dazu aufgefordert hat, wollte er wahrscheinlich nicht als Heuchler dastehen. Doktor A.s DT-Band hat sich nicht verändert.

»Wir hatten gehofft, uns mit ihnen verbünden zu können, da sie das umliegende Land besser kennen als sonst jemand, aber die sind unmöglich.«

»Ich habe den Geotruppen schon medizinische Hilfe geleistet«, sagt Doktor A. »Die wären ausgezeichnete Verbündete, weil sie über großes Wissen verfügen und es ebenfalls ablehnen, den Beitrag zu leisten. Sie kochen sich ihr Essen aus dem, was andere übrig gelassen haben, und ernähren sich von der Natur. Wenn wir lernen würden zu kochen, bräuchten wir keine Zeit mehr damit zu vergeuden, das Essen vom ZENTRUM zum Hauptquartier zu bringen.«

»Bloß dass wir Technologie mit Technologie bekämpfen«, erwidert Benji. »Die Geotruppen hassen alles, wofür wir stehen. Das dürfte also schwierig werden. Und Rita gehört zu denen?«

Dominick nickt.

»Interessant.« Ich spüre förmlich, wie er verschiedene Möglichkeiten und Strategien durchspielt. Er kann Rita nicht ausstehen, weiß aber, dass sie sehr überzeugend sein kann. Ich muss sie unbedingt in mein Leben zurückholen. »Angesichts von Doktor A.s Beziehungen und der Tatsache, dass Rita dabei ist, schaffen wir es vielleicht, Zugang zu ihnen zu finden. Lasst uns gehen.«

»Du kommst mit?«, frage ich.

Benji marschiert los, ohne sich darum zu scheren, ob wir ihm folgen. Natürlich folgen wir ihm. Er hat uns ja keine andere Wahl gelassen.

17

TAG 25: NOCH 172 STUNDEN BEDENKZEIT

Das Töten von Tieren zu Ernährungs- oder Kleidungszwecken ist verboten, es sei denn, die Meritokratie erlaubt die Verwendung als Zutat zum Essen.

Die Meritokratie fordert nachdrücklich alle auf, die Regeln beim Wasserverbrauch einzuhalten.

Der Weg zum Territorium der Geotruppen ist kürzer, als mir recht ist. Doktor A. und Benji benutzen ihre DT-Bänder als Taschenlampen. Ich wusste gar nicht, dass dieses Gerät auch außerhalb der Reichweite des Nanoholocom-Networks noch bestimmte Aufgaben erfüllen kann.

In Benjis Anwesenheit bringe ich es einfach nicht fertig, mich mit Rita auseinanderzusetzen. Was habe ich mir bloß dabei gedacht?

»Warum hast du mir nicht schon früher erzählt, dass Rita bei denen ist?«, fragt mich Benji.

»Weil du mich nicht danach gefragt hast.« *Oh Gott, ich höre mich schon an wie mein Hologuide.*

»Kennt sie die Anführer gut?«

»Sie hat gesagt, sie behandeln sie wie eine nahe Verwandte«, erklärt Dominick.

Benji knurrt im Dunkeln vor sich hin und marschiert weiter. In solchen Situationen erinnert er mich an Dad, was dazu führt, dass sich mir das Herz zusammenkrampft.

»Benji, was ist mit den neuen Umbra-Mitgliedern los? Glauben sie nicht, dass die Erde noch existiert?«

»Nicht ohne konkrete Beweise. Das ist alles sehr schwierig.«

»Aber wie sollen wir nach Hause gelangen, wenn das nicht zu den Plänen von Umbra gehört?«

»Ich arbeite daran. Das dauert seine Zeit. Sieh vor allem zu, dass du nicht wieder durchdrehst. Es fällt den Leuten schwer, einem Mädchen zu glauben, das wegen psychischer Probleme ins Krankenhaus eingeliefert worden ist.«

»Ich ... das ist nicht fair«, empöre ich mich.

Als wir uns dem Lager der Geotruppen nähern, verlangsamt Benji seinen Schritt. »Ich würde vorschlagen, dass Doktor A. und ich mit ihnen sprechen.«

»Wie du meinst«, erwidere ich. »Wir haben ja wohl keine andere Wahl.«

Obwohl die Unterkünfte der Geotruppen ebenso wie das Hauptquartier der Umbra-Gruppe im Wüsten Land liegen, ähnelt das Ganze eher einem Lager, wie man es von der Erde kennt. Die meisten Aktivitäten finden im Freien statt. Kinder malen mit Kreide auf Felsbrocken. In einer Grube brennt mit türkisfarbener Flamme ein Feuer und es riecht nach selbst gemachtem Essen. Handwerkliche Produkte. Kerzen. Bücher. Gierig atme ich den Geruch nach herzhaftem Essen und den Rauch ein. Die Angehörigen der Geotruppen haben ihre schillernden Uniformen eigenhändig so umgestaltet, dass sie ihren Persönlichkeiten entsprechen. Als sie Benji kommen sehen, rennen einige von ihnen davon, was ich ihnen nicht verübeln kann. Vor dem würde ich mich auch verstecken.

Eine ältere Frau mit kurzen blonden Haaren tritt vor. Es ist die, die sich im Hauptquartier mit den Umbra-Leuten ums Territorium gestritten hat. Die Geotruppler, die eben geflohen sind, kommen zurückgerannt, um den Showdown zu erleben. *Warum habe ich plötzlich das Gefühl, im Wilden Westen zu sein und gleich zu sehen, wie alle ihre Colts ziehen und losballern?*

»Wir haben doch klargemacht, dass das unser Gebiet ist«, sagt die Frau. »Wir wollen nicht, dass ihr euch hier einmischt.«

Benji hebt beschwichtigend die Hände. »Ich bin gekommen, um ein Bündnis zwischen der Umbra-Gruppe und den Geotruppen zu schließen.«

»Scheiß drauf«, sagt ein alter Mann und spuckt aus. »Du weißt doch, was passiert ist, als sich auf der Erde Leute mit unterschiedlichen Visionen verbündet haben. Das war eine Katastrophe.«

Doktor A. nickt zustimmend. Rita kommt aus einem der Gebäude, begleitet von einem Mädchen mit langen blonden Haaren. Beide tragen selbst gemachte Ketten, die bis über die Brust reichen.

»Wer ist das?«, frage ich Dominick.

»Hannah. Du wirst sie mögen.«

Das bezweifle ich.

Rita und Hannah gesellen sich mir gegenüber zu der immer größer werdenden Menge. Ich sollte neben Rita stehen.

»Sobald die Bedenkzeit abgelaufen ist«, fährt Benji fort, »wird die Meritokratie unsere Gruppen ins Visier nehmen. Wir als Andersdenkende sollten einander unterstützen.«

»Die Meritokratie ist friedfertig«, entgegnet die Frau. »Wir sind ebenfalls friedfertig und fühlen uns hier wohl. Eure Gruppe wird nur Gewalt und Misstrauen bei uns säen.«

Da liegst du nicht völlig falsch.

»Ihr habt Kenntnisse über diese Region, die wir dringend brauchen, wenn wir zur Erde zurückkehren wollen«, sagt Benji.

»Zur Erde?«, hakt die Frau nach. »Was ist mit der Erde?«

»Die Erde ist nicht zerstört worden. Wir können erklären. ...«

»Warum solltеn wir euch glauben?«, fragt die Frau.

Ebendiese Frage habe ich damals auf der Erde dem ersten Hologramm gestellt. »Weil ihr keine andere Wahl habt«, hat es geantwortet.

Benji schweigt einen Moment. »Ich weiß nicht, warum ihr uns glauben solltet. Aber sie kennt uns gut.« Er zeigt auf Rita. »Und Doktor A. hat euch geholfen. Er gehört zu uns.«

Schweigen breitet sich aus. Rita ist die Schlüsselfigur. Ich weiß, dass sie mich hasst und deshalb gegen uns sprechen könnte. Ich versuche, telepathisch auf Rita einzuwirken und sie dazu zu bringen, dass sie uns hilft.

Rita räuspert sich und sagt: »Ich verbürge mich für sie.«

»Ich ebenfalls«, setzt Doktor A. hinzu.

Unmittelbar darauf bricht unter den Geotruppen eine heiße Diskussion aus.

Der alte Mann meint zu der blonden Frau: »Marie, wir brauchen hier keine Leute, die nicht zu uns gehören. Hab ich recht, Eugene?«

Der Koch, ein Mann mit verfilzten blonden Haaren, der eine eiserne Bratpfanne in der Hand hat, sagt: »Ich hab gehört, dass die auf Hightech fixiert sind und ihre Gruppe immer größer wird. So viele Mäuler kriege ich nicht satt.«

»Unsere Regel Nummer eins ist: keine Technologie«, wirft eine jüngere Stimme ein.

Benji macht ein langes Gesicht und dreht sich zu uns zurück.

»Ich weiß nicht, was ich sonst noch sagen soll«, meint er. »Vielleicht sollten wir umkehren und uns eine andere Strategie einfallen lassen.«

Ich schaue umher. Da immer mehr Leute ihre Bedenken äußern, achtet niemand mehr auf uns. Ritas und mein Blick kreuzen sich. Ihre Augen funkeln nicht so munter wie sonst, sondern wirken völlig ausdruckslos. Wo immer ich hinkomme, gibt es Probleme.

In dem Moment erschallt eine vertraute Stimme. »Ich kann mich für sie verbürgen.« Meine Großmutter Penelope ist aus einem der Gebäude getreten. »Sie sind meine Verwandten.«

Die Geotruppler stehen abwartend da. Nur der alte Mann zieht sich verstimmt in ein Gebäude zurück.

»Achtet nicht auf ihn«, sagt Marie. »Verwandte von Penelope sind uns jederzeit willkommen. Wenn ihr unsere Regel Nummer eins respektiert, bin ich bereit zu ersten Gesprächen.«

»Einverstanden«, willigt Benji ein.

Ich renne zu meiner Großmutter und umarme sie. Es ist so schön, wieder jemanden aus der Familie in den Armen zu halten.

»Marie, das ist meine Lieblingsenkelin Alexandra. Na ja, eigentlich ist sie meine einzige Enkelin, aber trotzdem.« Ich schüttle Marie die Hand.

»Und das ist ihr Partner, Dominick, stimmt's?«, fährt Penelope fort.

Dominick grinst. »Ja.«

»Und mein Lieblingsenkel Benjamin. Wo ist denn dein süßer Mann?«

Benji ignoriert die Frage und schüttelt Marie die Hand.

»Das ist Marie, eine der Gründerinnen der Geotruppen, außerdem eine gute alte Freundin, mit der ich vor Jahren in einer gemeinnützigen Organisation gearbeitet habe.«

»Willkommen bei uns«, sagt Marie. »Darf ich euch zum

Abendessen einladen? Es müsste bald fertig sein. Dabei können wir uns weiter unterhalten.«

»Angeblich wird bei euch richtig gekocht«, sagt Benji.

»Stimmt. Wir sammeln Nahrung und kochen auf altmodische Weise über einem Holzfeuer. Zum Glück haben ein paar Küchenchefs Eisenpfannen und Essensvorräte von der Erde mitgebracht. Allerdings muss ich zugeben, dass wir manchmal Reste von den Essenspodesten verwenden, weil uns bestimmte Zutaten fehlen.«

»Wir bleiben gern zum Essen hier.«

Ausnahmsweise sind mein Bruder und ich uns mal einig. Ich kann es kaum erwarten, etwas Richtiges zwischen die Zähne zu bekommen.

Marie führt uns durch das Lager der Geotruppen. »Zum Essen versammeln wir uns um die Feuerstelle. Hinterher muss jeder seine Utensilien abwaschen.«

»Woher habt ihr denn Wasser?«, erkundigt sich Benji.

»Also leicht war das nicht. Wir haben eine altmodische Filtervorrichtung konstruiert, um mittels Verdunstung und Kondensation auf natürliche Weise Wasser zu gewinnen.« Sie zeigt auf einen Wasserbehälter. »Dauert seine Zeit, versorgt uns aber mit Trinkwasser. Zum Baden reicht's leider nicht. Aber ich möchte euch noch was zeigen. Würde mich interessieren, was ihr davon haltet.«

Sie führt uns zum hinteren Teil des Lagers, wo es so dunkel ist, dass ich fast befürchte, wir könnten in einen Hinterhalt geraten. Wir klettern über umgestürzte Baumstämme und kämpfen uns durch Gebüsch. Das Wüste Land dehnt sich weiter aus, als ich zunächst vermutet hatte. Das ist mehr als nur eine Ansammlung von Gebäuden. Das ist eine alte Stadt.

»Da«, sagt Marie. »Habt ihr so was schon mal gesehen?«

Das Ganze sieht aus wie ein alter Bahnhof mit Vorplatz und Tunneln. Alles ist mit gelbgrünem Moos überwachsen. Rundum ragt wie bei einem Stonehenge der Zukunft eine Reihe seltsamer Steintore auf.

»Cool«, sagt Dominick.

Ich berühre die kalte Oberfläche des glatten Steins. Das Moos zerkrümelt unter meiner Hand und ein mehrbeiniges Insekt von der Größe einer Gottesanbeterin huscht ins Gebüsch davon.

»Das ist eine ähnliche Anlage wie die Portalstationen«, erklärt Benji. »Die neueren haben wir schon benutzt, um auf Solbiluna-8 herumzureisen. Die hier sieht allerdings sehr alt aus.« Er schiebt mit der Hand das Moos beiseite, das den Stein bedeckt. »Ja, hier ist eine Schalttafel. Altmodischer Art, also noch nicht holografisch.«

»Gut zu wissen. Wenn das ein Portal ist, wollen wir nichts damit zu tun haben.«

Geht mir genauso. Dieser Ort ist mir nicht geheuer.

»Hättest du was dagegen, wenn ich ein Team hierherschicke, um das alles zu untersuchen?«

»Nur zu. Das hier gehört ohnehin nicht zu unserem Lager, weil wir nicht wussten, worum es sich handelt.«

Wir beenden unsere Tour und kehren zum Abendessen ins Lager zurück.

Penelope gibt Dominick und mir richtige Schüsseln, richtige Löffel und richtige Tassen. Mir kommen fast die Tränen. Das Feuer brennt mit helltürkisfarbener Flamme, nicht mit orangeroter wie auf der Erde. Meine Schüssel wird mit reichhaltigem Stew gefüllt. Es schmeckt wie zu Hause.

»Warum ist die Flamme blau?«, fragt Dominick den Koch. »Ist da Kupfer oder Gas drin?«

»Gas nicht«, antwortet der Koch. »Wir feuern mit Holz. Im

Boden könnte Kupfer sein. Ich weiß nur, dass die Flamme heißer ist als gewöhnlich, sodass ich meine Pfanne ständig hin- und herbewegen muss.«

Beim Essen sitzen wir auf einem zurechtgehauenen Baumstamm.

»Wo sind deine Eltern?«, fragt mich Penelope.

Ich hätte nie gedacht, dass es solch eine Last mit sich bringen würde, die Welt durch ein Portal verlassen zu haben. Es ist, als trüge ich ein Schwert der Wahrheit bei mir, das ich anderen ständig in den Leib bohren muss.

»Sie ... äh ... haben es nicht geschafft.«

Ihr Gesichtsausdruck würde jeden zum Schweigen bringen. Ich weiß nicht recht, wo ich beginnen soll. »Ich ...«

Sie hebt abwehrend die Hand. »Jetzt fang bloß nicht an, diesen sturen Blödmann zu entschuldigen.«

»So war das nicht.«

»Ich will nichts davon hören. Ich bin nur froh, dass du dich im Gegensatz zu deiner Mutter getraut hast, dich von ihm loszumachen.«

Ich öffne den Mund, um die Entscheidung meiner Mutter zu rechtfertigen, doch in dem Moment macht Penelopes bitterer Gesichtsausdruck einer tiefen Traurigkeit Platz. Sie glaubt, ihre Tochter sei tot. Umgekommen beim Aufschlag des Kometen. Da haben wir's wieder. *Alexandra Lucas, die Seelenkillerin, die auch noch die letzte Hoffnung zerstört.*

Sie geht davon und ich überlasse sie ihrem Kummer. Schließlich bleibt mir nichts anderes übrig. Diese Leute kennen die Wahrheit noch nicht. Solche Dinge brauchen ihre Zeit. Erst wenn sie uns voll und ganz vertrauen, können wir ihnen reinen Wein einschenken.

Dominick und ich essen, ohne etwas zu sagen. Nach einer Weile kommen Rita und Hannah zu uns herüber.

»Hi«, sage ich mit einer Stimme, die kaum zu hören ist.

»Hannah, Alex«, stellt Rita uns einander vor, ohne meinen Gruß zu erwidern.

»Ooh, Alex. Hab schon viel von dir gehört«, sagt Hannah.

»Hannah und ich sind gute Freundinnen geworden. Wir haben *eine Menge* gemeinsam.«

Wenn sie mich damit verletzen wollte, dann ist ihr das gelungen. Ich esse mein Stew weiter.

»Sieht ja so aus, als seid ihr zwei wieder ein Paar«, fährt Rita fort.

Dominick verschluckt sich und hustet. Dann steht er auf. »Ich seh mal nach der Filtervorrichtung.«

»Ich auch«, sagt Hannah.

Ich schaufle weiter Essen in mich hinein. Am liebsten würde ich die zwei anflehen dazubleiben.

»Er hat die ganze Zeit nur von dir gesprochen«, sagt Rita. »Ich hab schon befürchtet, er würde depressiv werden.«

»Rita, das alles tut mir echt leid. Du kennst mich ...«

Rita fährt sich mit den Fingern durch ihr langes dunkles Haar. »Eben. Und du kennst mich. Ich kann einfach nicht glauben, dass du gedacht hast, ich würde dir so etwas antun. Nach allem, was wir durchgemacht haben. Ich bin stinksauer. Du hast unsere Freundschaft auf den Kampf um einen Jungen reduziert – und ausgerechnet um Dominick.«

»Ich weiß«, erwidere ich mit brüchiger Stimme. »Das tut mir so leid. Aber als ich euch zwei im Holoraum gesehen habe ...«

»... hast du wie üblich einen voreiligen Schluss gezogen«, fällt Rita mir ins Wort, »und deiner Fantasie freien Lauf gelassen, um das Schlimmste anzunehmen. Na ja, ich werd darüber hinwegkommen. Das Leben ist zu kurz, um sich mit so was zu belasten.«

»Das glaub ich dir nicht. Ich merke doch, wie aufgebracht du immer noch bist. Es tut mir wirklich leid. Wahrscheinlich bin ich deswegen so ausgerastet, weil ich euch beide so sehr vermisst habe.«

Sie setzt sich neben mich und bricht in Tränen aus.

Ich streiche ihr über den Rücken. »Bist du okay?«

Sie schüttelt den Kopf. »Ich weiß ja, dass ich ständig über meine Eltern gemeckert habe, aber ich dachte, dass sie zum Schluss doch noch nachgeben und mir hierher nachkommen würden. Dass sie mich ihrer Sekte vorziehen würden. Aber das haben sie nicht getan und jetzt vermisse ich sie. Ich vermisse ihre blöden Vorschriften und irgendwie vermisse ich sogar die Sekte.« Sie wischt sich die Tränen mit dem Uniformärmel weg. »Ich hab mich noch nicht mal von ihnen verabschiedet. Zuerst dachte ich, sie wären beim Untergang der Erde umgekommen. Doch dann hast du gesagt, die Hologramme hätten gelogen, sodass ich einfach nicht mehr weiß, was ich glauben soll.«

Es gibt keine Worte, um sie zu trösten. Ich umarme sie und nehme ihren Schmerz in mich auf, den Schmerz eines Kindes, das seine Eltern trotz aller Spannungen liebt. Die bittere Wahrheit ist: Auch wenn unsere Eltern den Kometen überlebt haben, könnten sie trotzdem tot sein, falls es auf der Erde zu einem allgemeinen Zusammenbruch gekommen ist. Je länger wir hierbleiben, desto wahrscheinlicher wird es, dass sie umkommen.

»Ich bin jederzeit für dich da«, stoße ich hervor.

»Danke, du Miststück.« Trotz ihrer Tränen bricht sie in Lachen aus.

Ich falle in ihr Lachen ein und dieses Lachen stellt unsere alte Freundschaft wieder her. Wie leicht vergisst man doch, wie es ist, eine echte Freundin zu haben.

»Wie bist du eigentlich bei den Geotruppen gelandet? Ich dachte, organisierte religiöse Gruppen wären nicht dein Ding.«

»Hab ich auch gedacht. Aber die sind nicht wirklich eine religiöse Gruppe. Sie glauben, dass wir uns auf uns selbst besinnen und lernen müssen, unsere natürliche Umgebung zu respektieren, sie zu hegen und zu pflegen und mit ihr zu interagieren. An all diese Werte hätten meine Eltern auch geglaubt, bloß dass sie das Ganze noch mit Extraregeln und Bibelzitaten gespickt hätten. Die Geotruppen waren wie eine Familie für mich. Marie und Eugene haben hier das Sagen.« Sie zeigt zu Marie, Penelope und Benji hinüber, die lachend neben dem Koch stehen, der gerade Essen austeilt. Selbst aus dieser Entfernung sehe ich an ihren leuchtenden Augen, wie sehr die zwei das Leben lieben.

Erneut huscht ein trauriger Ausdruck über Ritas Gesicht, der sich jedoch verflüchtigt, als Eugene verkündet, dass das Essen fertig ist.

»Aber wir haben doch schon gegessen.«

»Nachtisch.« Rita grinst. »Bei uns gibt es immer Nachtisch.«

»Kein Wunder, dass du dich den Geotruppen angeschlossen hast. Gehirnwäsche mittels Süßspeisen.«

»Gibt's eine bessere Methode?«

Die um das Lagerfeuer Sitzenden reißen sich jeder ein Stück von einem riesigen, mit einer klebrigen Substanz überzogenen Laib ab und reichen ihn weiter. Das Zeug schmeckt wie ein warmer, glasierter Donut.

»Ist ja köstlich. Woraus besteht denn das?«

»Das verrät Eugene nicht, aber auf alle Fälle kann er Wunder wirken.«

Wir nehmen auf einem anderen Baumstamm Platz, der

wie eine Bank mit Beinen versehen ist. Dominick gesellt sich zu uns.

»Wie friedlich es hier ist«, stelle ich fest.

»Uns geht es vor allem darum, von der Technologie wegzukommen und mit der Natur zu kommunizieren«, erklärt Rita. »Das hat tatsächlich etwas Heilsames. Du glaubst ja gar nicht, wie viel Stress die Abhängigkeit von technischen Geräten früher mit sich gebracht hat. Kein Wunder, dass die Leute immer so schlecht drauf waren.«

Hannah kommt mit einem großen Batzen Pseudo-Donut zu uns. »Ich hab Marie überredet, uns eine Extraportion zu geben.« Sie bricht für jeden von uns ein Stück ab.

»Toll«, sagt Dominick und beißt herzhaft hinein.

Plötzlich leuchten in der Ferne verschiedenfarbige Lichter am nächtlichen Himmel auf, die mich irgendwie an Polarlichter erinnern.

»Hey, was ist denn das?«, frage ich.

»Das passiert jeden Abend. Das ist das Licht von all den Firmamentlichtspielen in den einzelnen Wohnkomplexen.«

Wir sitzen da und genießen die Nacht. Wenn das Licht am Himmel nicht wäre oder das DT-Band an unseren Handgelenken oder die türkisfarbene Flamme des Feuers, könnte man sich fast einbilden, wir drei wären wieder zu Hause und säßen wie jedes Jahr im Sommer an unserem Strandfeuer. Doch ich befürchte, dass wir hier zum letzten Mal so friedlich zusammensitzen.

18

TAG 29: NOCH 94 STUNDEN BEDENKZEIT

Die Ratsversammlungen der Meritokratie finden täglich mittags im TriCenter der einzelnen Wohnkomplexe statt. Da wir natürlich nicht überall zugleich sein können, schicken wir holografische Vertreter von uns zu diesen Versammlungen, die sie über CVBE oder persönlich mitverfolgen können. Ihr diesbezügliches Feedback ist uns jederzeit willkommen.

Ich versuche, allein in meiner Wohnung zu übernachten, obwohl ich mich frage, ob ich ins Hauptquartier ziehen oder mich Rita und den Geotruppen anschließen sollte. Trotz des Bündnisses zwischen den Geotruppen und der Umbra-Gruppe hat es in den letzten Tagen Unstimmigkeiten gegeben. Dabei ging es um den Plan, dass einige den Beitrag leisten sollen, um sicherzustellen, dass die HöWes nicht beide Gruppen ins Visier nehmen. Etliche Umbra-Leute haben sich zu diesem Schritt entschlossen, damit sie in aller Ruhe Informationen sammeln können, statt zu Arbeiten herangezogen zu werden. Die Geotruppen hingegen haben vor, sich aus allem rauszuhalten und weder den Beitrag zu leisten noch sich zu Arbeiten zwingen zu lassen. Manche Pazifisten sind rebellischer, als man allgemein annimmt.

Als die Countdown-Uhr auf meinem DT-Band nur noch eine zweistellige Ziffer anzeigt, wird mein Bedürfnis, die PSF-Kabine aufzusuchen, immer größer. Ich finde mich damit ab, dass es möglicherweise auch Vorteile hat, in Zukunft als Einzelgängerin abgestempelt zu sein. Die Frage, ob ich den Beitrag leisten soll oder nicht, ist ein weiteres Problem, von dem ich mich überfordert fühle, zumal ich nicht weiß, warum die HöWes uns hierhergelockt haben, ob wir je zur Erde zurückkehren werden und ob man mich bestrafen wird, wenn ich mich weigere, den Beitrag zu leisten.

Ich schreibe in mein Tagebuch:

Worst-Case-Szenario 1: Ich leiste den Beitrag nicht und muss arbeiten, während alle anderen ein müßiges Leben führen. Kommt mir ziemlich unfair vor, wenn alle anderen das Leben genießen, während ich wie eine Sklavin gehalten werde. Unterscheidet sich eigentlich nicht sonderlich vom Leben mancher Leute auf der Erde. Worst-Case-Szenario 2: Wir bleiben für immer hier und ich werde nach meinem Tod eine Biohologrammsklavin, kann vorher aber ein müßiges Leben führen. Falls das überhaupt stimmt. Ich meine, seit wann geht es im Leben denn nur noch um Arbeit und Stress und Konsum und Aussehen und immer weniger darum, was wir fühlen und denken? Zumindest in dieser Hinsicht haben die HöWes ja recht. Wenn man auf materielle Dinge und Shoppen bis zum Umfallen verzichtet, sind weder Geld noch Arbeit nötig.

Vielleicht sollte ich mich einfach mit allem abfinden. Sie haben uns entführt, na und? Vielleicht war es ja zu unserem eigenen Besten. Vielleicht verliere ich gerade den Verstand. Vielleicht komme ich endlich zur Vernunft.

Der soziale Druck ist deutlich spürbar. *Nein, nein, nicht so. Nie und nimmer.* Ich möchte auf reale Weise mit anderen Menschen in Verbindung treten. Wie Doktor A. bei dem Umbra-Treffen gesagt hat: »Ich möchte zu Lebzeiten einen echten Beitrag leisten, möchte etwas Größerem dienen. Ich möchte, dass mein Leben für jemanden eine Bedeutung hat, bevor ich sterbe.«

Nachdem ich in der Nacht wenig geschlafen habe, liege ich am Morgen in meiner neu erschaffenen Hängematte und blättere mein Tagebuch durch, um nachzulesen, was die Hologramme uns damals auf der Erde alles versprochen haben. Bisher stimmt alles, sieht man einmal von den wichtigsten Fragen ab, die wir nicht gestellt haben.

Die Tür gibt einen Piepton von sich und Dominicks Gesicht erscheint auf dem Schirm. Pünktlich wie immer.

Ich mache die Tür auf und gebe ihm ein Küsschen, das er mit einem längeren Kuss erwidert.

»Rita müsste gleich hier sein«, sage ich und mache mich von ihm los. »Ich dachte, wir könnten ein bisschen im ZENTRUM rumhängen und hinterher vielleicht den Wald erkunden.«

»Und ich dachte, wir gehen ein bisschen in die Holoräume. Jemand hat eine Nachbildung von Hogwarts programmiert.«

Wie kann ich ihm das bloß ausreden? »Vielleicht solltet ihr zwei da allein hingehen.«

»Was ist los? Bist du wieder eifersüchtig?«

»Nein, wirklich nicht. Es ist nur so, dass ich die Holoräume nicht mag.«

»Wieso denn nicht? Die sind doch toll.«

»Nein, die sind eine weitere Falle. Die HöWes haben uns all unsere Freiheit genommen, sie versorgen uns mit Essen und Unterkunft und kümmern sich um unsere Gesundheit und bieten uns künstliche Welten an, in denen wir uns amüsieren können. Im Gegenzug überlassen wir ihnen praktisch all unser geistiges Eigentum umsonst. Zwischen Teilhabe und Ausbeutung besteht ein großer Unterschied. Irgendetwas daran kommt mir nicht richtig vor. Künstliche Dinge haben etwas Totes an sich. Ich möchte das richtige Leben auf der Erde zurückhaben. Ich möchte eine richtige Katze streicheln, auf einen richtigen Berg steigen, im richtigen Salzwasser eines Ozeans schwimmen. Bei alldem fehlt mir die Echtheit.«

Er grinst. »Tolle Rede.«

Ich ziehe meine Stiefel an. »Danke. Sicher gibt es noch was anderes, bei dem wir Spaß haben können.« Ich tippe zweimal auf mein DT-Band.

Mein Hologuide erscheint und ich frage die Frau, wie wir unsere Freizeit gestalten könnten. Alles, was sie aufzählt, bezieht sich auf die Holoräume oder die Firmamentlichtspiele, die abends stattfinden. Außerdem können wir noch eine Spritztour unternehmen.

»Tja, das war ja nicht gerade hilfreich«, murmle ich, nachdem ich sie weggeschickt habe. »Auf eine Fahrt im Magpod habe ich auch keine Lust.«

»Gefällt mir, dass dein Hologuide wie eine Superheldin gekleidet ist«, sagt Dominick, der es sich in der Hängematte bequem gemacht hat.

»Irgendwas dagegen einzuwenden? Dein Hologuide sieht ja wahrscheinlich wie Albert Einstein aus.«

Er weicht meinem Blick aus. »Nein, obwohl das eine gute Idee ist.«

»Du verheimlichst mir doch was.«

»Überhaupt nicht.«

»Natürlich tust du das. Dann zeig mir doch mal deinen tollen Hologuide, wenn du schon über meinen lästerst.«

»Nein, ich ... das ist etwas sehr Persönliches.«

Ich falle über ihn her und versuche, zweimal auf sein DT-Band zu tippen. Selbst als ich ihn kitzle, gelingt es ihm immer wieder, mir auszuweichen.

»Wenn du ihn mir zeigst, komm ich auch mit in die Holoräume.«

»Abgemacht«, erwidert er und tippt auf sein DT-Band, worauf sein Hologuide erscheint.

Der eine genaue Nachbildung von mir ist, einschließlich der Sommersprossen im Gesicht. Die langen Locken sehen jedoch äußerst gepflegt aus und die Erscheinung trägt eine superenge *Star Trek*-Uniform. Könnte durchaus Seven of Nine sein.

»Bitte nennen Sie Ihre Wünsche, Dominick Landen.«

Ich weiß nicht recht, was ich von dem, das ich da vor mir sehe, halten sollte. Eigentlich müsste ich mich geschmeichelt fühlen. Es ist wunderbar. Und gleichzeitig traurig. Kurzum: unglaublich.

Es ist aber auch gruslig. *Bitte nennen Sie Ihre Wünsche. Bitte stechen Sie mir die Augen aus.*

Ich presse die Hände gegen den Kopf. »Warum hast du das gemacht?«

Dominick klettert aus der Hängematte. »Weil ich dich vermisst habe. Ich wusste doch nicht, ob du wirklich nachkommen würdest. Ich wollte dich einfach wiedersehen.«

Ich umrunde die Erscheinung, um mich aus unterschiedlichen Blickwinkeln zu betrachten. Sie ist ein wenig größer als ich und die Brüste kommen mir voller vor. »Aber das bin nicht ich.«

Dominick schiebt die Hände in die Taschen. »Das weiß ich.«

»Ach ja? Hast du etwa versucht, sie zu küssen oder so?«

»Nein. Na ja, doch. Einmal.«

»Dominick!«

Er schüttelt den Kopf. »Ich will doch nur ehrlich zu dir sein!«

»Bitte nennen Sie Ihre Wünsche, Dominick Landen«, wiederholt der Hologuide.

Wenn ich auf diese Nachbildung von mir, die ihm ihre Dienste anbietet, einschlagen könnte, würde ich es tun. »Ändere ihre Gestalt! Sofort.«

»Ich kann sie doch nicht löschen«, entgegnet er. »Das bist doch du.«

»Das bin ich nicht! Ich gebe dir die Erlaubnis, sie zu löschen.«

»Ich brauche deine Erlaubnis nicht. Sie ist mein Hologuide.«

»Sie ist wie ich!«

In dem Moment gibt die Tür einen Piepton von sich und auf dem Schirm erscheint Ritas Gesicht. Ich lasse sie herein, bevor Dominick die Möglichkeit hat, seinen Hologuide wegzuschicken. Ritas Uniformjacke ist mit winzigen fluoreszierenden Tupfen übersät, die in einem fort ihre Farbe und Größe wechseln. Schön, dass sie wieder modebewusst ist.

Rita kichert hysterisch. »Oh Mann. Wenn das kein Sexhologramm ist!«

»Einfach krass!«, füge ich hinzu.

»Stimmt ja gar nicht«, sagt Dominick.

»Moment mal ...«, sage ich, packe Dominick beim Handgelenk und tippe auf seinem DT-Band auf HOLOGUIDE MODIFIZIEREN und KLEIDUNG LÖSCHEN.

Das Ergebnis treibt mir die Schamröte ins Gesicht.

Rasch versieht Dominick mein holografisches Ich wieder mit Kleidung. »Ich schwöre, dass ich so was nie gemacht habe.«

»Schwöre bei deinem Vater.«

Schweigen.

»Wusst ich's doch! Ändere deinen Hologuide sofort!«

»Mach ich ja. Versprochen.«

Rita zieht uns beide an sich. »Mann, hab ich euch vermisst.«

Da ich Dominick versprochen habe, mit ihm und Rita in die Holoräume zu gehen, wenn er mir seinen Hologuide zeigt, verbringen wir den Tag mit Rollenspielen in Hogwarts und in einer Kolonie auf dem Mars, wo wir uns in einem Pool aalen und in schwebenden Baumhäusern allerlei schwierige Aufgaben bewältigen. Eigentlich müssten diese Aktivitäten mir Auftrieb geben, da sie mit keinerlei Gefahr verbunden sind, und trotzdem steigt immer wieder Angst in mir auf, sodass ich in einem fort zu mir sage: *Lass dich nicht von deinen Gedanken überwältigen. Das ist keine echte Gefahr.* Der Aufenthalt hier ist, als sei man high. Das Ganze wirkt auf mich wie eine Droge und ich merke, dass ich süchtig werden könnte, wenn ich mich darauf einlasse. Hier ist alles so friedlich, auf eine Weise, dass man seine irrationalen Gedanken fast vollständig loswird. Ich gestatte mir, mich aus der Wirklichkeit auszuklinken, zumindest für ein Weilchen.

Erschöpft kehren wir ins ZENTRUM zurück, als gerade Zeit fürs Abendessen ist.

»Ich verstehe immer noch nicht, wie es möglich ist, dass wir holografische Dinge anfassen können«, sagt Rita. »Das ist doch bizarr.«

»Das hängt davon ab, wie man feste Körper wahrnimmt«, erkläre ich.

»Genau«, meint Dominick.

Rita isst einen Happen und spricht kauend weiter. »Manchmal ist es mir nicht ganz geheuer, wie ihr zwei miteinander kommuniziert.«

»Es ist folgendermaßen.« Ich halte ihr meinen essbaren Teller hin. »In diesem Teller und in meiner Hand gibt es eine bestimmte Anzahl von Molekülen. An einem bestimmten Punkt überschneiden sich diese Moleküle und mein Gehirn erhält das Signal, dass ich etwas berühre, was nichts anderes heißt, als dass Moleküle aus unterschiedlichen Bereichen interagieren. Dafür braucht man nicht unbedingt greifbare Objekte. Wenn du in der Sonne liegst, spürst du die Strahlen, stimmt's?«

»Denke schon«, erwidert Rita. »Trotzdem ist es seltsam. Hologramme bestehen doch nur aus Licht.«

Wir entdecken einen freien Tisch und setzen uns auf eine Bank. Erst als ich Platz nehme, merke ich, wie sehr mich der Aufenthalt in den Holoräumen angestrengt hat. Meine Beine tun höllisch weh.

»Diesen Teil der Quantenmechanik verstehe ich auch nicht«, sagt Dominick. »Nach meinen bisherigen Erkenntnissen haben die HöWes entdeckt, dass auf der Quantenebene zwischen Protonen elektromagnetische Kräfte entstehen und unter den richtigen Bedingungen zu einer Quantenverschränkung führen können, bei der sich ein fester Körper bildet. Das hätte ich nie für möglich gehalten. Die Nanoholocoms benutzen sie ...«

»Hör bloß auf mit dem wissenschaftlichen Blabla«, fällt Rita ihm ins Wort. »Ist doch so, wie es ist, schon schlimm genug.« Sie kaut weiter und denkt einen Moment nach. »Seid ihr schon mal auf den Gedanken gekommen, dass die Nanoholocoms so was wie ein riesiges unsichtbares Netz und wir die Fische sind?«

Diese Überlegung wirkt in mir nach und ich stelle mir vor, wie mein Körper sich in holografischen Seilen verheddert. Das wirft ein gänzlich neues Licht auf meine Hängematte. Könnte sein, dass ich sie abschaffen muss.

»Ist das nicht gegen die Regeln der Geotruppen, wenn du dich auf Technologie einlässt, in die Holoräume gehst und Essen von der Plattform isst?«, frage ich.

»Regeln? Wie gut kennst du mich eigentlich?«, erwidert Rita.

Dominick räuspert sich. »Was, wenn dieser ganze Planet eine Illusion ist, der kranke Scherz irgendeines Programmierers, bei dem unser Leben nur der Unterhaltung einer außerirdischen Rasse dient?«

»Vielen herzlichen Dank«, ächze ich. »Und ich dachte immer, nur ich sei paranoid.«

»Ihr zwei passt wirklich gut zusammen«, meint Rita.

Nach dem Abendessen versammeln sich die Leute auf dem Rasen und warten auf die Firmamentlichtspiele. Wir drei gesellen uns zu ihnen und mir wird bewusst, dass ich mich schon lange nicht mehr so wohlgefühlt habe. Die DT-Bänder um uns herum leuchten wie Sterne in der Dunkelheit, Lichter, die die Schönheit des Todes symbolisieren. Vielleicht kommt irgendwann einmal ein Punkt, wo die Wahrheit irrelevant ist, die Geschichte der Vergangenheit angehört und man nur noch in der Gegenwart lebt. Vielleicht hört man irgendwann einmal auf zu kämpfen, weil man weiß, dass alles vergebens ist. Wenn man sich einfach zurücklehnt und anpasst, wird schon alles gut werden, selbst wenn man die Zweifel, die an einem nagen, ignorieren muss. *Warum also dagegen ankämpfen?*

Deshalb wollte ich nicht mehr in die Holoräume gehen. Das ist zu verführerisch und zu gefährlich. *Für uns alle.*

Dominick kehrt für die Nacht zu seiner Familie zurück, während Rita beschließt, sich bei mir einzuquartieren. Als wir in die Wohnung kommen, finden wir Marcus vor, der in seinem Holobett liegt.

»Hast du was dagegen, wenn Rita über Nacht hierbleibt?«, frage ich.

»Natürlich nicht. Tut mir leid, wenn ich euch störe. Brauchte mal eine Auszeit von der Umbra-Gruppe. Hab schlimme Kopfschmerzen.«

»Du störst uns nicht. Wir wollen hier nur pennen.« Ich lasse mich auf mein Bett plumpsen und kreiere ein Bett für Rita, das sich neben dem meinen materialisiert. Während das zweite Holobett sich verfestigt, setzt Rita sich zu mir.

»Wie läuft's denn so?«, fragt Rita Marcus, der hinter dem Raumteiler liegt. »Mit dem Bündnis, meine ich.«

»Ganz okay, glaube ich. Ist alles ein bisschen langweilig. Die Geotruppen haben uns Unmengen von Informationen über die Umgebung geliefert. Ich habe zusammen mit Professor Marciani und Katherine an dem alten Portal außerhalb des Lagers gearbeitet. Jetzt brauche ich eine Auszeit, weil mir der Kopf von all den mathematischen Berechnungen dröhnt.«

»Und wie laufen die Recherchen?«, erkundigt sich Rita.

»Sehr gut. Wir haben schon eine Menge in Erfahrung gebracht.«

»Wie hat Benji sich denn benommen?«, frage ich.

»Sehr reserviert. Das war er schon immer, aber früher ist mir das nicht so aufgefallen, weil ich als Lehrer zu viel zu tun hatte.«

Reserviert. Keine Vokabel, mit der ich meinen Bruder beschreiben würde, der mir normalerweise viel zu sehr auf der Pelle sitzt.

Als die Tür piept, erwarte ich, Dominick oder Benji zu sehen. Aber es ist Doktor A.

»Ich möchte mal nach Marcus sehen. Vielleicht kann ich irgendwas für ihn tun.«

»Sie hätten nicht extra vom Hauptquartier hierherkommen müssen«, sagt Marcus. »Mir geht's bestens. Brauche nur etwas Schlaf.«

Doktor A. misst seine Temperatur und horcht seine Brust ab. Rita probiert ihr Holobett aus. Ich ziehe die Decke über mich und strecke unter dem weichen Stoff meine schmerzenden Beine aus.

»Haben Sie heute genug gegessen?«, fragt Doktor A.

»Ja«, antwortet Marcus. »Ich brauche nur …«

Seine Stimme verliert sich und ich höre ein seltsames Rütteln. Rita und ich rennen hinter den Raumteiler. Marcus' Körper ist in Zuckungen geraten. Doktor A. rollt ihn auf die Seite und hält ihn fest, damit er nicht aus dem Bett fällt und sich verletzt. Er hat einen Anfall wie die Verrückte kurz vor ihrem Tod.

Ich greife nach meinem DT-Band. »Wie zum Teufel lautet der Code für die HME?«

»HME ÖFFNEN. Notfall«, schreit Rita.

Marcus' Hologuide erscheint, eine unmodifizierte androgyne Gestalt in grauer Uniform. »Bitte treten Sie von dem Patienten Marcus Lucas-Blu zurück«, sagt eine Stimme.

Sein Hologuide streckt die Hand aus und legt sie auf Marcus' Stirn. Aus der Hand kommt violettes Licht, das Marcus' Kopf umhüllt. Sein Körper hört auf zu zucken.

»Leisten Sie so etwas wie Erste Hilfe?«, fragt Doktor A. den Hologuide.

»Ja. Das geschieht immer dann, wenn der Patient für den Transport stabilisiert werden muss.«

»Der Patient wird in eine HME-Einrichtung eingeliefert, um dort untersucht und behandelt zu werden«, verkündet die HME-Stimme.

Innerhalb von Sekunden materialisiert sich eine Art holografische Bahre unter Marcus' Körper. Sobald sie sich verfestigt hat, verschwindet sein Bett, sodass die Bahre mit Marcus mitten in der Luft schwebt. Anschließend bildet sich über ihm ein durchsichtiges Gehäuse. Das Ganze sieht aus wie ein fliegender Glassarg. Sein Hologuide bringt ihn aus dem Raum. Ich drücke auf meinen Pager, um Benji zu benachrichtigen. Doktor A. zupft unablässig an seinem Bart und starrt auf die leere Stelle, wo das Bett gestanden hat. Seine Augen sind feucht.

»Hier gibt es wohl nichts mehr für mich zu tun«, murmelt er. »Entschuldigen Sie mich.« Bevor ich etwas erwidern kann, hat er die Wohnung verlassen.

Ich setze mich wieder auf mein Bett und Rita nimmt neben mir Platz. »Was ist denn da eben passiert?«

»Keine Ahnung. Ich glaube, er hatte einen Anfall. Doktor A. schien ziemlich erschüttert, obwohl er sonst die Ruhe selbst ist.«

Rita nickt und blickt in Richtung Tür. »Das war nicht gut. So hab ich Doktor A. noch nie erlebt.«

»Ich glaube, er hat noch nie erlebt, dass man ihn nicht mehr braucht.« Darüber denke ich bis spät in die Nacht nach und gelange schließlich zu der Frage, was hier wohl mit Menschen geschieht, die nicht mehr imstande sind zu arbeiten.

Als mitten in der Nacht die Bedenkzeit zu Ende geht, versammeln sich die Leute aus Neugier im ZENTRUM. Es ist ganz natürlich, sich zu Gruppen zusammenzufinden, wenn solch ein wichtiger Countdown läuft. Ich stehe mit Rita,

Dominick, Kendra, Nolan und einigen neuen Umbra-Mitgliedern zusammen. Der letzte Countdown dieser Art endete mit einem gefakten Kometen. *Welche Folgen meine Untätigkeit wohl diesmal hat?*

»Wir können uns einfach weigern«, meint Rita zu mir. »Wer sagt denn, dass wir eine Entscheidung treffen müssen? Sie können uns schließlich nicht zur Arbeit zwingen.«

Als unsere DT-Bänder aufleuchten, weil über CVBE etwas mitgeteilt werden soll, projizieren mehrere der Anwesenden Holoschirme in die Luft. Keron, der Sprecher der Meritokratie, kommt ins Bild.

»Die Bedenkzeit ist abgelaufen. Danke, dass Sie zum Wohle künftiger Generationen den Beitrag geleistet haben. Um der Fairness und Gleichheit willen werden sich mit all denjenigen, die den Beitrag bisher nicht geleistet haben, morgen früh die Arbeitszuweisungscenter in Verbindung setzen. Sie haben jeden Tag die Gelegenheit, Ihre Entscheidung neu zu überdenken.

Die Meritokratie weiß alle Bewohner von Solbiluna-8 zu schätzen und hofft, jeden von Ihnen dazu zu inspirieren, dass er lieber träumt, statt zu arbeiten. Möge Ihr Beitrag zur Freiheit führen.«

Als die Rede zu Ende ist, gibt mein DT-Band mehrmals einen leisen Ton von sich und ändert seine Farbe in Stahlgrau. Rita, Kendra und Nolan blicken auf ihre DT-Bänder, die ebenfalls stahlgrau geworden sind. Das von Dominick ist nach wie vor golden.

Eine große Frau mit hellrotem Haar, deren DT-Band golden schimmert, flüstert uns zu: »Warum habt ihr nicht einfach den Beitrag geleistet? Warum alles unnötig verkomplizieren? Der da hat's richtig gemacht.« Dabei zeigt sie auf Dominicks DT-Band.

Rita und Kendra verdrehen die Augen. Nolan kichert.

»Diesmal nicht«, murmelt Dominick.

»Wir müssen uns nicht darauf einlassen«, sagt Rita. »Die können uns nicht zum Arbeiten zwingen.«

Da kennt sie die HöWes schlecht.

Wir verabreden, uns später zum Frühstück im ZENTRUM zu treffen. Obwohl ich so erschöpft bin, dass mir schwindlig ist, finde ich in der Nacht kaum Schlaf. Morgens komme ich als Erste ins ZENTRUM. Nach und nach treffen immer mehr Leute ein – mit besorgtem Gesichtsausdruck, wenn ihr DT-Band stahlgrau ist, mit strahlendem Lächeln, wenn es golden schimmert. Rita, Kendra und Nolan gesellen sich zu mir. Dominick hat beschlossen, ins Umbra-Hauptquartier zu gehen, weil er hofft, bei den Recherchen helfen zu können.

»Wo ist Hannah?«, fragt Kendra Rita.

»Sie bleibt außer Reichweite des Networks, weil sie den Beitrag nicht geleistet hat. Wir könnten uns natürlich auch jederzeit davonmachen.«

Ich habe zu viel Angst, um mich offen aufzulehnen. Wie Benji gesagt hat, wissen wir nicht, was für Folgen es hat, den Beitrag nicht zu leisten.

Unsere DT-Bänder leuchten auf und über ihnen erscheinen holografische Karten, jede mit einem blinkenden Licht, das einen jeweils anderen Ort markiert. Darunter steht: ARBEITSZUWEISUNG.

»Wir könnten einfach hierbleiben«, meint Rita. »Was wollen sie denn dagegen machen?«

»Rita, ich glaube nicht ...«

»Sie werden uns schon nichts zuleide tun. Sie reden doch ständig davon, wie friedlich sie eingestellt sind.«

Sie irrt sich und ich weiß, dass sie sich irrt. Trotzdem bleibe ich bei ihr.

»Begeben Sie sich unverzüglich zu dem Ihnen zugewiesenen Arbeitsplatz«, verlangt eine ausdruckslose Stimme, die aus dem Holoschirm kommt.

»Siehst du? Die bringen's noch nicht mal fertig, wütend zu werden«, spottet Rita und versucht, die Holokarte wegzuklicken, was ihr jedoch nicht gelingt.

Die Emotionslosigkeit ist genau das, was mir Angst einjagt. »Vielleicht sollten wir der Aufforderung Folge leisten. Benji würde nicht wollen, dass ich irgendwie Aufsehen errege.«

»Seit wann richtest du dich denn nach Benji?«

»Gute Frage. Aber bist du schon mal von der VMR ruhiggestellt worden? Ich ja.« Ich ziehe mein Hosenbein hoch. Die Narben sind zwar verblasst, aber noch sichtbar.

»Oh mein Gott, Alex. Das sieht ja schlimm aus.«

»Nun komm schon, lass es uns in Angriff nehmen. Sieh es einfach als Opfer, das du der Rebellion bringst.«

Sie stimmt mir zu und wir brechen auf.

»Bis heute Abend im ...« Ich werfe einen vielsagenden Blick auf die Hologramme. »... du weißt schon, wo.«

Jede von uns nimmt einen anderen Magpod, um zu dem auf der Karte angegebenen Ort zu gelangen. Zehn Minuten später macht meiner vor einer HME-Einrichtung halt. Sobald ich den Eingang erreicht habe, verschwindet die Karte. Stattdessen leuchtet auf meinem DT-Band das CVBE-Licht auf. Eine Stimme teilt mir mit: »Willkommen an Ihrem Arbeitsplatz. Nur Patienten haben Zutritt zur HME-Einrichtung. Bitte stellen Sie sich am Eingang auf und kontrollieren Sie, ob jeder ein blaues DT-Band hat. Wenn unbefugte Personen das Gebäude betreten, wird für alle Beteiligten einschließlich Ihnen die VMR aktiviert.«

Scheint ziemlich einfach zu sein, obwohl ich es nicht gewöhnt bin, unter einem solchen Druck zu arbeiten. Die ersten Stunden sind extrem langweilig. Um in Bewegung zu bleiben, laufe ich hin und her. Ab und zu treffen Patienten ein, von denen manche bewusstlos auf Holobahren liegen und von ihrem Hologuide begleitet werden. Obwohl die einzelnen Hologuides unterschiedlich gestaltet sind, erkenne ich sie an ihrem leeren Gesichtsausdruck.

Ich habe Anspruch auf zwei fünfminütige Pausen, um zur Toilette zu gehen, darf meinen Arbeitsplatz aber nicht verlassen, um etwas zu essen. Mein Magen knurrt und vom langen Stehen werden mir die Beine schwer. Nach mehreren Stunden habe ich nur noch den Wunsch, in meine Wohnung zurückzukehren und meine schmerzenden Muskeln in der PSF-Kabine massieren zu lassen.

Als einmal zu viele Patienten gleichzeitig eintreffen, werde ich hektisch, stehe die Situation aber durch. Ich bilde mir ein, alles unter Kontrolle zu haben – bis dann ein Mann darauf besteht, seine Frau hineinzubegleiten.

»Lassen Sie mich los«, sagt er und versucht, sich meinem Griff zu entwinden. »Meine Frau ist dadrinnen. Sie braucht mich.«

»Sie müssen sich an die Regeln halten. Sonst werden wir beide von der VMR bestraft.«

Er entschlüpft mir und rennt durch die Tür.

Sofort erhalte ich Stromstöße in die Beine und stürze zu Boden. Durch die Tür sehe ich, wie der Mann ebenfalls bestraft wird. Die Maßregelung fällt relativ milde aus, denn das Gehäuse bleibt uns erspart. Als der Mann aufsteht und trotzdem versucht weiterzugehen, bekommen wir beide noch eins verpasst.

»Bitte lassen Sie das, Sir«, flehe ich ihn an.

Er kommt zurückgekrochen und wir sitzen zusammen, bis wir uns wieder erholt haben.

Bereits nach einem Tag mit öder, sinnloser Arbeit habe ich den Wunsch, den Beitrag zu leisten.

19

TAG 33

Die Bedenkzeit ist abgelaufen. Bis zum heutigen Tag haben 82 % der Flüchtlinge von der Erde den Beitrag geleistet.

Sobald meine Arbeit beendet ist, eile ich ins Lager der Geotruppen, um mich bei Rita und Dominick auszuheulen. Ich treffe jedoch nur Hannah an, die zusammen mit einer Gruppe von Kindern handwerkelt. Unter den Kindern befindet sich auch Dominicks kleiner Bruder.

»Hast du Rita und Dominick gesehen?«, frage ich Hannah.

»Rita ist noch nicht wieder da. Dominick ist mit dem Wissenschaftlerteam zu den alten Portalen gegangen.«

»Danke.«

»Und? Wie war's?«, erkundigt sie sich.

»Total stupide.«

»Hört sich ja nicht so schlimm an.«

Ich zucke die Achseln. Es war in der Tat nicht allzu schrecklich. Ehrlich gesagt, hatte ich es mir heftiger vorgestellt. Vielleicht sind die HöWes doch nicht so übel, wie es den Anschein hat, sieht man einmal davon ab, dass sie uns von der Erde hierhergelockt haben. Vielleicht haben sie die Katze aber auch noch gar nicht aus dem Sack gelassen.

Nachdem ich das Lager verlassen habe, steuere ich auf die alte Portalanlage zu. Ich habe das Gefühl, als hätte eine Zeitmaschine mich in die Welt der Kelten gebracht: ein Halbkreis von Steintoren, alle mit Moos überzogen. Aus einem der Tunnel höre ich Stimmen.

Kurz darauf finde ich Dominick, der zusammen mit Katherine, Professor Marciani und anderen Wissenschaftlern gerade an einer Schalttafel zugange ist. Alle tragen Schutzbrillen.

Dominick kommt zu mir und legt mir die Hand auf die Schulter. »Na, wie war's?«

»Lang und langweilig. Ich nehme an, ihr habt alle den Beitrag geleistet«, füge ich hinzu.

»Was wir hier machen, hat oberste Priorität«, antwortet der Professor. »Setzen Sie die auf.« Er reicht mir eine Schutzbrille. Ich schiebe den Riemen unter meinen Pferdeschwanz und befestige ihn.

»Mississippi, du kommst gerade zur rechten Zeit.«

»Inwiefern?«

Professor Marcianis Augen leuchten auf. »Unser erster Versuch, ein Portal zu erschaffen, ist nach zwei Sekunden gescheitert. Nachdem wir einige Einstellungen modifiziert haben, müsste der zweite Versuch jetzt glücken.«

»Ich dachte, es würde viel länger dauern, ein Portal zu erschaffen.«

»Benutzen können wir es natürlich noch nicht, aber diese alte Portalanlage ist ein ausgesprochener Glücksfund«, sagt Katherine.

Vor meinem inneren Auge tauchen Bilder vom grünen Gras und vom blauen Himmel auf der Erde auf. »Dann können wir also nach Hause zurückkehren.«

»Irgendwann wohl schon«, sagt einer der Wissenschaftler. »Vorausgesetzt, wir finden die richtigen Koordinaten für die Erde heraus. Im Moment ist das alles noch das reinste Ratespiel.«

»Ha! Dann geben Sie also zu, dass die Erde noch existiert.«

»Sachte, sachte«, schaltet sich Professor Marciani ein. »Allerdings könnte dieses Portal tatsächlich einen Beweis dafür liefern, wenn wir die Koordinaten ermittelt haben.«

»Bitte zurücktreten«, ordnet einer der Wissenschaftler an. »Fünf, vier, drei, zwei, eins ...«

Und schon erscheint in voller Pracht ein magentarotes, wirbelndes Portal vor uns. Ich war noch nie so glücklich, solch ein Ding zu sehen.

»Warum hat es denn diese Farbe?«, fragt Dominick. »Ich dachte, es würde blau sein.«

»Keine Ahnung«, gibt Professor Marciani zu. »Das müssen wir noch eruieren.«

»Dann könnten wir also rein theoretisch zurückgehen und die Leute daran hindern hierherzukommen«, sage ich. »Dann wäre nichts von alldem je passiert.« Ich denke an all die Zeitreisefilme, in denen der Protagonist zurückgeht, um die Geschichte umzuschreiben.

Die anderen Wissenschaftler kichern leise vor sich hin, während sie sich Notizen machen.

»Ich hab dir doch schon gesagt, dass wir nicht in der Zeit zurückgehen können«, erklärt Dominick. »So funktioniert das nicht.«

Das kann ich einfach nicht glauben. Die Verrückte hat es doch auch geschafft und jetzt steht sie in einer zukünftigen Welt direkt neben mir. »Warum nicht?«

Professor Marciani ergreift das Wort. »Vielleicht kann ich Ihnen das erklären. Nachdem ich mich schon auf der Erde und auch hier mit Portaltechnologie beschäftigt habe, habe ich herausgefunden, dass wir nach Auffassung der HöWes nicht durch die Zeit reisen können und es auch nicht getan haben. Wir können nur in die Gegenwart eines anderen Universums reisen. Jedes Paralleluniversum befindet sich in einem eigenen Zeitstrom. Diese Zeitströme sind nicht identisch. Manche Universen sind in ihrem Zeitstrom weiter vorangekommen als andere. Ein Universum kann in technologischer oder kultureller Hinsicht fortgeschrittener sein als andere, sodass man den Eindruck hat, in die Zukunft gereist zu sein, wenn man in ihre Gegenwart gelangt. Andere Zeitströme fließen langsamer, sodass eine Reise in ihre Gegenwart einem vorkommt wie eine Reise in die Vergangenheit.

Deshalb bereitet es uns solche Schwierigkeiten, hinter den Mechanismus der Portale zu kommen. Der Versuch, in die Vergangenheit eines Universums zu reisen, würde fatale Folgen haben. Vermutlich würden wir erleben, wie die Vergangenheit um uns herum kollabiert, und wir würden einen furchtbaren Tod erleiden. Ich glaube, auf diese Weise schützt das Universum sich gegen Zeitmanipulationen.«

Genau das ist Katherine widerfahren. Sie hat es gemacht, hat mich dazu gebracht hierherzukommen, und das hat ihren Geist verwirrt und sie umgebracht. Vor uns pulsiert das magentarote Portal und ich glaube immer noch, dass es eine andere Möglichkeit geben muss. Plötzlich gibt das Portal ein Knistern von sich und fällt in sich zusammen. Als ich Katherine in dem schwächer werdenden magentaroten Licht stehen sehe, habe ich ein Déjà-vu-Gefühl.

»Machen wir Schluss für heute«, sagt Professor Marciani. »Gute Arbeit.«

Nachdem Dominick und ich unsere Schutzbrillen abgenommen haben, helfen wir beim Einsammeln der Werkzeuge, um anschließend zum Hauptquartier zurückzukehren. Zuerst gehen wir jedoch ins Lager der Geotruppen, um dort ein Abendessen zu ergattern. Beim Gang durch die alte Stadt überlege ich, ob Doktor A. wohl etwas über das Hologramm in der HME-Einrichtung herausgefunden hat.

»Katherine, hat Doktor A. dir erzählt, dass ich miterlebt habe, wie ein Biohologramm einen Nervenzusammenbruch hatte?«

Katherine wischt sich den Schweiß von der Stirn. »Ja, er hat es kurz erwähnt.«

Einer der Wissenschaftler möchte Genaueres wissen. Deshalb berichte ich der Gruppe, was ich gesehen und gehört habe.

»Erde, Wasser und Metall«, wiederholt Professor Marciani. »Nanoholocom-Elemente brauchen zum Funktionieren wertvolle Metalle. Vielleicht ...« Er versinkt in Gedanken.

»Vielleicht ist der Fluss ein sicherer Weg, der irgendwohin führt«, vermutet ein anderer Wissenschaftler. »Die Wasservorräte haben wir überhaupt noch nicht untersucht.«

Während Professor Marciani und die Wissenschaftler weiterdiskutieren, nehme ich Katherine und Dominick beiseite.

»Da war noch was anderes. Eine Kleinigkeit.«

»Schieß los.«

»Das Biohologramm hat *ich* gesagt.«

»Na und?«

»Normalerweise sagen sie *wir.*«

Katherine denkt kurz nach. »Wahrscheinlich war das eine Funktionsstörung, wie auch immer die Dinger funktionieren. Hört sich so an, als seien da emotionale Erinnerungen hochgekommen. Viel wichtiger ist aber, dass es offenbar Schmerzen empfunden hat.«

»Bloß dass meinem Hologuide das auch schon mal passiert ist.«

»Meinem schon mehrmals«, sagt Dominick. »Ich dachte,

sie hätte nur ...« Er wird knallrot, als ich ihm den Ellbogen in die Seite ramme, weil er meine Holoversion erwähnt hat.

»Nach der Umbra-Zusammenkunft heute Abend sollten wir uns in deiner Wohnung treffen«, sagt Katherine. »Ich würde mit deinem Hologuide gern ein paar Tests machen.«

Beim Treffen der Umbra-Leute mit den Geotruppen vor dem Hauptquartier geht es ausgesprochen turbulent zu. Ich rupfe einen blaugrünen Grashalm aus der Erde und drehe ihn zwischen den Fingern hin und her.

»Möge Ihr Beitrag zur Freiheit führen«, murmelt Dominick.

»Oder die Verweigerung zum Chaos«, meint Rita.

Ich beobachte, wie immer mehr Leute zusammenkommen. Auch ohne auf ihre DT-Bänder zu blicken, weiß ich, wer einen Beitrag geleistet hat und wer arbeiten musste, denn einige von ihnen sehen erschöpft und wütend aus.

»Morgen werde ich nicht mehr zur Arbeit gehen und einen Beitrag werde ich auch nicht leisten«, verkündet Rita. »Ich gehöre zu den Geotruppen und bin nicht im Netz, sie können mich also nicht zum Arbeiten zwingen.«

»Ich will ja auch keinen Beitrag leisten, weiß aber nicht, wie lange ich das durchhalte. Irgendwann drehe ich durch und was dann?«

»Dann versteck dich doch bei mir«, schlägt Rita vor.

»Weiß nicht recht. Ich habe Angst vor den Folgen, falls unsere DT-Bänder versehentlich reaktiviert werden sollten.«

»Ich wünschte, ich hätte keinen Beitrag geleistet«, sagt Dominick. »Ich finde es einfach nicht richtig, dass ihr zwei euch mit alldem abplagen müsst, während ich nur herumsitze, esse und mich amüsiere.«

»Da kann ich dir nur zustimmen«, erwidert Rita. »Natürlich ist es nicht richtig. Aber du hast das System schließlich nicht erfunden.«

»Nein, aber ich profitiere davon, während ihr vom System bestraft werdet. Ich kann nicht dasitzen und nichts tun.«

»Wir müssen irgendein Schlupfloch finden«, sage ich. »Eine Möglichkeit, aus der Situation rauszukommen, ohne dass sie uns dafür bestrafen können. Ich würde viel lieber hierbleiben und mich nützlich machen, statt wie eine Blöde vor der HME-Einrichtung rumzustehen, während mein Leben verrinnt.«

Katherine gesellt sich zu uns. »Mississippi, hast du deinen Bruder irgendwo gesehen?«

»Ich glaube, er ist noch bei Marcus.«

»Er sollte aber eigentlich hier sein, um noch mehr Leute zu überreden, einen Beitrag zu leisten. Na, macht nichts. Dann werde ich das Treffen eben mit Jackson, Beruk und George Rogers leiten müssen.«

»Ist das der Astronaut?«, fragt Rita. »Den finde ich toll!«

Beruk klettert auf eine Art Steinpodest vor dem Gebäude und hebt die Hand, um die Menge zum Schweigen zu bringen. Jackson kommt zusammen mit George Rogers aus dem Hauptquartier. Katherine geht ihnen entgegen.

»Das ist er«, sagt Rita. »Ich kann gar nicht glauben, dass er hier ist. Warum nennt Katherine dich eigentlich Mississippi?«

»Erinnerst du dich noch an meinen Tarnnamen?«

»Ha! River!« Dominick bricht in Gelächter aus.

Die Menge kommt allmählich zur Ruhe. Hannah stellt sich neben Rita, Kendra und Nolan bauen sich neben mir auf. Marie und Eugene, die Anführer der Geotruppen, klettern zu den Umbra-Leuten aufs Podest. Doktor A. ist nirgendwo zu sehen. Er war ja wirklich erschüttert, als Marcus abtransportiert wurde. Ich hoffe, er ist okay.

Jackson spricht als Erster, indem er ein zusammengerolltes Stück weiße Baumrinde als Megafon benutzt. »Wir möchten euch alle bitten, darüber nachzudenken, ob ihr den Beitrag leisten wollt. Das würde unserer Sache sehr dienlich sein. Wir alle haben Fragen, auf die wir eine Antwort brauchen. Bitte helft uns, die Wahrheit über Solbiluna-8 herauszufinden.«

Dafür ist die Menge überhaupt nicht zu haben, am allerwenigsten die Geotruppen. Und ich ebenfalls nicht. Ich will keinen Beitrag leisten, auch wenn die Arbeiten, die sie mir zuweisen, die reinste Zeitverschwendung sind und mich körperlich und geistig schlauchen.

George Rogers ergreift mit lauter Stimme das Wort. »Ich komme aus dem SN10-Hauptquartier und soll Ihnen im Namen des Außenministers der Vereinigten Staaten versichern, dass Sie unserer Sache mit Ihrer Arbeit unschätzbare Dienste geleistet haben. Sie brauchen sich keine Sorgen zu machen. Wenn wir die Bestätigung haben, dass die Erde noch existiert, werden wir hier die Macht übernehmen und nach Hause zurückkehren, bevor Ihre Beitragsleistung Folgen haben könnte.«

Selbst das zeigt keine Wirkung. Wir wissen, was echte Freiheit ist. Wir mögen es nicht, wenn man uns vorschreibt, was wir zu tun haben – nicht einmal, wenn es ein amerikanischer Held sagt. Wir ziehen Alternativen vor, die echt und keine Illusionen sind. Die Anwesenden protestieren lautstark.

»Ihr hört euch an wie die Meritokratie«, schreit jemand. »Das sind doch alles nur leere Versprechungen.«

»Bitte«, fleht Katherine und breitet die Arme aus. »Ihr

müsst mit uns kooperieren. Nur so können wir Zeit gewinnen, ohne dass die HöWes uns ins Visier nehmen.«

Gibt es sonst noch eine Möglichkeit?

Fieberhaft überlege ich, was man gegen die HöWes verwenden könnte.

Ratsversammlungen der Meritokratie ...

Prüfungen zur Neuwahl der Meritokratie ...

Doktor A., der in der Zukunft überflüssig ist ...

Wissen, das in der Zukunft überflüssig ist ...

Etwas in meinem Kopf macht »klick«.

Ich dränge mich durch die Menge, Dominick folgt mir.

»Einmal hab ich dich fast verloren. Das passiert mir nicht noch mal.«

»Aber ich habe eine Idee. Ich habe eine Idee«, schreie ich, doch die Menge ist so laut, dass mich niemand hört.

Rita stößt einen schrillen, ohrenbetäubenden Pfiff aus. Alle verstummen und drehen sich in unsere Richtung.

»Du hast das Wort«, flüstert sie.

Zahlreiche wütende Gesichter starren mich an. Meine Kehle ist wie zugeschnürt. »Es gibt eine Alternative«, murmle ich.

»Ich kann dich nicht hören«, meckert eine Frau in der Nähe.

Dominick stupst mich gegen die Schulter.

»Ich ... äh ... es gibt eine Alternative.«

»Das hast du bereits gesagt«, spottet eine Stimme hinter mir.

Ich drehe mich Rita und Dominick zu und tu so, als würde ich mich nur an sie wenden. Nachdem ich tief Luft geholt habe, erhebe ich meine Stimme.

»Ihr wisst, dass die Meritokratie großen Wert auf Fairness legt. Sicher werdet ihr euch erinnern, dass sie gesagt haben, dass alle drei Jahre Prüfungen für neue Ratsmitglieder stattfinden und jeder an diesen Prüfungen teilnehmen kann. Und dass nur die Besten in jeder Disziplin in die Meritokratie aufgenommen werden.«

»Wollen Sie damit sagen, wir sollten sie unterwandern, indem wir die Prüfungen bestehen und Mitglieder der Meritokratie werden?«, fällt Jackson mir ins Wort.

»Nein, ich ...«

»Die nächsten Prüfungen finden erst in mehreren Monaten statt. So viel Zeit haben wir nicht«, sagt Beruk.

Die Menge wird langsam ungeduldig und fängt an zu murren. Ich werde so ärgerlich, dass ich all meine Angst vergesse. »Nun hört doch erst mal zu! Ihr begreift nicht, was ich meine. Wir müssen protestieren.«

»Wogegen?«, fragt Rita.

»Gegen die unfairen Prüfungsbedingungen. Die Prüfungen basieren auf Wissen des Jahres 2359. Wir Menschen haben folglich nicht die geringste Chance, uns dieses Wissen anzueignen. Folglich werden wir nie zur regierenden Körperschaft gehören. Wir müssen uns weigern, einen Beitrag zu leisten, es sei denn, sie ändern die Prüfungsbedingungen. Dadurch müssten wir Zeit gewinnen.«

Diesmal sagt niemand etwas, bis Katherine schließlich das Schweigen bricht. »Eurem Schweigen entnehme ich, dass ihr Alex' Plan gut findet.«

Die Menge bricht in Jubel aus. Ich glaube, das war das erste Mal, dass Katherine mich Alex genannt hat.

»Wir können es zumindest versuchen«, sagt George Rogers. »Ich werde den Außenminister kontaktieren und den anderen Gruppen Bescheid geben.«

Dominick legt mir die Hand auf den Hintern. »Du bist ein Genie.«

Am liebsten würde ich mich verstecken, weil es mir peinlich ist, so im Mittelpunkt zu stehen.

Nach Beendigung des Treffens gehen Dominick und ich zum Wohnkomplex zurück und warten auf Katherine. Sobald sie eingetroffen ist, bricht Dominick auf, um ein bisschen Zeit mit seiner Mom und seinem Bruder zu verbringen.

Ich rufe mein Hologuideprogramm für Katherine auf, die mehrere Holoschirme gleichzeitig öffnet.

»Wie bist du eigentlich auf die Idee mit den Prüfungen gekommen?«, fragt sie.

»Das ist mir durch den Kopf geschossen, weil ich in meinem Tagebuch die Prüfungsbedingungen der Meritokratie notiert habe.« Ich könnte mir auf die Zunge beißen, dass ich das Wort »Tagebuch« erwähnt habe. »Selbst Doktor A. würde ihre medizinischen Prüfungen nicht bestehen, obwohl er der beste Arzt von der Erde ist, den ich kenne.«

Katherine wischt über die Bildschirme und tippt wie wild darauf herum. »Hm, das ist ja interessant.«

»Was denn?«

»Ach nichts. War nur so eine Idee von mir. Keine Ahnung, ob es klappen würde.«

Die ersten zwei CVBE-Lampen auf meinem DT-Band leuchten auf. Jackson und George Rogers wollen mich sprechen. Katherine stellt ihre Arbeit ein, damit ich das Hologuideprogramm schließen und den Anruf annehmen kann.

»Alex.« Jackson erscheint auf meinem Holoschirm. »Wie schön, dass wir Sie erwischt haben. George Rogers hat eine Nachricht für Sie. George?«

»Ich freue mich, Sie kennenzulernen, Alex«, sagt George Rogers und winkt mir vom Bildschirm zu. »Ich habe gerade mit dem Außenminister gesprochen. Er wird Ihnen eine kurze Rede zugehen lassen, die Sie vor der Meritokratie halten sollen.«

Er muss Katherine meinen. Aber er sieht mich an und nicht sie.

»Ich ? Um Gottes willen, nein!«

Katherine kichert.

»Wer denn sonst, junge Dame? Es war Ihre Idee und wir sind uns darüber einig, dass Sie nicht wie eine aufmüpfige Rebellin wirken. Die Meritokratie wird Sie nicht für gefährlich halten. Sie sind ja fast noch ein Kind.«

»Ich kann keine Rede vor der Meritokratie halten. Ich kann noch nicht mal im Englischunterricht eine Rede halten.«

»Das haben Sie aber vorhin getan«, erwidert Jackson. »Das ist nicht verhandelbar. Der Außenminister ist das Haupt der gesamten Umbra-Operation.«

»Könnte das nicht Katherine machen?«

George Rogers streckt die Hand aus und zeigt auf mich. »Vorhin habe ich miterlebt, wie Sie die Menge rumgekriegt haben – etwas, das ich nicht geschafft habe. Wie ich gehört habe, sind Sie das Mädchen, das durch ein Portal gekommen ist, um uns die Wahrheit zu sagen. Sie werden die Rede halten.«

20

TAG 37

Arbeitsabschnitte sind im dreißigstündigen Takt von Sonnenaufgang bis Sonnenuntergang vorgesehen. Weitere Informationen erhalten Sie von Ihrem Hologuide.

Als ich am Nagel meines Mittelfingers herumpule, fängt er an zu bluten. Ich sauge das Blut auf und hoffe dabei, dass ich aufwache und sich alles als schlimmer Traum erweist. Das nach Eisen schmeckende Blut bringt mir jedoch zu Bewusstsein, dass alles bittere Wahrheit ist.

Ich ziehe mich unter die kühlende Decke zurück, die Doktor A. mir geschenkt hat. Die letzten Tage habe ich damit zugebracht, langweilige Arbeiten zu verrichten. Gestern hatte ich den Auftrag, an der nächstgelegenen Portalstation Wache zu stehen, um die Leute mittels einer holografischen Karte in den richtigen Tunnel zu schicken. Wenn ich das angegebene Ziel nicht schnell genug fand, bekam ich es mit der VMR zu tun.

Den ganzen Tag erschienen Gruppen von Leuten mit goldenen DT-Bändern, um sich auf die Reise zu begeben. Einige von ihnen machten sich über mich und meinen Job lustig. Noch amüsanter fanden sie es, wenn ich ein paar Stromstöße verpasst bekam, weil ich zu langsam war. Ich könnte schwören, dass mir das Transportsystem manchmal vorsätzlich Steine in den Weg legte. Wieder einmal war alles so demütigend, dass ich am liebsten den Beitrag geleistet hätte.

Heute soll ich auf der Ratsversammlung der Meritokratie

meine Rede halten. Was für eine Ironie, dass eine Invasion von Außerirdischen und der Sprung in eine dreihundert Jahre entfernte Parallelwelt erforderlich waren, damit ich begreife, dass mein Traum, Strafverteidigerin zu werden und Plädoyers zu halten, in Wirklichkeit der reinste Albtraum ist. Wie bin ich denn bloß zur Sprecherin zweier Randgruppen, auf einem anderen Planeten geworden? Ich hätte den Mund halten sollen. Den Beitrag zu leisten kommt mir immer verlockender vor. Selbst gegen eine kleine Lobotomie hätte ich kaum noch was einzuwenden.

Als die Tür einen Piepton von sich gibt, schlüpfe ich unter der kühlenden Decke hervor und lasse Rita herein.

»Bist du so weit?«, fragt sie.

»Nein«, erwidere ich und krieche unter die Decke zurück.

»Nun komm schon, Alex. Du hast dir doch immer gewünscht, deinen Standpunkt in einem Gerichtssaal darzulegen. Das schaffst du. Für so was bist du wie geboren. Du musst einfach das Beste hoffen, statt das Schlimmste zu erwarten.«

Hoffen ist ein Wort, das ich nicht mehr verstehe. Vielleicht nie wieder verstehen werde. Hoffen bedeutet, Angst zu haben.

»Außerdem habe ich gehört, wie Benji zu Katherine gesagt hat, du würdest das nicht packen.«

»Tatsächlich?«

»Ja.«

Ich weiß nicht, ob sie mich anschwindelt. Jedenfalls führt das dazu, dass zumindest ein Teil von mir Benji das Gegenteil beweisen möchte. *Aber wie soll ich, wenn ich dahin gehe, mit meiner ganzen Angst, dem Herzrasen, der Atemnot, den Schweiß- und Hitzeausbrüchen und dem beredten Schweigen des Publikums fertigwerden? Mit all diesen Dingen, die mich zum Scheitern verurteilen.*

»Aber was ist, wenn ich wie gelähmt bin?«

»Ich hab doch schon erlebt, wie du im Debattierklub deine Kontrahenten in der Luft zerrissen hast«, hält Rita dagegen. »Wir müssen dir nur Feuer unterm Hintern machen. So große Angst vor dem Versagen kannst du doch gar nicht haben, dass es dich daran hindert, aktiv zu werden. Vor allem wenn du uns dadurch alle retten könntest.«

»Tja, stimmt schon.«

»Außerdem würde Benji dann blöd dastehen.«

»Das ist ein noch besseres Argument.«

Dominick, Rita, Benji, Beruk und ich fahren zusammen in einem Magpod zur nächsten Portalstation. Das ist die schnellste Möglichkeit, zu einem der TriCenter zu gelangen, wo die Ratsversammlung der Meritokratie abgehalten wird. Dominick und Rita üben die Rede des Außenministers wieder und wieder mit mir ein. Meine Hände zittern, während ich den Text aus meinem Tagebuch vorlese. Ich habe ihn zwar auswendig gelernt, fühle mich aber sicherer, wenn ich ihn schwarz auf weiß vor mir habe.

Die moderne Portalstation ähnelt derjenigen in der Nähe des Geotruppenlagers insofern, als auch diese Anlage wie ein Bahnhof aussieht, nur ist hier alles hightech. Hologramme sorgen dafür, dass die Leute, die zu verschiedenen Orten auf Solbiluna-8 reisen wollen, sich ordnungsgemäß anstellen. Als ich die wirbelnden grünen Portale sehe, bin ich erleichtert, dass es keine blauen sind.

Wir begeben uns durch ein Portal zum TriCenter, einem prächtigen dreieckigen Glasgebäude. Am liebsten würde ich es mit Steinen bewerfen und zerstören. Um das TriCenter herum stehen fensterlose Gebäude aus Beton. Beruk erklärt, dass sich in diesen Gebäuden die Essens- und sonstigen Vorräte der Region befinden. Im Vergleich zum majestätischen TriCenter wirken diese Bauten äußerst bescheiden.

Dominick, Rita und Benji begleiten mich nach drinnen, während Beruk die Umgebung erkundet. Drinnen ist alles durchsichtig, selbst die Wände. Ich weiß nicht recht, wozu sie dienen, da das Wetter ja immer perfekt ist. Was genau sollen sie fernhalten? Oder einschließen? Möglicherweise soll das eine falsche Transparenz vorspiegeln, die darüber hinwegtäuscht, dass hier die Wahrheit verheimlicht wird. Die Lobby ziert ein Wasserfall, der über bernsteinfarbene Steine in ein Becken plätschert. Ich schnappe mir einen der Steine und halte ihn in der Hand, während ich weitergehe. Wie erwartet, löst er sich binnen Sekunden in nichts auf. Die HöWes geizen viel zu sehr mit ihren Wasservorräten, als dass sie die an Dekorationen verschwenden würden.

Das Zentrum des Gebäudes besteht aus einer konkaven Vertiefung, die von stufenförmig ansteigenden Bänken gesäumt wird. In der Mitte erhebt sich ein kleines Podest. Das Ganze erinnert mich an ein Kolosseum. Oder an einen von Dantes Höllenkreisen. Außer Leuten wie mir und meinen Freunden, die auf den Beginn der Versammlung warten, ist noch niemand da.

»Wo ist die Meritokratie?«, fragt Dominick.

»Die werden schon noch kommen«, sagt Benji. »Wie fühlst du dich, Alex?«

»Mir ist kotzübel.«

»Falls du dir das nicht zutraust ... ich habe den Auftrag, dich notfalls zu vertreten.«

»Sie schafft das schon«, meint Rita.

Dominick gibt mir einen Kuss auf die Schläfe. »Sie ist eine Kämpfernatur.«

Ein Glockenschlag ertönt, der den Beginn der Sitzung anzeigt. Auf den Bänken materialisieren sich holografische Versionen der einzelnen Meritokratiemitglieder. Alle tragen lange Gewänder und Ketten, an denen ein leuchtender Edelstein hängt.

Selbst wenn wir uns entschließen würden, sie anzugreifen, wäre das nicht machbar, weil wir es hier mit holografischen Doppelgängern zu tun haben. Diese aus 1.001 Personen bestehende Elite weiß sich zu schützen.

Die holografischen Meritokraten stehen auf, verbeugen sich und begrüßen uns mit dem Spruch, den ich inzwischen hasse.

»Möge Ihr Beitrag zur Freiheit führen.«

Keron, der Sprecher, leiert statistische Angaben über Rationen, erfolgreiche Integration, die Ziele der Beitragsleistung und technologische Fortschritte herunter, die ich noch nicht mal ansatzweise verstehe. Die ganze Zeit ruhen seine ineinander verschränkten Finger auf seinem Bauch. Mir hingegen zittern die Hände.

Was passiert, wenn es hier tatsächlich eine Revolution gibt? Wie sollen wir gegen körperlose Gestalten kämpfen? Werden wir stattdessen übereinander herfallen?

»Jetzt haben die Flüchtlinge von der Erde das Wort.«

Es dauert ewig, bis ich an der Reihe bin, weil vor mir etliche andere reden. Einer bittet um mehr Zeit in den Holoräumen, ein anderer bietet für die Podeste Essensrezepte von der Erde an. Auch hier kann ich nirgendwo HöWes entdecken. *Wo sind die bloß?*

Mit klopfendem Herzen rücke ich in der Warteschlange vor. Ich gebe Rita mein Tagebuch und reiße die Seite mit der Rede heraus. Als man mir ein Zeichen gibt, steige ich nach unten in die Mitte des Versammlungsplatzes. Um mich herum sitzen die Mitglieder der Meritokratie. Ich fühle mich wie das Schwarz einer Zielscheibe.

Ich sammle meine Gedanken. Die Tinte auf meinem Zettel ist stellenweise verwischt. Die Umbra-Leute und die Geotruppen haben sichergestellt, dass die Versammlung live in jedes ZENTRUM übertragen wird, weil sie befürchten, die Aufzeichnung könnte von der Meritokratie gelöscht werden. Die Menschen von der Erde müssen unmittelbar miterleben, was hier vor sich geht.

Vor Angst schnürt sich mir die Kehle zu.

Nicht in Ohnmacht fallen. Nicht in Ohnmacht fallen.

Kann man an Nervosität sterben?

Die Meritokratie wartet.

»Äh ... mein Name ist Alexandra Lucas. Ich habe eine Beschwerde vorzubringen.« Meine Stimme hallt in dem Amphitheater wider, was mich einen Moment lang aus dem Konzept bringt.

»Dann lassen Sie die hören«, sagt ein sehr junger Mann. Ich überlege, welchem Talent er wohl seinen Sitz in der Meritokratie verdankt.

»Sie haben uns gebeten, den Beitrag zu leisten, damit künftige Generationen ein Leben in Muße führen können.«

Keron lächelt so breit, dass seine perfekt weißen Zähne zu sehen sind. »Richtig. Denn Träume sind uns mehr wert als Arbeit.«

»Tja, das wäre sicher ein faires Geschäft«, erwidere ich, »wenn wir alle gleich wären.«

»Wir *sind* alle gleich. Jedermanns Bedürfnisse werden erfüllt, und wenn Sie es vorziehen, keinen Beitrag zu leisten, können Sie der Gesellschaft auf andere Weise dienen.«

»Aber ... aber niemand von der Erde gehört Ihrer Meritokratie an.«

Der sehr junge Mann senkt kurz den Blick. »Die nächsten Prüfungen stehen auch den bereits integrierten Menschen von der Erde offen«, erwidert er mit einer Geste, die besagt, dass die Sache damit für ihn erledigt ist.

»Das weiß ich«, antworte ich mit zittriger Stimme. Ich lasse mein Manuskript fallen und bücke mich, um es aufzuheben. Um mich herum dreht sich alles, während mein Gesicht vor Frustration glüht.

Die holografischen Meritokraten rutschen ungeduldig auf ihren Sitzen hin und her. Als ob diese künstlichen Körper es nötig hätten, es sich bequemer zu machen.

Verwirrt stehe ich da und versuche, mich zu erinnern, was ich als Nächstes sagen muss. Benji zieht sich das Uniformhemd zurecht. Offenbar macht er sich bereit, für mich einzuspringen. Dominick nickt mir ermutigend zu. Rita reckt die Faust in die Höhe.

Ich balle die Hände nun auch zu Fäusten und zerknülle die Rede. *Erinnere dich, was sie uns angetan haben. Sie haben uns von unserem Planeten entführt. Haben dir dein Zuhause und deine Eltern weggenommen.*

Ich drehe mein DT-Band hin und her und hoffe, dass die VMR mich für das, was ich gleich sagen werde, nicht bestraft.

»Das Problem ist, dass niemand von der Erde mit Ihnen mithalten kann, denn all unser Wissen und all unsere Fertigkeiten sind Ihnen gegenüber dreihundert Jahre im Rückstand. Selbst unsere fortgeschrittensten Kenntnisse sind hier schon überholt. Deshalb verlangen wir neue Prüfungen, die unseren Talenten angemessen sind. Das wäre nur fair. Und ich weiß, wie viel Wert Sie auf Fairness legen.«

Ich kann mir ein Grinsen nicht verkneifen. Kerons Finger lösen sich voneinander. Alle Meritokraten sitzen auf einmal stocksteif da.

»Wir werden erst den Beitrag leisten, wenn die Prüfungsbedingungen geändert worden sind. Alle bisher geleisteten Beiträge werden automatisch annulliert, bis diese Sache geklärt ist. Wir sind Ihnen äußerst dankbar, dass wir hier sein dürfen«, füge ich hinzu, obwohl mir die Galle hochkommt. »Wir wollen Ihre Güte nicht missbrauchen, aber wir möchten, dass unsere Kulturen ohne unfaire Praktiken miteinander verschmelzen. Andernfalls hätten wir den Eindruck, dass Sie uns hierhergebracht haben, um uns auszunutzen. Die Entscheidung liegt ganz bei Ihnen.«

Keron erhebt sich. »Wir werden über Ihre Beschwerde beraten und auf CVBE dazu Stellung nehmen. Danke, dass Sie dieses Problem zur Sprache gebracht haben.«

Als ich das Podest verlasse, ist unter den Meritokraten bereits die Hölle los, weil sie versuchen, eine schnelle Lösung für ein Problem zu finden, das seine Zeit braucht. Sie wollten, dass wir uns ihren Bedingungen anpassen, und haben uns mit einem müßigen Leben gelockt. Natürlich wollen sie nicht, dass sich etwas ändert. Aber sie wissen, dass ich recht habe, und wenn sie sich nicht mit meinem Problem auseinandersetzen, geben sie zu, dass sie uns gegenüber unfaire Praktiken angewandt haben. Und sie glauben daran, dass sie die Illusion von Gleichheit in der Öffentlichkeit aufrechterhalten müssen.

Kleine Akte der Rebellion. So werden wir gewinnen.

Jedes Utopia hat seine Schwachstelle.

21

TAG 37

DIE MERITOKRATIE WIRD DIE PRÜFUNGSBEDINGUNGEN FÜR FLÜCHTLINGE VON DER ERDE ÜBERDENKEN. ALLE BISHERIGEN BEITRAGSLEISTUNGEN SIND ANNULLIERT WORDEN. ALLE ARBEITSZUWEISUNGEN SIND BIS AUF WEITERES AUFGEHOBEN.

Auf CVBE wird berichtet, dass die Beitragsleistungen »annulliert« und die Arbeitszuweisungen fürs Erste »aufgehoben« seien, während die Meritokratie neue Prüfungsbedingungen formuliert. Alle unsere DT-Bänder werden wieder durchsichtig. Dominick und Benji sind von ihrem Gelöbnis entbunden. Die Holoarschlöcher sind mattgesetzt.

Als wir ins Hauptquartier zurückkommen, gratulieren mir die Leute. Ich habe noch nie erlebt, dass so viele Menschen auf mich warten. Mich neugierig anstarren. Mir auf die Schulter klopfen. Am liebsten würde ich mich in einer PSF-Kabine verkriechen.

Marcus begrüßt uns ebenfalls. Schön, dass er wieder auf den Beinen ist. Die HME kann Wunder wirken.

»Hervorragende Rede, Alex«, sagt Marcus.

»Danke. Du siehst besser aus als bei unserer letzten Begegnung.«

»Ich fühle mich auch besser. Seit meiner Kindheit habe ich keinen Anfall mehr gehabt. Den muss der Stress hier ausgelöst haben.«

Ich warte darauf, dass Benji meinen Auftritt bekrittelt.

»Du hast dich gut gehalten«, sagt er. »Bloß die Rede hätte dir nicht runterfallen dürfen.«

Ich lächle, obwohl ich innerlich vor Wut koche. »Tja, wir können eben nicht alle so perfekt sein wie du.« Dominick und Rita versetzen mir von rechts und links einen Rippenstoß.

Penelope kommt zu uns und umarmt mich. »Alex, ich bin ja so stolz auf dich. Meine Enkelin hat doch wirklich Mumm.«

Ich starre Benji herausfordernd an, bis er sich umdreht und mit Marcus davongeht.

»Wie war es denn, da oben zu stehen und für die Erde zu sprechen?«, fragt Penelope.

Die Erde? Ich war eher auf meine Familie und meine Freunde fixiert. Wenn mir bewusst geworden wäre, dass ich für die ganze Erde spreche, hätte ich kein Wort herausbekommen.

»Tja ... beängstigend?«

»Das hat man dir aber nicht angemerkt. So schön hast du noch nie ausgesehen.«

Schön? Mein Haar hat schon seit ewigen Zeiten keine Bürste mehr zu spüren bekommen. Mittlerweile dürfte es nicht mehr zu bändigen sein.

»Darf ich euch drei mal was fragen? Kennt ihr den Mann da?« Penelope zeigt in eine bestimmte Richtung. »Den, der in der Nähe des Feuers sitzt.«

Ich folge ihrem Blick und sehe Doktor A., der gedankenverloren zu den Bäumen hinüberstarrt. Noch nie hat er so orientierungslos gewirkt.

»Das ist Dr. Aiyegbeni, genannt Doktor A. Er war im Boston Children's Hospital Fetalchirurg.« Bei dem Wort *war* zucke ich zusammen. Er benutzt immer die Gegenwartsform.

Penelope fährt sich mit der Hand durch die grau melierten Haare. »Den hätte ich auch gern als Arzt.«

»Aber Oma!«

»Hör auf, Oma zu mir zu sagen! Du weißt, dass ich das hasse. Stell mich ihm lieber vor.«

»Ist ja krass«, sage ich.

»Ach, nun werd endlich erwachsen, Alexandra«, erwidert Penelope. »Auch in meinem Alter braucht eine Frau ein bisschen Spaß.«

Dominick reibt sich verwundert die Augen.

»Das kann ich übernehmen«, verkündet Rita mit breitem Grinsen. »Ich liebe Romanzen.«

Rita hakt sich bei Penelope unter und bringt sie zu Doktor A. Dominick und ich beobachten aus der Ferne, wie Rita sich den Kuppelpelz verdient. Doktor A. lebt auf wie eine dehydrierte Pflanze, die man gießt.

Als Dominick, Rita und ich wieder im ZENTRUM sind, sehen wir uns zur Feier des Tages die Firmamentlichtspiele an. Rita modifiziert ihre Uniform, sodass sie ganz in Schwarz auftritt. Aus ihren Schuhen steigt lautlos ein Feuerwerk auf und explodiert vor ihrer Brust. Indem sie sich zu uns gesellt hat, hat sie gegen ihre eigene Regel, außerhalb der Reichweite des Nanoholocom-Networks zu bleiben, verstoßen. Aber da keine Arbeitspflicht mehr besteht, spielt das vermutlich keine Rolle. Um uns herum gibt es kein einziges DT-Band mehr, das golden schimmert. Das ist mein Werk. Ich habe die Leute davor bewahrt, eine schreckliche, unwiderrufliche Entscheidung zu treffen. Trotz des über uns ablaufenden Films kehren meine Gedanken immer wieder zu den Portalen und der Möglichkeit, nach Hause zu meinen Eltern zu gelangen, zurück. So nah und doch so fern.

Komisch, wie sehr Veränderungen uns den Wert von Dingen zu Bewusstsein bringen können, die wir früher für selbstverständlich gehalten haben. Alles, was ich weiß, ist, dass ich kämpfen muss, um die Menschen, die immer für mich da waren und denen ich am meisten am Herzen liege, in mein Leben zurückzuholen. Früher war ich der Ansicht, dass ich sie von mir stoßen oder mich total von ihnen abnabeln muss, um leben zu können. Bei Dad muss ich mich auf das Gute in ihm konzentrieren. Für das Schlechte bin ich nicht verantwortlich. Darauf verstand meine Mutter sich im Gegensatz zu mir sehr gut.

Als der Film zu Ende ist und die Leute sich vom Rasen erheben, erklingt ein Piepton, der alle innehalten lässt. Unsere DT-Bänder leuchten auf, da die Meritokratie etwas zu verkünden hat. Mehrere Leute projizieren Holoschirme in die Luft.

Keron erscheint, der Sprecher der Meritokratie. Im Hintergrund sind andere Mitglieder dieser Körperschaft zu sehen. Mein Herz hämmert wie wild, meine Hände kribbeln. Ein Warnsignal meines Körpers.

»Guten Abend. Wir möchten uns dafür entschuldigen, dass wir nicht früher erkannt haben, wie problematisch unsere Prüfungsbedingungen sind, und bedanken uns bei Alexandra Lucas dafür, dass sie uns darauf aufmerksam gemacht hat. Um das Problem zu lösen, brauchen wir jedoch Ihre Hilfe, damit wir neue Prüfungsprogramme ausarbeiten können, die auf dem Kenntnisstand der Erde basieren. Bitte geben Sie mögliche Prüfungsthemen und Musterfragen in das Nanoholocom-Network ein, die dann von uns gesammelt werden.«

Dominick berührt im Dunkeln meine Schulter. Will er sich vergewissern, ob ich okay bin? Oder will er mir nochmals gratulieren? Ich weiß es nicht.

Keron lächelt und verschränkt die Finger ineinander.

»Doch während wir diese neuen Prüfungsprogramme ausarbeiten, müssen fairerweise die Rationen reduziert werden, um den Mangel an Beitragsleistungen und den Arbeitsausfall auszugleichen. Unser System basiert auf dem Gib-und-nimm-Prinzip. Es geht nicht, nur zu nehmen, ohne auch etwas zu geben. Wir hoffen, dass Sie das verstehen werden. Die Rationen werden nur so lange reduziert, bis wir eine realisierbare Lösung gefunden haben.

Möge Ihr Beitrag zur Freiheit führen.«

Dieses Statement ist wie ein Schlag ins Gesicht.

Der Bildschirm verschwindet.

Im Dunkeln sind murrende Stimmen zu hören.

»Du da! Du bist doch dieses Mädchen!« Eine schlaksige Frau zeigt mit dem Finger auf mich. Ihre Fingernägel sind so lang, dass sie damit jemand aufschlitzen könnte. »Du bist diejenige, die sich über die Prüfungen beschwert hat. Was hast du dich da einzumischen?«

»Ich? Äh ...« Während ich nach Verbündeten Ausschau halte, umzingelt die Menge meine Freunde.

»Sieh dich doch mal um. Jeder hier ist glücklich. Wir haben genug zu essen, es gibt keine Gewalttätigkeit. Warum musst du solch eine gute Sache hintertreiben?«

Ich hole einen Kieselstein aus meiner Tasche und reibe mit dem Daumen über die glatte Oberfläche. »Weil es nicht fair ist.«

Sie springt mir förmlich ins Gesicht. »Ach, und das Leben auf der Erde war fair, ja?«

Rita zieht mich zurück und mischt sich ein. »Ihr kennt nicht die ganze Geschichte.«

»Und die wäre?«, fragt ein Vater, der seine kleine Tochter im Arm hat.

Sie wissen immer noch nicht über den Kometen Bescheid

und ich weiß nicht, ob das jetzt der richtige Zeitpunkt ist, ihnen alles zu erzählen. Die Wut in ihren Gesichtern signalisiert mir, dass sie mich als Feindin betrachten. Das erinnert mich an die Situation vor dem Supermarkt, als die Plünderer ihre Wut an meinem Dad ausließen.

»Leute wie du ... ihr seid nie zufrieden«, meint die Frau mit den langen Fingernägeln, »könnt nie was auf sich beruhen lassen und müsst uns anderen den Spaß verderben.«

»Scheiß drauf. Ich werde sofort wieder den Beitrag leisten«, ruft jemand.

»Nein, bitte nicht«, sage ich. »Ihr versteht das nicht.«

»Oh, wir verstehen ganz gut, dass es dir egal ist, ob wir genug zu essen haben oder nicht«, wirft ein Teenager ein.

Jemand schubst mich und Dominick schubst zurück.

»Nun wartet doch mal! Die HöWes haben uns betrogen«, stößt Rita hervor. »Die Erde ist völlig unversehrt. Der Komet war ein Hologramm. Versteht ihr? Er war nicht echt. Die ganze verdammte Sache war eine Falle. Wir wissen noch nicht, warum, aber wir sollten auf keinen Fall einen Beitrag leisten. Sie haben uns entführt.«

Auf den Gesichtern der Menschen um mich herum spiegelt sich, wie sie gegen die Wahrheit ankämpfen und mit ihrer Angst ringen. Mir klappt der Unterkiefer herunter – nicht weil Rita die Wahrheit ausposaunt hat, sondern weil sie für mich und meine Geschichte eingetreten ist, ohne Beweise dafür zu haben.

»Wir wollen helfen, dass alle nach Hause zurückkehren können. Zur Erde«, sagt Dominick.

Verschiedene Leute brechen in Gelächter aus. »Du bist ja verrückt. Die Erde ist in die Luft geflogen.«

»Na prima«, ruft ein halbwüchsiger Typ. »Dann lasst uns doch mal annehmen, dass das, was das Feuerwerksmädel hier gesagt hat, stimmt, obwohl es keinen Sinn macht. Warum zum Teufel sollten wir zurückkehren wollen?«

Rita baut sich vor ihm auf. »Weil hier alles auf Lügen basiert. Wir werden nie wissen, wem oder was wir vertrauen können. Bei Hologrammen kann alles eine Illusion sein. Die meisten Sachen hier sind künstlich.«

»Schätzchen, wir haben schon damals in einer künstlichen Welt gelebt«, meint eine ältere Frau in einer Uniform mit Blumenmuster. »Warum sollten wir also nicht in einer Welt leben, die auch künstlich, aber besser ist?«

»Das kann doch nicht dein Ernst sein«, erwidert Rita.

»Natürlich ist das mein Ernst. Hier ist es wie im Paradies. Mir ist völlig egal, wie wir hergekommen sind. Hauptsache, wir sind hier. Warum sollten wir zurückkehren? Hier bekommen wir Essen und Unterkunft und haben unseren Spaß. Vor allem aber brauchen wir nicht bis zum Umfallen zu arbeiten. Der Aufenthalt hier ist mein erster Urlaub seit fünfzehn Jahren.«

»Aber glaubst du nicht, dass man sich die Zukunft verdienen muss, statt sie serviert zu bekommen?«, frage ich. »Wenn man sie sich nicht verdient, verliert sie jede Bedeutung.«

»Nein, die Zukunft kommt so oder so, egal, was man macht«, entgegnet der halbwüchsige Typ. »Gute Sachen, schlechte Sachen, miese Sachen – das alles passiert einfach. Wenn mir das erspart bleibt und ich das hier bekommen kann, dann nehme ich es. Du irrst dich, wenn du meinst, im Leben gehe es noch darum, hart für die Zukunft zu arbeiten. Diese Scheiße ist absolut out. Es geht darum, die Gelegenheit zu nutzen. Auf der Erde haben die Reichen die Armen gefressen. Da ist mir dieser Planet hier lieber.«

Ich werde immer frustrierter und quetsche den Kieselstein in meiner Hand.

Erinnerungen an Science-Fiction-Filme schießen mir durch den Kopf. »Ihr seid also bereit, einen Beitrag zu leisten? Habt ihr denn noch nie von den Borg gehört? Oder den Cybermen? Jagt euch das keine Angst ein? Glaubt ihr wirklich, die HöWes geben uns das alles aus reiner Herzensgüte? Ich bitte euch! So nett ist niemand!«

Eine junge Frau in den Zwanzigern wirft ihren langen Pferdeschwanz zurück und verdreht die Augen. »Es geht doch nur um unseren Geist, nicht um unseren Körper.«

Am liebsten würde ich ihr eine runterhauen, damit sie zur Vernunft kommt. »Könnt ihr euch vorstellen, wie die Menschen auf der Erde sich jetzt fühlen? Sie glauben, wir sind entführt worden.« Die Worte bleiben mir fast in der Kehle stecken, als ich mir ausmale, wie meine Eltern leiden.

»Ach, nun komm«, sagt die junge Frau. »Als ob man einen Kometen faken könnte.«

Ein Kichern geht durch die Menge. Wir stehen auf verlorenem Posten.

Die Frau in der geblümten Uniform ergreift wieder das Wort. »Wen kümmert's, ob die Erde noch existiert? Irgendwie werden die dort schon weiterwursteln, während wir im Paradies chillen.«

»Seid ihr bereit, eure Freiheit aufzugeben?«, fragt Dominick.

»Ja. Na klar«, antwortet die Frau. »Sollen die HöWes doch regieren. Die sind ohnehin schlauer als wir. Ich will an keinen Prüfungen teilnehmen. Ich will nur friedlich und ungestört leben.« Viele andere stimmen ihr zu.

»Das hat keinen Sinn«, sagt Rita zu mir und Dominick. »Sie sind völlig unfähig, auf die Stimme der Vernunft zu hören.«

In dem Moment wird mir alles klar. Das war von vornherein der Plan der Hologramme. Sie wussten, dass wir alles akzeptieren würden, wenn wir erst einmal hier sind, weil es in der Natur von uns Menschen liegt, den Weg des geringsten Widerstands zu gehen. Wieder und wieder sind wir von Philosophen und Schriftstellern davor gewarnt worden, Technologie mit dem menschlichen Körper zu kombinieren. Bisher haben wir angenommen, wir müssten gegen Dinge kämpfen, die uns von außen aufgezwungen werden sollen. Aber das stimmt nicht. Diesen Kampf führen wir gegen unsere eigene Bereitschaft, zu Cybermen zu werden, uns zu technologischen Produkten zu entwickeln, uns wie Geräte nachrüsten zu lassen und zu vergessen, was es heißt, ein Mensch zu sein. Was es heißt, echt zu sein. Was es heißt, echt sein zu wollen.

Meine Hände zittern unaufhörlich. Warum, weiß ich nicht, aber jedenfalls nicht vor Angst. Wohl eher aus Hoffnungslosigkeit. *Wie soll man Menschen helfen, die nicht auf die Stimme der Vernunft hören wollen? Die etwas begehren, das ihnen den Garaus machen wird?*

Jemand schubst mich von hinten. Ein Teenager versetzt mir einen Hieb gegen die Schläfe. Vor Schmerz schießen mir die Tränen in die Augen. Bevor Dominick eingreifen kann, wird der Teenager von der VMR ruhiggestellt. Ein Mann schlägt auf Dominick ein, jemand stößt mich gegen Rita. Weitere Interventionen der VMR.

Mehrere Hologuides erscheinen und sagen im Chor: »Die VMR ist automatisch aktiviert worden. Bitte verhalten Sie sich ruhig, während wir uns mit diesem Vorfall befassen.«

Langsam weicht der Rest der Menge zurück. Diejenigen, die uns angegriffen haben, sind in Gehäuse eingeschlossen. Wir sind der VMR und all ihren Unterdrückungsmechanismen ausgeliefert. Ich bin die Feindin des Volkes, diejenige, die das Problem ausgelöst hat und die anderen von ihrem Utopia fernhält. Und meine Freunde mit mir.

22

TAG 39

NACH DER REDUZIERUNG DER RATIONEN HAT DIE ALLGEMEINE ZUFRIEDENHEIT UM 71 % ABGENOMMEN.

DIE MERITOKRATIE BEMÜHT SICH INTENSIV DARUM, PRÜFUNGSBEDINGUNGEN AUSZUARBEITEN, DIE ALLEN BEWOHNERN VON SOLBILUNA-8 GERECHT WERDEN. BEI DER FORMULIERUNG RELEVANTER FRAGEN UND THEMEN BRAUCHEN WIR DIE MITHILFE DER FLÜCHTLINGE VON DER ERDE. OBWOHL WIR DIE ZAHLREICHEN NEUEN BEITRÄGE ZU SCHÄTZEN WISSEN, IST ES UNS ERST DANN MÖGLICH, ZUSÄTZLICHE RATIONEN UND HOLORAUMZEIT ZU GEWÄHREN, WENN FÜR DIESES PROBLEM EIN AKZEPTABLER KOMPROMISS GEFUNDEN WORDEN IST.

Die Leute werden immer ungeduldiger und wütender, denn es gibt nur noch eine Mahlzeit pro Tag und die Zeit, die sie in den Holoräumen verbringen dürfen, ist eingeschränkt worden. Die Umbra-Leute und die Geotruppen versuchen, sie davon zu überzeugen, dass nicht ich der Grund ihrer Misere bin, sondern die Hologramme. Doch die Menschen hören gar nicht zu. Viele von ihnen haben aus Trotz wieder einen Beitrag geleistet, was ihnen aber nichts genützt hat. Volle Rationen und mehr Holoraumzeit werden ihnen erst dann wieder zugestanden, wenn man einen Kompromiss gefunden hat.

Aus Sicherheitsgründen verordnet mir Benji im fünften Stock des Umbra-Hauptquartiers Stubenarrest. Rita, Dominick, seine Mutter und sein kleiner Bruder gesellen sich zu mir, um mich notfalls beschützen zu können.

Keine PSF-Kabine mehr für mich. Keine Firmamentlichtspiele mehr. *Wie bin ich bloß zum Inbegriff des Feindes geworden?*

Ich habe alles riskiert und bin hierhergekommen, um die Wahrheit zu verkünden. Die Wahrheit, die niemanden interessiert. *Was für eine Art Welt ist das? Was sagt es über uns aus, wenn wir uns aus unserer Welt entführen lassen und noch nicht mal ansatzweise dagegen protestieren?*

Ich will das alles nicht mehr.

Im Laufe einer weiteren schlaflosen Nacht schreibe ich in mein Tagebuch:

Philosophen lehren uns, dass die Wahrheit universell ist. Wahrheit im Sinne von Tatsache, die man nicht in Zweifel ziehen kann, weil sie einfach existiert, ein Teil des Lebens ist. Aber die Wahrheit des einen ist nicht die Wahrheit des anderen. Auf diese Weise wird die Wahrheit zu etwas Subjektivem. Früher habe ich das nicht verstanden.

Meine Wahrheit ist, dass ich aus egoistischen Gründen hierhergekommen bin. Ich wollte wieder mit meinen Freunden zusammen sein. Ich konnte nicht zulassen, dass die Hologramme gewinnen.

Die Wahrheit ist, dass das keine Rolle spielt.

Meine Wahrheit ist, dass die Menschen den Wunsch haben sollten, zur Erde zurückzukehren – in ihre Heimat.

Die Wahrheit ist, dass viele Menschen nicht zur Erde zurückkehren wollen, obwohl sie über den Kometen Bescheid wissen.

Meine Wahrheit ist, dass die Menschen sich hüten sollten, in einer Welt, die sie nicht kennen, irgendeinen Beitrag zu leisten.

Die Wahrheit ist, dass viele Menschen bereit sind, den verlangten Beitrag zu leisten, wenn ihnen das ein sorgenfreies Leben beschert, und zwar ungeachtet der eventuellen Folgen.

Ich schwanke zwischen den entgegengesetzten Standpunkten hin und her.

Wenigstens sind Dominick und Rita bei mir. Ich verbringe den Tag mit ihnen oder mit Katherine, die immer noch am Programm meines Hologuides herumbastelt. Nachts schreibe ich in mein Tagebuch. Es ist langweilig, eine Gefangene zu sein, nachdem man selbst eine Rebellion angezettelt hat. Manchmal wandere ich nachts im Hauptquartier umher, eingehüllt in Doktor A.s kühlende Geldecke. Vor Angst breche ich ständig in Schweiß aus. Wahrscheinlich bin ich schon dehydriert, weil ich nicht genug Wasser bekomme. Ich tu so, als würde ich den Gestank, der von mir ausgeht, nicht bemerken, bis mir Penelope einen futuristischen Stein gibt, der tagelang den Achselgeruch unterbinden soll, wenn man damit über die Haut reibt. Erstaunlicherweise funktioniert das.

Dominick und ich nehmen an den Treffen der Umbra-Leute teil und hören uns an, was sie herausgefunden haben. Dank der Pagertechnologie ist es Beruk gelungen, ein Signal aufzufangen und die Gegend zu lokalisieren, in der die HöWes sich möglicherweise verstecken. Offenbar handelt es sich dabei um eine Felsklippe, doch nach weiteren Untersuchungen finden die Wissenschaftler heraus, dass das wohl eher eine holografische Tarnung ist. Sie haben vor, den Aufenthaltsort der HöWes zu lokalisieren und ihren Großrechner zu hacken.

»Wir müssen ihre Energiezufuhr unterbinden«, meint Benji. »Das wäre am einfachsten und wirkungsvollsten.«

»Das Problem ist, dass die Nanoholocoms überall eingelassen sind, ohne dass es irgendwelche Leitungen gibt«, entgegnet Katherine. »Aufgrund der enormen Anzahl ist es unmöglich, sie funktionsunfähig zu machen. Bisher ist es uns nur gelungen, das System in Räumen auszuschalten. Im großen Stil haben wir das aber noch nicht geschafft.«

Beruk ergreift das Wort. »Dem SN10-Umbra-Nachrichtendienst zufolge befinden sich die Kontrollsysteme auf mehreren Raumstationen in der Planetenumlaufbahn. Wir haben auch schon einige ihrer Raumschiffe in unsere Gewalt gebracht, kommen aber nicht dahinter, wie man sie steuert.«

»Das könnte DOT machen«, sagt Professor Marciani.

»Was ist DOT?«, frage ich.

»Du meinst, wer ist DOT«, erwidert Katherine grinsend. »DOT ist die Geheimwaffe, an der ich gearbeitet habe.«

Sie zeigt auf den Hologuide neben ihr, der in seiner typischen grauen Uniform nicht sonderlich eindrucksvoll wirkt.

»Ich dachte, hier in unserer Gegend gibt es keine holografische Technologie«, sagt Dominick.

»Gibt es auch nicht. DOT ist ein aus der Art geschlagenes Biohologramm.« Sie zeigt auf ein Gerät, das ans Bein des Hologramms geschnallt ist. »Siehst du dieses Kästchen? Darin steckt ein autonomes Nanoholocom-Minisystem, das ich entwickelt habe. Das ermöglicht es DOT, sich überall hinzubegeben, nachdem sie sich innerhalb des Nanoholocom-Bereichs aufgeladen hat. Ich habe sie umprogrammiert.«

»Zu was? Zu einer mobilen Tötungsmaschine?« *Warum müssen Erfinder immer Dinge erschaffen, die ihnen am Ende den Garaus machen?*

»Nein. Zu einer Spionin, die für uns arbeitet. Sie kommt an Informationen im Nanoholocom-Network heran, ohne dass das irgendwie auffällt. Und sie würde ein Raumschiff steuern können.«

»Dann ist das also ein Hack?«, fragt Dominick.

»Genau. Und zwar einer, der reagieren kann. Sag mal was zu ihr.«

»Hallo, DOT. Mein Name ist Dominick.«

»Hallo, Dominick. Mein Name ist DOT.«

»DOT könnte zu mehreren Zwecken eingesetzt werden. Wir brauchen bloß noch ein bisschen mehr Zeit. Möglicherweise gelingt es uns auch, sie versuchsweise durch unser experimentelles Portal zu schicken. Eventuell könnte sie dann auf der Erde Bescheid sagen, dass wir in Sicherheit sind und an unserer Rückkehr arbeiten.«

»Vorausgesetzt«, fügt Professor Marciani hinzu, »es gelingt uns, in den richtigen parallelen Zeitstrom zu gelangen.«

Vielleicht erfahren meine Eltern dann wenigstens, dass wir in Sicherheit sind. Soweit man im Moment überhaupt von Sicherheit sprechen kann. *Aber ob sie auch in Sicherheit sind?*

Ich beobachte, wie DOT unbewusst blinzelt. Das könnte das ultimative Hologramm sein, da sie weder vom Network noch von einem Menschen abhängig ist. Wie sie wohl das menschliche Leben sieht?

Beruk krempelt die Ärmel hoch, sodass seine behaarten

Unterarme zu sehen sind. »Ich würde vorschlagen, dass wir koordiniert angreifen. Während die anderen Umbra-Gruppierungen DOT dafür verwenden, die Raumschiffe zu steuern und das Kontrollsystem vorübergehend lahmzulegen, warten wir an der Stelle, auf die das Signal hinweist, und dringen ein, sobald der richtige Zeitpunkt gekommen ist.«

»Moment mal«, werfe ich ein, »wenn ihr das System lahmlegt, würde es in dieser Region nichts zu essen geben.«

»Da kommen die Geotruppen ins Spiel«, sagt Benji. »Sie müssen in der Zeit für Essen sorgen.«

»Was ist mit der HME? Würde die nicht auch ausfallen?«, bohre ich weiter.

»Schon, aber wenn jemand medizinisch betreut werden muss, haben wir ja Leute wie Doktor A. Wir schaffen das. Auf der Erde waren wir schließlich auch nicht ständig und in jeder Hinsicht abgesichert. So viel anders ist das jetzt nicht.«

»Stimmt vermutlich. Und die VMR? Wird die uns nicht ruhigstellen, wenn wir rebellieren?«

»Wenn wir offline sind, funktioniert die ebenfalls nicht.«

»Aber Waffen und Explosivstoffe würden funktionieren, oder?«

»Jedenfalls ist es so vorgesehen. Wenn wir in dieser Region alle holografischen Kontrollmechanismen beseitigen, wären wir im Vorteil.«

Das Zerstören einer Gesellschaft im Namen einer bestimmten Sache. Aber woher weiß man, ob man auf der richtigen, auf der Seite der Gerechtigkeit kämpft? Hält nicht jeder seine Seite für die richtige?

Nachdem die anderen gegangen sind, bastelt Katherine auf einem Holoschirm über dem Kästchen an DOTs Bein weiter an der Programmierung ihres Biohologramms herum.

»Tut mir leid, aber ich finde das gruslig«, stoße ich hervor.

»Was? Dass ich an ihrer Programmierung arbeite? Wäre es nicht hilfreich, ihr mehr Persönlichkeit zu verleihen?«

»Vor allem wäre es hilfreich, wenn sie einen STOPP-Knopf hätte. Der sie abschaltet, ihr Programm löscht oder ihre Selbstzerstörung herbeiführt.« *Für den Fall, dass sie insgeheim Doppelagentin ist.*

»Gute Idee«, meint Katherine. »Warum bin ich da nicht selbst drauf gekommen?«

Man kämpft mit einem Schwert aus Worten und Codes gegen das Unsichtbare. Und baut in seine holografischen Verbündeten Vorrichtungen ein, die verhindern, dass sie aufmüpfig werden.

Meine Idee hat besser geklappt, als ich es mir vorgestellt habe. Die Meritokratie schlägt sich mit der Ausarbeitung neuer Prüfungen herum. Ohne funktionierendes DT-Band muss ich mir meine Informationen aus zweiter Hand besorgen, was mich verrückt macht. Soviel ich in Erfahrung bringen konnte, diskutieren Menschen und Meritokraten immer noch über die Philosophie, die hinter dem Gedanken einer regierenden Körperschaft steckt. Die Meritokraten glauben, dass die Herrschaft den hellsten Köpfen überlassen bleiben sollte. Wenn sie neue Prüfungsthemen für uns ausarbeiten würden, würde dies das Niveau ihrer Gesellschaft herabziehen, da sie weit fortgeschrittener sind als wir. Auf der anderen Seite würden sie – wenn sie unserem Wunsch nicht nachkommen – zugeben, dass das gesamte Leben auf dem Planeten auf einer unfairen Regierungspolitik basiert, die uns auf unabsehbare

Zeit zu Bewohnern zweiter Klasse macht. Und wenn sie tatsächlich neue Prüfungen ausarbeiten würden, wären sie dann nicht ebenfalls im Vorteil, eben weil sie die ausarbeiten?

Willkommen auf der Erde ...

Am nächsten Abend gestattet Benji mir, an einer Party im Lager der Geotruppen teilzunehmen, um Ritas Geburtstag zu feiern. Dass ich für so was die Erlaubnis meines Bruders brauche, ist mehr als bizarr. Rita macht den schlechten Scherz, dass sie keine Geschenke erwartet, sondern nur unsere Anwesenheit.

Alle sind um das türkisfarbene Feuer versammelt, um Eugenes neueste Nachtischkreation zu kosten. Es ist wirklich ein Wunder, was für tolle Backwaren er aus so wenigen Zutaten zaubert. Kendra und Nolan unterhalten sich, während Nolans Großmutter Penelope und Marie beim Servieren des Essens hilft.

»Ich schwöre, das ist die beste Geburtstagsparty, die ich je gehabt habe«, sagt Rita. »Kannst du dich noch an die lahmen Partys im Restaurant meiner Eltern erinnern?«

»Weißt du noch, wie Tyson dich auf die Wange geküsst hat und deine Eltern ihn rausgeschmissen haben?«

»Gott, war das peinlich! Hey, wo ist eigentlich Hannah?«

»Sie ist im Hauptquartier geblieben, weil sie sich nicht wohlfühlt. Doktor A. hat gesagt, er werde später noch mal nach ihr sehen. Eugene hat ihr was zu essen gebracht.«

Ich beobachte, wie Penelope sich beim Essen zu Doktor A. setzt. Sie zieht ihm die Jacke seiner schillernden Uniform zurecht, was mich an Mom und Dad erinnert.

»Nun sieh dir mal diese Turteltauben an«, sagt Rita.

»Find ich jetzt nicht komisch. Das ist schließlich meine Großmutter.«

»So was ist unabhängig vom Alter.«

Ich sehe, wie Marcus und Benji sich lachend miteinander unterhalten. Es ist höchste Zeit, dass mein Bruder sich ein wenig entspannt. Benji legt Marcus den Arm um die Schultern und küsst ihn – ein schöner Anblick. Wenn ich so etwas sehe, fehlt mir Dominick besonders. Seit wir ins Hauptquartier gezogen sind und unter strenger Bewachung stehen, sind wir nicht mehr ungestört zusammen gewesen. Dieses Gefühl des Gefangenseins macht mich ganz kribblig.

Als Rita sich Kendra und Nolan zuwendet, gehe ich zu Dominick hinüber und flüstere ihm ins Ohr: »Komm mit.«

Widerspruchslos folgt er mir.

Wir stehlen uns davon und schleichen in den dunklen Wald hinter dem Lager. Ich ziehe ihn an mich und lehne mich gegen einen blassgelben Baumstamm, der aussieht wie der gigantische Strunk eines Blumenkohls. Dominick küsst mich so leidenschaftlich, dass ich gegen den Baumstamm gepresst werde. Ich erwidere seinen Kuss und lasse meine Hand auffordernd nach unten wandern.

»Hier?«, fragt er.

»Woanders sind wir ja nie allein.«

Trotz der Dunkelheit sehe ich, wie Dominicks Augen aufleuchten. Sein Zögern heizt meine Lust noch mehr an. Um ihm zu zeigen, dass ich es ernst meine, küsse ich ihn wieder.

Ich versuche, nicht an die wilden Tiere zu denken, die es hier möglicherweise gibt, oder an die winzigen exotischen Würmer, die in meine Körperöffnungen kriechen und sich dort einnisten könnten.

Wir verlieren jegliches Zeitgefühl und vergessen, wo wir sind und wie wir hierhergekommen sind. Wir werden eins mit der Natur und liegen auf dem weichen Waldboden, während sich die Sterne am Himmel im gleichen Takt wie wir bewegen und uns der Geruch der Pflanzen und des Mooses wie ein berauschendes Parfüm in die Nase steigt.

»Ich habe dich vermisst«, flüstere ich.

»Ich dich auch.« Er streicht mir eine meiner Locken hinters Ohr.

Ich bringe meine Uniform wieder in Ordnung. »Es hat mich verändert, nicht zu wissen, ob ich dich wiedersehen würde.«

»Inwiefern?«

»Ich gehöre zu dir«, erwidere ich. »Auf lange Sicht. In guten wie in schlechten Tagen. Wenn das okay ist.«

»Das ist mehr als okay.« Er stupst mich gegen den Bauch. »Wurde ja auch Zeit.«

Ich klopfe mir etwas Erde von der Kleidung. Plötzlich knackt im Wald hinter uns etwas.

»Hast du das auch gehört?«, frage ich.

»Was denn?«

»Weiß auch nicht«, sage ich und spähe hinter mich in die Dunkelheit. »Ich dachte, ich ...«

Ein Mann tritt hinter einem Baum hervor und packt mich bei den Haaren. Vor Schmerz schlage ich wild um mich.

»Aua! Lass mich los! Hilfe!«, schreie ich.

Er presst mir etwas Scharfes gegen den Hals. »Halt die Klappe, sonst schlitze ich dir die Kehle auf.«

Zwei andere Männer haben Dominick gepackt, der heftigen Widerstand leistet. Nachdem sie ihm einen Schlag in den Magen versetzt haben, fesseln sie ihm die Hände auf dem Rücken.

Meine Hände werden so fest verschnürt, dass sie ganz taub werden. Ich sehe, wie Dominick die Augen verbunden werden. *Nicht von Hologrammen. Nicht von HöWes.*

Sondern von Menschen. Bevor sie ihm die Binde anlegen, wirft er mir noch einen Blick zu, in dem sich Liebe und Todesangst mischen. Ich verliere allen Mut, während mir ebenfalls die Augen verbunden werden und mich einer der Männer knebelt.

»Vorwärts!«

Ich spüre eine Hand auf der Schulter und im Rücken einen spitzen Gegenstand. Jemand atmet schwer und flach. Ob das Dominick ist? Solange ich das höre, weiß ich, dass er noch am Leben ist.

Wir sind wie Tiere, die zur Schlachtbank geführt werden – von Erdbewohnern, die ich eigentlich retten wollte. Um nicht in Panik zu geraten, konzentriere ich mich auf Dominicks Atemzüge. *Er darf nicht sterben. Er darf nicht sterben.*

Ich drückte auf meinen Pager, um Benji zu alarmieren. Bitte mach, dass er diesmal reagiert.

Da ich gefesselt bin und meine Augen verbunden sind, kann ich nicht davonlaufen oder Widerstand leisten. Da ich geknebelt bin, habe ich keine Möglichkeit, auf unsere Entführer einzureden. Was würde Dad in einer solchen Situation tun? Er würde eine Fluchtmöglichkeit finden oder kämpfen. Ich gebe mir alle Mühe, die dritte Möglichkeit aus meinen Gedanken zu vertreiben. *Dominick und ich werden zerstückelt, in Säcke gestopft und im Wald vergraben, bis außerirdische Maden uns fressen.*

Ich zähle unsere Schritte und versuche festzustellen, in welche Richtung sie uns führen. Dominicks Atemzüge werden lauter. Ich hoffe, er macht das nur, um mir ein Zeichen zu geben, und nicht aus Angst.

Schritte werden zum Maß der Zeit. *Zwanzig. Dreißig. Fünfzig. Achtzig.* Es wäre viel einfacher, wenn ich etwas, das ich wiedererkenne, sehen könnte. Wenn ich überhaupt etwas sehen könnte. Ich stolpere über einen heruntergefallenen Ast und merke, dass das Gebüsch, das meine Beine streift, immer dichter wird. *Neunzig. Einhundert.* Ich lausche auf Dominicks schweren Atem und konzentriere all meine Energie darauf festzustellen, ob er sich okay anhört. *Wenn er okay ist, bin ich auch okay. Wenn er okay ist, bin ich auch okay.* Der Boden unter mir wird abschüssig. Ich kann mich nicht erinnern, dass es im Wald Hügel oder Berge gibt. Meine Stiefel bleiben im feuchten Boden haften. *Was, wenn sie uns zu einer Felsklippe führen?* Jeder Schritt bringt mich der Möglichkeit näher, in den Tod zu stürzen. Wenn ich die Binde vor meinen Augen nur ein bisschen verschieben könnte ...

Ich schluchze und reibe mir die Nase an der Schulter, die ich bis zur Binde hochziehe. Kein Erfolg. Erst beim zweiten Versuch gelingt es mir, sie so zu verschieben, dass ich unter einem Auge einen schmalen Lichtstreifen sehe. Immerhin etwas.

»Hör auf damit.«

Rasch ziehe ich die andere Schulter hoch, bis es mir gelingt, auch das andere Auge minimal freizulegen.

Der Waldboden gibt keinerlei Anhaltspunkte her, die verraten, wo wir uns befinden. Aus der Ferne höre ich jedoch die Geräusche von Firmamentlichtspielen. Ich vermute, dass wir die Wohnkomplexe weitläufig umrunden und uns außerhalb der Reichweite des Networks befinden, damit die VMR nicht eingreifen und die Entführer bestrafen kann.

Plötzlich steigt mir der Rauch eines Lagerfeuers in die Nase. Wir machen halt.

Das beunruhigt mich. Solange wir noch in Bewegung waren, waren wir in Sicherheit.

Ich sehe die Ränder brauner Planen, die sich im Wind bewegen. Zelte. Davor schillernde Stiefel. Wir sind immer noch außerhalb der Reichweite des Networks.

»Wir haben sie«, sagt eine tiefe, raue Männerstimme.

»Bist du sicher?«, fragt eine andere, höhere Stimme, ebenfalls die eines Mannes.

»Absolut. Hab dir doch gesagt, dass wir sie erwischen würden.«

»Wer ist das da?«, erkundigt sich eine Frau, die sich absurderweise so anhört wie meine Mom.

»Ihr Freund. Hab sie schon zusammen gesehen.«

Der Knebel wird aus meinem Mund entfernt.

»Bist du Alexandra Lucas?«, fragt die Frau.

Als ich keine Antwort gebe, wird mir ein harter Gegenstand gegen die Schläfe geknallt. Ein scharfer Schmerz schießt mir durch den Kopf, meine Nase fängt unwillkürlich an zu laufen. Ein Gerangel ist zu hören, dann ein Plumps. Ich sehe, wie Dominick am Boden liegt und sie wiederholt auf ihn eintreten.

»Hört auf! Ich mach, was immer ihr wollt.«

»Was immer, ja?«, sagt die hohe Männerstimme.

»Lasst ihn doch einfach laufen.«

»Nein, er könnte uns noch nützlich sein. Hebt ihn hoch und bringt die zwei ins Hauptzelt«, befiehlt die Frau. »Bewacht sie gut und lasst sie nicht aus den Augen. Wenn sie Ärger macht, tötet ihren Freund.«

23

TAG 42

Der Wachtposten befiehlt Dominick, sich in eine Ecke des Zelts zu setzen, während ich ihm gegenüber Platz nehmen muss. Das ist nicht wie im Film, wo die Leute Rücken an Rücken lehnen und sich gegenseitig losbinden können. Trotz des pulsierenden Schmerzes in meiner Schläfe weiß ich, dass es Dominick viel schlimmer getroffen hat. Ich gerate immer mehr in Panik. Dominick braucht Doktor A. oder die HME. Mir fällt ein, wie Mom mich nach dem Tumult vor dem Supermarkt in einem Rollstuhl zu Dominick gebracht hat. Damals wusste ich noch nicht, dass er sich schützend über mich geworfen hatte, damit ich nicht zu Tode getrampelt wurde. Bisher hielt ich das für den schlimmsten Tag meines Lebens.

Aber das hier ist noch schlimmer.

Ich schaukle hin und her. *Wir werden hier sterben. Ich werde meine Eltern nie wiedersehen. Nie die Erde wiedersehen. Nie mein Leben als Erwachsene genießen können.* Immer wieder drücke ich auf den Pager, um Benji zu benachrichtigen. Die Binde vor meinen Augen ist von Tränen durchnässt.

»Hör auf zu heulen«, sagt der Wachtposten.

Sonst muss es Dominick ausbaden.

Das ist, als fordere man jemanden mit gebrochenen Beinen zu einem Marathonlauf auf. *Oh Gott, ich wollte Dominick retten und stattdessen werde ich diejenige sein, die seinen Tod zu verantworten hat.*

Ein Krampf schüttelt mich, mein Herzschlag und mein

Atem beschleunigen sich, mein Magen rebelliert. Ich kotze das ganze Zelt voll.

»Scheiße. Ich hab dich für tougher gehalten«, sagt der Wachtposten. »Kann mir mal jemand eine Schaufel und roten Sand bringen«, brüllt er nach draußen. »Ich brauch was, um es über Kotze zu streuen.«

»Klar.«

Diese Stimme kenne ich. Man hat uns unterwandert. Wir sind verraten und verkauft.

»Heb mal deinen Hintern.« Der Wachtposten zieht mich hoch und drückt mich an anderer Stelle – näher bei Dominick – zu Boden. Vielleicht sollte ich noch mal kotzen.

»Hier«, ertönt Hannahs Stimme. Ritas Freundin von den Geotruppen. Ich wusste gleich, dass ich sie nicht mag.

»Super. Würdest du das bitte sauber machen?«

»Klar«, erwidert sie mit leicht zittriger Stimme. »Was ist denn mit dem los?«

Der Mann lacht. »Den haben sie windelweich geprügelt.«

»Hätt ich mir denken können«, sagt sie.

Wenn ich nicht gefesselt wäre, würde ich sie mit ihrer Halskette erwürgen. Ich höre, wie sie mit der Schaufel am Boden herumscharrt. *Wie kann man bloß so falsch und hinterhältig sein?*

»Was haben wir denn hier?«, fragt eine heisere Stimme. »Verschwinde.«

»Mach ich, Eugene«, antwortet Hannah. »Soll ich das Essen bringen?«

Das kann doch nicht Eugene sein, der Koch der Geotruppen, oder? Vielleicht vergiftet er uns schon seit Wochen.

»Ich brauch nichts«, sagt der Wachtposten.

»Ich hab schon gegessen«, erklärt Eugene. »Wenn die Gefangenen sich benehmen, bekommen sie später was zu essen. Ich geb dir dann Bescheid.«

Langsam kommen Schritte auf mich zu. »Hallo, Alex. Tut mir leid, dass wir uns so wiederbegegnen.«

Ich reagiere überhaupt nicht auf ihn. Meine Nase brennt von der Säure des Mageninhalts.

Er reißt mir die Binde ab. Meine Augen brauchen einen Moment, um sich an die Helligkeit zu gewöhnen. Dominick liegt mir gegenüber. Seine Brust bewegt sich unregelmäßig auf und ab. Eugene trägt immer noch seine abgeschnittenen Uniformhosen. Seine blonden, struppigen Haare sind zurückgebunden und in der Hand hält er ein Fleischermesser. Im Lager der Geotruppen machte er immer einen so unbeschwerten Eindruck. Der Wachtposten steht mit dem Rücken zu uns am Zelteingang.

»Du wirst alles wieder in Ordnung bringen. Wirst den Schaden, den du angerichtet hast, beheben, damit die Leute wieder in Frieden leben können.«

Er geht zu Dominick hinüber und zieht ihn am Arm hoch. Dominick zuckt vor Schmerz zusammen. Eugene presst ihm die Klinge gegen die Wange und sieht mich an.

»Ich erwarte deine Kooperation.«

Starr vor Schreck nicke ich. Er grinst sadistisch.

»Du verfasst eine neue Botschaft, die wir über CVBE verbreiten. Wir wollen wieder volle Rationen bekommen. Du wirst alles zurücknehmen, was du über die Prüfungen gesagt hast. Weil dir klar geworden ist, dass die Prüfungen nichts damit zu tun haben, den Beitrag zu leisten. Und um deinen guten Willen zu beweisen, wirst du selbst den Beitrag leisten.«

»Das darfst du nicht tun, Alex«, sagt Dominick.

Eugene schlitzt mit seiner Klinge Dominicks Bizeps auf. Dominick schreit vor Schmerz.

»Hör auf!«, brülle ich. »Wenn du ihn in Ruhe lässt, werde ich es tun. Aber das heißt noch lange nicht, dass die Meritokratie darauf eingeht.«

»Oh, das wird sie. Es war schließlich ihre Idee.«

Der Wachtposten kommt zurück ins Zelt und verbindet mir wieder die Augen.

»Merkwürdige Sache, die Wahl zu haben, nicht?«, sagt er. »Unter den richtigen Umständen kann man die Leute zu fast allem zwingen.«

Er passt bestens in das Leben auf Solbiluna-8 und zu der Art und Weise, wie die HöWes vorgehen. Hier gibt es keine Freiheit.

Hannahs Stimme erklingt. »Eugene hat gesagt, ich soll ihnen was zu essen bringen. Du kannst eine Pause machen.«

Der Mann hustet Schleim hoch. »Dann geh ich pinkeln.«

»So genau will ich das gar nicht wissen«, erwidert sie lachend.

Ich höre, wie er davongeht und Hannah auf mich zukommt.

Ich drücke wie verrückt auf meinen Pager, um Benji zu alarmieren.

Sie schiebt meine Augenbinde hoch und flüstert: »Alex, es ist nicht so, wie du denkst. Meine Familie und ich, wir sind Spione der Umbra-Gruppe. Jackson hat Wind davon bekommen, dass diese Gruppe hier im Entstehen ist, und einige von uns losgeschickt. Rede mit niemandem, den du von den Geotruppen kennst. Einige von denen sind wirklich Verräter, darunter auch Eugene. Wir haben die Umbra-Leute schon darüber informiert, dass man euch zwei entführt hat.« Sie wirft einen Blick auf Dominick. »Der sieht ja schlimm aus. Warte mal.«

Hannah reißt ein Stück von ihrer Uniform ab und verbindet Dominicks blutenden Arm. Dann kommt sie wieder zu mir. Ich traue ihr nicht über den Weg.

»Ich würde dich ja füttern, aber da hat Eugene reingespuckt. Alex, ich will dir keine Angst einjagen, aber die haben vor, einen Unfall zu inszenieren, bei dem du umkommst. Das heißt, nachdem du deinen Beitrag geleistet hast, sodass du nach deinem Tod zu einem Biohologramm wirst. Sie glauben, wenn die Leute das sehen, hören sie auf, Fragen zu stellen ... Das können wir nicht zulassen.«

Ich räuspere mich. »Wenn ich mich weigere, tun sie Dominick was zuleide.«

Vor dem Zelt hustet jemand. »Verdammt. Der Wachtposten kommt zurück.« Sie schiebt meine Augenbinde wieder nach unten. »Ich komm wieder, sobald ich mehr weiß.«

Ich habe keine Ahnung, wie viel Zeit Dominick und ich im Zelt verbringen. Immer wieder versuche ich, Benji zu benachrichtigen. Irgendwann scheint ein neuer Tag zu beginnen, denn Hannah bringt uns Frühstück sowie einen Eimer für bestimmte Bedürfnisse. *Wo bleibt Benji? Ich habe zu oft blinden Alarm geschlagen. Ich frage mich, ob Hannah die Umbra-Leute wirklich informiert hat oder ob auch sie eine Verräterin ist.*

Sobald der Wachtposten nach draußen gegangen ist, teilt sie uns mit: »Sie wollen euch in einen der Wohnkomplexe bringen.«

Sie löffelt mir einen wässrigen Brei aus Getreidekörnern in den Mund. Dabei verschlucke ich mich und muss husten. »Warum das?«

»Sie wollen, dass du im Bereich des Networks bist, wenn sie deine Aussage, dass du deinen Beitrag geleistet hast, veröffentlichen. Gerüchten zufolge haben sie vor, dich anschließend im ZENTRUM in die Tiefe zu schmeißen. Soll wie ein Unfall wirken. Danach wirst du dann zum Biohologramm.«

Mir wird ganz flau im Magen, als ich mir vorstelle, wie ich im ZENTRUM nach unten stürze und auf einem Essenspodest zerschmettert werde. Und hinterher als Biohologramm erwache. Ich signalisiere ihr, dass mir der Appetit vergangen ist, und sie geht zu Dominick hinüber. Wenn meine Hände nicht hinter meinem Rücken gefesselt wären, würden sie sicher in einem fort zittern. Ich bin so wehrlos wie eine Ameise auf dem Asphalt, die gleich von einem riesigen Stiefel zertreten wird. Wen interessiert schon das Schicksal einer Ameise?

»Wo sind denn die Umbra-Leute?«, fragt Dominick, als Hannah sich daranmacht, ihn zu füttern.

»Keine Ahnung. Mittlerweile müssten sie eigentlich hier sein.«

Ich erzähle ihr nichts von dem Pager, über den ich mit Benji in Verbindung stehe. Eine reine Vorsichtsmaßnahme.

»Wir dürfen nicht zulassen, dass sie uns von hier wegbringen«, sagt Dominick.

»Ich könnte ja mit einigen der anderen versuchen, ein Ablenkungsmanöver zu inszenieren«, schlägt Hannah vor. »Zum Beispiel, indem wir Feuer legen. Dann könnte zwar unsere Tarnung auffliegen, aber wir müssen irgendwas unternehmen, um euch hier rauszuholen.«

»Tu das«, sagt Dominick und dreht sich zu mir. »Bist du okay?«

»Ich liebe dich«, erwidere ich in all meiner Verzweiflung. Nur für alle Fälle, denn die Zeit wird knapp.

»Sei nicht so pessimistisch«, sagt er. Er kennt mich einfach zu gut.

»Sag es«, bitte ich ihn.

»Das brauche ich nicht. Du weißt es. Wenn wir hier raus und wieder in Sicherheit sind, sage ich es.«

Kurz darauf kehrt der Wachtposten zurück, was weitere Gespräche unmöglich macht. Augenbinden und Knebel kommen wieder zum Einsatz.

Hannah hält Wort. Einige Stunden später ist von Weitem der Ruf: »Feuer! Feuer!« zu hören.

»Scheiße«, murmelt der Wachtposten und stürzt nach draußen.

Schreie und hastige Schritte, die sich von uns entfernen. Dann kommt jemand auf das Zelt zugestürmt.

»Wenn das Signal gegeben wird, rennt ihr sofort los«, ordnet Hanna an. Mit einem Messer schneidet sie mir die Fesseln durch. Ich reiße meine Augenbinde herunter und nehme den Knebel aus meinem Mund. Ein letztes Mal drücke ich auf den Pager, um Benji zu alarmieren. Nolan ist gerade dabei, Dominick zu befreien.

»Danke«, sagt Dominick zu ihm. »Wusste gar nicht, dass du auch hier bist.«

»Gern geschehen«, erwidert Nolan mit zittriger Stimme. »Aber erzähl bloß meiner Großmutter nichts davon.«

Draußen scheint die Hölle los zu sein. Während wir auf das Signal warten, werde ich immer nervöser. Ich hasse es zu warten. Dominicks Gesicht wird zusehends bleicher.

Hannah späht nach draußen. Da ertönt ein Pfiff.

»Das ist das Signal. Los jetzt«, sagt sie.

Als Dominick sich langsam aufrichtet, presst er die Hände gegen den Bauch und verzieht vor Schmerz das Gesicht.

»Ihr müsst ohne mich gehen«, sagt er. »Ich glaube, eine meiner Rippen ist gebrochen.«

Ich packe ihn beim Arm. »Kommt gar nicht infrage.«

Nolan stützt Dominick auf der anderen Seite. Hannah späht abermals aus dem Zelt. »Die Luft ist rein. Auf geht's!«

Wir treten hinaus. Weiter hinten stehen Zelte in Flammen und es riecht nach brennendem Holz. Wir laufen in die entgegengesetzte Richtung. Dominick ringt nach Atem, was mich daran erinnert, wie mein Dad damals im Krankenhaus wieder zu Bewusstsein gekommen ist. Wir rennen immer weiter, bis wir das Lager hinter uns gelassen haben.

»Ich ... kann nicht ...«, keucht Dominick.

»Wir verstecken uns vorübergehend da drüben in den Büschen«, schlage ich vor. »Er braucht eine kurze Verschnaufpause.«

Aus einer anderen Richtung nähern sich Schritte. Ich hoffe, gleich Benji zu erblicken, doch es ist Eugene, zusammen mit mehreren Wachtposten.

Er reißt mich an den Haaren. »Hast du wirklich geglaubt, dich so leicht davonmachen zu können? Ich habe heute noch was vor mit dir. Was deine Freunde hier angeht – die sind inzwischen völlig überflüssig ... Tötet sie!«

»Nun wartet doch mal«, flehe ich, doch die Wachtposten ignorieren mich und schnappen sich Nolan, Dominick und Hannah. »Ich springe freiwillig im ZENTRUM in die Tiefe. Das braucht ihr nicht zu inszenieren. Aber lasst sie frei.«

Eugene grinst. »Hast wohl gehört, was wir vorhaben, wie? Spielt keine Rolle, Baby. Du bist so oder so dran.«

Ein Knall ertönt, gleich darauf hüllt uns dichter weißer Rauch ein, der uns die Sicht nimmt.

»Ein Hinterhalt!«, schreit Eugene.

Ich winde mich hin und her und schaffe es, ihm mein Knie irgendwo reinzurammen – offenbar in eine empfindliche Stelle, denn er lässt mich los. Ohne etwas sehen zu können, drehe ich mich um die eigene Achse. »Dominick? Hannah? Nolan?«, stoße ich noch hervor, bevor der Rauch einen heftigen Hustenanfall bei mir auslöst.

Als mich jemand von hinten packt, schlage ich wild um mich.

»Aua, Alex, ich bin's«, sagt Benji.

»Entschuldige …«

»Schon gut. Lass uns von hier verschwinden.« Er trägt einen Mundschutz und hat ein Messer in der Hand. An seiner Jacke sind merkwürdige Behälter befestigt. »Leg das an.« Er gibt mir ebenfalls einen Mundschutz.

»Wo sind die anderen?«

Er schiebt mich vorwärts, ohne etwas zu erwidern. Ich sträube mich weiterzugehen. »Wir können sie doch nicht im Stich lassen.«

»Vertrau mir einfach. Darum kümmern sich meine Männer. Ich bin für dich zuständig«, sagt er mit einer Stimme, deren Klang mich ein wenig an Dad erinnert. Er packt mich am Arm und zusammen rennen wir in den Wald.

Je weiter wir uns von dem Chaos hinter uns entfernen, desto lauter dröhnt mein Herz. Ich schwanke zwischen dem Bedürfnis, mich selbst in Sicherheit zu bringen, und dem Wunsch, Dominick und die anderen zu retten.

Nach einer Weile stoßen wir auf Katherine und andere Umbra-Leute. Doktor A. fühlt mir den Puls und ermahnt mich, langsam ein- und auszuatmen, damit ich nicht hyperventiliere.

»Dominick ist verletzt«, teile ich ihm mit und spähe in den Rauch zurück. Dominick ist nirgendwo zu sehen.

»Wo sind sie?«, fahre ich Benji an. »Du hast gesagt, deine Männer würden sich um sie kümmern.«

Benji seufzt. »Rühr dich nicht von der Stelle.«

Mit dem Messer in der Hand rast er in den Nebel zurück.

Minute um Minute vergeht und ich flehe Gott – wenn es ihn denn gibt – an einzugreifen. Ich habe Dominick überredet, mit mir in den Wald zu gehen. So darf das alles nicht enden.

Hannah kommt durch den Nebel gerannt, zusammen mit anderen Umbra-Leuten, die alle einen Mundschutz tragen.

Mein Körper krümmt sich zusammen und ich übergebe mich. Katherine tätschelt mir den Rücken.

»Alex«, sagt Hannah. Als ich aufblicke, sehe ich Beruk mit Nolan auf den Armen aus dem Rauch treten. »Ist er okay?«, fragt Hannah.

Beruk legt Nolan auf die Erde. An mehreren Stellen seiner Uniformjacke sind Blutflecken zu sehen, die sich rasch ausbreiten. Beruks Uniform hat ebenfalls Blut abbekommen. Nachdem Doktor A. Nolan untersucht hat, schüttelt er den Kopf. Hannah bricht schluchzend über Nolan zusammen. Ich lege von hinten die Arme um sie, während sie um ihn und um uns alle weint.

»Wo sind Benji und Dominick?«, frage ich Beruk.

»Sind sie nicht hier? Benji war doch für dich verantwortlich.«

»Er ist zurückgerannt«, erwidere ich, während mir immer beklommener zumute wird. *Sie müssen einfach okay sein. Sie müssen einfach okay sein.*

Gerade als der Wald beginnt, sich um mich herum zu drehen, taucht Benji auf. Er trägt Dominick.

Ich rase ihnen entgegen. »Oh mein Gott! Dominick?«

»Alex?«, haucht Dominick. Der Klang seiner Stimme setzt mein Herz wieder in Gang.

»Ich bin ja da«, antworte ich.

»Ich liebe dich«, stößt er hervor, bevor sein Kopf zurücksackt und er das Bewusstsein verliert.

In aller Eile wird Dominick von einigen Umbra-Leuten ins Hauptquartier gebracht, da er nach Doktor A.s Aussage viel Blut verloren hat.

Einige aus der Gruppe bleiben zurück, um sich mit den Verrätern zu befassen.

Alle übrigen gehen gemeinsam durch den Wald zurück. Benji und Katherine laufen neben mir und Hannah her.

Fast hat meine Liebe zu Dominick zu seinem Tod geführt. *Wenn er nicht okay ist, bin ich auch nicht okay.*

»Was hat du dir eigentlich dabei gedacht, die Geburtstagsparty zu verlassen?«, schallt Benjis Stimme durch den Wald. »Hast du immer noch nicht begriffen, dass die meisten Leute stinksauer auf dich sind? Sie geben dir die Schuld dafür, dass die Rationen reduziert wurden. Sie haben dich im Visier, Alexandra. Da kannst du dich nicht einfach so herumtreiben.«

»Ich ...« Meine Hände zittern, weil ich fast alles verloren hätte. »Nicht jetzt.«

Hannah geht voraus, um unser Gespräch nicht mithören zu müssen.

»Was heißt hier *nicht jetzt?«* Benji packt mich beim Ellbogen. »Um dich zu retten, musste ich ein ganzes Spezialteam einsetzen.«

Ich reiße meinen Ellbogen los. »Du bist nicht Dad. Du hast mir gar nichts zu sagen.«

Benji funkelt mich wütend an. »Könntest du sie bitte zur Vernunft bringen?«, wendet er sich an Katherine.

»Du hast ja recht. Sie hätte sich nicht vom Lager entfernen dürfen. Aber ist dir auch klar, unter welchem Stress sie steht? Das Mädchen muss doch auch mal abschalten können.«

»Abschalten? Marcus und ich haben auch keine Gelegenheit, gemeinsam abzuschalten. Wir sind schließlich mitten im Krieg.«

»Und du bist dabei, Marcus zu verlieren. Er ist nämlich auch nicht glücklich über die Scheiße, die du verzapfst.«

Ich stürme davon.

»Hey! Das war noch nicht alles«, ruft Benji mir hinterher.

»Doch, das war es. Hast du vergessen, dass du mein Bruder und nicht mein Vater bist? Wir haben dieselben Rechte.«

»Wenn du willst, dass ich dich wie eine Erwachsene behandle, dann benimm dich auch wie eine Erwachsene. Lauf nicht davon, wenn die Umbra-Leute versuchen, für deine Sicherheit zu sorgen. Glaub ja nicht, dass deine Bedürfnisse wichtiger sind als die Gruppe.«

»Das tu ich überhaupt nicht!« Ich gebe mir alle Mühe, nicht vor ihm in Tränen auszubrechen.

Zusammen mit Hannah renne ich durch den Wald in Richtung Lager. Als wir das Hauptquartier erreichen, brechen wir beide zusammen.

24

TAG 43

Ich bin zwar nicht dabei, als Doktor A. Nolans Großmutter den Tod ihres Enkels mitteilt, bekomme aber mit, wie er zu Marcus sagt, er fürchte, die alte Dame könne einen Schlaganfall erleiden. Abends halten Kendra und Hannah am Feuer der Geotruppen eine Gedenkfeier für Nolan ab. Ich bringe es nur kurze Zeit fertig, daran teilzunehmen, dann kehre ich zu Dominick zurück, der das Bett hüten muss.

Ich sitze im Hauptquartier auf meinem Feldbett aus Holz und Stoff, das die Umbra-Leute zusammengezimmert haben, und sehe Dominick beim Schlafen zu. Wieder und wieder spiele ich im Geiste die Entführung durch, jeweils mit anderem Ausgang, der aber von Mal zu Mal grässlicher wird. In jedem Szenario kommt Dominick am Schluss um. Ich nehme mir mein Tagebuch vor.

Ich zwinge mich dazu, mich auf etwas anderes zu konzentrieren, um aus dieser schrecklichen Gedankenschleife herauszukommen. Meine Überlegungen schweifen zu meiner Auseinandersetzung mit Benji zurück. *Er hat recht. Er hat ja so recht. Ich habe Mist gebaut, der beinahe zu unserem Tod geführt hätte. Ich baue ständig Mist. Deshalb sollten Dominick und ich nicht zusammen sein. Ich tue ihm in keiner Weise gut.*

Ich beobachte, wie Dominicks Brust sich hebt und senkt, und erinnere mich an Dad, der damals im Krankenhaus künstlich beatmet wurde. Wahrscheinlich glauben meine Eltern, dass Benji und ich nicht überlebt haben. *Ich stelle mir vor, wie Dad und Mom im Wohnzimmer eine Gedenk-*

ecke für Benji und mich einrichten. Dad reißt mit einer Hand die Bretter vom Fenster, in der anderen hat er ein Bier. Wenn es überhaupt noch Bier gibt. Vielleicht sind alkoholische Getränke nach wie vor knapp, sodass er keine Möglichkeit hat, seine Erinnerungen zu ertränken. Vielleicht hat die Wirtschaft sich noch nicht erholt, weil so viele Arbeiter fehlen und Lebensmittellieferungen ausbleiben. Vielleicht leben meine Eltern gar nicht mehr. Vielleicht wird niemand von uns das hier überleben.

Ich springe vom Bett, gebe Dominick einen Kuss auf die Stirn, schnappe mir mein Tagebuch und verlasse den Raum, um meinen Gedanken zu entkommen. Ich muss mit jemandem sprechen, um mich abzulenken. Zum Glück stoße ich auf Katherine, die gerade an DOT herumbastelt.

»Was machst du denn hier?«, will sie wissen.

»Das könnte ich dich auch fragen.« Ich nehme mit meinem Tagebuch auf dem Schoß Platz und sehe ihr zu.

»Wie ich gehört habe, wird Dominick wieder in Ordnung kommen«, sagt sie, ohne mich anzusehen.

Ich nicke, erwidere jedoch nichts.

»DOT ist fast fertig. Bin gerade dabei, noch ein paar Mängel zu beheben und was auszuprobieren.« Sie wischt mit der Hand über den Holoschirm oberhalb des Kästchens an DOTs Bein. »Übrigens habe ich eine Überraschung für dich.«

Trotz meiner Beklommenheit werde ich neugierig. »Und was für eine?«

»Das verrate ich nicht.«

In dem Moment erinnert sie mich an Benji, der mich auch immer mit Andeutungen auf die Folter spannt.

»Nimm es als Zeichen meiner Dankbarkeit«, fährt Katherine fort.

»Was habe ich denn gemacht?«

Sie wendet sich von DOT ab und sieht mich an. »Die Wahrheit gesagt. An der alten Portalstation konnte der Schnittpunkt der Portalparabel mit der Erde gekoppelt werden.«

Ich reiße die Augen auf. »Was?«

»Professor Marciani hat eruiert, dass die Erde nicht zerstört wurde.«

»Echt?« Ich bin ungeheuer erleichtert, dass endlich mal was geklappt hat. »Dann können wir also zurückkehren?«

»Nicht durch das Portal, weil es immer noch magentarot ist und schnell in sich zusammenfällt. Aber die Bestätigung, dass die Erde noch existiert, ändert alles. Die Umbra-Gruppe hat ihre Taktik geändert und geht jetzt zum offenen Kampf über.«

Ich schlucke und spiele nervös an den hölzernen und metallenen Werkzeugen auf dem Tisch herum. Darauf habe ich gewartet. Doch dann fällt mir ein, dass Dominick schwer verletzt ist und dass Kämpfe Menschenleben kosten.

»Stell dir mal vor, wir wären uns nie begegnet«, sagt Katherine und fordert mich mit einer Geste auf, ihr eines der Werkzeuge zu reichen. »Stell dir vor, du hättest nicht den Mut gehabt, mir zu vertrauen. Dann hätten all diese Menschen nie erfahren, was passiert ist. Sie wären entführt worden, ohne Bescheid zu wissen. Das ist dein Verdienst, weißt du. Du hast sogar mich verändert, indem du meinem Leben wieder einen Sinn gegeben hast. So was habe ich lange nicht erlebt.« In ihr Lächeln mischt sich die schmerzliche Erinnerung an den Verlust ihrer Tochter.

Ich zucke die Achseln. »Das stimmt nicht. Die Regierung hatte ja bereits die Umbra-Gruppe ins Leben gerufen. Die Gruppe hat deinem Leben einen Sinn gegeben.«

»Aber wir hätten nie die Wahrheit erfahren und nie versucht, zur Erde zurückzukehren. Dir verdanken wir unsere eigentliche Mission. Und ich hätte nie DOT entwickelt, wenn du mir nicht von deinem Hologuide und dem Biohologramm in der HME-Einrichtung erzählt hättest. Du hattest wirklich Mumm, als du durch das Portal gekommen bist.«

»Manchmal weiß ich gar nicht, warum ich das getan habe.« In Gedanken kehre ich zu jenem letzten Moment auf der Erde zurück. *Habe ich mich damals selbstlos oder egoistisch verhalten?*

»Dein Wagemut ist wirklich spitze. Das kannst du mir ruhig glauben.«

Sie begreift nicht, dass ich nicht stolz darauf bin. Nicht wirklich. Ich leide doch nicht an einem Heldenkomplex. *Ich war doch nicht so überzeugt von mir, dass ich tatsächlich angenommen hätte, jemand wie ich könne die Welt verändern. Ich wollte meine Freunde wiederhaben. Ich wollte mein Versprechen gegenüber Dominick einhalten. Dominick, den ich nun in Gefahr gebracht habe. Wobei ein anderer Junge umgekommen ist.*

Während ich meinen Gedanken nachhänge, sagt Katherine lächelnd zu mir: »Mississippi, es spielt doch keine Rolle, warum du es getan hast. Hauptsache, du hast es getan, und das hat vielen Menschen geholfen.«

Sie darf nicht denken, alles ginge nur auf mich zurück. In letzter Konsequenz hat sie mich veranlasst hierherzukommen. »Daran warst du nicht ganz unschuldig«, entfährt es mir unwillkürlich.

»Ich?«

»Du hast gesagt, ich könnte zur Heldin werden. So in etwa.«

»Ich habe ein gutes Gedächtnis, Mississippi. So was habe ich nie gesagt.«

»Doch, doch. Du warst der Anlass für alles.« Das kann sie nicht verstehen und ich werde es ihr nie erklären.

Ich bin ihretwegen gekommen. Sie hat mich mit diesem Zettel dazu gebracht. Dieser Zettel war das letzte Teil des Puzzles, der einzige Anhaltspunkt, der mir verriet, dass mich auf der anderen Seite definitiv etwas erwartete. Ich wusste, dass es jemanden gab, den ich retten musste. Dem ich die Wahrheit sagen musste. Ohne diesen Funken Hoffnung wäre ich nie durch das Portal gesprungen. Schließlich wollte ich ja nicht Selbstmord begehen, sondern überleben.

»Das Einzige, worauf ich früher je stolz war, war meine Tochter. Außerdem habe ich auf dem Weg zum Portal der Wärterin des Gefangenentransports geholfen, die die anderen Sträflinge umbringen wollten, um fliehen zu können«, sagt sie. »Schon komisch, dass ich eine Rebellion verhindert habe, um dann an einer anderen teilzunehmen.«

»Warte mal. Das warst du?« Ich blättere mein Tagebuch durch. »Den Bericht habe ich im Fernsehen gesehen. Hier habe ich es notiert. Die Wärterin sagte, du hättest ihr das Leben gerettet und dass du eine Heldin bist.«

»Wow, du notierst dir aber auch alles. Tja, alles eine Frage der Perspektive, nicht wahr? Der eine sieht dich als Kriminelle, der andere als Heldin.«

»Dein Wagemut ist wirklich spitze. Das kannst du mir ruhig glauben.«

Ein paar Tage später verlangt Benji von Rita und mir, dass wir ihn in Verkleidung in die Holoräume begleiten. Eine Erklärung gibt er nicht, aber es muss wichtig sein, wenn er es riskieren will, mich dieser Gefahr auszusetzen. Ich bin immer noch Staatsfeind Nummer eins. Rita ist natürlich mehr als bereit mitzukommen. Dominick ist von Doktor

A. für gesund erklärt worden, soll sich aber noch schonen. Er weigert sich, im Bett zu bleiben, und beschließt, uns zu begleiten. Eigentlich müsste mich das Vorhaben in Angst und Schrecken versetzen, aber ich bin so lange eingesperrt gewesen, dass ich es kaum erwarten kann, wieder mal rauszukommen. Außerdem fühle ich mich sicher, wenn Benji dabei ist, aber das würde ich ihm gegenüber nie zugeben.

Sobald unsere DT-Bänder im Wald wieder voll funktionsfähig sind, modifizieren wir unsere Uniformen so, dass sie mit Kapuzen versehen sind. Meine Sweatshirts mit Kapuze fehlen mir doch sehr. Beim Betreten des Wohnkomplexes gehen viele lächelnde Leute an uns vorbei, die mit vollem Magen vom Essenspodest kommen. Zahlreiche DT-Bänder schimmern wieder golden. Ich atme tief durch und hoffe, dass mich niemand erkennt.

Benji führt uns in einen Holoraum, der gerade frei ist. Eine riesige leere Leinwand wartet darauf, programmiert zu werden.

Er baut sich mit herausgedrückter Brust und ausdrucksloser Miene vor uns auf.

»Keiner von euch hat für das hier die offizielle Erlaubnis. Ich selbst kann damit in Teufels Küche kommen. Ihr müsst euch meine Instruktionen genau anhören und das Ganze sehr ernst nehmen.«

Wir nicken automatisch, ohne Fragen zu stellen. Wenn Benji diesen militärischen Ton anschlägt, kann er sehr einschüchternd wirken. Unwillkürlich stelle ich mich ein wenig aufrechter hin. Er geht zu einer Schalttafel an der Wand und hantiert daran herum.

»Okay, der Raum wird nicht mehr überwacht, wir können also offen sprechen. Jetzt muss ich erst mal das Programm starten.«

Er aktiviert sein DT-Band und ruft ein Spiel mit dem Titel Ben Targ auf, das für vier Mitwirkende vorgesehen ist. Ich schließe die Augen, um nicht von der plötzlichen Helligkeit geblendet zu werden. Als ich sie wieder öffne, befinden wir uns auf einer Wiese, eine Umgebung, die irgendwo auf der Erde sein könnte – bloß dass zu unseren Füßen große doppelläufige Waffen liegen.

»Das sind holografische Versionen des DQE, den die Umbra-Wissenschaftler entwickelt haben. Höchst wirkungsvolle Waffen.«

Die viereckigen, fast fünfzehn Zentimeter dicken Läufe sind übereinander angeordnet. Das ist die klobigste, hässlichste Wumme, die ich je gesehen habe. Dad wäre davon begeistert.

»Was heißt denn DQE?«, fragt Rita.

»Dualer Quantenentschränker.«

»Hört sich an wie etwas, das ich mir ins Haar schmieren könnte«, meint Rita.

Rita und ich brechen in Gelächter aus, Benji und Dominick finden das Ganze überhaupt nicht komisch.

»Ich möchte, dass ihr drei übt, bewegliche Ziele zu treffen. Alex, ich weiß, dass Dad dir das Schießen beigebracht hat, aber das waren unbewegliche Ziele und andere Munition. Habt ihr zwei schon mal geschossen?«

Rita und Dominick schütteln den Kopf.

»Warum müssen wir überhaupt üben?«, erkundige ich mich. »Wir gehören doch nicht zu den Umbra-Kampftruppen und werden nicht an den Gefechten teilnehmen.«

»Ich würde euch auch nicht in den Kampf schicken«, erwidert Benji. »Doch wie die jüngsten Ereignisse gezeigt haben, hat man es auf euch abgesehen. Außer Flüchtlingen von der Erde und einigen unserer eigenen Verbündeten ist auch noch die Meritokratie hinter euch her. Wir können euch nur bis zu einem gewissen Grad schützen. Ich will nicht, dass einem von euch das Gleiche passiert wie Nolan. Deshalb werde ich dafür sorgen, dass ihr euch notfalls selbst verteidigen könnt. Nicht alle in der Umbra-Gruppe sind meiner Meinung, weil diese Waffen extrem gefährlich sind. Rita, ich weiß, dass der Einsatz von Technologie gegen die Regeln der Geotruppen ist. Wenn du aussteigen willst, brauchst du es bloß zu sagen.«

»Ich bin dabei«, sagt Rita und hebt ihren DQE auf, den sie jedoch sofort wieder sinken lässt. »Verdammt, das Ding ist ja sauschwer.«

»Genau. Das ist alles sehr gewöhnungsbedürftig. Legt euch den Riemen um den Nacken, um das Gewicht besser zu verteilen. Der DQE ist eine schwere Waffe, mit der sich nicht leicht zielen lässt. Dominick, möglicherweise bist du noch zu schwach für so was, also setz dich einfach hin und sieh zu.«

Ich streife mir den Riemen über den Kopf und spüre, wie er mir in den Nacken schneidet. Sofort fällt mir jener Abend auf dem Dachboden ein, als Dad mich bei einem seiner Anfälle gewürgt hat. Ich nehme den Riemen wieder ab.

»Alex, bitte«, sagt Benji.

»Ich trage das Ding einfach so.«

»Das wird dir schlecht bekommen.«

Er nimmt eine der Waffen an sich und erklärt: »Ihr müsst sie mit beiden Händen festhalten, eine muss hier vorn sein, in der Nähe des ersten Auslösers, eine hinten neben dem zweiten. Die Waffe muss immer in Hüfthöhe bleiben, seitlich vom Körper. Nur so schafft ihr es, trotz des Gewichts richtig zu feuern. Das macht das Zielen zwar schwerer, aber das werdet ihr schon lernen.

Die DQEs sind dafür gedacht, Hologramme zu zerstören, falls sie uns angreifen. Ihr drückt auf den ersten Auslöser, zählt bis drei, dann drückt ihr auf den zweiten. Der erste Schuss setzt eine Kryowelle frei, die das Hologramm erstarren lässt und es in einen intransitiven Zustand versetzt. Dauert drei Sekunden, bis es so weit ist. Mit dem zweiten Schuss gebt ihr einen Wellenteilchenstrahl ab, der die Mistkerle so in ihre Bestandteile zerlegt, dass sie sich nicht rematerialisieren können. Bei den drei Sekunden müsst ihr genau aufpassen. Wenn ihr den zweiten Schuss zu früh abfeuert, geht der Wellenteilchenstrahl einfach durch sie hindurch.«

»Was passiert, wenn der Strahl einen Menschen trifft?«, frage ich.

»Das willst du gar nicht wissen.« Er schüttelt den Kopf. »Jedenfalls ist die Wirkung enorm.«

Ich halte den DQE in Händen, dessen Gewicht mich begeistert und dessen Potenzial mich entsetzt.

»Dann lasst uns mal ein bisschen üben.« Benji wischt über sein DT-Band, worauf in der Ferne Rehe erscheinen und furchtlos auf uns zugerannt kommen.

»Keine humanoiden Hologramme?«, fragt Dominick.

»Das ist ja nur eine Simulation, bei der ihr lernen sollt, die Waffe zu handhaben, richtig zu zielen und die Reaktionszeit abzuschätzen.«

Benji gibt den ersten Schuss ab, indem er aus der Hüfte feuert und eines der Rehe trifft. Das Geräusch des Schusses klingt irgendwie angenehm, wie das Summen einer Mikrowelle. Das Reh erstarrt im Lauf. »Mississippi eins, Mississippi zwei, Mississippi drei.« Sehr bizarr, dass Benji beim Zählen den Spitznamen benutzt, den Katherine mir gegeben hat. Er drückt auf den zweiten Auslöser. Ein dröhnender Knall lässt uns drei zusammenzucken. Das Reh verschwindet.

»Da kann ich nicht nur zusehen. Das muss ich auch ausprobieren«, sagt Dominick. Als er sich den Riemen mit der schweren Waffe überhängt, verzieht er vor Schmerz das Gesicht. Beim ersten Schuss verfehlt er das Reh. Er zielt von Neuem. Der erste Schuss ist ein Treffer, doch der zweite geht wieder daneben.

»Bevor du auf den zweiten Auslöser drückst, musst du dein ganzes Gewicht auf dein Standbein verlagern und dich ein wenig vorbeugen. Wenn du dich erst mal an das Gewicht der Waffe gewöhnt hast, kriegst du das schon hin.«

Dann bin ich an der Reihe. Beim zweiten Schuss fängt die Waffe an zu vibrieren, was mich so überrascht, dass ich sie loslasse. Als sie zu Boden fällt, trifft mich der Strahl.

»Damit bist du tot.« Benji hebt den DQE auf und gibt ihn mir zurück. »Der Riemen hat schon einen Sinn.«

»Aber am Hals ertrage ich den nicht.«

»Dann schling ihn dir wenigstens um den Körper. Das schaffst du schon.«

»Jetzt bin ich dran«, sagt Rita. Sie zielt und schießt und schafft es auf Anhieb, eines der Rehe zu treffen, das sofort erstarrt. »Mississippi eins, Mississippi zwei, Mississippi drei.« Sie feuert und das Reh verschwindet. »Mann, habt ihr das gesehen? So geht das!«

»Gute Arbeit«, meint Benji.

»Nicht schlecht«, räumt Dominick ein.

»Nicht schlecht? Ich bin ein Naturtalent.«

Als ich den Riemen der Waffe in Händen halte, wird mir klar, wie viele kleine Dinge aus der Vergangenheit, die sich im Laufe der Zeit summieren, sich auf die Zukunft auswirken. Dad wäre enttäuscht von mir, weil ich immer noch

Angst habe und mich nicht ausreichend schütze. Ich gebe mir ja Mühe. Ich will, dass sie stolz auf mich sind. Ich will die Menschen, die ich liebe, schützen.

Mit zitternden Händen schlinge ich mir den Riemen um die Taille. Mehr kann ich nicht tun.

»Immerhin etwas«, sagt Benji und klopft mir auf die Schulter. »Jetzt zeig mal, was du kannst.«

25

TAG 55

Demnächst findet in den Holoräumen die erste Testrunde der Prüfungen statt. Bitte lassen Sie sich über ihr DT-band registrieren.

Eine Woche später verkündet die Meritokratie, dass neue Prüfungen ausgearbeitet worden sind. Da Registrierung und Aufzeichnung der Prüfungsergebnisse über die Biosignatur erfolgen, schließt das die Teilnahme von jedem mit einer veränderten DT-Signatur aus, also auch von mir und den Anführern und Wissenschaftlern der Umbra-Gruppe. Dominick und seine Familie halten sich genauso von der Sache fern wie die Geotruppen.

Beim Abendessen erhalten wir vom SN10-Hauptquartier die Nachricht, dass die Umbra-Gruppe in Kürze losschlagen wird. DOT hat den Auftrag, ein Raumschiff zu steuern und vorübergehend die Raumstation lahmzulegen, von der aus die Region kontrolliert wird, in der Beruk den Aufenthaltsort der HöWes lokalisiert hat. Im Laufe der Nacht müsste es so weit sein. Mit vereinten Kräften wird es uns hoffentlich gelingen, in das Territorium der HöWes einzudringen und sie als Geiseln zu nehmen.

Endlich werden wir den HöWes begegnen, die uns Rede und Antwort stehen müssen. Eigentlich müsste ich aufgeregt sein. Stattdessen ist mir der Appetit vergangen.

Die Umbra-Leute und die Geotruppen beziehen an verschiedenen Orten Stellung, darunter auch das Gebiet, wo die HöWes sich nach Ansicht von Beruk verschanzt haben. Sie sind bereit, zum Angriff überzugehen und die HöWes gefangen zu nehmen, sobald DOT die Energiezufuhr unterbunden hat.

Dominick, Rita und ich bitten Katherine, uns der letzten Gruppe anschließen zu dürfen, damit wir wenigstens zusehen können. Ich habe nicht die Absicht, im Hauptquartier herumzusitzen und mir ständig den Kopf darüber zu zerbrechen, was wohl gerade vor sich geht.

»Okay, aber halte dich zurück. Dein Bruder würde mir den Hals umdrehen, wenn dir etwas zustößt.«

In mehreren Magpods fahren wir los, um uns zur nächsten Portalstation zu begeben.

»Findest du es schlimm, dass mir das Spaß macht?«, fragt Dominick.

»Ja«, erwidere ich halb im Scherz.

»Aber er hat recht. Das Ganze ist total aufregend. Ich komme mir vor wie Indiana Jones«, sagt Rita.

Dominick und ich lachen.

»Was ist daran so komisch?«, erkundigt sich Rita.

»Gar nichts. Ich würde bloß einen Vergleich heranziehen, der nicht so altmodisch ist«, sage ich.

»Zum Beispiel, dass wir den Todesstern vernichten wollen«, ergänzt Dominick.

»Ihr vergesst, dass ich zu den Geotruppen gehöre. Ich *bin* altmodisch und stolz darauf.« Ihr Gesicht nimmt einen traurigen Ausdruck an, der mir verrät, dass sie an ihre Eltern denkt. Trotzdem ringt sie sich ein Lächeln ab. »Bloß dass ich auch modebewusst bin. Na ja, zumindest wenn ich online bin.« Sie zieht den steifen Pfauenkragen ihrer Uniform so zurecht, dass sich die Pfauenaugen wie ein Kranz um ihren Hals legen.

Unser Magpod zischt an verschiedenen Wohnkomplexen vorbei, die im Dunkeln leuchten. Mir fällt ein, wie sehr ich es bei der ersten Fahrt in einem Magpod gehasst habe, chauffiert zu werden, statt selbst am Steuer zu sitzen. Heute Abend hat es fast etwas Beruhigendes, sich einem solchen Vehikel anzuvertrauen.

Nachdem alle Magpods eingetroffen sind, verlassen wir unser Fahrzeug und versammeln uns an einem der Portale.

»Was macht ihr drei denn hier?«, brüllt Benji durch die Dunkelheit. »Ihr solltet doch im Hauptquartier bleiben.«

»Ich muss das alles selbst sehen. Ich will miterleben, wie die Meritokratie zu Kreuze kriecht. Da ich das Ganze in Gang gesetzt habe, will ich auch am Ende dabei sein.«

»Du bist einfach unmöglich.«

»Ich hab ihnen erlaubt mitzukommen«, sagt Katherine. »Sie ist schließlich die Galionsfigur der Rebellion.«

»Wenn sie durchdreht, hast du das zu verantworten.«

»Ich werde nicht durchdrehen«, erwidere ich, obwohl ich befürchte, dass genau das passieren könnte. Doktor A. nickt mir zu und ich versuche, das Vertrauen, das er zu mir hat, zu verinnerlichen.

Einer nach dem anderen treten wir durch das grüne Portal und begeben uns zum Treffpunkt der Umbra-Leute.

Beruk instruiert die Gruppe. »Das hier ist unser Beobachtungsposten, wo auch das medizinische Team stationiert ist. Die Truppen arbeiten sich bis zum Zielobjekt vor und warten, bis die holografische Tarnung sich auflöst. Dann greifen sie an.«

Benji zeigt auf uns. »Ihr drei bleibt hier. Katherine, du passt auf sie auf.« Von einer dunklen Wiese aus beobachten wir, wie unsere Spezialeinheiten sich im Dunkeln an eine Felsklippe anpirschen.

Was, wenn DOT sich gegen uns wendet und die Meritokratie warnt, dass wir kommen? Was, wenn Katherine insgeheim eine Doppelagentin ist, die von der Meritokratie beauftragt wurde, die Umbra-Gruppe zu unterwandern und uns in den Untergang zu führen? Was, wenn Beruk ein Doppelagent ist und vorhat, Benji von der Felsklippe zu stoßen?

Lass dich nicht von deinen Gedanken überwältigen. Lass dich nicht von deinen Gedanken überwältigen. Beweise Benji, dass er unrecht hat.

Oh, das hat funktioniert. Ein neues Mantra. Sehr wirkungsvoll.

»Das ist ja enttäuschend«, sagt Rita und setzt sich auf den Boden. »Von hier aus kann ich kaum was sehen.«

Ich nehme neben ihr Platz. Dominick stellt sich hinter uns.

»Ich will mitkämpfen«, sagt er.

»Nur über meine Leiche«, entgegne ich.

»Finde ich jetzt nicht witzig«, sagt Dominick. »Aber Rita hat recht. Das nervt.«

Katherine tritt zu uns. »Du hast gehört, was dein Bruder gesagt hat.«

Schweigend warten wir. Die Zeit zieht sich endlos dahin.

»Muss noch jemand pinkeln?«, fragt Rita.

»Ich«, sage ich. »Wir sind gleich wieder da.«

Rita und ich suchen uns einen abgeschiedenen Ort und hocken uns hin. »Benji wäre empört, wenn er wüsste, was ich mache, wo doch ein Kampf bevorsteht.«

»Die Natur verlangt eben ihr Recht«, witzelt Rita. »Besonders bei uns Mädchen.«

Als wir zum Beobachtungsposten zurückkehren, sehen wir, wie Katherine unruhig auf und ab läuft. Doktor A.

unterhält sich mit einer Gruppe medizinischer Hilfskräfte. Dominick hat sich zu ihnen gesellt.

»Stimmt was nicht?«, frage ich Katherine.

»DOT hätte inzwischen aktiv werden müssen. Außerdem haben wir den Funkkontakt mit den Truppen verloren.«

Ich kneife die Augen zusammen, um besser durch die Dunkelheit spähen zu können. In der Ferne sehe ich geduckte Gestalten, die sich auf das Zielobjekt zubewegen.

»Scheint doch alles okay zu sein«, sage ich.

»Vielleicht ist was falsch berechnet worden«, meint Rita.

In dem Moment nehmen unsere Outfits ihre ursprüngliche Form an, während unsere DT-Bänder den Geist aufgeben. DOT muss ihr Ziel erreicht haben. Wir warten darauf, dass die holografische Tarnung aufgehoben wird. Ich will den HöWes endlich ins Gesicht sehen und die Wahrheit aus ihnen herausschütteln.

Ein kreischendes Geräusch zerreißt die nächtliche Stille, gefolgt von einem Auflodern und dumpfem Donnern.

»Weg hier!«, schreit jemand vom medizinischen Team.

Vom Himmel kommt eine immer größer werdende Feuerkugel auf uns zugeschossen. Rita, Katherine, ich und die anderen rennen um unser Leben.

Wir schaffen es ganz knapp, uns in Sicherheit zu bringen, bevor ein Raumschiff auf dem Boden aufschlägt und zerschellt.

Die Erde bebt so stark, dass ich umgerissen werde. Rita hilft mir hoch und wir rasen davon, um dem Rauch und den umherfliegenden Raumschiffteilen zu entkommen.

»Seid ihr zwei okay?«, fragt Katherine.

Rita und ich nicken. Ich huste, weil der aufgewirbelte Staub meine Kehle reizt. »Kannst du Dominick irgendwo sehen?«

»Nein«, antwortet Rita. »Um die Absturzstelle herum ist überhaupt nichts zu erkennen.«

Die Umbra-Truppen kommen zurückgerannt und bringen die Leute in Sicherheit. Benji rast zu uns herüber.

»Bist du verletzt?«, fragt er.

»Nein. Mein Fußgelenk ist umgeknickt, aber ich kann trotzdem laufen.«

»Verschwindet von hier«, befiehlt er. »Hier kann jeden Moment alles in die Luft fliegen. Kehrt zur Portalstation zurück. Und zwar sofort. Katherine, Jackson hat einige Fragen an dich.«

Katherine reißt die Augen auf. Sie befolgt Benjis Befehl und scheucht alle von der Absturzstelle weg.

»Moment mal.« Ich packe Benji beim Arm. »Doktor A.s medizinisches Team hat genau da gesessen, wo das Schiff abgestürzt ist.«

»Ich werde nach ihnen suchen lassen. Geh jetzt.«

»Das kann ich nicht. Dominick war bei ihnen.« Mir fällt ein, wie Nolans Leiche zu uns gebracht wurde. »Ich will ihn nicht verlieren.«

Benji schneidet eine Grimasse. »Alex, ich verspreche dir, dass ich ihn ausfindig machen werde, aber zunächst einmal möchte ich, dass du dich in Sicherheit bringst. Abgemacht?«

Ich nicke mit Tränen in den Augen. Rita, Katherine und ich rennen los, um die Absturzstelle so weit wie möglich hinter uns zu lassen. Als wir völlig außer Atem sind, machen wir halt und blicken zurück.

Wo sind sie? Ich spähe in die Dunkelheit und versuche, in dem Durcheinander von Gestalten etwas zu erkennen. Nicht auszudenken, was es für Möglichkeiten gibt.

Rita umarmt mich und ich lege den Kopf auf ihre Schulter. Sie bricht in Tränen aus. Ich kann noch nicht weinen. Ich warte noch.

Warte auf das Unvermeidliche. Es gibt immer Todesopfer.

»Alex!« Dominick kommt auf uns zugestürmt und umarmt uns beide. Hinter ihm taucht Doktor A. auf. Ihre Gesichter und ihre Kleidung sind voller Asche.

»Gott sei Dank«, stoße ich hervor.

»Dahinten sieht es schlimm aus«, sagt Doktor A. und presst die Hand auf eine Wunde am Bein.

»Benji hat uns befreit«, erklärt Dominick. »Wir waren unter Trümmern eingeklemmt. Eigentlich kam er direkt hinter uns ...«

Ich spähe zur Absturzstelle hinüber, um festzustellen, ob sich dort etwas bewegt.

»Vielleicht braucht er Hilfe«, meint Dominick.

Wir rasen zur Absturzstelle zurück. Um mich vor dem Rauch zu schützen, ziehe ich mir meine Uniformjacke bis vor den Mund. Mein Knöchel tut so weh, dass ich mich teilweise nur hinkend vorwärtsbewegen kann. Katherine und Doktor A. suchen das Areal auf der linken Seite ab, deshalb wende ich mich nach rechts. Rita folgt mir, während Dominick in der Mitte bleibt. Ich versuche, eines der Metallteile hochzuheben, doch es ist so heiß, dass ich mir die Hände verbrenne.

»Irgendwas riecht hier giftig«, sagt Rita, die sich die Hand vor den Mund hält.

Mich beschleicht eine nur allzu vertraute Angst. »Wie konnte dir denn entgehen, dass er nicht mehr da ist?«, fahre ich Dominick an.

»Du kennst doch Benji. Als ob der jemals Hilfe bräuchte.«

Wenn er nicht okay ist, werde ich nie wieder okay sein. Er ist der Leim, der unsere Familie zusammenhält. Der mich zusammengehalten hat. Wir werden nie wieder okay sein.

»Da drüben«, ruft Rita. »Sieht so aus, als sei sein Fuß eingeklemmt.«

Benji liegt mitten zwischen den Trümmern. Sein Fuß steckt zwischen zwei Teilen des Raumschiffs fest. Immer wieder zieht er an seinem Bein, bis es endlich freikommt.

Erleichtert renne ich zu ihm, um ihm zu helfen. Um ihm dafür zu danken, dass er Dominick gerettet hat. Um mich dafür zu entschuldigen, dass ich ihn immer so bekrittelt habe, immer so schwierig, immer solch ein hoffnungsloser Fall war.

Er hebt die Hand und will etwas sagen ...

In dem Moment explodiert das Wrack. Die Druckwelle schleudert mich nach hinten. Unsanft lande ich auf dem Boden, ein stechender Schmerz schießt mir durch den Rücken. Benji verschwindet in den auflodernden Flammen.

»Oh Gott! Benji!« Ich rapple mich hoch, ohne auf die Schmerzen im Knöchel und im Rücken zu achten. Rita hält mich zurück. Einige Umbra-Leute eilen herbei, um Hilfe zu leisten.

Alles, was wir sehen, sind bläulich orangefarbene Flammen und dunkler Rauch.

»HME ÖFFNEN!«, kreische ich, doch nichts passiert. Das verdammte Ding ist ja offline.

Katherine und Doktor A. bleiben an der Unglücksstelle, während einige Umbra-Leute Dominick, Rita und mich zwingen, uns in Sicherheit zu bringen. Dominick und Rita halten mich fest, damit ich nicht zurückrenne.

Einige Minuten später stößt Doktor A. zu uns. »Es tut mir unendlich leid, Alex.«

26

TAG 55

Mit tränenüberströmtem Gesicht kommt Katherine von der Absturzstelle zurück.

»Wir müssen hier weg«, sagt sie mit fester Stimme, die im Kontrast zu ihrem todtraurigen Gesicht steht. »Die Magpods sind allerdings offline. Alles ist offline.«

Mir schießen so viele Gedanken durch den Kopf, dass ich sie gar nicht verarbeiten kann. Ich bin wie gelähmt.

Mein Bruder ist tot. Ich hätte das alles lassen sollen.

Ich bin hierhergekommen, um die Wahrheit zu verkünden. Mein Bruder, der mich ständig verrückt gemacht hat, hat endlich an mich geglaubt. Und jetzt ist er tot. *Das ist alles meine Schuld.*

»Alex, wir müssen los.« Dominick versucht, mich hinter sich herzuziehen.

Doch meine Beine wollen mir einfach nicht gehorchen. Ich habe einen Kurzschluss völlig neuer Art. Einen Kurzschluss, wie Dad ihn immer gehabt hat. Einen, der nur vom Krieg ausgelöst werden kann.

Rita schüttelt mich. »Alex, wir müssen zurück. Überlass den Rest den Spezialeinheiten.«

»Die Wucht des Aufpralls hat den Schutzschild der HöWes vorübergehend aufgehoben«, wirft Katherine ein. »Beruk wird die Gelegenheit nutzen und die Truppen zum Angriff führen.«

Und auf Benjis Instruktionen warten.

»Benji wird nicht umsonst gestorben sein. Dafür werde ich sorgen. Es ist alles meine Schuld. Ich weiß nicht, was mit DOT passiert ist … Aber wir schaffen das, Alex. Wir haben die Chance, alle wieder nach Hause zu bringen.«

Alle – außer meinem Bruder. Nach Hause. Oh Gott, meine Eltern …

Ich glaube, ich weine. Genau kann ich das nicht sagen. Dominick hält mich fest. Nur das verhindert, dass ich zusammenbreche.

»Hör zu, Alex«, bemerkt Katherine. »Das größte Opfer geht immer auf eigene Kosten. Das wusste dein Bruder. Deshalb war er Soldat. Ich muss sicherstellen, dass sein Opfer nicht vergeblich war. Lass uns das gemeinsam versuchen.«

Dass sein Opfer nicht vergeblich war. Diese Worte lenken mich vorübergehend von der schmerzlichen Wahrheit ab. Sie glaubt, Benji habe es für die Umbra-Gruppe getan, um der gemeinsamen Sache willen. Habe es getan, um sie zu retten. *Aber er hat es für mich getan. Ich weiß, dass er es für mich getan hat.*

Wenn die Truppen bereit zum Angriff sind, werde ich mich ihnen anschließen. Ich habe es satt, das Opfer der HöWes zu sein. Ich will Rache. Wut verleiht Kraft.

Gemeinsam machen wir kehrt, um die Meritokratie zu vernichten. Mein Kummer ist der Treibstoff, der mich in Gang halten wird, bis ich leer gebrannt bin.

Die Menge erinnert mich erneut an den Aufruhr vor dem Supermarkt und löst wieder alle Gefühle von damals aus. Doch mein Kummer ist stärker als meine Angst und im Moment ist mir die eigene Sicherheit völlig egal. Angst hat ihre Grenzen, Kummer ist bodenlos.

»Soweit wir feststellen konnten«, sagt Beruk, »beherbergt dieser Wohnkomplex die HöWes. Vorher schien das hier eine Schlucht zu sein, doch als der Schutzschild zusammengebrochen ist, hat sich die Szenerie verändert.« Er sieht mich an. »Das mit Benji tut mir sehr leid. Er war ein guter Mann.«

Die Umbra-Leute haben Sprengsätze umgeschnallt und tragen DQEs. Ich dachte, die wären nur für Hologramme konzipiert. Jackson leitet den Angriff. In der Dunkelheit stürmen wir den Hügel hinunter und dringen in den Wohnkomplex ein. Als wir das erste ZENTRUM erreichen, wird mir klar, dass hier etwas nicht stimmt. Ganz und gar nicht.

Die HöWes erwarten uns bereits. Sie tragen lange Gewänder, keine Uniformen, sehen ansonsten aber ganz ähnlich aus wie Flüchtlinge von der Erde. Sie sind unbewaffnet und haben die Hände erhoben. Das ist alles zu einfach.

Ist das ein Hinterhalt? Wussten sie, dass wir kommen? Hat DOT uns tatsächlich verraten?

»Ihr seid umstellt!«, schreit Beruk. »Ergebt euch!«

Die Umbra-Leute und die Geotruppen stoßen Triumphschreie aus.

In die ich nicht einfalle. Irgendwie kommen mir die Feinde merkwürdig vor. Ihr Schweigen ist äußerst verwirrend. Ihren Augen, ihren Gesichtern sieht man an, dass sie todunglücklich sind. Sie versuchen noch nicht mal, Widerstand zu leisten. *Als wären sie bereits besiegt.*

Die Härchen auf meinen Armen richten sich auf. Wie Wahrheitsmoleküle, die aus jeder einzelnen Pore dringen.

Als einer der HöWes eine zu schnelle Bewegung macht, legt ein junger Umbra-Soldat auf ihn an.

»Nicht schießen!«, brüllt Beruk.

Vor Schreck schießt der Soldat daneben und trifft eines der Solarfenster, das zerspringt. Das Geräusch hallt im ganzen ZENTRUM wider. Ein anderer HöWe tritt vor und hebt den Arm. Sein DT-Band ist zerstört. Die andere Hand legt er auf die Brust, als wolle er etwas beteuern oder beschwören.

Niemand rührt sich. Ein zweiter HöWe wiederholt die Geste. Die Atmosphäre im Raum entspannt sich, die in der Luft liegende Aggressivität weicht einer friedlichen Stimmung. Immer mehr HöWes halten ihre zerstörten DT-Bänder in die Höhe und legen die Hand aufs Herz.

Ich brauche ein Weilchen, um die ganze Wahrheit zu begreifen. Sie haben ihre DT-Bänder zerstört, weil sie die nicht abnehmen konnten. Auch sie haben rebelliert.

Es war naiv von uns zu glauben, wir seien die einzigen Opfer.

Wie viele andere es wohl noch gibt? Es lässt sich unmöglich feststellen, wie viele im Verborgenen unterdrückt werden. All jene, die man aus Paralleluniversen entführt hat. Und man kann nichts dagegen tun.

Motive spielen keine Rolle mehr.

Wir sind völlig bedeutungslos. Sind ein Staubkorn im Universum.

Und wir wissen immer noch nicht, wo die Meritokratie sich versteckt.

Einer der HöWes zeigt auf Katherine. Andere machen es ihm nach, bis die ganze Gruppe den Finger auf sie richtet. Sie sagen etwas, das wir nicht verstehen.

»Was soll das?«, fragt Katherine. »Was wollen sie von mir?«

»Keine Ahnung«, erwidert Beruk, dessen DQE nach wie vor schussbereit ist. Ein anderer HöWe murmelt etwas und streckt Katherine die Hand entgegen.

»Ich glaube, er will, dass du ihm folgst«, sagt Rita.

»Den Teufel werd ich tun«, erwidert Katherine.

Die übrigen HöWes lassen sich aufs Knie nieder.

»Na los«, sagt Jackson zu Katherine. »Wir müssen herausfinden, was sie wollen.«

Die HöWes führen uns durch die Anlage, die unseren Wohnkomplexen ähnelt, aber ungepflegter und altertümlicher wirkt. Den Gegenständen nach zu urteilen, die auf den Wegen herumliegen, scheint ein Großteil ihres täglichen Lebens im Freien stattzufinden. Die Geotruppen würden sich gut mit ihnen verstehen.

»Seid auf der Hut«, warnt Beruk. »Das könnte ein Hinterhalt sein.«

»Nanoholocoms gibt es hier auch«, stellt Katherine fest. »Aber sie sind nicht aktiv. Sieht so aus, als sei das schon lange so.«

Dominick und Rita schweigen. Sie wissen, dass ich im Moment nicht ansprechbar bin.

Wir kommen zu einer weitläufigen Fläche, in deren Mitte sich eine riesige Statue erhebt. Das Ganze sieht aus wie ein Marktplatz, denn überall liegen – wie um Tauschhandel zu betreiben – Gegenstände. *Steht uns das bevor, falls unsere Rebellion fehlschlägt und wir es nicht schaffen, auf die Erde zurückzukehren?*

Je mehr wir uns der Mitte des Platzes nähern, desto mitteilsamer werden die HöWes. Ihre Sprache ist voll gutturaler Laute, die oft von Zungenschnalzen begleitet werden. So etwas habe ich noch nie gehört. Da die Sprachprogramme der DT-Bänder nicht funktionieren, gibt es keine Möglichkeit der Kommunikation. Sie zeigen auf die Statue.

Die Statue ist ein Denkmal.

Trotz der verrosteten und verwitterten Oberfläche ist deutlich zu erkennen, dass die Statue Katherine darstellt.

»Was zum Teufel hat das zu bedeuten?« Katherine dreht sich abrupt zu uns zurück.

»Am Sockel ist eine Inschrift«, sagt Professor Marciani. »Ohne das Übersetzungsprogramm des DT-Bands kann ich sie aber nicht entschlüsseln.«

Ich strecke die Hand aus und berühre die stumpfe metallene Oberfläche. Wir sind nur ein winziges Teil eines riesigen Puzzles, dessen Sinn sich nur erschließt, wenn man das gesamte Puzzle kennt. *Man kann nichts dagegen tun. Ihre Motive spielen keine Rolle mehr.*

Ich schaue umher und mustere die Gesichter meiner Mitstreiter und die Gesichter der HöWes, neue Freunde und alte Feinde, und alles, was ich sehe, sind Wesen, die einfach versuchen zu überleben.

Mein Verstand kapituliert.

Ich gebe auf.

Ich ergebe mich.

Mein Bruder ist tot.

TEIL III

»Unser wahres Leben findet statt,
wenn wir beim Träumen wach sind.«
Henry David Thoreau

27

TAG 55

WIR HABEN DIE VOR KURZEM ERFOLGTE EXPLOSION MIT TODESOPFER UNTERSUCHT. SEIEN SIE VERSICHERT, DASS EIN SOLCHER ZWISCHENFALL EXTREM SELTEN VORKOMMT. ALLE DARIN VERSTRICKTEN PERSONEN WERDEN EINER ÜBERPRÜFUNG UNTERZOGEN. DIE MERITOKRATIE WIRD SICH ERST DANN WIEDER AN SIE WENDEN, WENN DIE ANGELEGENHEIT GEKLÄRT IST.

Doktor A. setzt Marcus davon in Kenntnis, dass Benji tot ist. Es muss sehr schwer sein, Nachrichten zu überbringen, die den Empfänger am Boden zerstören. Ich beobachte Marcus, denn ich will herauszufinden, wie man reagiert, um aus der Erstarrung herauszukommen und sich dem Schmerz zu stellen.

Sein Gesicht durchläuft verschiedene Phasen. Erst ist es völlig ausdruckslos, dann verzieht es sich vor Schmerz. Vor Wut. Schließlich nimmt es einen total verzweifelten Ausdruck an. Als wäre gerade vor seinen Augen ein ganzes Universum kollabiert und er allein hätte überlebt.

Die Vergangenheit ist zunichtegemacht.

Die Gegenwart zerstört.

Die Zukunft gelöscht.

Jetzt setzt auch mein Schmerz ein. T. S. Eliot hat sich geirrt: Welten gehen nicht mit einem Knall oder mit Gewinsel unter. Diese Dinge schließen einander nicht aus. Das eine folgt immer dem anderen.

Als ich elf war, weckte Dad mich und Benji einmal mitten in der Nacht, um einen Ausflug mit uns zu machen. Wohin es gehen sollte, verriet er uns nicht. Er sagte nur, dass es eine Überraschung sein solle.

»Was ist denn mit Mom?«, fragte ich, als wir schon im Auto saßen.

»Die würde das nicht verstehen«, antwortete Dad.

Als wir zu New Hampshires Grenze kamen, wusste ich, dass etwas nicht stimmte. Das Schweigen, das zwischen Benji und mir herrschte, sprach Bände. Aus irgendeinem Grund verstummen Kinder immer, wenn ihre Eltern sich total verrückt benehmen. Keine Ahnung, ob aus Selbsterhaltungstrieb oder ob da etwas Selbstzerstörerisches mitspielt. Jedenfalls ist es so, dass man sich in einer derartigen Situation völlig in sich zurückzieht, um nicht verletzt zu werden.

Benji und ich hielten den Mund und stellten keine Fragen, während Dad uns immer weiter von Mom wegbrachte. Niemand rechnet damit, von seinem eigenen Vater entführt zu werden. Ich dachte, ich würde mein Zuhause, mein Zimmer, meine Freunde nie wiedersehen.

Dad mietete eine Blockhütte, die so abgeschieden war, dass es dort noch nicht mal Telefon gab. Nachdem er etliche harte Drinks zu sich genommen hatte, verlor er das Bewusstsein.

»Nimm du seine Füße«, verlangte Benji.

Ich gehorchte. Zusammen schleppten wir Dad ins Auto. Benji fuhr uns nach Hause, wo wir vor Tagesanbruch ankamen. Er hatte nicht mal einen Führerschein und fuhr auf dem Highway öfter Schlangenlinien. Die ganze Zeit über befürchtete ich, wir würden einen Unfall bauen. Noch größer war allerdings meine Angst, mein Zuhause nie wiederzusehen. Zum Glück war der Highway aber völlig leer. Im tiefsten Innern wusste ich außerdem, dass Benji mich nie in Gefahr bringen würde. So war er immer. Zuverlässig. Berechenbar. Er machte, was er sagte.

Als Dad am nächsten Morgen aufwachte, tat er so, als wäre nichts passiert. Ich glaube übrigens, er erinnerte sich wirklich an nichts.

Ich habe Benji nie dafür gedankt, dass er nicht die Nerven verloren und mich nach Hause gebracht hat.

Dass er mein Bruder war.

Das Nanoholocom-Network der betroffenen Region regeneriert sich selbst und ist schon nach einigen Tagen wieder voll funktionsfähig. Ich liege im Umbra-Hauptquartier im Bett. Dominick, Rita und Doktor A. wechseln sich mit ihren Besuchen bei mir ab, bringen mir Essen aus dem Lager der Geotruppen und reden mit mir. Das alles ist mir völlig egal.

Katherine reißt mich aus dem Schlaf, indem sie mich anstupst. »Warum bist du nicht zum Treffen gekommen? Hat Dominick dir nicht gesagt, dass ich unbedingt mit dir reden muss?«

Ich drehe mich von ihr weg und starre die Wand an. »Benji ist tot und man hat uns ausgetrickst. Wozu noch kämpfen? Das würde bloß zu noch mehr Toten führen. Wir sollten einfach das Leben hier genießen. Das will die Mehrheit ja sowieso. Faul sein. In einer Technowelt chillen. Alles ist wieder online, als wäre nichts passiert. Jetzt können sie wieder in den Holoräumen spielen und sich den Bauch vollschlagen. Ich bin mit alldem fertig.«

Katherine packt mich am Arm und dreht mich zu sich.

»Aua!« Ich reibe mir die Stelle am Arm, an der sie mich angefasst hat.

»Wir haben die Inschriften auf dem Sockel der Statue entschlüsselt. Vor hundert Jahren ist hier eine gewisse Navigatorin aufgetaucht – eine Person, die genauso aussieht wie ich – und hat eine Botschaft überbracht.«

Ich setze mich auf. Obwohl ich gar nicht hören will, was jetzt kommt, frage ich: »Und wie lautet die Botschaft?«

»Der Fluss wird euch retten.«

Das ist genau das, was das Biohologramm in der HME-Einrichtung gesagt hat. »Glauben die HöWes denn, Wasser sei die Lösung?«

Sie sieht mich unverwandt an. »Mississippi, wenn ich die Navigatorin bin, dann bist du der Fluss.«

Mein Herzschlag beschleunigt sich. »Was? Das ist doch nicht möglich! Haben die HöWes das behauptet?«

»Nein. Sie dachten, ein richtiger Fluss würde sie von der Herrschaft der Meritokratie befreien. Um die Rebellion zu unterbinden, hat die Meritokratie deshalb in der ganzen Region die natürlichen Wasservorkommen verunreinigt. Dadurch wurde alles nur noch schlimmer. Und seitdem warten die HöWes.«

Schweigend sitzen wir beide da. Ich nehme mir ganz fest vor, sie nicht einzuweihen. *Wenn ich ihr nichts erzähle, ist sie gerettet. Muss sie gerettet sein.*

»Ich verstehe das alles nicht. Wie kann es denn sein, dass ich eine Gestalt aus ihrer Vergangenheit bin? Wie konnte ich mich in einer Botschaft für sie auf dich beziehen, wenn wir uns erst hier begegnet sind? War das ein Hologramm von mir?«

»Schon möglich«, erwidere ich.

Sie fängt an, im Zimmer auf und ab zu laufen, und knackt mit den Fingern. »Du hast gesagt, ich hätte dich aufgefordert, zur Heldin zu werden. Du hast aber nie gesagt, wann das war. Vielleicht habe ich eine Zeitreise durch ein Portal gemacht und die HöWes gewarnt. Damit wir gemeinsame

Sache machen können. Und dann habe ich dich veranlasst, hier die Wahrheit zu verkünden.«

»Zeitreisen gibt es nicht«, stoße ich hervor und springe vom Bett. »Wir sind aus der Gegenwart des einen Universums in die Gegenwart eines anderen gereist. Das Ganze kommt uns nur vor wie eine Zeitreise, da man hier fortgeschrittener ist. Eine echte Zeitreise würde einem den Verstand rauben.«

»Woher weißt du denn das?«

»Äh ... Dominick und der Professor haben die Hologramme danach gefragt.«

»Wonach?«

»Wie Zeitreisen vor sich gehen. Um herauszufinden, ob wir einfach in der Zeit zurückgehen und alles rückgängig machen könnten.«

Sie starrt mich an. »Ich sehe dir an, dass du Quatsch erzählst. Verrat mir mal, warum es eine Statue von mir und eine Prophezeiung über dich gibt, wenn Zeitreisen nicht möglich sind.«

Ich hülle mich in Schweigen. Sie wird mich nicht dazu bringen, ihr alles zu sagen.

Sie tritt an mich heran und zeigt mit dem Finger auf mich. »Hier geht es nicht mehr nur um dich oder mich, sondern um etwas viel Größeres. Irgendwie haben wir die Geschichte beeinflusst. Schon bei unserer ersten Begegnung ist etwas in Gang gesetzt worden. Erzähl mir, was du weißt.«

»Das kann ich nicht.« Ich wische mir die Tränen weg und denke an Benji und Nolan und alles, was bereits schiefgegangen ist. »Ich habe dich sterben sehen.«

»Was redest du denn da? Ich stehe doch vor dir.«

Ich presse die Hände gegen den Kopf. »Ich habe dich schon auf der Erde kennengelernt ... in gewisser Weise ... aber du warst … anders.« Auf keinen Fall werde ich ihr erzählen, dass sie verrückt war und Gedichtzeilen zitiert hat. »Über die Statue weiß ich nichts.«

Sie nimmt ihre Wanderung durchs Zimmer wieder auf. »Wir haben uns nicht auf der Erde, sondern hier kennengelernt.«

»Es war auf der Erde. Und dort habe ich dich sterben sehen.«

»Vielleicht war ich das gar nicht. Vielleicht war es ein Hologramm von mir.«

»Du bist gestorben«, wiederhole ich. »Hologramme sterben nicht. Du hast mir einen Zettel gegeben und bist gestorben. Und …« Ich kann die Wahrheit nicht länger zurückhalten. »… diesen Zettel kannst du nur in der Zukunft geschrieben haben. Deshalb bin ich in letzter Minute durch das Portal gerannt.«

»Was zum Teufel stand denn auf dem Zettel?«

Ich vermeide es geflissentlich, zu meinem an der Wand lehnenden Rucksack hinüberzublicken, in dem sich mein Tagebuch befindet. Ich schüttle den Kopf. »Das ist zu persönlich.« Ich weigere mich, ihr Einzelheiten zu nennen, die sie töten würden.

»Wie kann ich dir etwas Persönliches geschrieben haben, wenn ich mich noch nicht mal daran erinnere, dir begegnet zu sein? Wie sollen wir uns denn kennengelernt haben, wenn ich im Gefängnis war?«

Die Zeit verrinnt. Die Vergangenheit mischt sich mit der Zukunft.

»Ich weiß, was du vorhast, aber das darfst du nicht tun«, sage ich. »Weil du dann stirbst. Ich habe es gesehen.«

»Wenn ich zur Erde zurückkehre, kehre ich ins Gefängnis zurück. Die Zukunft ist nicht in Stein gemeißelt«, murmelt Katherine.

»Die Statue behauptet aber das Gegenteil.«

»Na schön«, erwidert Katherine. »Dann werde ich mir eben was anderes einfallen lassen.«

»Versprochen?«

»Ja.« Sie bleibt stehen. »Ich habe den HöWes zugesagt, dass sie River, also dich, kennenlernen können. Seit sie aus Protest ihre DT-Bänder zerstört haben, haben sie keinen Zugang zur Technologie mehr und sitzen fest. Die Meritokratie hat ihren Planeten zerstört, bevor sie versuchen konnten, nach Hause zurückzukehren.«

Ich brauche einen Moment, um diese Information zu verarbeiten. »Ihr Planet existiert nicht mehr?«

»Sie haben uns erzählt, die Meritokratie entvölkere Planeten, um irgendwann Biohologramme zu erschaffen. Damit die Bio-Uploads nicht abgestoßen werden, ist jedoch volle Kooperation erforderlich. Deshalb denkt sich die Meritokratie irgendeine List aus, um ihre Opfer gefügig zu machen. Wenn Zwang angewandt wird, führt das zu rebellischem Verhalten. Vermutlich hast du so was in der HME-Einrichtung miterlebt. Anschließend bauen sie auf dem Planeten alle Edelmetalle ab, die sie für die Herstellung ihrer Nanoholocoms brauchen.«

»Dann ist also auch die Erde in Gefahr?« Ich stelle mir meine Eltern in einer sterbenden Welt vor.

»Nach Aussage der HöWes, ja, aber wir haben noch ein Zeitfenster, bevor der Schaden nicht mehr gutzumachen ist. Für die Meritokratie ist die Zeit knapp geworden.«

»Und du glaubst ...« Ich lege mich wieder hin. »... dass wir die Meritokratie besiegen können, wenn Leute, die seit Jahrhunderten hier leben, nach ihrer Rebellion eiskalt fallen gelassen wurden? Das dürfte auch uns bevorstehen.«

»Wir haben einen neuen Plan, der aber ohne dich nicht

funktionieren wird. Unsere Truppen sind entmutigt und brauchen einen Schlachtruf. Da kommst du ins Spiel.«

Auch ohne, dass sie Benjis Namen erwähnt, weiß ich, was sie meint.

»Das könntest du doch übernehmen.«

»Dafür ist ihre Stimmung zu schlecht. Im Gegensatz zu mir genießt du das Vertrauen der Menge. Sie wissen, was du um der Wahrheit willen getan hast. Wie viel du verloren hast. Und du bist das Verbindungsglied zu den HöWes. Außerdem stehen die anderen Flüchtlinge von der Erde auf unserer Seite, seit sie wissen, was die HöWes durchgemacht haben. Wenn du daran glaubst, glauben sie ebenfalls daran.«

»Hast du immer noch nicht begriffen, dass ich an gar nichts glaube?«

»Aber du musst. Du bist diejenige, von der in der Prophezeiung die Rede ist.«

Da die Massen mich nicht mehr auf dem Kieker haben und das Nanoholocom-Network wieder funktioniert, ziehe ich in die Wohnung zurück, die Benji, Marcus und ich uns geteilt haben. Auf diese Weise entkomme ich all dem Unsinn der Umbra-Gruppe und der Geotruppen und kann mich in der PSF-Kabine entspannen.

Mein DT-Band leuchtet auf. Es ist Rita.

»Wir haben ein Problem. Dominick verbringt fast die ganze Zeit in den Holoräumen und schläft und isst kaum noch.«

Mir wird ganz mulmig. »Wieso das?«

»Wegen Benjis DQE-Spiel. Du musst mit ihm reden. Auf mich hört er nicht.«

Ich beende das Gespräch mit Rita und mache mithilfe eines Programms vom DT-Band mein Haar zurecht, um einigermaßen präsentabel auszusehen.

Ich breche auf, um Dominick in den Holoräumen zu suchen. Unterwegs reiße ich ein Blatt von einem Busch und behalte es in der Hand. Eine meiner neuen Angewohnheiten, um festzustellen, wie lange etwas Bestand hat, bevor es verschwindet.

Sein Name steht auf dem Holoschirm der Tür, doch als ich eintreten will, wird mir der Zugang verweigert, was mich sofort wieder misstrauisch macht. Ich rufe ihn über mein DT-Band an.

»Dominick, hier ist Alex. Ich stehe vor der Tür deines Holoraums. Darf ich reinkommen?«

Es dauert einen Moment, bis die Tür sich öffnet. Dominick steht auf einer Wiese, Grizzlybären kommen auf ihn zugerannt. Ohne mich zu begrüßen, schießt er, wartet drei Sekunden und feuert von Neuem. Bär um Bär erstarrt und verschwindet. Ich halte mir die Ohren zu, um das ständige Summen und den darauffolgenden Knall nicht hören zu müssen. Dominick ist so gut, dass ich richtig Angst bekomme.

»Hör auf, Dominick.« Ich ziehe ihn am Arm, doch er ignoriert mich. Als ich noch einmal ziehe, erwischt mich der nächste Schuss aus dem DQE, was unter diesen Umständen glücklicherweise harmlos ist. Immerhin schenkt Dominick mir jetzt seine Aufmerksamkeit.

»Zum Teufel noch mal, Alex. Mach das nie wieder.« Er schüttelt meine Hand ab und hält das Spiel an. »Möchtest du mitmachen? Ich kann es so einrichten, dass zwei Spieler daran teilnehmen können.«

»Ich weiß, was du hier treibst«, erwidere ich. »Rita hat mir erzählt, dass du ständig hier drinnen bist und kaum noch was isst.«

Er setzt das Spiel wieder in Gang.

Während er losballert, werde ich immer trauriger und deprimierter. Was ist bloß aus uns geworden? *Das hat uns die Meritokratie angetan. Das dürfen wir nie vergessen.*

»Okay, ich spiele mit. Aber nur eine Stunde lang, dann musst du eine Pause machen.«

Er nickt und aktiviert einen zweiten Spieler. Ich hebe den DQE vom Boden auf und denke an jenen Tag auf dem Dachboden, als Dad mich gewürgt hat. Nachdem ich tief Luft geholt habe, hänge ich mir den Riemen um den Hals. Benji würde wollen, dass ich ihn Lügen strafe.

Obwohl es eigentlich nicht nötig ist, ziehe ich meine Kleidung aus und lasse sie gesondert vom PSF säubern, während ich Licht und Wellen genieße. Meine Schultern schmerzen vom Gewicht des DQE. Wenigstens habe ich Dominick dazu gebracht, etwas zu essen.

Ich möchte mich so gern wieder lebendig fühlen, weiß aber nicht, wie ich das anstellen soll. Eine Erinnerung aus meiner Kindheit geht mir durch den Kopf und ich sehe vor mir, wie Benji und ich im Schnee spielen. Daraufhin breche ich zusammen. Nichts wird je wieder so sein, wie es war.

Plötzlich erscheint mein Hologuide, ohne dass ich ihn gerufen hätte.

»Bitte nennen Sie Ihre Wünsche, Alexandra Lucas.«

Ich schnappe mir meine Kleidung, um mich zu bedecken. »Hallo? Schon mal was von Intimsphäre gehört?«

»Intimsphäre? Wir sind ein Hologramm.«

»Mir egal, was Sie sind. Verschwinden Sie! HOLOGUIDE EXIT!« Die Figur bleibt da und starrt mich an. Dass sie ein Hologramm ist, macht die Sache nur noch schlimmer. *Sicher kann sie das Bild meines nackten Körpers speichern und es andern vorführen. Möglicherweise wird das dann als Peepshow in die Firmamentlichtspiele eingebaut.*

»Stimmt mit Ihrer Programmierung etwas nicht? Ich möchte das Programm schließen.« Ich tippe zweimal auf mein DT-Band.

»Wird überprüft. Alles in Ordnung.«

Vielleicht liegt es an meinem DT-Band. Ich werde Katherine bitten, es sich mal anzusehen. »Drehen Sie sich um.«

Mein Hologuide dreht sich um die eigene Achse.

»Nein, ich meine so, dass Sie zur Wand blicken. Ich möchte mich anziehen.«

Mein Hologuide gehorcht. Sobald ich angezogen bin, versuche ich, Katherine zu erreichen. Auf dem Bildschirm erscheint jedoch die Anzeige KONTAKTAUFNAHME GESCHEITERT. Das Gleiche bei Rita. Beide sind nicht im Netz.

Mein Hologuide starrt immer noch in Richtung Wand.

Als ich Dominick anrufe, geht er sofort ran. »Alex? Bist du okay?«

»Wo bist du?«

»In meiner alten Wohnung. Und du?«

»Ich auch. Hast du Katherine irgendwo gesehen? Ich kann sie nicht erreichen. Mein Hologuide benimmt sich ganz seltsam. Ich schaffe es nicht, ihn abzuschalten.« Ich beobachte, wie mein Hologuide unter Benjis Bett greift, ein schwarzes Kästchen hervorholt und es sich um das Fußgelenk schnallt.

»Nein. Das letzte Mal habe ich sie heute früh im Hauptquartier gesehen. Da hat sie sich gerade mit Professor Marciani gestritten. Irgendwie ging es um das Portal, das sie errichten wollen.«

Mein Rucksack liegt verschlossen auf dem Fußboden. *Das*

kann nicht sein. Das kann einfach nicht sein. Hastig hole ich mein Tagebuch heraus und suche mit zitternden Fingern nach der Seite mit dem besagten Spruch.

Sie ist herausgerissen.

Auf der folgenden Seite steht:

Mississippi –
Das Schicksal ruft, damit andere folgen können.
– Katherine

Ich lasse mein Tagebuch fallen und stürme aus meiner Wohnung und dem Wohnkomplex zur alten Portalstation hinter dem Lager der Geotruppen.

Mein Hologuide hastet neben mir her, eine holografische Erinnerung daran, dass jedes Entkommen unmöglich ist.

Ich kann die Vergangenheit nicht löschen.

Katherines jetzige Tat verursacht, was bereits damals geschehen ist. Die Umkehrung von Ursache und Wirkung.

Wenn ich der Fluss bin, ist sie die Navigatorin. Wenn sie die Navigatorin ist, bin ich der Fluss. Das eine kann nicht ohne das andere existieren. Huhn und Ei. Ein geschlossener Kreis.

Trotzdem renne ich, trotzdem versuche ich, es zu verhindern.

Denn so sind wir nun mal.

Wir versuchen, das Unvermeidliche zu verhindern, selbst wenn wir nicht die Möglichkeit haben, es zu ändern.

Endlich gelange ich zu den alten Steintunneln und den im Kreis aufgestellten Toren. Überall sind Wissenschaftler zugange. In der Mitte leuchtet ein Portal, ein magentaroter Wirbel, in dem es elektrisch knistert. Ich hatte nie eine

Chance. Professor Marciani stellt sich neben mich, weicht meinem Blick jedoch aus.

»Wir konnten sie nicht zurückhalten. Ich weiß nicht, was sie sich dabei gedacht hat. Vielleicht hat sie den ganzen Druck nicht mehr ausgehalten. Ich habe keine Ahnung, was mit ihr geschehen ist. Für eine Reise ist das Portal noch gar nicht richtig eingestellt.«

Mein Tagebuch liegt aufgeschlagen auf dem Fußboden. Katherines Mitteilung ist der handfeste Beweis. Ich reiße jede einzelne Seite heraus und zerfetze sie, während ich das Universum verfluche. Wenn ich mein Tagebuch schon früher vernichtet hätte, wäre Katherine nie in der Lage gewesen, die bewussten Zeilen abzuschreiben und mir in der Vergangenheit den Zettel zu geben. *Stimmt's? Funktionieren Zeitreisen und Zeitparadoxa nicht so? Oder wäre das Raum-Zeit-Kontinuum zusammengebrochen und wir wären in die Zeit der Dinosaurier zurückkatapultiert worden?*

Wenn die Zukunft die Vergangenheit beeinflussen und die Vergangenheit die Zukunft beeinflussen kann, kann die Zukunft dann die Vergangenheit beeinflussen und ebendiese Zukunft ändern, sodass die Vergangenheit und die Gegenwart zerstört werden?

Oder ist etwas, sobald es Vergangenheit ist, auch Zukunft? Eingeschlossen in Stein.

Mir schwirrt der Kopf von all diesen Dingen, die unsinnig und logisch zugleich sind, und ich fahre fort, alle Beweise aus der Vergangenheit zu vernichten, damit sie nie wieder gegen mich verwendet werden können.

Meine Therapeutin hat sich geirrt. Worte besitzen durchaus Macht. Eine ungeheure Macht. Die Macht zu verändern, die Macht zu heilen und die Macht zu zerstören.

Ich sammle die Papierfetzen auf, renne aus meiner Wohnung und schmeiße sie über die Brüstung. Sie trudeln nach unten ins ZENTRUM. Ich höre erst auf, als nichts mehr übrig ist.

28

TAG 59

Ich erkläre Rita und Dominick, was geschehen ist.

»Ich hätte ihr nichts von der Vergangenheit erzählen dürfen. Die Reise durch das Portal hat ihre Gedanken so verwirrt, dass sie nur noch aus dem Gedicht von T. S. Eliot zitieren konnte.« Ich laufe in meiner Wohnung auf und ab. Mein Hologuide ist immer noch aktiviert. »Nolan ist tot. Benji ist tot. Katherine ist weg. Und ich bin angeblich der Fluss und soll alle retten. Machen wir uns nichts vor: Wir können nicht gewinnen. Ich kann niemandem helfen. Ich habe nämlich nicht plötzlich Superkräfte bekommen.« Ich zeige auf meinen Hologuide. »Ich kann ja noch nicht mal dieses Ding abschalten!«

Rita packt mich an den Schultern. »Alex, setz dich.«

Ich habe keine besonderen Talente, keine Mittel, keinen Plan. Ich kenne die Wahrheit, das ist alles. Aber was nutzt die Wahrheit ohne Plan? Ohne die Möglichkeit, aktiv zu werden? Ohne Menschen, die Interesse haben?

»Ich kann die Führung nicht übernehmen. Ich bin kein General oder Politiker. Ich mag Politik überhaupt nicht.«

»Du hast mehr politische Macht, als du glaubst«, sagt Dominick. »Du warst bei den letzten Treffen ja nicht dabei. Du weißt gar nicht, was passiert ist, seit …«

Abrupt verstummt er. Er wollte sagen, seit Benji umgekommen ist.

»Du hast ihnen die Wahrheit verkündet«, fährt Dominick fort. »Jetzt brauchen sie dich, damit du sie in den Kampf führst. Dank Katherine sehen alle in dir den Fluss. Und sie haben deinen Bruder respektiert und vermissen ihn. Das tun wir alle. Du hast uns Hoffnung gegeben.«

Aber Hoffnung haben heißt Angst haben. »Ich weiß nicht, wie man Truppen mobilisiert, um in einer Galaxis der Zukunft gegen Hologramme zu kämpfen.«

Dominick grinst. Am liebsten würde ich ihm eine scheuern. Ich nehme meine Wanderung durchs Zimmer wieder auf und fahre mir mit den Händen übers Gesicht. Dann schüttle ich meine Finger aus, damit die zwei nicht sehen, wie sie zittern.

Rita packt mich bei den Schultern und zwingt mich, stehen zu bleiben.

»Zeit für eine Motivationsrede«, meint sie. »Kann's losgehen?«

Ich verdrehe die Augen. »Von mir aus.«

»Okay. Du musst ein Gefühl für deine Macht entwickeln. Wahre Macht bedeutet, dass man zu sich selbst steht, von der eigenen Wahrheit überzeugt ist und sich nicht für seine Persönlichkeit schämt, sondern stolz darauf ist. Wenn du von dieser Position aus sprichst, werden die Leute dir zuhören.

So musst du sein, Alex. Du musst nur du selbst sein. Es verleiht dir Macht, wenn du deine Empathie und deinen Sinn für Gerechtigkeit aus dir sprechen lässt. Das ist das Beste, was ich je von der Religion gelernt habe.«

Der Kloß in meinem Hals deutet darauf hin, dass ich keine andere Wahl habe.

Mein Hologuide lehnt reglos an der Wand.

»Was würden Sie mir raten?«, frage ich ihn.

»Die Frage verstehen wir nicht«, erwidert er.

Wir brechen in Gelächter aus, was die Spannung im Zimmer entschärft.

Nach Benjis Tod hat Katherine gesagt, sein Opfer dürfe nicht umsonst gewesen sein. Auch ihr Opfer darf nicht vergeblich gewesen sein. Mit dieser Schuld könnte ich nicht leben. Außerdem würde Benji es mir nicht zutrauen. Ich muss also beweisen, dass er unrecht hatte. Das würde er so wollen.

Professor Marciani gibt mir einen Kuss auf die Wange, als wir uns wiederbegegnen. Ein seltsames Schamgefühl überkommt mich, als hätten er und ich uns irgendwie gegen Katherine verschworen und sie zu ihrem letzten Schritt veranlasst. Dominick und Rita plaudern mit den anderen Wissenschaftlern. DOT, Katherines Spezialhologuide, steht in der Mitte des Raums, daneben zwei weitere Hologramme, die ebenfalls schwarze Kästchen am Bein haben.

»Wie schön, dass Sie da sind«, sagt der Professor.

»Tja.« Ohne Katherine und Benji wirkt das Hauptquartier ganz anders. »Ich dachte, DOT wäre bei dem Absturz umgekommen.«

»Sie hat sich kurz vor dem Aufschlag in einen transitiven Modus versetzt. Für den Fall, dass ihr etwas zustoßen sollte, hat Katherine mir eingeschärft, nur Ihnen von unserem Plan zu berichten. Sie sollen dann den anderen alles erklären. Katherine und ich haben DOTs Programm nachgebessert.«

Ich vermeide es, ihn anzusehen. Seine buschigen Augenbrauen drücken zu viele Emotionen aus.

»Inwiefern nachgebessert?«

Dominick und Rita gesellen sich zu uns, worauf der Professor erst einmal schweigt.

»Vertrauen Sie den beiden?«, fragt er schließlich.

»Hundertprozentig«, erwidere ich.

»Wir haben mit DOT experimentiert, indem wir von etwas ausgegangen sind, das Sie Katherine erzählt haben. Dabei ging es um ein Biohologramm in einer HME-Einrichtung. Wir sind zu dem Schluss gekommen, dass ein kleiner Prozentsatz der Biohologramme über die Fähigkeit verfügt, unter den richtigen Bedingungen ihre emotionalen Leitungsbahnen zu reaktivieren, aber wir haben es nicht geschafft, sie zu lokalisieren. DOT ist darauf programmiert worden, die Leitungsbahnen aufzuspüren und das Programm, das die Stimulation von Hippokampus und Amygdala verhindert, zu manipulieren. Sie dürfen nicht vergessen, dass Biohologramme sich immer noch des neuronalen Netzes des menschlichen Gehirns bedienen. Das heißt, wenn wir die Biohologramme so umpolen, dass sie die richtigen Neurotransmitter produzieren, können wir sie in unsere Truppen aufnehmen.«

»Sodass also eine Art Hologrammzombie entsteht, ja?«, frage ich. »Aber mit Gefühlen.«

»Ja sozusagen. Und sie werden für uns kämpfen.«

Wie kämpft man gegen Hologramme? Mit anderen Hologrammen.

»Woher wissen Sie denn, dass sie nicht uns attackieren?«, erkundigt sich Dominick.

»Weil das ins Programm eingeschrieben ist. Sie werden den Befehl erhalten, die Meritokratie aufzuspüren und uns ihren Aufenthaltsort mitzuteilen. Da die meisten Hologramme der letzten Generation früher HöWes waren, werden sie auf Rache aus sein, sobald sie erfahren, was mit ihren Familien geschehen ist.«

»Wie lange wird das alles noch dauern?«, frage ich.

»Nicht sehr lange. Wir haben unsere Theorie schon im kleinen Maßstab überprüft und bereits einige Erfolge erzielt. Außerdem haben wir noch drei zusätzliche Biohologramme so programmiert, dass sie nach Rekruten Ausschau halten. Sobald wir das im großen Stil machen, dürfte es nur wenige Tage dauern, bis wir genug holografische Verbündete haben, um eine Armee zu bilden.«

Er macht eine elegante Armbewegung.

»DOT kennen Sie ja schon. Darf ich Ihnen PIXEL und GALILEIO vorstellen?«

»Und wo ist der vierte?«, frage ich.

»Katherine hat gesagt, er sei ein Geschenk für Sie.«

Mein Hologuide. Dominick, Rita und ich blicken zu meinem aus der Art geschlagenen Biohologramm hinüber.

»Ich möchte bezweifeln, dass das Ding kampftauglich ist«, meint Rita. »Es steht doch nur rum.«

»Wissen Jackson und Beruk von dem Plan?«, frage ich.

»Sie haben ihn bereits genehmigt. Um ihn zu realisieren, brauchen wir Ihre Hilfe. Der breiten Masse wird er nämlich nicht gefallen.«

»Weil wir, statt unsern Beitrag zu leisten, die Gesellschaft, in der wir leben, unterminieren, um nach Hause zurückkehren zu können?«

»Genau.«

Diese Vorstellung beunruhigt mich. *Und wenn wir es nicht schaffen, nach Hause zurückzukehren? Warum scheint der einzige Weg, der zur Freiheit führt, immer ein Weg der Zerstörung zu sein?*

Das nächste Treffen der Umbra-Gruppe und der Geotruppen findet auf der Wiese statt, wo Benji umgekommen ist. Die Zahl der Anwesenden ist beeindruckend. Inzwischen sind Leute, die ich aus dem ZENTRUM kenne, und Unbekannte aus anderen Wohnkomplexen zu uns gestoßen.

Man hat mich gebeten, eine Rede zu halten, was ich aber abgelehnt habe. Als ich das letzte Mal eine Rede gehalten habe, hat das Dominick und mich fast das Leben gekostet.

Zunächst war geplant, die Versammlung in der Nähe des Umbra-Hauptquartiers abzuhalten, doch dann wurde beschlossen, das Nanoholocom-Network zu benutzen und unsere Botschaft über DOTs geheime Verbindung an andere zu schicken. Was für eine Ironie, dass wir uns des Networks bedienen, das wir zerstören wollen.

Ringsum bedrücktes Schweigen. *Wie wird ein achtzehnjähriges Mädchen wie ich zur Symbolfigur einer planetarischen Rebellion?*

Möchten Sie lieber Ihren Beitrag leisten oder die Gesellschaft, in der Sie leben, zerstören?

Bin ich im Begriff, einen Krieg auszulösen, den ich nicht mehr zu beenden vermag? Wo ist die STOPP-Taste?

Denk an die Erde. Denk an deine Eltern. Denk an Nolan und Benji und Katherine. Nur wurden sie alle nicht von den Hologrammen getötet. Das war ich. Es war meine Schuld.

Beruk hat mich gebeten, nicht zu erscheinen, weil er um meine Sicherheit fürchtet. Dominick, Rita und ich verfolgen das Treffen auf dem Bildschirm, den Ritas DT-Band auf die Wand meiner Wohnung projiziert hat. Mein Hologuide steht neben mir, ein Schatten, den ich nicht mehr loswerde.

»Nimm uns nicht übel, was du gleich sehen wirst«, sagt Rita und reicht mir etwas zu essen.

»Es war wichtig«, fügt Dominick hinzu.

»Wovon redet ihr eigentlich?«, frage ich. »Ah, es fängt an.«

Eine genaue Nachbildung von mir steigt auf ein hohes Podest, das sich vor der Menge erhebt.

»Was zum Teufel …?«

Meine holografische Doppelgängerin lächelt, stellt ihre

Mimik unter Beweis und räuspert sich sogar. Dann hält sie die Rede ihres Lebens. Meine Stimme wird über die DT-Bänder übertragen und schallt über die Wiese. Die HöWes stehen neben den Flüchtlingen von der Erde, um zuzuhören, da ihre DT-Bänder nicht mehr funktionieren.

»Ich bin wegen meines Bruders Benjamin Lucas Junior und meiner Freundin Katherine Kirkwood hier. Jemand hat mal zu mir gesagt, ein Soldat könne nicht umsonst sterben. Beide waren sie ehrenhafte Menschen, die versucht haben, das Richtige zu tun. Die versucht haben, uns zurück nach Hause zu bringen. Wir müssen dafür sorgen, dass ihr Tod nicht umsonst war.«

Meine Kehle schnürt sich zusammen und ich breche in Tränen aus. Auf dem Bildschirm sehe ich den weinenden Marcus. Das geht doch nicht. Mein Bruder ist tot. Katherine ist verschwunden. Das ist etwas Persönliches. Etwas Privates. Etwas, das nichts mit dem Aufstand zu tun hat.

Beim Rest meiner Rede höre ich nur noch mit halbem Ohr hin. All das kommt mir aber sehr vertraut vor. »Ich bin mir sicher, dass ich das vor Kurzem tatsächlich gesagt habe.«

»Dein Hologuide hat alles aufgenommen«, erklärt Dominick. »Wir hatten den Auftrag, dir bestimmte Fragen zu stellen, damit du bestimmte Dinge sagst.«

Mir klappt der Unterkiefer runter. »Stimmt das?«, frage ich meinen Hologuide.

Die Figur blinzelt. »Ja. Wir haben Ihre Gespräche mit Freunden und Umbra-Anführern aufgenommen und daraus eine perfekte Rede zusammengestellt.«

Ich kann einfach nicht glauben, dass meine Freunde mich hintergangen haben. Eigentlich müsste ich viel wütender sein, doch ich bin froh, dass ich die Rede nicht selbst halten muss.

»Und ich frage mich auch, wo sie wohl meine holografische Doppelgängerin herhaben. Was meinst du denn dazu, Dominick?«

Er zuckt die Achseln und kichert. Rita bricht in Gelächter aus.

»Das werde ich euch heimzahlen«, sage ich. »Ihnen auch«, füge ich in Richtung meines Hologuides hinzu.

»Das verstehen wir nicht.«

Die Versammlung geht weiter. Als Nächster spricht Doktor A. Ob er es wohl selbst ist? Oder handelt es sich ebenfalls um einen holografischen Doppelgänger? »Es erfüllt mich mit Sorge, dass man einen Präsidenten ermorden und durch ein Hologramm ersetzen könnte, ohne dass wir etwas davon merken. Oder dass ein Künstler oder Schauspieler ewig leben könnte, ohne zu altern. Was wird dann aus zukünftigen Generationen? Welche Rolle werden sie spielen, wenn die Generationen vor ihnen in Form von Hologrammen weiterleben? Ein müßiges Leben ohne sinnvolle Arbeit ist überhaupt kein Leben. Die Meritokratie nimmt uns unser Recht zu leben und unser Recht zu sterben. Das Leben verliert seinen Wert und seine Schönheit, wenn es künstlich nachgebildet werden kann. Wir können nicht zulassen, dass weiterhin im Namen ihrer Ideologie menschliche Zivilisationen vernichtet werden. Das ist ein Verbrechen.«

Er nickt Professor Marciani zu, der daraufhin das Wort ergreift. »Die einzige Möglichkeit, der Meritokratie Widerstand zu leisten, besteht darin, eine holografische Armee zu erschaffen und gegen sie einzusetzen. Es ist uns gelungen, die blockierten Emotionen einiger Biohologramme freizusetzen und sie dazu zu bringen, sich unserem Kampf anzuschließen. Sie haben lange geschlafen, mussten ein Jahrhundert der Knechtschaft ertragen, ohne zu wissen, dass ihr Opfer umsonst war. Gemeinsam mit ihnen und ihren technologischen Fähigkeiten wird es uns nun gelingen, die Meritokratie zu besiegen. Und anschließend werden wir auf die Erde zurückkehren können.«

Hannah meldet sich zu Wort.

»Wie können wir dabei helfen?«, will sie wissen.

Beruk beantwortet ihre Frage.

»Wenn die Hologuides aufwachen, dürfen wir sie nicht als Feinde betrachten. Sie sind nicht diejenigen, die uns hierhergebracht haben. Wir müssen die Quelle des Übels bekämpfen und dabei werden sie unsere Verbündeten sein. Vergesst nicht, dass auch sie einst Menschen waren, die erst jetzt erkennen werden, dass man sie nicht von ihrem sterbenden Planeten gerettet hat, sondern dass sie Opfer waren wie wir und ihr Heimatplanet zerstört wurde. Wir müssen mit ihnen zusammenarbeiten, um zur Erde zurückkehren zu können. Wir müssen ihnen Vertrauen schenken, damit unser Plan funktioniert. Wir brauchen so viele Truppen wie möglich.«

Meine holografische Doppelgängerin hebt den Arm und ballt die Faust. »Damit sie nicht umsonst gestorben sind.«

Alle Anwesenden recken ebenfalls die Faust in die Höhe, bereit zum Kampf um die Freiheit.

Ich werfe einen Blick auf meine zwei besten Freunde, die mit mir in meiner Wohnung sitzen, während gerade eine Rebellion beginnt.

In Büchern und Filmen wird immer so getan, als gebe es bei Revolutionen nur einen Helden. Als ob eine bestimmte Person ausschlaggebend sei. Aber das stimmt nicht. Es mag zwar sein, dass eine Person alles in Gang setzt, aber im weiteren Verlauf werden dann viele Helden geboren.

Die Tage vergehen. Nach und nach berichten immer mehr Leute von Biohologrammen, die in Wut geraten, sobald sie die Wahrheit erfahren, und sich daraufhin der Umbra-Gruppe anschließen. Im Gegensatz zu den anderen scheint mein Hologuide von solchen emotionalen Ausbrüchen verschont zu bleiben. Vielleicht haben Katherine und der Professor die vier Prototypen so konstruiert, dass sie ihre Gefühle besser unter Kontrolle haben. Finde ich irgendwie seltsam. Wenigstens ist Benji gestorben, bevor seine Leitungsbahnen als Biohologramm upgeloaded werden konnten. Da seine Beitragsleistung annulliert wurde, ist ihm dieses schreckliche Schicksal erspart geblieben. *Ob meine Eltern stolz auf ihn wären? Oder hätten sie den Wunsch, zumindest ein Hologramm von ihm zu besitzen?*

Dominick, Rita und ich sitzen im Lager der Geotruppen am Feuer und beobachten die Lichteffekte der Firmamentlichtspiele am Himmel. Mein Hologuide steht wie ein Hightech-Laternenpfahl bei uns.

»Was wohl als Nächstes passiert? Was meint ihr?«, fragt Rita.

»Beruk bereitet ein Spezialteam – darunter auch Hologuides – auf den Kampf gegen die Meritokratie vor«, sagt Dominick.

»Ich habe gehört, dass eine Umbra-Gruppe die echten DQEs testet. Offenbar wird es jetzt ernst«, erklärt Rita.

»Hört auf, mir solchen Stress zu machen«, verlange ich. »Ich möchte einfach nur die Sterne betrachten und von zu Hause träumen.«

Dominick rückt näher an mich heran und schlingt die Arme um mich. »In Ordnung.«

Wir drei beobachten das Feuer und den Himmel und ich hoffe, dass sich alles zum Besten wendet.

»Was wirst du als Erstes machen, wenn wir wieder auf der Erde sind?«, fragt Dominick mich.

»Eine riesige Portion Eiscreme essen«, antworte ich.

Er lacht. »Ich hätte gedacht, du möchtest einen Strandspaziergang machen.«

»Oh, das auch. Und du, Rita?«

»Weiß nicht recht. Hängt davon ab, ob meine Eltern mich jemals wieder von der Leine lassen, nachdem ich abgehauen bin.«

»Ich möchte aufs College gehen«, sagt Dominick. »Na ja, erst mal muss ich natürlich meinen Schulabschluss machen.«

»Du willst also immer noch aufs College gehen? Nach allem, was wir durchgemacht haben?«, entgegne ich.

»Ich habe beschlossen, auf dem College Medizin zu studieren. Ich möchte Arzt werden. Doktor A. hat mir angeboten, mir in Boston zu Kontakten zu verhelfen.«

»Ich rede von einer Riesenportion Eis und du möchtest Arzt werden. Willst mich wohl vorführen, was?«

Er kitzelt mich durch und bringt mich zum Juchzen.

»Arzt? Kann ich mir gut vorstellen«, meint Rita.

»Danke.« Er hört auf, mich zu kitzeln, sodass ich wieder zu Atem komme. »Und was hast du vor?«, fragt er mich.

»Wenn ich dir auf einen anderen Planeten folgen kann, kann ich vermutlich auch nach Boston ziehen.«

»Abgemacht.« Er küsst mich und ich habe fast das Gefühl, wieder ich selbst zu sein.

In dem Moment gibt mein Hologuide ein seltsames schrilles Piepen von sich. *Na toll, jetzt hat das Ding noch eine Funktionsstörung und hält sich für einen Feuermelder.*

Ich löse mich von Dominick. »Was soll denn das?«, frage ich meinen Hologuide.

»Der nervt ganz schön«, stellt Rita fest. »Was hat denn dieses Geräusch zu bedeuten?«

Plötzlich leuchtet mein DT-Band auf und meine Uniform wird modifiziert.

Mein Hologuide stürzt sich auf mich und reißt mich am Arm hoch. »Laufen Sie weg, Alexandra Lucas.«

»Was? Wieso denn?«

»Weil sie kommen.«

»Wer kommt?«, fragt Rita.

Dominick steht auf. »Wieso ist mein DT-Band aktiviert?«

»Und seht euch mal unsere Outfits an.« Rita zeigt auf ihre Uniform mit Leopardenmuster, auf der ständig Minileoparden hinter den Flecken hervorspringen.

Mein Hologuide gibt keine Antwort. Kurz darauf kommen Kendra und Hannah angerannt. »Das Umbra-Hauptquartier ist angegriffen worden. Von Hologrammen.«

»Aber im Hauptquartier gibt es doch gar keine Nanoholocoms«, sagt Rita. »Haben die Spezialhologramme sich gegen uns gewendet?«

»Waren meine Mom und Austin auch da?«, erkundigt sich Dominick.

»Laufen Sie weg, Alexandra Lucas«, wiederholt mein Hologuide.

Zu viele Fragen auf einmal schwirren mir durch den Kopf. Als ich den ausdruckslosen Blick meines Hologuides sehe, weiß ich, dass etwas schiefgelaufen ist.

Ein schrilles zischendes Geräusch über uns zerreißt mir fast das Trommelfell. Oben in den Wolken tauchen dunkle, stromlinienförmige Schatten auf.

Raumschiffe.

Wenn sie es schaffen, auf der Erde einen falschen Kometen zu erzeugen, dann können sie auch überall Hologramme herstellen.

Sogar eine Armee von Hologrammen.

Bevor wir fliehen können, materialisiert sich vor uns ein Hologramm in grauer Uniform.

Es streckt die Hand aus und greift nach Rita. Seine Hand dringt in ihren Körper ein. Ihr Gesicht läuft blau an. Meine Kehle schnürt sich zusammen.

Verzweifelt schaue ich mich um. Mein Blick fällt auf eine der eisernen Pfannen der Geotruppen. Ich schnappe sie mir und werfe sie nach dem Hologramm, doch sie fliegt geradewegs durch seinen Körper hindurch.

»Rennt weg«, flüstert sie noch. *Nolan, Benji und Katherine. Ich kann nicht auch noch Rita verlieren.*

Dominick zündet einen Stock im türkisfarbenen Feuer an und bohrt ihn dem Hologramm in den Rücken. Zunächst passiert überhaupt nichts. Dann geht das Hologramm in Flammen auf und verschwindet.

Rita bricht zusammen.

»Bist du okay?«, frage ich.

Sie nickt, doch ich sehe die Angst in ihren Augen.

Fünf weitere Hologramme materialisieren sich, eines davon an der Stelle, wo Dominick gerade eben Ritas Angreifer in Brand gesteckt hat.

»Laufen Sie weg, Alexandra Lucas«, wiederholt mein Hologuide abermals.

Dominick und ich ziehen Rita hoch. Zusammen mit Hannah, Kendra und anderen Geotrupplern fliehen wir aus dem Lager. Marie, die Anführerin, schreit ihren Leuten zu, sie sollen die Essensvorräte retten. Als ich zurückblicke, sehe ich, wie ein Hologramm mit dem Feuer aus der Grube das Lager der Geotruppen in Brand setzt. Ich höre die Schreie von Menschen, die von Flammen eingeschlossen sind, und sehe, wie das Hologramm vom Feuer vernichtet wird.

Sie wissen nicht, was Selbsterhaltung ist. Sie sind entbehrlich und ersetzbar.

Sie können uns berühren, wenn sie wollen, aber wir können sie nicht berühren. Wir können sie nicht aufhalten. Wir können nicht gegen sie kämpfen.

Wir fliehen durch den Wald. Nach einer Weile tauchen in der Ferne weitere Hologramme auf. Sie haben uns umzingelt. Mein Hologuide weicht mir nicht von der Seite. Bisher scheint er also noch nicht zum Verräter geworden zu sein.

In der Ferne sehe ich, wie ein anderes Hologramm jemandem das Genick bricht.

»Wie können wir entkommen?«, wende ich mich an meinen Hologuide.

»Wird überprüft. Ein Entkommen ist nicht möglich.«

»Tut mir leid, dass ich gefragt habe.«

Einige Leute klettern auf die Bäume, um sich in den Kronen zu verstecken. Ich bin versucht, es ihnen nachzumachen, doch dann sehe ich, wie einige Hologramme unter Missachtung der Schwerkraft die Stämme waagerecht hocheilen und sie von den Ästen zerren. Schnell wende ich mich ab, um nicht mit ansehen zu müssen, wie sie aufschlagen, doch der dumpfe Knall, der dabei entsteht, geht mir durch und durch.

»Alex«, höre ich Dominick mit gebrochener Stimme rufen. Als ich mich umdrehe, sehe ich ihn mit Rita in den Armen auf der Erde kauern. Er starrt mit leeren Augen in den Himmel.

NEIN.

Ich hocke mich neben sie, um ihren Puls und ihren Atem zu kontrollieren. Dann tippe ich auf mein DT-Band. »HME!«

Keine Reaktion, obwohl die Lämpchen blinken.

Ich drücke Rita rhythmisch auf die Brust. Als ich eine

Mund-zu-Mund-Beatmung versuche, übernimmt Dominick die Herzmassage.

»Alex, sie kommen«, sagt Marie. »Wir müssen hier weg.«

»Ich werde sie nicht im Stich lassen!«, schreie ich. Dominick überprüft noch einmal, ob sie Lebenszeichen von sich gibt. Nichts.

Ich probiere es erneut mit Mund-zu-Mund-Beatmung.

»Ich glaube, das Hologramm hat ihre Organe zerstört«, flüstert Dominick.

Ich halte inne und starre ihren leblosen Körper an. Meine beste Freundin im ganzen Universum. *Meine hermana.*

»Laufen Sie weg, Alexandra Lucas«, wiederholt mein Hologuide mit ausdrucksloser Stimme.

Am liebsten würde ich das Ding schütteln, damit die Frau von einst aufwacht und ihr klar wird, dass die Gefahr real ist und dass auch sie einmal real war, jetzt aber ein Nichts ist.

»Bleibt, wo ihr seid«, sagt Marie.

Zusammen mit anderen Geotrupplern bildet Marie einen Kreis um uns, eine Mauer aus Menschen, die die Hologramme erst einmal durchbrechen müssen.

Nein, ich kann nicht zulassen, dass sie für mich sterben.

Doch als ich losrenne, um im Kampf zu sterben, werde ich von den Geotrupplern gepackt und zu Boden gedrückt. Dann wird alles um mich herum schummrig, weil sie uns unter Ästen und Laub verstecken.

Ich liege auf dem Boden, klammere mich an Dominick und Rita und warte auf das Unvermeidliche. Sicher haben die Hologramme die Möglichkeit, uns aufzuspüren, unsern Herzschlag oder unsere Körperwärme zu orten. *Das muss einfach schiefgehen.*

Ich denke an meine Eltern, an Benji, Katherine, Nolan und

die Erde. Erinnere mich, wie ich in unserem Garten mit Rita gesungen und ihrer schönen Stimme gelauscht habe.

Knirschende rhythmische Schritte sind zu hören, die immer lauter werden. Unser Tod sollte anders aussehen, als am Boden kauernd auf das Ende zu warten.

Ein unheimliches, grelles metallisches Quietschen schallt durch den Wald, gefolgt von einer Explosion am Himmel, die die Erde ringsum zum Beben und mein Trommelfell fast zum Platzen bringt.

»Ein Raumschiff ist abgestürzt«, sagt Dominick. »Sieh mal.«

Am Horizont steigt Rauch auf.

Auf einmal erklingen vertraute Geräusche – als ob eine Mikrowelle summt, dann ein lauter Knall. *Die DQEs der Umbra-Gruppe.*

Wir beobachten, wie die Umbra-Truppen ihre Waffen abfeuern und im Kampf fallen. Sie tippen auf ihre DT-Bänder, um die Spezialhologramme zu aktivieren. Unter ihnen erkenne ich DOT, PIXEL und GALILEIO wieder. Sie sind sogar bewaffnet und rennen zur vordersten Linie, um die Umbra-Leute zu schützen. Mein Hologuide verhält sich völlig passiv.

Dominick springt auf und rast zu den Umbra-Leuten, bevor ich ihn zurückhalten kann. Er nimmt einem verwundeten Soldaten den DQE ab. Anschließend zieht er den Mann hinter einen Baum, um ihn in Deckung zu bringen.

Es widerstrebt mir, Rita zu verlassen, doch ich muss Dominick und den anderen helfen. Ich renne Dominick hinterher. Dabei sehe ich, wie ein Hologramm einem Umbra-Soldaten die Faust in den Leib rammt. Der Mann stürzt leblos zu Boden.

Dann wendet sich das Hologramm mir zu, doch Dominick erledigt es mit zwei Schüssen. Ich knie mich neben den gefallenen Soldaten, der mich an Benji erinnert, nehme seinen DQE an mich und hänge mir den Riemen um den Hals. Dann ziehe ich den Mann an den Beinen hinter einen Baum.

In Dominicks Rücken taucht ein Hologramm auf. Automatisch gebe ich im Abstand von drei Sekunden zwei Schüsse ab, ganz wie mein Bruder es uns beigebracht hat. *Im Geiste ist Benji bei mir, feuert mich an und ermahnt mich, das hier ernst zu nehmen und ihn nicht zu enttäuschen.* Mit zitternden Händen drücke ich auf die beiden Auslöser.

Dominick und ich bauen uns mit schussbereiten Waffen Rücken an Rücken auf. Auch seine Hände zittern.

Dafür waren wir nicht geschaffen. *Wir waren Liebende, Pazifisten, keine Kämpfer. All das hat uns die Meritokratie angetan. Das dürfen wir nie vergessen.*

Endlos geht der Kampf weiter. Ich bin zu jemandem geworden, der ich nie werden wollte.

Ich bin die Tochter meines Vaters. Die Schwester meines Bruders. Ich verstehe den Krieg und seine hässliche Wahrheit. Ich verstehe ihren Schmerz und ihren Stolz. Ich verstehe, dass Freiheit Menschenleben kostet.

Rita wird ein Todesopfer unter vielen anderen sein. Für mich werden all diese Menschen jedoch immer mehr sein – Familienangehörige, Freunde, Nachbarn, Verbündete.

Plötzlich Totenstille. Gleichzeitig verschwinden die holografischen Truppen des Feinds.

Zusammen mit den übrig gebliebenen Umbra- und Geotruppen rücken Dominick und ich langsam vor. Das Verstummen der DQEs wirkt, als seien alle Geräusche gestorben.

»Haben sie kapituliert?«, fragt Jackson. Einige der Soldaten recken triumphierend ihre Waffen in die Höhe. Ich presse meinen DQE gegen die Hüfte.

»Wir müssen Teams bilden, die ausschwärmen und das Gelände erkunden«, sagt Beruk. »Hat jemand Doktor A. gesehen?«

»Er und Penelope sind im Umbra-Hauptquartier geblieben«, antwortet Kendra. »Als ich sie verlassen habe, war alles in Ordnung«, fügt sie mit einem Blick auf mich hinzu.

Beruk ruft Doktor A. über sein DT-Band an, der sofort rangeht. Er und Penelope sind wohlauf, desgleichen Dominicks Mom und sein Bruder. Doktor A. verspricht, umgehend zu kommen, um sich um die Verletzten zu kümmern und die Toten einzusammeln.

Die Toten einzusammeln.

Ich gehe zu Ritas Leiche hinüber und setze mich neben sie. Nachdem ich den DQE-Riemen abgenommen habe, lege ich die Waffe neben mich. Die Tränen strömen mir übers Gesicht und ich fühle mich leer und ausgebrannt. Ich fahre mit den Fingern durch ihr dunkles seidiges Haar und befreie es von Blättern und Zweigen. Als ich ihre Uniform mit dem Leopardenmuster zurechtziehe, fällt mir auf, dass ihr DT-Band noch immer leuchtet.

Moment mal. Warum sind unsere Uniformen immer noch modifiziert? Warum funktionieren unsere DT-Bänder noch?

Ich springe hoch und schnappe mir meine Waffe. »Es ist noch nicht vorbei. Die Schiffe sind nach wie vor irgendwo über uns.« Ich zeige auf mein DT-Band. »Sonst wäre das hier nicht aktiviert!«

Alle machen sich wieder für den Kampf bereit und warten auf die nächste Angriffswelle.

Die Zeit schleppt sich dahin, ohne dass etwas passiert.

»Vielleicht haben sie nur vergessen, die DT-Bänder zu deaktivieren …«

In der Sekunde taucht eine weitere Horde Hologramme auf, die diesmal mit DQEs bewaffnet sind. Sie eröffnen das Feuer auf unsere Hologramme, die in rascher Folge vernichtet werden.

»Lauft!«, brüllt Beruk.

Ich fliehe, obwohl ich weiß, dass wir nicht gewinnen können, wenn die Hologramme unsere eigenen Waffen gegen uns einsetzen. Es ist vorbei. Trotzdem renne ich weg, denn so sind wir nun mal. Ich denke an meine Eltern und weiß, dass ich sie bald wiedersehen werde. Ebenso Rita und Benji und Katherine.

Während die Zahl unserer Spezialhologramme immer stärker schrumpft, fallen weitere Umbra-Truppen im Kampf. Mehr, als ich zu zählen vermag. Wieder und wieder muss ich über zu Boden gegangene Soldaten hinwegspringen. Mein Wunsch, haltzumachen und ihnen zu helfen, steht im Widerstreit mit meinem versiegenden Überlebenswillen.

Als meine Lungen zu platzen drohen, zwingt mein Körper mich, langsamer zu werden. Alles verlangsamt sich nun. Genau wie damals, als ich auf das Portal zugerannt bin, um den anderen die Wahrheit zu verkünden. Bloß dass ich diesmal nirgendwohin kann.

Dominick nimmt meine Hand.

Wir sagen kein Wort. Wir wissen, was uns bevorsteht.

29

TAG 64

Lohnt es sich zu überleben, wenn man seine Identität verliert? Seine Würde?

Vielleicht. Genau weiß ich es nicht.

Rita würde die Antwort wissen.

Ich bin in keiner Weise stolz auf mich.

Ich frage mich, wo im Universum Rita jetzt wohl ist. Ist sie auf einem anderen Stern? Im Himmel bei Gott? An den hat sie ja geglaubt.

Sie hat sogar an mich geglaubt. Solch ein Vertrauen hatte sie zu mir. Sie hat tatsächlich angenommen, meine Stimme könne dem Allgemeinwohl dienen.

Ich bleibe stehen. Ich kann es nicht ertragen, dass noch mehr Menschen sterben. Ich weiß, was ich tun kann, um die Gewalt zu beenden. Ich tippe auf mein DT-Band, um mich in aller Öffentlichkeit an die Meritokratie zu wenden.

»Ich bin Alexandra Lucas, die die HöWes unter dem Namen *der Fluss* kennen. Ich möchte meinen Beitrag so leisten, dass alle Bewohner des Planeten es miterleben können. Solbiluna-8 hat uns unendlich viel zu bieten und als Zeichen des Respekts und der Dankbarkeit für unsere Rettung sollten wir alle unseren Beitrag leisten. Deshalb bitte ich um einen Waffenstillstand.«

Schweigen. Jetzt wissen sie, wo sie mich finden können, obwohl Katherine meine Identität verschleiert hat.

Die graue Hologrammarmee stellt das Feuer ein. Dominick legt die Arme um mich. Es gibt nichts mehr zu sagen.

Eine Niederlage ist mir lieber, als weiterhin diesem Gemetzel zuzusehen.

Auf allen DT-Bändern erscheint die Botschaft, dass die Meritokratie mein Angebot angenommen hat.

Vor mir materialisiert sich ein grünes Portal. Es ging immer darum, dass ich mich opfere. Manchmal ist das die einzige Möglichkeit.

Ich küsse Dominick zum letzten Mal. Während ich mich von den anderen verabschiede, flüstere ich Beruk rasch etwas zu. Er nickt.

Bevor ich durch das Portal trete, werfe ich noch einen letzten Blick zurück. Dominick versucht, mir hinterherzurennen, doch Beruk hält ihn fest.

Wir müssen uns trennen, damit er unversehrt bleibt.

Schon in der nächsten Sekunde bin ich auf der anderen Seite des Portals.

In der Mitte des Raums befindet sich ein riesiger Holoschirm, der sich aus unzähligen Miniholoschirmen zusammensetzt. Graue Hologramme sind damit beschäftigt, Datenströme aus dem Nanoholocom-Network zu bearbeiten und zu modifizieren. Durch das hohe Fenster hinter ihnen hat man einen Blick auf den weit unter uns liegenden Planeten Solbiluna-8. Ich bin wieder im Weltraum. Das hier ist eine Art Kontrollcenter, von dem aus sie den Planeten observieren.

Hinter mir piept und zischt es. In Röhren schwimmen menschliche Gehirne samt Wirbelsäule in einer durchsichtigen Flüssigkeit. Die Hälfte dieser Röhren ist dunkel – Hologrammsoldaten, die von uns vernichtet wurden.

Ein Hologramm presst mir ein kaltes Instrument gegen die Stirn, um mich mit AudioMeds und PhotoMeds gefügiger zu machen. Mein Hologuide verhält sich nach wie vor völlig passiv. Ich werde sterben, während dieses idiotische Ding blinzelnd danebensteht.

Nach und nach materialisieren sich die Meritokraten, den Blick auf ihr DT-Band gerichtet, und versammeln sich in der hintersten Ecke des Raums. Nach allem, was geschehen ist, kann ich einfach nicht fassen, dass sie holografische Versionen von sich geschickt haben. Nicht einmal, wenn sie mich töten wollen, bequemen sie sich selbst herbei. Es sei denn ...

Kann es sein, dass es sie in Wirklichkeit gar nicht gibt? Sind sie so etwas wie Elitebiohologramme? Aber das ist eigentlich nicht möglich, denn sie sagen »ich« und zeigen Gefühle ...

Keron kommt mit wehendem weißem Gewand angerauscht. Ich wünschte, ich könnte nahe genug an ihn herankommen und ihm ein Stück seines Gewands abreißen, um festzustellen, ob es sich auflöst.

»Alexandra Lucas«, wendet er sich an mich. »Oder soll ich eher River sagen?«

Seine tiefe Stimme hallt durch den Raum und geht mir durch Mark und Bein. »Wir bedauern, dass wir zu Gewalt greifen mussten. Wir sind eine Gesellschaft, die nichts von Gewalttätigkeit hält und sie auch nicht duldet. Doch es ist die Aufgabe der Meritokratie, den Fortbestand von Solbiluna-8 zu gewährleisten, koste es, was es wolle. Ich bin froh, dass Sie begriffen haben, dass Ihr Beitrag für den Erhalt unserer Werte unerlässlich ist. Und auch für die Rettung Ihres Volks.

Wir haben schon vor langer Zeit erkannt, dass Menschen Außenseitern gegenüber nie freundlich gesinnt sind. Am besten überzeugt man sie daher nicht mit Gewalt, sondern indem man Bedürfnisse weckt. Wir gestatten ihnen, ihren Beitrag zu leisten, und werden mit Dankbarkeit und Gefügigkeit belohnt. Das ist unsere größte Errungenschaft, die im ganzen Universum Geltung hat. Damit lässt sich jede Zivilisation manipulieren. Sie haben nur deswegen gelitten, weil Sie sich geweigert haben, den Weg zu gehen, den wir Ihnen aufgezeigt haben.«

Keron wischt mit der Hand über einen Holoschirm.

»Ohne uns werden die Menschen in keinem Universum zu der Kraft des Guten, die zu sein, sie beanspruchen. Wir haben beschlossen, das zu regeln, indem wir ein menschliches Utopia schaffen. Die meisten Planeten haben ein System aus Arbeit und Ausruhen von der Arbeit. Letzteres nannte man auf Ihrem Planeten Pensionierung. Nach einiger Zeit lässt sich dieses System nicht mehr aufrechterhalten, weil die Technologie sich weiterentwickelt. Die Menschen sind nicht mehr bereit, in ihrer Jugend zu arbeiten, und ziehen es vor, Spiele zu spielen, die die Technologie ihnen zur Verfügung stellt. Das führt zu Kriegen und dem Untergang ganzer Welten. Das haben wir schon in vielen Universen beobachtet.

Als unsere Nanoholocom- und Biohologramm-Programme ein hohes Niveau erreicht hatten, haben wir das System umgekehrt. Das hat das Problem gelöst, Arbeiter bezahlen zu müssen. Eine Vergütung war nicht mehr nötig. Die Umweltverschmutzung ging zurück, Müll und Abfall ebenfalls, da sich viele Dinge holografisch herstellen lassen. Gewiss, wir müssen andere Planeten plündern, um unsere Nanoholocoms bauen zu können. Aber das ist der Preis der Evolution. Ein geringfügiger Preis.«

Ich überlege, wie ich dies hier überleben könnte, und versuche, die Aufmerksamkeit meines Hologuides zu erregen, der sich jedoch nicht rührt. Keron wischt weiter über einen Bildschirm und flüstert seinen Kollegen etwas zu. »Warum brauchen Sie überhaupt Menschen, die einen Beitrag leisten?«, frage ich. »Warum begnügen Sie sich nicht damit, holografische Programme zu erschaffen?«

»Weil die frühen holografischen Arbeiter nicht in der Lage waren, Probleme zufriedenstellend zu lösen. Als Grundlage brauchten wir die menschliche Intelligenz.«

»Und warum haben Sie keine Kopien von ein und demselben Hologramm hergestellt? Dafür hätten Sie doch nur einen einzigen Menschen gebraucht.«

»Das haben wir getan, doch diese Kopien waren nicht imstande, differenzierte komplexe Aufgaben zu erledigen. In der Wissenschaft ist Vielfalt erforderlich, genau wie in einem Genpool. Wenn man eine holografische Welt mit holografischen Wesen kreiert, bietet diese Vielfalt etliche Vorteile. Doch selbst unter diesen Voraussetzungen ließ die Verwendbarkeit der Biohologramme schneller nach, als die Menschen in einer Welt der Muße sterben oder sich vermehren. Die Lösung bestand darin, alle paar Generationen auf freiwilliger Basis Nachschub nach Solbiluna-8 zu holen, um den Bestand des perfekten Systems, das wir geschaffen haben, zu garantieren.«

»Ihre Welt ist kein Utopia«, entgegne ich. »Sie besteht nur aus Licht, Geräuschen und Technologie, hat aber keine Substanz. Sie sind doch auch nicht echt, oder?«

Selbst sein Lächeln ist falsch. »Solbiluna-8 ist das Großartigste, was der menschlichen Rasse je widerfahren wird. Und Sie werden Ihren Beitrag leisten, wie Sie es versprochen haben. Stimmen Sie mir da zu?«

Ich schlucke. »Ja.«

Nachdem Keron auf sein DT-Band getippt hat, erscheint ein Holoschirm.

»Seid gegrüßt«, sagt er in Richtung Schirm. »Alexandra Lucas, die viele von Ihnen für *den Fluss* halten, ist hier bei der Meritokratie, um zu bekunden, dass sie an Solbiluna-8 glaubt. Zum Beweis ihres Sinneswandels wird sie ihren Beitrag leisten. Alex?«

Er schiebt den Holoschirm vor mich. Ich sehe mein Spiegelbild, sehe meinen Hologuide neben mir und spiele nervös an meinem DT-Band herum. Ich muss es tun. *Muss zu dem werden, was ich nie werden wollte.*

Ich tippe auf mein DT-Band, damit die Öffentlichkeit von meiner Entscheidung erfährt. »Mein Name ist Alexandra Lucas. Und ich leiste meinen Beitrag, damit Solbiluna-8 fortbestehen kann.« Mein DT-Band piept und automatisch sagt mein Hologuide: »Danke. Möge Ihr Beitrag zur Freiheit führen.«

Keron lässt den Holoschirm verschwinden. Am anderen Ende des Raums debattieren einige Mitglieder der Meritokratie miteinander.

Ich weiß, was als Nächstes kommt – mein Tod. Statt zu einer Märtyrerin in meiner Welt werde ich zu einer Heldin in ihrer.

»Wir planen gerade Ihr weiteres Schicksal. Das Ganze will gut überlegt sein.«

»Werden Sie mich töten?«

»Ja, wenn der richtige Zeitpunkt gekommen ist. Wir haben keinen Grund, den Kampf einzustellen, und glauben auch nicht, dass allein Ihr Tod die Rebellion zum Erliegen bringen wird.«

»Sie haben aber versprochen, den Kampf zu beenden.«

»Tja, so das ist nun mal mit Versprechen. Sobald man hat, was man wollte, braucht man sich nicht mehr auf Kompromisse einzulassen. Sie sind machtlos. Je eher Sie das einsehen, desto besser wird Ihr Leben sein.«

In dem Moment stößt mein Hologuide einen schrillen Ton

aus und fängt an, in einem fort zu piepen. Keron runzelt die Stirn und tippt auf einen Bildschirm, erst langsam, dann immer hektischer.

»Nein ...« Er rast zu den Fenstern, die anderen Meritokraten folgen ihm.

»Halten Sie sich fest, Alexandra Lucas«, sagt mein Hologuide.

Der Boden und die Wände beben so stark, dass ich umgerissen werde. Eine Flotte stromlinienförmiger Raumschiffe hat das Feuer auf uns eröffnet.

»Vernichten Sie diesen Hologuide«, befiehlt Keron den Hologrammen. »Er zerstört unser System und hat unseren Aufenthaltsort preisgegeben.«

In aller Eile tippen die Hologramme auf sämtliche Bildschirme. Ich rapple mich hoch. Mein Hologuide steht so unbeteiligt wie eh und je da, ohne sich bewusst zu sein, dass auch er »sterblich« ist.

»Das funktioniert nicht«, stellt ein Hologramm fest. »Die beiden sind miteinander verbunden. Das Programm des Hologuides kann nur beim Tod von Alexandra Lucas gelöscht werden.«

Keron überlegt. Abermals geraten wir so unter Beschuss, dass die Wände beben, doch diesmal verliere ich nicht den Halt.

Ich darf jetzt nicht sterben. Das wäre keine Lösung. Ich habe das für Benji getan. Für Rita. Für Nolan. Für Katherine. Die Meritokratie wird weiter gegen die zahlenmäßig und waffentechnisch unterlegenen Rebellen vorgehen. Und dann ist da noch Dominick ... Ich habe schon so viele Menschen verloren, die ich liebe.

»Es muss doch einen anderen Weg geben«, sage ich, um Zeit zu gewinnen. Meine Hände zittern, mein Herz scheint stillzustehen.

Keron lächelt. »Vielen Dank für Ihren Beitrag. Ich werde persönlich dafür sorgen, dass Sie ein Teil unserer holografischen Truppen werden, die gegen die Rebellen kämpfen, die Sie aufgewiegelt haben. Vielleicht wäre es sogar eine gute Idee, das Hologramm aussehen zu lassen wie Sie.« Er wischt über einen Bildschirm – und ein bewaffnetes Hologramm materialisiert sich vor mir.

Ich mache mich auf das Schlimmste gefasst. Es gibt keine Möglichkeit davonzulaufen. Keine Möglichkeit, sich zu verstecken. Bilder schießen mir durch den Kopf. Von meinen Eltern. Von Dominick. Rita. Benji. Marcus. Penelope. Doktor A. Katherine. Von jedem, den ich gekannt habe. Von jedem, den ich geliebt habe.

So darf es nicht enden.

Wir können nicht in dieser Welt bleiben. Wir müssen es schaffen, auf die Erde zurückzukehren.

»Bitte tun Sie das nicht«, flehe ich Keron an, am ganzen Körper zitternd wie ein Kind, das sich vor der Dunkelheit fürchtet.

»Wir haben Ihnen das größte Geschenk gemacht, das man der Menschheit machen kann, indem wir Ihnen die Freiheit gegeben haben – und Sie haben versucht, uns zu vernichten«, erwidert Keron. »Eliminieren Sie sie!«

Das Hologramm drückt ab. Ein Strahl aus weißer elektrischer Energie schießt auf mich zu.

Blitzschnell tritt mein Hologuide zwischen mich und den Strahl, der zurückgeworfen wird und Keron trifft. Dieser erstarrt auf der Stelle. Die anderen Meritokraten weichen entsetzt zurück.

»Ihre Selbstgerechtigkeit wird zum Untergang der gesamten menschlichen Spezies führen«, stößt Keron noch hervor, dann löst er sich in Lichtmoleküle auf.

Ich bin so erleichtert, überlebt zu haben, dass ich eine Weile brauche, um zu begreifen, was geschehen ist. Mein Hologuide schnappt sich die Waffe des Hologramms und schiebt sie mir über den Fußboden zu. Mit zitternden Fingern nehme ich sie an mich. Ohne seine Waffe hat das Hologramm keine Aufgabe mehr. Deshalb gesellt es sich zu den anderen, die an den Holoschirmen arbeiten.

»Ist das Ihr Werk?«, frage ich meinen Hologuide.

»Ja.«

Einige Meritokraten fallen auf die Knie und flehen mich um Gnade an. Andere ergreifen die Flucht. Die Hologramme, die für das Nanoholocom-Network verantwortlich sind, setzen ungerührt ihre Arbeit fort. Mein Hologuide wendet sich einem der Holoschirme zu und wischt so schnell darauf herum, dass mein Blick seinen Fingern nicht zu folgen vermag. Die Raumschiffe draußen stellen das Feuer ein.

»Sie haben mir das Leben gerettet«, sage ich.

»Ja. Wir haben ihr System lahmgelegt. Es war ein Notfall.«

»Moment mal. Wer hat das System lahmgelegt? *Wir* oder *Sie?*«

»Wir.«

Ich lache. »Dazu sind Sie imstande?«

»Es wurden neue Regeln aufgestellt.«

»Ich glaube, Sie mögen mich einfach«, scherze ich. »Da ich Ihre einzige Freundin bin.«

»Das verstehen wir nicht.«

»Das brauchen Sie auch nicht. Vielen Dank.«

»Gern geschehen, Mississippi.«

Etwas, das Katherine gesagt hat, fällt mir ein. Übrigens habe ich eine Überraschung für dich.

»Was haben Sie da eben gesagt?«

»Gern geschehen, Mississippi.«

30

TAG 66

Nachdem die Umbra-Soldaten die restlichen Mitglieder der Meritokratie zusammengetrieben haben, begeben sie sich zusammen mit den Geotruppen zum SN10-Hauptquartier, um dort mit dem amerikanischen Außenminister das weitere Vorgehen zu besprechen. Mein Hologuide begleitet uns, denn ich kann ihn immer noch nicht abschalten.

Vor der Zusammenkunft schüttelt mir der Außenminister die Hand und dankt mir für meinen Opfermut. Meinen Hologuide ignoriert er. Ich bezweifle, dass er irgendeinen der auf Solbiluna-8 Umgekommenen persönlich kennt. Das Lächeln in seinem Gesicht wirkt wie festgefroren.

Wir haben uns in einem nahe gelegenen TriCenter versammelt, um unsere Rückkehr strategisch zu planen. Da nicht jeder im Innern des Gebäudes Platz findet, lassen die Umbra-Leute das Treffen für ihre Mitglieder über CVBE übertragen. Mir ist nicht ganz klar, warum sie es nicht gleich auf dem ganzen Planeten ausstrahlen, schließlich geht es alle etwas an. Ich klaube einen Stein aus einem Becken mit dem üblichen Wasserfall und beobachte, wie er verschwindet. Als ich das letzte Mal hier war, meinte ich, meinen Verbündeten zu helfen, doch stattdessen habe ich mir nur weitere Menschen zum Feind gemacht.

Der Außenminister leitet die Versammlung. Jackson und Professor Marciani sind die einzigen Umbra-Mitglieder der QN25-Gruppierung, die auf das Podium gebeten wurden. Dominick, Marcus, Penelope, Doktor A., Beruk, Marie, Kendra, Hannah, Nolans Großmutter und ich sitzen zusammen.

Selbstverständlich ist auch mein Hologuide dabei. Ich will nichts als nach Hause.

»Lassen Sie uns anfangen«, sagt der Außenminister. »Zunächst die gute Nachricht. Wir haben alle 1.001 Mitglieder der Meritokratie in Gewahrsam genommen.«

Er wartet auf Applaus, der prompt erfolgt.

»Dabei mussten wir jedoch feststellen, dass die gesamte Meritokratie aus Biohologrammen besteht, bei denen es sich um die ältesten Versionen dieser Produkte handelt. Sie hatten nur eine einzige Aufgabe: die Existenz von Solbiluna-8 zu sichern, koste es, was es wolle. Wir haben ihre Programme zerstört, sodass sie ihr verbrecherisches Tun nirgendwo mehr fortsetzen können.«

Ich beuge mich auf der Steinbank nach vorn und umklammere meine Beine. Endlich ist es vorbei. Sie sind weg.

»Wir sind hier, um über unsere Optionen zu beraten und darüber abzustimmen«, fährt der Außenminister fort. »Da dies keine leichte Entscheidung sein wird, bitte ich um Ihre ungeteilte Aufmerksamkeit.«

Beunruhigt rutsche ich auf meinem Platz hin und her. Was wird keine leichte Entscheidung sein?

»Wir empfehlen, den gesamten Planeten Solbiluna-8 zu zerstören.«

Ich könnte schwören, dass allen im Raum für ein paar Sekunden der Atem stockt. Um eine Welt zu retten, müssen wir eine andere vernichten. Das wussten wir die ganze Zeit.

»Ferner empfehlen wir, alle Biohologramme zu zerstören.«

Ich blicke zu meinem Hologuide hinüber, der mich jedoch nur ausdruckslos anblinzelt. Doch auch Biohologramme waren einmal Menschen. Menschen, die sich für das Allgemeinwohl geopfert haben. Oder es zumindest geglaubt haben. Hieße das nicht, auch sie zu töten? Gibt es denn nicht schon genug Tote?

Der Außenminister fährt fort: »Soviel ich weiß, würden einige HöWes und Flüchtlinge von der Erde gern auf Solbiluna-8 bleiben. Das Problem dabei ist, dass auf diesem Planeten nur dann Leben möglich ist, wenn das Nanoholocom-Network und die Biohologramme intakt sind. Doch wie selbst die Umbra-Leute sagen, stellt einzig und allein die Vernichtung von Solbiluna-8 und aller Biohologramme sicher, dass sich die Verbrechen der Meritokratie nicht wiederholen.«

Nun ergreift auf dem Podium eine Frau mit rasiertem Kopf das Wort. »Diese Entscheidung wird nicht jedem gefallen und auch für unser Leben auf der Erde Folgen haben. Denn sollten wir Solbiluna-8 zerstören, werden die HöWes um Asyl bei uns bitten.«

Ich spüre, wie die Stimmung im Publikum umschlägt.

»Ich halte nichts davon, sie auf unseren Planeten zu holen, aber ich halte auch nichts davon, sie hierzulassen«, flüstert Penelope mir zu.

»Sie sind Opfer wie wir«, sagt Doktor A.

Penelope tätschelt sein Knie. »Du hast ein viel zu gutes Herz.«

Jetzt meldet sich Jackson zu Wort. »Professor Marciani und ich haben mit dem Außenminister über die Möglichkeit eines Kompromisses gesprochen, um die Situation zu entschärfen. Unsere Rückkehr zur Erde sollte möglichst glatt verlaufen. Uns ist zudem bewusst, dass viele Menschen gern die Annehmlichkeiten dieses Planeten beibehalten würden. Was, wenn wir versprechen, einige dieser Annehmlichkeiten auf die Erde mitzunehmen? Professor Marciani?«

Der Professor fährt sich durchs Haar. »Als Wissenschaftler

würde ich unbedingt empfehlen, die Nanoholocom- und die Portal-Technologie mit zur Erde zu nehmen. Die Möglichkeiten, die sie bieten, sind zu groß, als dass wir sie ignorieren sollten. Wenn dadurch hier ein Sturm der Entrüstung verhindert wird, umso besser.«

Der Außenminister hebt die Hand. »Wir sollten jetzt zur Abstimmung schreiten. Es geht um drei Fragen. Erstens: Zerstören wir Solbiluna-8 und alle Biohologramme? Zweitens: Gewähren wir den HöWes Asyl auf der Erde? Und drittens: Importieren wir die Nanoholocom-Technologie? Wer dafür ist, möge das bitte auf seinem DT-Band kundtun.«

Auf meinem DT-Band erscheint ein Stimmzettel. Mein Zeigefinger verharrt zitternd über den einzelnen Punkten. Ich kann das nicht. Kurz entschlossen, beende ich das Programm.

Nach Auszählung der Stimmen stellt sich heraus, dass die drei Fragen mit Ja beantwortet worden sind. Sobald wir durch Portale verschwunden sind, werden einige Umbra-Leute von Raumschiffen aus den Planeten vernichten und mit ihm alle Menschen und HöWes, die ihn nicht verlassen wollten.

Doch mit der Zerstörung dieses einen Planeten retten sie zahllose andere Universen. Es gibt keine Alternativen mehr. *Neue Rebellen werden ausgelöscht. Die Biohologramme zerstört. Eine moralische Lösung. Und trotzdem eine Art Genozid.* Mein Hologuide bemerkt nicht, wie ich ihm ein Haar am Hinterkopf auszupfe und es an mich nehme.

Nach einem letzten Besuch in der PSF-Kabine bereite ich mich innerlich auf die Rückkehr nach Hause vor. Mein Hologuide starrt mich immer noch unverhohlen an.

»Ich bin Ihnen wirklich dankbar für alles, was Sie für mich getan haben, aber das ist doch lächerlich. Katherine hätte Ihnen unbedingt eine Taste einbauen müssen, mit der ich Sie ausschalten kann.«

Er blinzelt mich an. »Das hat sie.«

»Tatsächlich? Warum haben Sie mir das nicht eher gesagt?«

»Sie haben nicht danach gefragt.«

Kichernd schüttle ich den Kopf. »Und wo ist diese Taste?«

Mein Hologuide schnallt sich das schwarze Kästchen vom Bein.

»Jetzt können wir abgeschaltet werden, denn Mississippi ist gerettet.«

Ich vermag nicht festzustellen, ob diese Worte von Katherine selbst stammen oder von ihrem Programm. Ich ziehe den Reißverschluss meines Rucksacks zu.

»Was halten Sie davon, dass die Umbra-Leute Ihr Programm löschen wollen?«

»Wir sind schon seit langer Zeit tot.«

Ich schultere meinen Rucksack. »Dann heißt es wohl Abschied nehmen. HOLOGUIDE EXIT.«

Mein Hologuide verbeugt sich. »Möge Ihr Beitrag zur Freiheit führen.«

Kaum ist er verschwunden, vermisse ich ihn auch schon. Der Hologuide stellte meine letzte Verbindung zu Katherine dar, dieser bemerkenswerten Verrückten. Ich öffne meinen Rucksack noch einmal, um das schwarze Kästchen einzupacken. Zur Erinnerung an sie beide.

Meine neuen und alten Freunde haben sich im ZENTRUM eingefunden, um durch die Portale zu gehen. Zunächst müssen wir eine HME-Untersuchung über uns ergehen lassen, damit die Sterilisation rückgängig gemacht wird. Nachdem mein DT-Band entfernt wurde, kommt mir mein nacktes Handgelenk ganz fremd vor.

»Bist du so weit?«, fragt Dominick. »Ich bin ziemlich nervös.«

»Ich auch. Ich kann es kaum erwarten, meine Eltern wiederzusehen.« Sofort befallen mich Schuldgefühle, weil ich überlebt habe und Benji gestorben ist. Was, wenn Dad mir nicht verzeiht und Mom zusammenbricht? Was, wenn sie gar nicht mehr am Leben sind? Was, wenn die Erde nicht mehr die ist, die wir verlassen haben?

»Und ich kann es kaum erwarten, mich unter die Dusche zu stellen«, sagt Dominick. »Ich will endlich wieder Wasser auf mir spüren.«

»Tatsächlich?«

Wir lachen, auch wenn sich das ohne Rita falsch anfühlt.

Ich greife nach seiner Hand und drücke sie.

Dann gehen wir nacheinander durch das Portal, um die Heimreise anzutreten.

Epilog

TAG 71

GROSSKONZERNE INVESTIEREN IN NANOHOLOCOM-AKTIEN

UMWELTSCHÜTZER SIND SICH EINIG, DASS NANOHOLOCOMS DAS LEBEN GRÜNER MACHEN WERDEN

DIE VEREINTEN NATIONEN HABEN TROTZ LOKALER PROTESTE EIN NANOHOLOCOM-FORSCHUNGSPROGRAMM GENEHMIGT

NANOHOLOCOMS WERDEN UNSER LEBEN UND UNSERE KOMMUNIKATION REVOLUTIONIEREN

NANOHOLOCOMS WERDEN UNS DEN WEG IN DIE ZUKUNFT EBNEN

VERURTEILTE SCHWERVERBRECHER MÜSSEN DIE VERBLEIBENDE STRAFE ABSITZEN, ANDERNFALLS RISKIEREN SIE GRAVIERENDE HAFTVERSCHÄRFUNGEN

Zu trauern ist, als wäre man in eine Parallelwelt geraten und würde allmählich begreifen, dass es keinen Weg zurück gibt.

Mom und Dad haben das Chaos auf der Erde überlebt. Dads Bostoner Armeefreunde haben ihnen damals geholfen, wieder nach Hause zu kommen. Soldaten teilen Erinnerungen und sind in einer Weise miteinander verbunden, die Zivilisten nicht verstehen. Nachdem unser Haus ausgeraubt worden war, hatte Mom im Garten Plastikbehälter mit haltbaren Lebensmitteln vergraben. Von diesem Essen lebten meine Eltern nach ihrer Rückkehr. Dad hatte ein handgeschriebenes Pappschild an unseren vernagelten Fenstern angebracht, auf dem stand: WAFFE IM HAUS, VON DER GEBRAUCH GEMACHT WIRD.

Präsidentin Lee hatte meine Eltern vor meiner Ankunft angerufen. Ich hätte ihnen nicht selbst sagen können, was geschehen ist. Gestern hat Benjis Beerdigung stattgefunden. Meine Eltern haben ihr Einverständnis zu einer Live-Übertragung der Zeremonie auf dem Nationalfriedhof von Massachusetts gegeben. Dad meinte, das würde unserer Nation helfen, sich zu regenerieren. Die Armee überreichte Marcus eine zusammengefaltete amerikanische Flagge, die er an meinen Dad weitergab. Ich dachte schon, Dad würde zusammenbrechen. Er sagte zu Marcus, er werde immer zu unserer Familie gehören.

Viele Menschen besuchten uns zu Hause, um uns ihr Beileid auszusprechen. Als ich einmal zufällig mein Spiegelbild im Wohnzimmerfenster erblickte, in einem schwarzen Kleid statt in einer modifizierten Uniform, überlegte ich eine Weile, ob mich ein Hologramm anstarrt. Hinterher habe ich mir im Badezimmer eine Locke abgeschnitten, um später nachzusehen, ob sie noch da ist.

Gestern Nacht habe ich mit Mom in dem Zimmer geschlafen, das sie für Benji hergerichtet hatte, als er nach Hause gekommen war, um das Portal in Quincy zu bewachen. Ich habe unter der Patchworkdecke gelegen, auf die ich immer erpicht gewesen bin. Unzählige Male gehe ich unter die Dusche. Benji und Rita sollten hier sein, nicht ich.

Es gibt immer nur zu bestimmten Zeiten Strom, unser Essen ist rationiert, solange sich die Wirtschaft noch nicht erholt hat. Präsidentin Lee hat versichert, das seien nur vorübergehende Maßnahmen. Schon bald, so hat sie verspro-

chen, werde alles wieder seinen gewohnten Gang gehen. Daran habe ich so meine Zweifel.

In einer späteren Verlautbarung hat sie erklärt, die Regierung werde die Nanoholocom-Technologie erforschen, um »diese Innovationen für unser Leben nutzbar zu machen«. Dann sagte sie, dass wir »einige grundlegende Entscheidungen zur globalen Vernetzung treffen und bereit sein müssten, einen Teil unserer Unabhängigkeit aufzugeben, wenn wir eine freie Welt mit integrierter Holotechnologie und eingeschränktem Profitstreben haben wollen«. Dad und ich sind uns einig, dass die Regierung im Grunde Solbiluna-8 kopieren möchte. Mom meint, wir seien paranoid.

Heute Abend haben Dominick und ich unser jährliches Strandfeuer entzündet. Ohne Rita. Es war nicht so wie früher, aber es ist alles, was wir haben. Dominick hat mir ein neues, in schwarzes Leder gebundenes Tagebuch geschenkt, in das ich gerade schreibe. Anfangs hatte ich Angst, es zu benutzen, weil ich befürchtete, meine Aufzeichnungen würden noch mehr Menschen das Leben kosten. Dominick hat mich aber überzeugt, dass das Führen eines Tagebuchs mir helfen wird, mein inneres Gleichgewicht wiederzufinden. Den größten Teil des Abends haben wir schweigend verbracht. Wir sind Überlebende, die wissen, was sie riskiert, geopfert und verloren haben. Vielleicht werden wir irgendwann das Gefühl haben, dass es sich gelohnt hat. Ich denke an das ungelebte Leben Benjis, Ritas, Nolans, Katherines und all der anderen, die im Kampf für unsere Sache umgekommen sind. Niemand weiß etwas von Katherine Kirkwood und dem Opfer, das sie gebracht hat, niemand trauert um sie. Sie ist irgendwo im Zeitkontinuum verloren gegangen. Ich aber werde mich an sie erinnern, werde mich an alle anderen erinnern und in meinem Tagebuch über sie schreiben. Wenn die Welt dafür reif ist, wird sie die Geschichte dieser Menschen zu hören bekommen. Dann wird die Welt hören, was uns widerfahren ist. Wir dürfen nicht zweimal dieselben Fehler machen.

Ihr Opfer darf nicht umsonst gewesen sein.

Danksagungen

Als ich *Consider. Der Tribut* geschrieben habe, habe ich mich auf eine Reise begeben, mit der ich nicht gerechnet habe. Es war, als wäre ich durch ein Portal in die Schöne neue Welt des Verlagswesens gelangt. Ich möchte allen Bloggern und all meinen Fans für die Begeisterung danken, mit der sie *Consider. Das Portal* aufgenommen und *Consider. Der Tribut* entgegengefiebert haben. Eure Anteilnahme und Warmherzigkeit hat mich im letzten Jahr immer wieder aufgerichtet.

Namentlich möchte ich zunächst Mari Kesselring und Megan Naidl von North Star Editions danken, weil sie mich immer wieder beruhigt haben, nachdem Jolly Fish Press verkauft worden war. Ferner gilt mein Dank meiner neuen Agentin Kathleen Rushall, die mir selbst in ihrem Urlaub mit Rat und Tat zur Seite gestanden hat. Dann meinem Lektor TJ da Roza, der sich leidenschaftlich für das *Consider*-Projekt eingesetzt hat – ich werde unsere Freundschaft immer zu schätzen wissen.

Den Autoren und Autorinnen von Sweet Sixteen danke ich dafür, dass sie ein großartiges Debütjahr mit mir geteilt haben – ihr seid einfach wunderbar!

Mein Dank gilt außerdem der Jury des Philip K. Dick Awards – ich kann es immer noch nicht fassen.

Michelle Cusolito, die mir von Irland aus mit ihrem Feedback half.

Elyse Baggen und Laura LaTour, meinen »Cheerleadern« vor Ort.

Kristine Asselin und Erin Bow – ihr wisst beide, was ihr für mich getan habt.

Kylee und Dan für ihr stets promptes Feedback und für alle Antworten auf noch so merkwürdige Fragen.

Trish und Carolyn, die mir zugehört, mit mir gelacht und mich geerdet haben.

Und natürlich meinem Mann Eladio und meinen Töchtern Kylee und Chloe für ihre Liebe und Geduld, als ich durchs Portal gerannt bin, um herauszufinden, was auf der anderen Seite auf mich wartet.

June Perry

White Maze

Du bist längst mittendrin

Mit einem Schlag endet Vivians sorgenfreies Leben: Ihre Mutter Sofia wurde ermordet! Die erfolgreiche Game-Entwicklerin stand kurz vor dem Release eines bahnbrechenden Computerspiels. »White Maze« wird mit neuartigen Lucent-Kontaktlinsen gespielt – dank ihnen erleben die Spieler virtuelle Game-Welten mit allen Sinnen. Aber warum zerstörte Vivians Mutter kurz vor ihrem Tod die Prototypen der Linsen? Zusammen mit dem schulbekannten Hacker Tom will Viv den Mord an Sofia aufklären. Dazu muss Viv selbst Lucent-Linsen einsetzen und tief in die virtuelle Welt eintauchen. Doch dort ist es für den Mörder ein Leichtes, die falsche Realität nach seinen Spielregeln zu manipulieren. Kann Vivian ihren eigenen Gefühlen vertrauen, wenn alles, was sie sieht, hört, riecht und schmeckt, bloße Lüge ist?

M. A. Bennett

Bloody Weekend

Neun Jugendliche. Drei Tage. Ein Opfer.

Greer will eigentlich nicht dazugehören. Als Außenseiterin folgt sie zwar den unausgesprochenen Regeln des altehrwürdigen Internats St. Aiden – kein Handy, kein Internet, kein Plastik. Doch sie weiß: Zu den »Medievals«, der herrschenden Clique um den reichen Henry de Warlencourt, wird sie nie gehören. Als ausgerechnet sie eine der drei begehrten Einladungen erhält, ein Jagdwochenende auf Henrys Anwesen zu verbringen, fühlt sich Greer wider Willen geschmeichelt und sagt zu. Vor Ort wird allerdigs schnell klar, dass dort weit mehr gejagt wird als nur Hirsche und Fasane. Mit zwei weiteren Jugendlichen kämpft Greer im Schatten des Anwesens schon bald um ihr Überleben ... und die Jagd ist erst der Anfang.